ALENA MORNŠTAJNOVÁ • ES GESCHAH IM NOVEMBER

ALENA MORNŠTAJNOVÁ

Es geschah im November

Aus dem Tschechischen
von
Raija Hauck

Wieser Verlag

Die Herausgabe dieses Buches wurde vom Kulturministerium
der Tschechischen Republik unterstützt.

MINISTERSTVO
KULTURY

Wieser Verlag
ZaložbaWieser
•
Klagenfurt/Celovec · Wien · Ljubljana · Berlin

A-9020 Klagenfurt/Celovec, 8.-Mai-Straße 12
Tel. +43(0)463 370 36, Fax: +43(0)463 376 35
office@wieser-verlag.com
www.wieser-verlag.com

Lektorat: Sebastian Minkner
ISBN 978-3-99029-494-9

Für meine Familie

Was wäre passiert, wenn die Ereignisse im November 1989 anders ausgegangen wären, als sie es sind? Keiner weiß, wie anders unser Leben ausgesehen hätte. Dieses Buch erzählt nur eine von einer Million möglicher Versionen. Trotzdem ist alles hier Beschriebene irgendwo irgendwann geschehen und geschieht noch immer auf der Welt.

[redacted]

[redacted]

[redacted]

[redacted]

[redacted]

[redacted] [redacted]
[redacted]

[redacted] [redacted]
[redacted]
[redacted]

[redacted]

[redacted] [redacted]
[redacted] [redacted]
[redacted]

[redacted] [redacted]
[redacted]
[redacted] [redacted]

[redacted]
[redacted] [redacted]

PROLOG

November 1991

Meine liebe Lenička,
erinnerst du dich noch an mich? Wir haben uns so lange nicht mehr gesehen! Aber sei nicht traurig, in Gedanken bin ich immer bei dir. Ich bin da, wenn du aufwachst, und wenn du draußen mit deinen Freunden spielst. Ich bin bei dir, wenn du auf dem Teppich sitzt und einen Turm baust – aus den Holzbausteinen, die du am liebsten hast –, wenn du Grießbrei mit Zimt und Zucker isst und wenn Oma und Opa dich ins Bett bringen. Ich weiß, dass sie dich genauso lieb haben wie ich. Ich würde mir so sehr ein Foto von dir wünschen, aber [redacted], obwohl [redacted].
Bestimmt reichen deine Haare schon bis auf den Rücken hinunter, sie sind länger, als meine es waren, bevor [redacted].
Ich denke oft daran, wie ich sie gekämmt und dir einen Zopf geflochten habe. Ich würde gern mehr schreiben, aber [redacted], und so hoffe ich, dass die Großmutter dir den Brief vorliest. Hab keine Angst, bald werden wir wieder alle zusammen sein, daran glaube ich fest.
Ich habe dich sehr lieb.

Deine Mama

ERSTES KAPITEL

Marie, genannt Maja
Vor November 1989

Sie dachte oft an das Bild. Sie sah es in schlaflosen Nächten vor sich, wenn sie sich auf der Pritsche herumwälzte, sich unter der kratzigen Wolldecke krümmte und versuchte, eine Stellung zu finden, die es dem schmerzenden Rücken und den geschwollenen Gelenken leichter machte. Sie kniff die Augen fest gegen das Scheinwerferlicht zu, das mit quälender Regelmäßigkeit durch das Gitterfenster hineindrang. Sie stopfte sich die Ohren zu, um nicht den Atem der Mitschläferinnen zu hören, der manchmal von Schnarchen, Stöhnen oder ängstlichen Schluchzern unterbrochen wurde. Und rollte sich zu einem Knäuel zusammen, das Gesicht zur Wand, schluckte Furcht und Angst hinunter und flüchtete in ihre innersten Gedanken.

Deutlich sah sie den vergoldeten Rahmen des Bildes vor sich, in dessen Vertiefungen sich der Staub abgesetzt hatte. Die schwarzen Linien ließen sich nicht mehr wegputzen. Das schützende Glas war mit den Jahren dunkel und matt geworden, sodass es schien, als schaute die junge Frau durch ein trübes Fenster oder durch eine ruhige Wasseroberfläche in die Welt. Ihr unverwandter Blick verfolgte die Anwesenden durch das ganze Zimmer. Er war liebevoll, aber gleichzeitig ergeben und schmerzensreich, und Maja las darin: *Das Kind in meinem Arm ist das Wertvollste, was ich habe. Ich umsorge und beschütze es, so gut ich kann. Aber ich weiß schon jetzt, dass das nicht genügen wird. Ich werde zwar immer für mein*

Kind kämpfen, aber eines Tages wird es auf eigenen Beinen stehen und sich auf seinen eigenen Weg machen. Dieser Gedanke ließ Maja jedes Mal den Blick abwenden.

Das Bild hing in Großmutters ebenerdigem Haus im kalten Schlafzimmer über dem Kopfende des Ehebetts. Maja schlief in den Ferien darin auf einer Rosshaarmatratze, die auf einem durchgelegenen Drahtgeflecht lag, und deckte sich mit einem dicken Federbett zu. Die Federn verklumpten und rutschten auf eine Seite, sodass Maja in den kühlen Morgenstunden vor Kälte aufwachte, zugedeckt nur mit dem gestärkten Bettbezug.

Mit der Überheblichkeit eines Stadtkindes versuchte sie der Großmutter die Vorzüge von Steppdecken aufzudrängen, von Schaumstoffliegen mit Stauraum und weiteren modernen Errungenschaften, die ihr den Ferienaufenthalt angenehmer machen könnten. Aber die Großmutter hob jedes Mal nur die Augenbrauen und ließ ein bisschen beleidigt ihre Litanei darüber los, dass Gänsefedern am wärmsten waren, sie sie außerdem selbst gerupft und das Bettzeug aus dem festesten Leinen damit gefüllt hatte. Und in dem Bett mit dem Großvater geschlafen, Gott hab ihn selig. »An den erinnerst du dich nicht mehr, Marie, aber das war ein gütiger Mensch, der hatte dich sehr gern, mit Kindern konnte er gut umgehen«, sie stockte und fuhr dann fort. »Zwei Söhne habe ich in diesem Bett zur Welt gebracht, das ist ein Stück meines Lebens und die Erinnerungen wirft man nicht einfach fort, vor allem nicht die schönen. Wenn ich sterbe«, sagte sie, »könnt ihr mit den Möbeln machen, was ihr wollt, meinetwegen zerhackt und verbrennt sie, aber das Bild der Jungfrau Maria, das, mein liebes Mädelchen, wird einmal dir gehören. Von ihr hast du deinen Namen, sie wird über dich wachen. Du hängst es über dein Bett, versprich mir das, das darf nicht im Müll enden«, fügte die Großmutter hinzu und machte dann so eine Bewegung, als würde sie ihr ein Kreuz auf die Stirn zeichnen.

Das Erwachsensein kam Maja unglaublich weit entfernt und unwirklich vor, und noch unwirklicher war die Vorstellung, dass die Großmutter einmal nicht mehr sein würde. Deshalb versprach sie leichten Herzens, sich des verwaisten Bildes anzunehmen, und sie staunte sehr, dass die Tage bis zum Erwachsensein so schnell vergingen und ihr von der Großmutter nur das Bild der Jungfrau Maria mit dem Kinde blieb.

Joska und sie hängten es im Schlafzimmer übers Bett – nicht, weil sie es damals versprochen hatte oder daran glauben würde, dass ihre Namensvetterin sie beschützte. Sie hängten es auf, weil es ein Teil von Majas Vergangenheit war und – wie die Großmutter sagte – Erinnerungen wirft man nicht einfach fort. Es hing vier Jahre, zwei Monate und sieben Tage im Schlafzimmer, bis zum 17. November des Jahres 1989, als sie beschlossen zu streichen, die Möbel in die Zimmermitte zogen und das Bild abhängten.

–

Maja und Joska hatten Glück. Sie bekamen bald eine eigene Wohnung und mussten – im Unterschied zu anderen jungen Familien – keine zu lange Zeit beengt bei den Eltern verbringen, ihrer Liebenswürdigkeit und ihren Ansichten darüber ausgeliefert, wie eine junge Ehe auszusehen hatte. Sie mussten auch nicht in einer Unterkunft hausen, wo eine mürrische Pförtnerin in einer Glasbude saß und den Mietern die eingegangene Post und die Schlüssel von karg ausgestatteten Zimmern aushändigte, dazu mit strengen Blicken die schmutzigen Schuhsohlen verfolgte und nicht nur die Einhaltung von Ruhe und Ordnung protokollierte, sondern auch das Ankommen und Fortgehen der Bewohner und ihrer Besucher aufzeichnete.

Majas und Joskas Glück bestand darin, dass Menschen, die nicht in ihrer Stadt lebten, beschlossen hatten, die Glasherstellung auszuweiten. Die hohen Tiere dort in Prag mussten nicht die giftigen Ausdünstungen aus der Chemiefabrik einatmen, die schon seit mehr als zwanzig Jahren in unregelmäßigen, vom Wetter abhängigen Intervallen die tiefergelegenen Stadtteile und die angrenzenden Straßen verseuchte, und so begann am Anfang der 80er Jahre in Meziříčí der Bau eines Werkes, das Glasteile für Farbbildschirme herstellen sollte. Aus der Fabrik, die Graf Kinský in der Mitte des 19. Jahrhunderts gegründet hatte, um sie bald darauf der jüdischen Familie Reich zu verkaufen, welcher sie ohne große Umschweife von den Nazis weggenommen wurde, um dann endgültig von den Kommunisten verstaatlicht zu werden, wurde ein riesiger und für die staatliche Ökonomie wichtiger Betrieb, der seine Erzeugnisse in mehrere Länder exportierte.

Die Glashütten, die aus ihren sechs Schornsteinen dicke Rauchwolken in die Luft bliesen, brauchten unablässig neues Material und neue Menschen. Die Angestellten wurden mit dem Versprechen einer Wohnung in der Neubausiedlung, die sich am Stadtrand ausbreitete, angelockt. Damit die Arbeitsanwärter auch die ersehnte Wohnung bekamen, mussten sie außer der gewünschten Qualifikation weitere Bedingungen erfüllen – sich für zehn Jahre im Betrieb verpflichten, in die Wohnungsgenossenschaft eintreten, eine Vorauszahlung leisten und eine Heiratsurkunde vorlegen.

Ja, eine Wohnung verdiente nur, wer in einem ordentlichen Ehebund lebte.

Joska erfüllte alle Bedingungen, bis auf eine – er war ledig. Das würde natürlich nicht seine Anstellung verhindern, aber einen Platz zum Wohnen bekäme er höchstens in der Betriebsunterkunft. Mit seinen 25 Jahren war es für ihn nach den damals allgemein anerkannten Maßstäben höchste Zeit zu heiraten. Schließlich hatten die meisten seiner Altersgenossen schon während der Armeezeit geheiratet oder wenigstens kurz nach der Rückkehr ins zivile Leben. Ist doch die Familie die Keimzelle des Staates und was sonst sollte ein junger Mann auch tun, als aufzubauen, sich zu kümmern und diszipliniert zu lieben? Vielleicht manchmal abends auf ein Bier mit den Kumpels und nach einem Weilchen ordentlich wieder nach Hause gehen. Um neun Uhr schlossen sowieso alle Gaststätteneinrichtungen, damit das arbeitende Volk nicht zu sehr ermüdete.

Zu dieser Zeit kannten sich Joska und Maja schon länger als ein Jahr, und so beschlossen sie, dass sie sich so eine Gelegenheit nicht entgehen lassen und so schnell wie möglich heiraten würden. Wenn Maja zögerte, so war das doch nur für einen Moment. Hatte sie etwa eine Wahl? Ihr Abitur hatte sie in der medizinischen Schule schon vor vier Jahren abgelegt, zweimal hatte sie sich um Aufnahme an der medizinischen Fakultät beworben, zweimal erfolglos. Die Prüfungen bestand sie, aber der Beschluss, sie nicht aufzunehmen, wurde damit begründet, dass sie kein ausreichendes Interesse an dem Fach gezeigt habe. Sie arbeitete die ganze Zeit im Gesundheitswesen, besuchte private Physik-, Mathematik- und Chemiestunden, um den Vorsprung der Studenten aufzuholen, die vom Gymnasium an die Medizinfakultät kamen. Was also hätte sie noch tun sollen, um ihren

Studienwunsch zu beweisen? Und so kam sie ganz richtig zu dem Schluss, dass weitere Versuche sinnlos waren. Sie würde sich gern in der Welt umsehen, ihr Schuldeutsch verbessern, nach Übersee schauen, Asien und Amerika bereisen, aber eine legale Möglichkeit, ins Ausland zu kommen, gab es nicht, und emigrieren wollte sie nicht. Sie mochte ihr Land, obwohl es sich dort nicht so leicht und frei lebte, wie sie es sich wünschen würde.

Sie durchlebte eine wildere Zeit – das heißt, Majas Eltern betrachteten sie als wilder, denn in dem engen Rahmen des Sozialismus konnte sie sich gar nicht so recht zügellos benehmen. Noch mehr als die Verbote und Gebote beeinflussten innere Hemmungen Majas Verhalten und die waren eher auf ihren Charakter als auf die Erziehung zurückzuführen. So sind die Folgen, die diese Zeit mit sich brachte, nur als unverhältnismäßig zu bezeichnen. Ein paar Diskotheken, zwei, drei Gläser Wein, späte Heimkehr. Eine kurze Beziehung – oder vielmehr ein Ausrutscher – mit dem verheirateten Chefarzt der Inneren, die mit einer ungewollten Schwangerschaft endete.

Das war der Punkt, an dem sich Majas Leben auf den Kopf stellte. Zuerst erzählte sie niemandem von der Schwangerschaft. Sie wollte sich nicht anhören, dass sie sich das Leben versaute und »das« wegmachen lassen sollte. Weil jenes »das« ihrem Leben auf einmal eine Bedeutung gab. Obwohl sie wusste, dass sie das Kind allein aufziehen würde, bekam ihre Existenz, die in den letzten Jahren das Ziel verloren hatte, einen neuen Sinn. Sie würde Mutter sein, es würde etwas und jemanden geben, für den sie leben würde.

Die Schwangerschaft schickte Hormone der Ruhe und Zufriedenheit in ihren Körper. Obwohl ihre Situation keine einfache war, strahlte Maja Glück aus. Es war diese Aureole der Behaglichkeit, die Majas Mutter früher als jedes körperliche Anzeichen verriet, dass ihre Tochter in Erwartung war. Sie vertraute ihrem Mann den Verdacht an und fragte dann vorsichtig Maja.

In den 80er Jahren des 20. Jahrhunderts war es nicht so ganz geläufig, eine ledige Mutter zu sein, und erst recht war es nicht einfach. Trotzdem war von Majas Eltern nicht ein einziges Mal das Wort Abtreibung zu hören. Obwohl sie keiner Kirche angehörten und sich als Nichtgläubige bezeichneten, wussten sie, was eine Sünde ist, und jedes Leben – auch das Leben eines ungeborenen Kindes – war für sie heilig. Majas Mutter wusste aus eigener Erfahrung, dass die Zeugung eines Kindes nicht selbstverständlich war. Bevor sie Maja bekam, durchlebte sie zehn lange Jahre des Wartens und der enttäuschten Hoffnungen. Majas Geburt hielt sie für ein Wunder, das sich trotz aller Bemühungen in ihrem Fall nicht mehr wiederholte, und so wuchs Maja als Einzelkind auf.

Sie kauften ein Bettchen für Majas Mädchenzimmer und machten sich daran, Sachen für das Kind zu besorgen. Nach dem Kindsvater fragten sie nicht, warum auch, und so waren sie alle, Maja eingeschlossen, recht erstaunt, als er zwei Monate vor dem Geburtstermin selbst an ihrer Tür klingelte.

Maja war nicht naiv. Sie wusste, dass der Chefarzt Válek mit jeder willigen Krankenschwester aus der Klinik schlief, und das wusste auch die Frau des Chefarztes. Maja war aber die Einzige, die schwanger wurde. Und die langjährige Chefarztehe war zwar dank der grenzenlosen Toleranz der Frau Chefarzt glücklich, aber leider kinderlos.

Als der Chefarzt an ihrer Tür erschien und sich im Wohnzimmer niederließ, um mit Majas Vater – der im Übrigen nicht so viel älter war – ein Gläschen Sliwowitz zu trinken, kam er nicht, um anzubieten, aus Maja eine verheiratete Frau zu machen. Er kam, um sie zu bitten, für ihr Kind ein Vater sein zu dürfen. Maja war von dieser Bitte überrascht. Von Anfang an hatte sie damit gerechnet, sich allein um ihr Kind zu kümmern. Aber sie hatte keinen Grund – und sie nahm an, auch kein Recht – das abzulehnen und dem Kind den Vater vorzuenthalten. Sie kam überhaupt nicht auf die Idee, dass sie das eines Tages bedauern könnte.

Der Herr Chefarzt war ein mustergültiger Vater. Er war nicht nur in der Geburtsurkunde angegeben, sondern unterstützte den Sohn regelmäßig finanziell und kam ihn auch besuchen. Und als der Junge etwas größer war, nahm Válek ihn jedes zweite Wochenende zu sich nach Hause. Und so blieb es auch, als Maja Joska kennenlernte und vor einer weiteren Entscheidung stand.

Nur zwei Möglichkeiten boten sich ihr: Heiraten und eigene Herrin in dem versprochenen Drei-Zimmer-Königreich zu werden oder für immer bei den Eltern zu bleiben. Die Entscheidung wurde ihr leichter durch die Tatsache, dass sie in Joska verliebt war. Er gefiel ihr und es lockte sie auch sein Geruch, der an die ersten Herbsttage erinnerte, die nach den sommerlichen Hitzewellen eine Erleichterung brachten. Ihr war bewusst, wie schwierig es war, sich bei lebenswichtigen Schritten von so zweifelhaften Kriterien leiten zu lassen – schließlich war auch ihr Sohn die Frucht einer solchen Verwirrung. Aber worauf sollte man sonst achten, wenn man Entscheidungen über sein weiteres Leben traf, wenn nicht auf die Gefühle? Erst recht, wenn man nur etwas mehr als zwanzig Jahre alt war? Außerdem war Maja aufrichtig davon überzeugt, dass die Hochzeit das Tor zu einem glücklichen Leben war. Je weniger Möglichkeiten, desto einfacher die Wahl.

Sie legten einen Termin fest, Joska trat die Stelle des Betriebstechnikers in der Produktion an und füllte den Wohnungsantrag aus. Sie rechneten damit, dass es eine Weile dauern würde, bis das Haus, in dem ihnen eine Wohnung zugeteilt war, fertig wurde, aber dass sie so lange warten mussten und erst ein paar Tage vor der Geburt des zweiten Kindes umziehen würden, ahnten sie nicht.

Zwei Jahre lang wohnten sie in dem eingeschossigen Häuschen bei Joskas Eltern. Sie drängten sich in dem Zimmerchen, das früher sein Kinderzimmer war, teilten sich mit den Eltern das Bad, die Toilette und die Küche. Der Großteil ihrer Kleidung lagerte in Kartons entlang der Wände, weil sie keinen Platz dafür hatten, und ständig hofften sie, dass sie innerhalb einiger Wochen umziehen würden. So, wie es im Büro behauptet wurde, und sie vertrauten naiverweise dem Versprechen.

Sonnabends spazierten sie nicht in den Wald oder den Park, sondern lenkten ihre Schritte durch die Stadt zu der im Bau befindlichen Siedlung, stolperten über ausgefahrene Wege und schätzten, wie der Bau vorankam.

Sie freuten sich, wenn Fenster dazukamen und Eingangstüren. Sie ärgerten sich über die langen Zeiträume, in denen auf dem Bau nichts passierte, und beneideten die Glücklichen, deren Häuser fertig waren und die in die eigene Wohnung ziehen konnten.

Anfang September des Jahres ´85 zogen endlich auch die Hajnýs um – gerade zur rechten Zeit, dass die elterliche Liebe von Joskas Eltern nicht ins Wanken kam und unter dem Druck der Verzweiflung wegen der fehlenden Privatsphäre zerbrach. Und rechtzeitig, damit Maja und Joska nicht der Versuchung erlagen, sie anzuschreien, dass sie zwar dankbar waren für die Hilfe, aber dass sie jetzt um Gottes Willen aufhören sollten, ihnen in alles hineinzureden.

–

Jemand kam mit dem Vorschlag, dass es besser sei, die Fußwege an den Stellen zu pflastern, wo die Leute tatsächlich entlanggingen, also wartete man damit ab und durch die Siedlung führten nur ausgetretene Pfade. Sie liefen im Zickzack zwischen den Plattenbauten hindurch und führten um die drei Fichten herum, die man auf der von schwerer Technik zerfahrenen Baustelle als Beweis stehen gelassen hatte, dass die Verantwortlichen sich um die Natur kümmerten.

Die Wohnung im siebten Stock des langen Hauses mit den vier Aufgängen hatte drei Zimmer, eine L-förmige Küche und der Sanitärkern war aus Kunststoffplatten. Auf dem Fußboden lag braunes Linoleum, das sich an den Rändern löste, in der Mitte Blasen warf, und schon zu dem Zeitpunkt, als Maja und Joska als Erstbesitzer die Wohnung übernahmen, stellenweise zerkratzt war. Die Wände waren mit grünen Tapeten mit silbernen und braunen Motiven bedeckt. Wie sie später feststellten, hatten die Arbeiter die Tapete wohl wegen der Zeit- oder Materialeinsparung direkt auf die Betonwände geklebt. Aber aus den Fenstern war der Ausblick auf die Hügel hinter der Stadt wunderschön, der Balkon war ausreichend groß, um dort Wäsche aufzuhängen, den Nachmittagskaffee zu trinken oder gegebenenfalls rauchenden Besuch dorthin zu schicken, der nicht ohne regelmäßige Nikotinzufuhr auskam.

Mit dem Schlüssel in der Hand gingen sie durch die geöffnete Eingangstür, die Treppe hinauf in die siebente Etage, weil der Aufzug zwar funktionierte, aber abgeschlossen war, damit die Mieter ihn beim Umziehen der schweren Möbel nicht kaputtmachten, schlossen die Wohnungstür auf und traten über die Schwelle. Es war ihnen völlig egal, dass alles grünbraun war, nur Maja mit ihrem schwangeren

Bauch in den Flur passte, und Joska warten musste, dass sie ins Wohnzimmer trat, in dem von den Decken und an den Stellen, wo Steckdosen sein sollten, nur nackte Drähte hingen. Maja störte sich nicht an der Küchenzeile aus Blech und dem schlecht eingesetzten Emaille-Spülbecken, sie bemerkte nicht die Kunststoffplatten des Sanitärbereichs. Sie setzte sich im Bad auf den Wannenrand, um nach dem Ersteigen des obersten Stockwerks den geschwollenen Beinen etwas Ruhe zu gönnen, und war glücklich.

Eigentlich war ich damals dauerglücklich, dachte Maja und drehte sich auf der Pritsche auf die andere Seite. Auch damals entschieden andere über mich, bestimmten, wer und was ich sein durfte, ich hing an einer unsichtbaren Leine, die meine genauso unsichtbaren Herrchen nach Gutdünken lockerlassen oder anziehen konnten. Und trotzdem hatte ich meine Welt, meine Leute und ich war glücklich, nur wusste ich das nicht. Aber so ist das wohl, dass der Mensch sich nach Glück sehnt, aber erst, wenn er zurückschaut, begreift, dass er eigentlich glücklich war. Sie zog sich die Decke über den Kopf und verbot sich zu heulen.

ZWEITES KAPITEL

Marie, genannt Maja
November 1989

Zu der Zeit, als Maja und Joska das Bild der Jungfrau Maria mit dem Kinde von der Schlafzimmerwand nahmen, hatten sie schon sechs insgesamt recht zufriedene Ehejahre hinter sich und ein paar unwesentliche Streits. Wenn Maja unter der kratzigen Wolldecke oder bei der eintönigen Arbeit in der Schraubenherstellung an diese Jahre dachte, was sie oft tat, weil es die einzige Möglichkeit war, der vergitterten Welt zu entkommen, konnte sie sich nicht erinnern, worüber sie sich eigentlich gestritten hatten. Beim Blick zurück erschienen alle damaligen Schwierigkeiten kleinlich und unerheblich. Sie wusste auch nicht mehr, wer die Auseinandersetzungen, aus denen Streit wurde, hervorrief.

War es Joska, weil ihn Majas Flatterhaftigkeit störte? Flatterhaftigkeit, so nannte er das, aber in Wahrheit dachte er über seine Frau, dass sie inkonsequent war und nicht in der Lage, ihre Arbeit so einzuteilen, dass er, wenn er heimkam, eine saubere Wohnung und einen Kühlschrank voller Essen vorfand. Mit den Kindern auf dem Fußboden zu sitzen, Burgen aus Bausteinen zu bauen oder Bücher anzuschauen hielt er für überflüssig. Schließlich hatten seine Eltern auch nicht mit ihm gespielt. Sie arbeiteten und hielten ihn zur Arbeit an, daran sah er nichts Schlechtes.

Oder hatte Maja die Auseinandersetzungen ausgelöst, weil sie Joskas Unentschlossenheit und Gemächlichkeit nicht ertragen konnte? War es denn so schwer, Küchenstühle auszusuchen, wenn nur drei Typen vorrätig waren, oder sich zu entscheiden, in welcher Farbe sie den Flur streichen sollten?

Genau darum ging es in ihrem letzten Streit. Um den Farbton für die Zimmer. Sie wollte die Wände weiß streichen, Joska war überzeugt, dass Räume in Pastellfarben gemütlicher wirken. Ein kleinlicher, unwichtiger Streit, eigentlich war es nicht einmal ein Streit, nur etwas aufgeregtere Unstimmigkeiten. Sie war eklig und er hob leicht die Stimme, am Ende gab sie nach, so sehr lag ihr nun wieder auch nicht an der Wandfarbe. Sie wollte das leidige Malern vor allem hinter sich bringen. Und trotzdem erinnerte sie sich an den Streit. Weil es der letzte war.

Joska hatte sich damals den Freitag freigenommen und Maja die Kinder zu ihren Eltern gebracht.

Die Möbel hatten sie in die Mitte der Zimmer geschoben, sie mit alten Zeitungen und kaputten Laken abgedeckt, Eimer mit Wasser gefüllt und mit großen Pinseln die Tapeten genässt, damit sie sich mit Wasser vollsogen und leichter von den ungeputzten Plattenwänden abzuziehen waren. Die Arbeit, für die sie einen Tag geplant hatten, zog sich hin, an manchen Stellen mussten sie die hartnäckigen Papiertapeten mit Drahtbürsten abkratzen und am Abend gingen sie mit aufgeweichten Händen und abgebrochenen Fingernägeln ins Bett. Müde und ärgerlich über die Arbeit, die keinen Spaß machte und die sie hätten vermeiden können, wenn die Arbeiter beim Bauen nicht an Material, Zeit und Arbeit gespart und einfach auf den Putz verzichtet hätten.

Am Morgen standen sie früher auf, um wenigstens den Flur und das Wohnzimmer zu schaffen. Joska brachte das Transistorradio aus der Küche und stellte es auf ein

Schränkchen, das mit einem aussortierten Laken abgedeckt war. Bei den ersten Tönen klassischer Musik verzog er das Gesicht und stellte die Station Vltava auf den Nachrichtensender Hvězda um. Maja wäre die Musik sehr viel angenehmer gewesen als die Nachrichten über die vorsichtig voranschreitende Glasnost und Perestrojka, die genehmigte Studentendemonstration und den geplanten Besuch des führenden Vertreters der Deutschen Demokratischen Republik, Egon Krenz, aber sie schwieg. Wenn sie erst fertig sind, die Wohnung gestrichen und geputzt ist, kehrt das Leben wieder in seine normalen Bahnen zurück. Joska geht zur Arbeit, um halb sechs klappt die Tür hinter ihm zu und sie stellt den Radiosender zurück. Sie überflog mit einem Blick die Tapetenreste, die sich einfach nicht von der grauen Platte lösen wollten, und versuchte abzuschätzen, wie lange sie noch damit zu kämpfen hatten.

»Bevor ich damit anfange, gehe ich noch Brot und Würstchen zum Mittagessen kaufen und schaue mal, ob es irgendwelche Arbeitshandschuhe gibt.«

Joska nickte nur, schnappte sich den Spachtel, kletterte auf die Leiter und machte sich entschlossen an die Reste der grünen Tapete.

Maja war versucht, ein bisschen zu trödeln. Mit Absicht nahm sie nicht den Fahrstuhl, sondern lief die Treppe hinab, hielt auf jeder Etage an und las die Namen auf den Klingelschildern. In der fünften Etage legte sie einen verschobenen Fußabtreter wieder richtig hin und in der zweiten Etage grüßte sie Frau Janská. Der tadelnde Blick der alten Dame mäßigte sie. Natürlich, sie hatte recht, diese Treppen musste jemand wischen und wer soll sich dieses sinnlose Getrampel anhören, wenn das jeder machen würde … Die paar Meter zum Selbstbedienungsladen der Siedlung lief sie schuldbewusst schneller, warf eilig Gummihandschuhe, Hörnchen und sechs Würstchen in den Einkaufskorb, stellte sich in die Schlange an der Kasse und schaute sich um, was sie noch so gebrauchen könnten. Aus der Schlange an der anderen Kasse winkte ihr eine Frau in blauer Steppjacke und einer Mütze mit einer großen bunten Bommel zu. Maja versuchte so zu tun, als sähe sie sie nicht, weil mit Ilona Šustková auf ein paar Worte stehen zu bleiben eine halbstündige Verzögerung und einen Kopf voller Tratschgeschichten bedeutete. Aber die Bommel lauerte ihr am Ausgang auf.

»Schrecklich, oder?«

Maja dachte zuerst, sie meinte das Tapetenabreißen, und deshalb sagte sie nur: »Hm, das hält wie Pech und Schwefel.«

Ilona sah sie verwirrt an: »Auf Free Europe haben sie gesagt, dass gestern auf der Demonstration Blut floss.«

Maja hatte keine besonders hohe Meinung von Ilonas Intelligenz, aber dass sie so blöd sein würde und mitten in einem Haufen neugieriger Tratschtanten, die sich vor dem Geschäft die neuesten Neuigkeiten erzählten, von den Nachrichten aus dem Westrundfunk erzählen würde, hatte sie nicht vermutet. In dem Moment hatte sie das Gefühl, alle beobachteten sie und spitzten die Ohren. Sie packte Ilona am Ärmel und zog sie ein Stück weiter. »Was laberst du da? Kannst du nicht wenigstens leise reden?«

Ilona sah sich verwirrt um: »Entschuldige, ich dachte, das wüssten sowieso schon alle.«

»Was sollen alle wissen?«

»Na, dass gestern in Prag die Polizei so auf die Studenten eingeprügelt hat, dass eine Menge ins Krankenhaus kam. Angeblich haben sie sie irgendwo reingetrieben, dass sie nicht abhauen konnten. Und dann haben sie sie mit Knüppeln bis aufs Blut geschlagen.«

»Aber heute Morgen wurde im Radio gesagt, die Demonstration sei friedlich verlaufen und die Polizei sei nur gegen ein paar Ruhestörer vorgegangen …«

»Das sagen sie doch immer!«

»Wer weiß schon, wie das war, vielleicht sind das nur Gerüchte.«

»Im Sender Free Europe sind sie aber meistens gut informiert.«

»Und haben sie noch was gesagt?«

»Immer nur dasselbe. Hör dir das doch einfach selbst an.«

Maja sah sich um. Vor dem Selbstbedienungsladen bellte ein angebundener Hund, im Ständer standen abgeschlossen verdreckte Fahrräder und eine junge Mutter versuchte eine volle Einkaufstasche in den Korb unter dem Kinderwagen zu stopfen. Die Leute gingen ins Geschäft hinein, andere drängten mit vollen Taschen heraus, blieben auf ein paar Worte stehen, oder eilten eingemummelt in ihre Jacken und Mäntel schweigend nach Hause. Es fing leicht zu nieseln an, der Himmel über den grauen Plattenbauten war bezogen und Maja bekam Angst, dass die Welt jetzt für immer so finster aussehen würde. Plötzlich bekam sie Sehnsucht nach den Kindern. Sie wollte sie an sich drücken und ihren beruhigenden kindlichen Geruch einatmen.

Aber zuerst würden sie diese verfluchten Tapeten abreißen. »Ich muss los.« Sie nickte Ilona zu und machte sich nach Hause auf.

–

Meziříčí war im Grunde eine Kleinstadt. Ein paar Mittelschulen, ein reichhaltiges Kulturleben und der Ruf der Stadt als Athen der mährischen Walachei, der noch aus dem vorigen Jahrhundert stammte, konnten daran nichts ändern. Es blieb eine Kleinstadt, auch wenn in den 70er Jahren ihr Herz von der Hauptstraße in die Slowakei in zwei Teile geschnitten wurde. Sie fegte die Häuschen mit Garten und Holzzäunen hinweg, bedeckte die Straßen mit Staub, verpestete die Luft mit Abgasen und verunstaltete das Zentrum der einst malerischen Kleinstadt mit Plattenbauten.

Ein wesentliches Merkmal kleiner Städte ist es, dass die Menschen voneinander wissen. Sie kennen nicht immer den Namen, sind nicht sicher, wer zu wem gehört oder wo er arbeitet, aber sobald sich jemand ein bisschen unterscheidet, sich von der Menge abhebt – egal ob im guten oder schlechten Sinne des Wortes – gräbt er sich für immer ins Gedächtnis seiner Mitmenschen ein. Der Mittelpunkt von Tratsch und Aufmerksamkeit zu sein, ist nicht angenehm, und so bemühten sich alle – nicht nur die Ureinwohner von Meziříčí – ordentlich im selben Schritt zu gehen.

Was in der Welt oder in der Hauptstadt geschah, erfuhr man in kleineren Städten erst mit Verspätung. Allgemein war bekannt, dass die offiziellen Nachrichten in Presse, im Radio und Fernsehen einfach nur offiziell waren, was ein Äquivalent des Wortes »zensiert« war. Es fanden sich Leute, die Radio Free Europe oder Voice of America hörten, aber natürlich gaben sie damit nicht an und besprachen die Informationen nur im Kreis bewährter Bekannter, weil nicht nur in der großen, sondern auch in der kleinen Stadt die Bevölkerung mit Spitzeln und der Angst vor ihnen gespickt war. Was, wenn die nette Nachbarin von gegenüber oder der redselige Verkäufer im Kiosk zu denen gehörten?

Nicht nur kamen die Nachrichten bei den Menschen mit Verspätung an, es konnte sich auch niemand sicher sein, ob die eine oder andere Neuigkeit die Wahrheit war, oder nur ein Gerücht, das auf seiner langen Reise und durch den Wunsch des Erzählers aufgebläht war. Am verlässlichsten war es, sich das Freie Europa einzustellen und zu versuchen, ob man etwas hören konnte – früher über die Geräusche der Störsender hinweg, aber im Dezember ´88 waren sie von einem Tag auf den anderen offensichtlich dank der unablässig besprochenen Glasnost abgeschaltet worden. Natürlich taten es viele, aber die meisten Menschen gingen einfach zur Arbeit oder in die Schule. Die Nachmittage verbrachten die Familien gemeinsam, oder die Männer gingen auf ein Gezapftes und die Frauen zum modernen und nach Westen riechenden Aerobic. Manchmal standen alle Schlange vor dem Fleischer, dem Gemüseladen oder der Drogerie und die intellektueller Gestimmten trampelten Donnerstag für Donnerstag vor dem Buchladen herum. Am Abend setzte sich das Volk dann vor den Fernseher, machte die Nachrichten an und lachte über das Televarieté oder vergoss eine Träne über die Schicksale in der beliebten Serie *Der Mann im Rathaus*.

Auch Maja hatte von den Prager Januarprotesten gehört und – wie die Medien berichteten –von ein paar verhafteten Ruhestörern, aber sie wusste nicht, dass die Demonstrationen von den Spezialeinheiten der Öffentlichen Sicherheit mit Hunden und Wasserwerfern bedrängt wurden. Als im Februar die Bundesversammlung höheren Strafen für die Störung der öffentlichen Ruhe zustimmte, womit man weitere nichtgenehmigte Versammlungen unterbinden wollte, erklärte Joska, dass den Kommunisten der Arsch auf Grundeis ging, und Maja machte ein Gesicht, weil er wenigstens vor den Kindern nicht so vulgär reden sollte.

Wenn die Kommunisten nicht im Juni so wütend auf das Manifest *Einige Sätze* reagiert hätten, wäre Joska nicht auf die Idee gekommen, Radio Free Europe einzustellen, um zu hören, worum es in der Petition eigentlich ging und wer sie unterschrieben hatte. Maja hätte niemals Namen wie Václav Havel oder Jiří Křižan gehört, und das, obwohl Křižan in Meziříčí geboren wurde und sie wenigstens einmal in der Woche am Křižan-Sägewerk vorbeikam, das der Familie natürlich schon lange nicht mehr gehörte, die Leute aber immer noch so nannten.

Auf Free Europe erfuhr Maja von den August- und den Septemberdemonstrationen und von der Verhaftung der Protestierenden. Sie verfolgte den Sieg der polnischen Solidarność in den Juniwahlen und spürte dabei, dass der Sowjetblock ernsthafte Risse bekam und brüchig wurde. Die Massenflucht der Ostdeutschen, mit der sich die tschechoslowakischen Behörden nicht zu helfen wussten, und am Ende sogar die Flüchtlinge mit Sonderzügen und Bussen nach Bayern brachten, und der vor kurzem erfolgte Beschluss, die Berliner Mauer zu entfernen, welche die Stadt Jahrzehnte geteilt hatte, weckten in ihr das Gefühl, dass sich wirklich etwas änderte und die Kommunisten an Kraft verloren.

Die allmächtige Sowjetunion trat zögerlich auf der Stelle herum, verwirrt durch Perestrojka und Glasnost, die der ungewöhnlich fortschrittliche und für sowjetische Verhältnisse junge und frische Partei- und Staatschef einbrachte. Die kommunistischen Regierungen Osteuropas wussten sich ohne die beratende Stimme, der sie schon einige Jahrzehnte gehorchten, nicht zu helfen und hatten Angst, nach links oder rechts vom festgelegten Weg abzuweichen. Es bestand ja immer noch die Möglichkeit, dass die Situation in Moskau kippte, die kommunistische Partei wieder fest die Zügel ergriff und in Europa für Ordnung sorgte. Und wie diese Ordnung aussah, daran erinnerten sich die tschechoslowakischen Parteimitglieder aus den Gerichtsprozessen der 50er Jahre und aus den Kontrollkommissionen der 70er.

Sie waren von Unentschlossenheit gelähmt, versuchten zu erraten, was dem Großen Bruder in Moskau gefallen könnte, und als sie keine Antwort bekamen, verkündeten sie kleinere Zugeständnisse, um gleich darauf wieder die Zügel anzuziehen – aus Angst, für schwach gehalten zu werden.

–

Zu Hause legte Maja die Würstchen in den Kühlschrank. Beim Blick auf die halbleeren Fächer stellte sie fest, dass der Senf aus war, beschloss aber, wegen einer vergessenen Sache nicht noch einmal in den Laden zu gehen. Sie zog die Gummihandschuhe über und ging kontrollieren, wie viel weiter Joska gekommen war.

»Für dich habe ich keine Handschuhe, sie hatten nur kleine Größen. Man rechnet wohl nicht so sehr damit, dass Männer das Geschirr abwaschen.«

»Eher wissen sie, dass Männer sowieso keine Gummihandschuhe kaufen würden. Wir zerkratzen uns den Nagellack nicht und ein bisschen Schmutz macht uns nicht verrückt.«

Maja hockte sich hin und machte sich an das Abschaben der Tapetenreste von den Wänden, die Joska grob gesäubert hatte.

»Ich habe Ilona Šustková getroffen.«

»Die Klatschtante?«

»Auf der Demonstration in Prag soll die Polizei die Studenten furchtbar geprügelt haben.«

Der Kratzer verstummte. »Wo hat sie das her?«

»Das hat Radio Free Europe gemeldet. Angeblich.«

Der Kratzer arbeitete weiter. »Angeblich ... Das ist wieder eins ihrer Märchen. So wie sie dir versucht hat einzureden, sie sei die Nichte von Iva Janžurová.«

Maja wusste, dass Joska, wenn er sich einmal eine Meinung gebildet hatte, sei es über einen Menschen oder eine Sache, sie nie mehr änderte. Er selbst betrachtete das als positiven Zug seines Charakters, etwas wie Festigkeit und Beständigkeit, aber Maja hielt das für gewöhnlichen Starrsinn. Ihrer Meinung nach sollte man keine übereilten Schlüsse ziehen. Aber Ilona konnte nicht einmal sie als zuverlässige Informationsquelle betrachten.

»Sie wollte wohl damals einfach interessant erscheinen. Sie kannte eine Frau, die einmal die Freundin der bekannten Schauspielerin getroffen hatte, und hat sich die Geschichte ein bisschen zurechtgelegt. Aber das hier ist etwas anderes. Du hättest sie sehen sollen. Die stand völlig neben sich.«

»Die ist immer daneben. Die Polizei geht nie zart mit den Demonstranten um. Wahrscheinlich haben sie ein paar verdroschen, in ihre Transporter geladen und weggebracht. Wenn wir mit diesen blöden Tapeten fertig sind, versuche ich Free Europe reinzukriegen, jetzt ist es sinnlos, bei dem Gekratze hören wir sowieso nichts.«

Mit kämpferischem Eifer machte er sich an das letzte Stück Tapete, dann wanderten beide in den nächsten Raum und nahmen das kleine Transistorradio mit. Aber ihr Arbeitstempo flaute ab, weil im Verlaufe der Nachmittagsstunden auch aus den vorsichtigen Andeutungen des staatlichen Nachrichtendienstes erkennbar wurde, dass die gestrige Studentenversammlung nicht ganz so friedlich verlief, wie die Medien zu Beginn vorzutäuschen versuchten.

Nach dem Dunkelwerden hielt es Joska nicht mehr aus und stellte auf Radio Free Europe um.

Die abgekratzten Tapeten lagen in Haufen auf dem Fußboden, ihre Reste verunstalteten die grauen Plattenwände wie grüner Schimmel, aber Maja und Joska saßen vor dem Transistorradio und hörten aufgeregt die Nachrichten über die gewaltige Empörung an, die der Zugriff auf der Nationalstraße hervorgerufen hatte, und über den ausgerufenen Streik der Studenten und Schauspieler. Und als in der Nacht die Mitteilung über den Tod des Studenten Martin Šmíd kam, der am Vorabend auf der Nationalstraße verprügelt worden war, kam zu der Aufregung auch noch Wut hinzu. Maja und Joska wussten, dass die Geschichte jetzt in Bewegung geriet, und sie hofften, dass es in die richtige Richtung ging. In einem Punkt waren sie sich aber sicher. Dass sie alles dafür tun würden, damit es in die richtige Richtung ging.

DRITTES KAPITEL

Marie, genannt Maja
Die Nacht vom 26. auf den 27. November

Als Maja und Joska eine Woche später verhaftet wurden, waren die Tapeten zwar schon im Müll gelandet, die Wände aber noch immer unverputzt, entblößt bis auf die grauen Betonplatten, und die Möbel standen mit Laken bedeckt in der Mitte der Räume.

Später dachte Maja manchmal daran, ob die Mieter, die nach ihnen in die Wohnung kamen, die Wände verputzten und weiß strichen, wie sie sich das gewünscht hatte, oder den Pastellfarben, wie sie Joska wollte, den Vorzug gaben. Sie überlegte, ob sie die Möbel hinausgeworfen und die eigenen mitgebracht hatten, oder die Teppiche wieder ausgerollt und die Tische, Sessel und Schränke wieder so hingestellt, wie es Maja und Joska gefiel.

Nur in einem war sie sich absolut sicher. Das Bild der Jungfrau Maria mit dem Kinde kam nicht wieder übers Bett. Nicht nur, dass es für fremde Menschen kein Teil ihres Lebens und ihrer Erinnerungen war, es war auch gefährlich. Ein Heiligenbild zu Hause zu haben, kam Verrat gleich. Verrat an allem, was die Staatsführung im Namen des Fortschritts durchsetzte, Verrat der Ideale des neuen Menschen, Verrat des Systems und der Prinzipien. So ein Bild beschmutzte das, woran unser Großer Bruder, der Retter und Erlöser namens Sowjetunion, und auch das ganze vorher so erschütterte, verunsicherte und von westlichen Ideen bedrohte Osteuropa glaubten.

Es war Nacht, aber Maja und Joska schliefen noch nicht, sie lagen nur Stirn an Stirn im Bett und überlegten, wie es weitergehen sollte. Sie hofften, dass die vergangenen, auf Demonstrationen verbrachten Tage Ergebnisse bringen würden. Dass der Aufschwung des Volkswiderstands im November die erste Welle war, auf die weitere, noch mächtigere folgen würden, und dass der morgige Generalstreik die legendäre neunte, größte und mächtigste Welle sein würde, die das verreckende Monster Kommunismus aufs Ufer warf, wo es schließlich sein Leben aushauchen würde.

Sie ahnten nicht, dass sich in eben diesen Augenblicken das Ungeheuer tatsächlich aus den Tiefen hervorwälzte, aber nicht, um seinen letzten Atemzug zu tun, sondern um tief Luft zu holen, sich umzuschauen und mit neuer Kraft alle zarten Triebe der Freiheit zu zertreten, die sich ans Licht gewagt hatten.

Sie konnten nicht wissen, dass der friedfertige Genosse Gorbatschow gerade in die Geschichte einging und der Thron im Kreml von den Generälen besetzt wurde, deren Brust mit Reihen von Orden behängt waren.

Sie hatten keine Ahnung, dass aus den Kasernen gerade Panzerwagen, Fernseh- und Radiosender in die Straßen hinausfuhren, dass die Telefonzentralen und die Staatsbehörden in allen Ländern Osteuropas von Truppen besetzt wurden, deren Loyalität von russisch sprechenden Offizieren mit ihren platten Mützen überwacht wurde, und die gehorsamen Angehörigen der Volksmilizen ihnen auf dem Fuß folgten. Jene freiwilligen Hüter des sozialistischen Glaubens erlebten endlich ihren großen Augenblick, auf den sie schon nicht mehr gehofft hatten: Sie griffen zu ihren gut gepflegten Waffen, die bisher tatenlos eingelagert waren, und waren ganz versessen auf den Augenblick, in dem sie sie einsetzen konnten.

Die Militäreinheiten an den Grenzen zwischen Ost und West wurden verstärkt. Wo die Berliner Mauer durchbrochen war, standen wieder Soldaten, zogen unter der Aufsicht von Panzern den Stacheldraht hoch und stoppten mit Salven aus Maschinenpistolen diejenigen, die hofften, im letzten Moment in die Freiheit zu entkommen. Statt die letzten Befreiten zu werden, wurden sie die ersten Toten der Epoche, die jetzt kommen sollte. Die ersten Toten von vielen weiteren.

Die Bewaffneten standen an den Kreuzungen und riegelten die Straßen ab und Maja und Joska lagen in der Dunkelheit mit dem Kopf auf einem Kissen, hielten sich bei den Händen und überlegten, am Morgen früh aufzustehen, am Vormittag mit dem Verputzen zu beginnen und vor der Abenddemonstration zu Majas Eltern zu gehen und den ganzen Nachmittag mit den Kindern zu verbringen. Und die Soldaten schlugen gerade Tausende Türen ein und verhafteten entsprechend den langen Listen, die Männer in Zivil in den Händen hielten, die Anführer der gerade erst keimenden Revolution und jeden, der sich in die Proteste gegen das Regime eingereiht hatte.

Maja glitt langsam in den Schlaf hinüber. Vor dem Haus kamen Autos vorgefahren, gefolgt von Lastwagen mit Ladeflächen, die mit grünen Planen abgedeckt waren. Aus den Autos stiegen Männer in Zivil, von den Lastwagen sprangen Bewaffnete herunter und zu gedämpft erteilten Befehlen machten sie sich im Laufschritt zu den Eingängen der im Dunklen liegenden Häuser auf.

Maja schlief schon und wusste nichts von der Welt, aber Joska vernahm im Halbschlaf einen für diese Nachtzeit ungewöhnlichen Betrieb, der von draußen zu ihm drang: Motorengeräusche, schlagende Autotüren, das Getrampel vieler Füße. Dann klappte die Eingangstür, der Fahrstuhl fuhr an, aber gleichzeitig hörte er eine Horde schwerer Stiefel trampelnd die Treppe hinauflaufen. Die Siedlung und die gesamte Stadt erwachten, Fenster wurden hell und auf einmal war der erste Schrei zu hören, Lärm auf der Treppe, Gebrüll, Gehämmer. Da war Joska schon wach. Er dachte, es würde brennen, aber er hörte keine Sirenen, und so machte er die kleine Lampe an, kroch aus dem Bett und wollte zum Fenster gehen. In der Zwischenzeit war das Getrampel vor ihrer Tür angelangt, das Schreien und Rufen von draußen wurde heftiger und Joska kam nicht bis zum Fenster, denn bevor er das Bett umgehen konnte, klingelte es und es wurde laut an die Tür gehämmert: »Aufmachen!«, brüllte es. »Sofort aufmachen!«

Er sah sich zu Maja um – und so prägte er sie sich ein. Erwachend, verwirrt, mit offenstehendem Mund, der vor Entsetzen nichts hervorbringen konnte. Er schloss die Schlafzimmertür hinter sich, wich den Eimern mit dem Material fürs Verputzen aus und schloss die Tür auf. Zwei Soldaten stürzten herein, drückten ihn an die Wand, von der er vor ein paar Tagen so mühsam und sorgfältig die Tapete gekratzt hatte, und ein Mann in Zivil schaute in die Liste: »Josef Hajný?« Er strich einen weiteren Namen ab und drehte sich zu den Bewaffneten um. »Er soll sich was anziehen, und dann aufladen.«

Maja band sich gerade den Bademantelgürtel zu, als die Bewaffneten ins Schlafzimmer drangen, sie am Arm packten und in den Flur zogen. Sie schaffte es nicht einmal, das Licht zu löschen und sich Pantoffeln anzuziehen, also stand sie barfuß in dem feinen Sand, der aus dem umgeschütteten Eimer rieselte. Die Tür zum Treppengang stand offen, aus den unteren Etagen hörte man einen Schrei, Männerstimmen stritten sich und eine Frau schrie: »Nein, bitte nicht!« Dann hörte man einen gedämpften Schlag und lautstarkes

Schluchzen. »Vorwärts, schneller, schneller!«, brüllte jemand im Zwischengeschoss und Maja sah, wie Joska die Treppe hinuntergestoßen wurde.

Eigentlich sah sie nur seinen Rücken, und wann immer sie in den folgenden Jahren in den langen Nächten sich vorzustellen versuchte, wie ihr Mann aussah, tauchte vor ihren Augen diese Szene auf. Sie erinnerte sich an die zerzausten braunen Haare, die auf dem Scheitel komisch vom Schlaf zerdrückt waren, die in sich gebeugte mittelgroße, schlanke Gestalt in der blauen Jacke mit dem nach innen geschlagenen Kragen und der gestreiften Pyjamahose, und die dürren, nackten Knöchel, die aus den nichtgeschnürten Halbschuhen ragten.

Sie wusste, dass Joska eine hohe Stirn hatte, braune Augen, eine leichte Adlernase, schmale Lippen und ein kantiges Kinn. Aber so sehr sie sich auch bemühte, sie konnte sich diese Splitter nicht in ein ganzes Bild zusammenfügen und das machte sie traurig, als würde sie Joska verraten.

Der Mann in Zivil strich auf dem Papier auch ihren Namen ab und schob ihr von der Tür mit dem Fuß schwarze Stiefel hin. Sie hatte sie erst vor einer Weile ergattert und sie waren eine Nummer größer, als sie brauchte, was sie aber nicht besonders störte. Sie waren nur mit einer dünnen Schaumstoffschicht gefüttert und sie trug dicke Socken darin. Jetzt musste sie sie aber auf die nackten Füße ziehen. Ihre Fußsohlen rutschten darin herum und der Sand pikte, weil sie ihn in der Eile nicht mehr abwischen konnte. Sie warfen ihr einen Mantel über, den ersten, den sie im Kleiderschrank erwischten, das war nicht einmal ihrer. Er gehörte Joska, aber in dem Moment war das egal, sie zog ihn über den Morgenmantel, atmete Joskas Duft ein und fing an zu heulen.

Wo war Joska? Wohin wurde sie gebracht? Sie stießen sie die Treppe hinunter, die ganzen sieben Etagen taumelte sie in den zu großen, nicht geschlossenen Stiefeln, sie war nicht so schnell wie der kurzgeschorene junge Mann, eher ein Junge, der sich seiner Macht sehr wohl bewusst war.

Er hielt sich zwar an Befehle, aber es machte ihm eine eigenartige Freude, dass er in einer Situation war, in der er die Oberhand hatte. Alle diese Menschen, die er die Treppe hinunterzog und auf die Lastwagen jagte, hatten Angst vor ihm. Er konnte sie schubsen, sie anschreien, die Frauen so berühren, wie er es in normalen Situationen nicht gewagt hätte, und das gefiel ihm ganz offensichtlich.

Getrampel, Gehämmer, die Befehle der Soldaten, Geschrei, verzweifeltes Geheul und Schluchzen. Auf dem Weg durchs Treppenhaus bemerkte Maja flüchtig, dass die Tür zur Wohnung in der vierten Etage offenstand, der Teppich war hochgeschlagen und mit Scherben vom zerschlagenen Spiegel bedeckt, aber in der Wohnung war niemand. In der dritten Etage kniete eine Frau in der Tür, stützte sich mit den Händen auf der Schwelle ab und schluchzte. Über das Linoleum vor dem Fahrstuhl zog sich eine Spur aus Blutstropfen, stellenweise zertreten, aber ganz sicher frisch. Sie zog sich die Treppe hinunter, markierte den Weg bis zu einer Reihe geparkter Armee-Lkws. Maja wurde zum dritten gebracht. Zwei Soldaten standen auf der Ladefläche und packten sie an den Händen, zogen sie mit einem Ruck nach oben und warfen sie wie einen Zementsack auf den Boden.

Die Fläche war fast voll. Entlang der Seitenwände saßen eng gedrängt erschrockene Schatten, und als Maja im Halbdunkel ein bisschen besser sehen konnte, bemerkte sie, dass einige der Festgenommenen Handschellen hatten. Wohl die, die sich am meisten widersetzt hatten. So viele Handschellen, dass sie für alle gereicht hätten, hatten die

Bewaffneten offensichtlich nicht. Niemand war je auf die Idee gekommen, dass man so eine Menge davon brauchen könnte. Zwei Soldaten standen in der Wagenmitte mit dem Rücken zueinander und richteten die Waffen auf die verwirrten Gestalten, die sich in ihre Mäntel mummelten, die sie über Nachthemden und Pyjamas geworfen hatten. Weitere Soldaten luden die Festgenommenen auf, zogen sie an den Händen nach oben, schubsten sie hinein und schrien: »Mach schneller, los, los, an die Seite, rutsch weiter, nach hinten!«

Maja kroch auf Knien weiter und zwängte sich zwischen die sitzenden Schatten. Sie beugte sich vor und versuchte wenigstens an der Kleidung zu erkennen, ob Joska auf der Ladefläche war, aber das Innere des Wagens war nur von einem schwachen Licht beleuchtet, das am Metallgestänge des Lastwagens hing, und so sah sie von den anderen nur die Umrisse. Der dünne Soldat, der sich gerade auf die Ladefläche geschwungen hatte, schlug Maja mit dem Gewehrkolben vor den Brustkorb und stieß sie zurück. Der plötzliche Schmerz ließ sie nach Luft schnappen und sie zog sich so weit es ging in das Halbdunkel zurück. Aber auch so konnte sie bemerken, dass auf dem Lastwagen nur Frauen waren. Sie pressten sich aneinander, manche schluchzten und sie verstanden überhaupt nicht, wo sie waren und warum.

Das Auto war fast voll, aber die Soldaten zogen immer mehr Festgenommene nach oben, verängstigte und manche weinend. »Nein, bitte nicht!« Die Soldaten mühten sich, eine junge Frau hineinzuziehen, aber die stemmte sich mit den Beinen dagegen und versuchte sich ihnen zu entwinden. »Ich habe Kinder zu Hause, ich kann sie doch nicht allein dort lassen, bitte, nein!«

»Mach schon!« Der Soldat schlug der Frau die Beine weg, die Männer oben zogen sie grob über den Rand und verpassten ihr einen Tritt in die Seite. Sie rollte sich zusammen und fing an zu weinen.

Der Motor ging an, das Auto ruckte ein paarmal vor und zurück und fuhr dann holpernd los. Die Gestalt, die neben Maja saß, beugte sich in der Dunkelheit näher zu ihr und nahm ihre Hand. Maja drückte die Hand und fühlte sich gleich etwas besser. Sie war nicht allein. Alle auf dem Lastwagen waren genauso verschreckt wie sie. Und Lastwagen hatte sie in der Siedlung sechs, vielleicht sieben gezählt. Ganz sicher hatten sie nicht nur in ihrer Straße die Leute eingesammelt, sondern in der ganzen Stadt, im ganzen Land.

Maja fiel ein, dass ihr jemand erzählt hatte, dass die Staatssicherheit zu übermütige Leute manchmal in Autos lud und sie weit vor die Stadt brachte, sie dort aussetzte und desorientiert und ohne Geld zurückließ. Sollten sie doch nach Hause kommen, wie sie wollten. Sicher würde das auch mit ihnen so sein. Sie wollten ihnen eine Lehre erteilen. Zeigen, dass sie mit dem Demonstrieren auf den Plätzen nichts erreichen würden und dass auf die Proteste gegen das Regime eine Strafe folgte.

Bestimmt war es so. Was sonst sollten sie ihnen antun? Sie konnten sie doch nicht alle einsperren, tröstete sie sich in Gedanken. So viele Leute passen doch nicht in die Zellen. Aber dann tauchte die Erinnerung an die Fotos auf, die Jahre später Zeugnis über Pogrome, Kriege und Umstürze ablegten. Im Geist sah sie die ausgehobenen Gruben und die Haufen lebloser Körper. Das hier waren keine Geheimpolizisten, sondern Soldaten. Mit Maschinenpistolen bewaffnete Soldaten. Männer, ausgebildet zum Töten.

Wenn das Auto in eine Kurve fuhr, legte es sich zur Seite und Maja konnte im schwachen, schaukelnden Licht beobachten, wie die Soldaten, die auf der Ladefläche standen, sich mit einer Hand am Gestänge festhielten, an dem die Plane befestigt war, und mit der anderen Hand fest die Maschinenpistolen hielten, die auf das Häufchen verschreckter Frauen gerichtet waren. Sie konnte nicht erkennen, ob die Waffen entsichert waren. Wenn das Auto in ein Schlagloch fährt, könnte sich ein Schuss aus dem Lauf lösen und jemanden verletzen, oder sogar töten, dachte sie, und zwängte sich noch mehr nach hinten.

Nach einigen Minuten fuhren die Lkws offensichtlich aus der Stadt heraus, weil die Straße jetzt mehr dahinfloss und es nicht so viele scharfe Wendungen gab. Maja versuchte zu erraten, in welche Richtung es ging und ob sie in einer Kolonne mit den anderen Lkws fuhren, oder sich von ihnen getrennt hatten. Sie hoffte, Joska würde an den gleichen Ort gebracht werden. Sie zog den Mantel enger an den Körper und versuchte, das Zittern zu unterdrücken. Sie wusste selbst nicht, ob sie wegen des Schocks bebte oder vor Kälte. Endlich gelang es ihr, die Stiefel zuzuknöpfen, aber so viel Mut, sie auszuziehen und die Fußsohlen vom Sand zu säubern, hatte sie nicht. Sie zog vorsichtig die Beine an, bedeckte sie mit dem weiten Mantel, schlug den Kragen hoch und drückte mit den Händen die Aufschläge an den Körper. Beim Einatmen verspürte sie einen scharfen Schmerz im Brustkorb, hoffte aber, dass die Rippen von dem Schlag mit dem Kolben nur geprellt waren.

Sie konnte nicht einschätzen, ob sie zwanzig Minuten fuhren, oder gar eine Stunde, und ihr wurde immer mehr bewusst, dass sie nichts tun konnte, was die Ereignisse irgendwie umkehren könnte.

Das Auto hielt an, die Soldaten sprangen ab und begannen ihre Ladung aus dem Wagen zu jagen. Majas Beine waren so schwach, dass sie bei der Berührung mit der festen Erde einknickten, und sie fast umfiel. Sie ruderte mit den Armen, um das verlorene Gleichgewicht zurückzuerlangen, aber bei dem unerwarteten Schmerz im Brustkorb stöhnte sie auf.

»Ruhe da! Nicht reden!«, brüllte der Soldat, der ihren Lastwagen unter seinem Befehl hatte, und schubste Maja in die Reihe zu den anderen.

Sie standen vor einem zweigeschossigen, grauen Gebäude mit großen Fenstern und einem breiten Eingang. Eine Schule, schoss es Maja durch den Kopf, aber da jagten die Bewaffneten sie schon hinein und durch die langen Gänge an geschlossenen Türen vorbei bis in die Turnhalle.

Während der Schulzeit bewegte sich Maja gern, aber Turnhallen konnte sie nicht leiden. Darin stand immer ein seltsamer Geruch von Schweiß, der in die Geräte eingezogen war, der Gestank schlechtgewischter Fußböden, das Modrige ungelüfteter Räume und Staub. Maja fand die Umkleiden mit den quietschenden Blechschränken abstoßend. Sie konnte sich nie sicher sein, ob die sauber waren, unter den Bänken lagen vergessene Gymnastikschuhe, schmutzige Trikots und Trainingshosen. Die Drahtnetze an den Fenstern erinnerten an Gefängnisse. Sie mochte nicht die hallenden Stimmen, die aufprallenden Bälle und das durchdringende Pfeifen. Es störte sie das gemeinsame Umziehen und das Wissen, dass sie in dem Moment, in dem sie den blau-weißen Sportanzug anzog, aufhörte, die einzigartige Maja zu sein und ein Teil des Teams wurde.

Auch der Gestank dieser Turnhalle war, wie sie ihn aus den Schuljahren erinnerte, aber die Geräusche waren anders. Zu hören waren nur die lauten Befehle, das Rascheln der sich übers Parkett bewegenden Körper, wenn sie für die Neuankömmlinge Platz machten, und unterdrücktes Schluchzen. Alle Lampen waren angezündet, damit den Bewaffneten, die an den Wänden aufgereiht waren, kein Versuch, sich zu wehren, entging. Als brächten die verschreckten und verwirrten Frauen, die in ausgerichteten Reihen mit dem Kopf zum Fußboden geneigt saßen, dafür den Mut auf. Wenn für jedes Wort, jede heftigere Bewegung oder ein Umschauen wenigstens ein Anschnauzer auf sie wartete, oder auch ein Tritt oder ein Hieb mit dem Gewehrkolben.

Die Uhr über dem Eingang zur Turnhalle zeigte drei Uhr. War es möglich, dass sie noch vor nicht ganz zwei Stunden mit Joska im Bett gelegen und den nächsten Tag geplant hatte? Maja hoffte, dass auch Joska im Warmen unter einem Dach war, dass sie die Männer nicht auf den Lkws oder irgendwo in ungeheizten Hallen frieren ließen.

Noch mehr Festgenommene wurden nicht gebracht, Majas Gruppe war die letzte. Maja hob ein bisschen den Kopf und sah sich vorsichtig nach den Soldaten um. Die schauten so verbissen ... Waren sie wirklich überzeugt davon, dass die auf dem Boden kauernden Frauen gefährlich waren? Glaubten sie wirklich, dass sie ihr Land, das sie zu verteidigen geschworen hatten, vor einem inneren Feind retteten, der es hinterhältig von innen zerfraß? Dass sie gerade noch rechtzeitig eingriffen, um die Heimat vor dem Verderben zu retten?

In der Tür zur Sporthalle erschien ein Zivilist mit einem Ordner in der Hand. Mit einem schnellen Blick überflog er die Frauen und ging dann mit langen Schritten zu einem Soldaten mit einer flachen Mütze – der Uniform nach hielt Maja ihn für einen Offizier. Er sagte etwas zu ihm und zog dann aus der Akte Papiere, die mit einer Klammer zusammengeheftet waren. Der Offizier schaute in die Papiere, dann rief er zwei Soldaten, die etwas entfernt standen, zu sich, reichte ihnen die Papiere und nickte mit dem Kopf in Richtung der Festgehaltenen. Die Soldaten gingen auf die erste Reihe der Frauen zu, zählten genau zehn ab, befahlen ihnen aufzustehen und brachten sie fort. Der erste Gedanke, der Maja durch den Kopf schoss, war, dass sie wohl hinter das Schulgebäude gebracht und dort auf dem Spielplatz erschossen wurden. Im Geist sah sie die Körper zu Boden sinken und Blut in das spärliche, vom Herbst geschädigte und von Menschenfüßen zertrampelte Gras sickern. Sie spitzte die Ohren, ob sie Schüsse hörte, sie war sich sicher, dass sie sie hören müsste. Und wirklich, von draußen drangen Laute herein, die sich wie Schüsse anhörten. Oder redete sie sich das ein? Langsam überkam sie die Panik. Sie hatte das Gefühl, keine Luft zu bekommen, aber dieses Mal war es nicht der Schmerz von dem Kolbenschlag, sondern die grauenhafte, unendliche Angst. Das ist die letzte Nacht meines Lebens, fiel ihr ein. Wie viele Atemzüge bleiben mir noch, dachte sie, und bei diesem Gedanken fühlte sie sich seltsam ruhig und ausgesöhnt. Aber in diesem Moment kehrten die Soldaten mit den Frauen zurück. Diesmal erlaubten sie ihnen, sich auf den Fußboden zu legen, und zählten zehn weitere Festgenommene ab.

Maja flüsterte mit gesenktem Kopf der Gestalt vor sich zu: »Wohin bringen sie sie?«

Die Frau antwortete eine Weile nicht und Maja dachte schon, sie hätte sie nicht gehört. »Vielleicht aufs Klo«, murmelte sie dann und Maja wurde sich in diesem Moment ihrer Harnblase bewusst und sie rechnete sich still aus, wann sie an der Reihe war. Sie tippte auf etwa 40 Minuten und das kam ziemlich genau hin.

Die Toiletten waren schon in einem erbärmlichen Zustand und der Fakt, dass die Bewaffneten nicht gestatteten, dass sich die Frauen in den Kabinen einschlossen, bewirkte, dass Majas Gang in die Waschräume fast umsonst war. Während der nächsten Tage, Wochen und Monate gewöhnte sie sich an solche Situationen, aber damals, beim ersten Mal, gehorchte ihr der Körper überhaupt nicht und sie hielt sich so lange in der Kabine auf, dass sie dann nicht mehr die Hände und das Gesicht waschen und ein bisschen trinken konnte. Die von der lästigen Aufgabe gelangweilten Soldaten verloren langsam die Geduld, und so schubsten sie sie aus der Kabine direkt wieder in die Reihe und brachten sie zurück in die Turnhalle.

Endlich konnte auch sie sich hinlegen, aber obwohl sie das Gefühl hatte, todmüde zu sein, konnte sie nicht einschlafen. Sie dachte an Joska und die Kinder und tröstete sich damit, was für ein Glück sie im Unterschied zu vielen anderen Frauen in diesem Raum hatte. Sie wusste wenigstens, dass die Kinder in Sicherheit waren und dass sich ihre Eltern gut um sie kümmerten, egal was mit ihr und Joska passierte.

VIERTES KAPITEL

Marie, genannt Maja
Nach dem 27. November 1989

Die drei auf dem Fußboden der Turnhalle verbrachten Tage gruben sich als Zeit der Angst und der Hoffnungslosigkeit in Majas Gedächtnis ein. Die folgenden Wochen und auch die ganzen Jahre danach waren dunkel wie die endlose Polarnacht, aber die Unsicherheit und die Ängste, die sie eingesperrt in der stinkenden Halle durchlebte, kamen einem Fall in einen abgrundtiefen, ausgetrockneten Brunnen gleich.

Es war nicht schwer zu erraten, was diesen Fall bewirkt hatte. Maja begriff es im selben Moment, als mitten in der Nacht die Soldaten in der Tür auftauchten und sie aus dem Schlafzimmer schleiften: Die kommunistische Regierung weigerte sich, die Macht aufzugeben, und hatte deshalb die Armee zu Hilfe gerufen. Das war klar, obwohl niemand so einen abrupten Umschwung erwartet hatte.

Eingeschlossen im Sportsaal hatte Maja genügend Zeit zum Überlegen. Sie grübelte, ob die Armeen auch in anderen Ländern eingegriffen hatten, aber Polen, Ungarn und Ostdeutschland waren der Demokratie schon so nah gekommen, dass es ihr unwahrscheinlich vorkam. Erst in den folgenden Wochen stellte sie fest, wie sehr sie sich getäuscht hatte.

Manchmal verfiel sie in Hoffnungslosigkeit, aber dann wiederum tröstete sie sich damit, dass der Westen das schließlich nicht so hinnehmen würde, oder dass sich auch in der Sowjetunion etwas ändern und die Soldaten sich wieder in die Kasernen zurückziehen würden. Sie ahnte aber, dass das nur ein frommer Wunsch war. Dass von außen keine Hilfe kommen würde, genauso wie damals im August des Jahres 1968, als die »befreundeten« Armeen unter Führung der sowjetischen ins Land einfielen.

Diesmal war die Situation umso hoffnungsloser, als es keine Okkupationsarmee war, die ihre Wohnungstür aufgestoßen hatte. Die Soldaten und Offiziere trugen die Uniform der Tschechoslowakischen Volksarmee, warum also sollten sich westliche Länder in die inneren Angelegenheiten eines kleinen mitteleuropäischen Staates einmischen? Sie geben demonstrativ ein paar Protesterklärungen ab und wenden sich dann wieder ihren eigenen Problemen zu. So machten sie es in den 30er Jahren, als Hitler die Sudeten okkupierte und später auch den Rest des Landes besetzte. Und so verhielten sie sich im Jahr ´68. Geschichte wiederholt sich, das ist eine bekannte Tatsache.

Sie wusste aber nicht, wie weit die Kommunisten mit Unterstützung der Armee gehen würden, um ihre Gegner zu liquidieren. Ob sie sie nur einschüchtern wollten oder bereit waren, sich ihrer Feinde ein für alle Mal zu entledigen.

Und wo war Joska? War er überhaupt noch am Leben? Sie hatte auch keine Ahnung, wo sie selbst war oder wie lange sie dortbleiben musste. Die festgenommenen Frauen durften sich ohne Erlaubnis nicht vom Platz rühren, und so saß Maja auf ihrem Mantel, nur mit ihrem Nachthemd und dem Morgenmantel bekleidet, den Sachen, in denen sie aus der Wohnung geholt wurde. Sie wusste schon nicht mehr, wie sie sich hinlegen oder hinsetzen sollte. Ihr Körper schmerzte und bei jedem Einatmen stach es in ihrer Brust. Sie fürchtete, die Rippe auf der linken Seite könnte doch gebrochen sein. Sie hielt die Luft an, um den Schmerz zu überstehen, der mit jeder heftigeren Bewegung stärker wurde, krümmte sich zusammen wie ein Kind im Mutterleib, und versteckte den Kopf unter dem Mantelzipfel, um dem Licht zu entkommen, das die ganze Nacht brannte.

Sie hatte keinen Hunger, denn jede Frau bekam am Vormittag einen Laib Brot, von dem sie den Tag über aß, und Majas Magen war sowieso vor Angst zugeschnürt, weshalb sie sich zum Essen zwingen musste.

Ihr Körper war klebrig vom Schweiß. Der Gestank der schmutzigen Waschräume und Toiletten drang durch die offenen Türen bis in die Turnhalle, wo er sich mit der abgestandenen Luft und dem Geruch vieler ungewaschener Körper mischte.

Maja hatte entdeckt, dass die Wachsamkeit der Soldaten langsam nachließ. Die Nervosität und die Gereiztheit, die die Soldaten zuerst auszeichneten, wurden von Heiterkeit abgelöst. Maja schloss daraus, dass die militärische Intervention von Erfolg gekrönt war. Es war verboten zu reden, und die Soldaten reagierten auf jedes Flüstern der Gefangenen mit Gebrüll und Drohungen. Aber sie bestanden nicht mehr darauf, dass die Frauen nur vor sich hinsahen oder den Blick in den Boden bohrten. Maja sah sich unauffällig um und versuchte unter den Festgehaltenen ein vertrautes Gesicht zu entdecken. Zwei Frauen kamen ihr bekannt vor. Sie hatte sie manchmal in der Siedlung getroffen, auf dem Spielplatz oder im Geschäft gesehen. Vielleicht hatte sie früher auch ein paar Worte mit ihnen gewechselt. In der Reihe vor sich entdeckte sie Ilona Šustková. Sie heftete ihren Blick auf sie und flüsterte leise ihren Namen. Nach einer Weile drehte sich Ilona ein bisschen um und nickte leicht. Vielleicht gab sie ihr damit zu verstehen, dass sie von ihr wusste, aber vielleicht schien es Maja auch nur so.

Trotzdem munterte es ihre einsame, verängstigte Seele auf, dass hier jemand war, den sie kannte.

Am Ende des dritten Tages kannte Maja in einem Umkreis von einigen Metern von ihrem Platz jede Ritze im Parkett. Sie hätte jeden Riss in den Wänden genau aufzeichnen können, kannte die genaue Anzahl der Fenster, der Glühlampen und der Sprossen an der Sprossenwand. Sie zählte zusammen, dass am ersten Morgen 143 Frauen und etwa zwölf Soldaten in der Turnhalle waren. Deren Anzahl wusste sie nicht sicher, weil sie sich ablösten und in den Uniformen kaum zu unterscheiden waren. Zwei standen am Eingang, weitere standen an die Wände der Turnhalle gelehnt oder liefen herum. Sie waren bewaffnet, aber auf die zusammengekauerten Frauen auf dem Fußboden zielten sie nicht mehr, sie trugen die Waffen über der Schulter.

Und so saß oder lag Maja auf dem Mantel und bemühte sich, all die schrecklichen Vorstellungen im Zaum zu halten, die ihr durch den Kopf jagten. Und sie unterdrückte Erinnerungen, weil die sie wehmütig machten und ihr die Kraft nahmen.

Ihr kamen Momente in den Sinn, in denen sie jetzt etwas anders machen würde, wenn sie die Zeit zurückdrehen könnte. Die Sonntagmorgen, wenn sie noch ein bisschen schlafen wollte und für Lenka und Kubík ein Märchen im Fernseher anschaltete, damit sie sie in Ruhe ließen. Die Tage, an denen sie müde oder gereizt war und nicht genug Geduld mit den Kindern hatte, und sie anstelle zeitraubender Erklärungen, warum dies oder jenes nicht ging, einfach anschrie oder ihnen einen Klaps auf den Hintern gab. Die Abende, an denen sie das Gute-Nacht-Märchen nur schnell herunterlas, um sich in den Sessel setzen und die nächste Folge der Fernsehserie sehen zu können … Sie ballte die

Hände so heftig zur Faust zusammen, dass sich die Fingernägel in die Handfläche bohrten, und nahm sich fest vor, das alles wiedergutzumachen, wenn sie erst zu Hause wäre. Ganz bestimmt würde sie wieder nach Hause kommen, die konnten sie ja nicht ewig hier in der Turnhalle festhalten. Und um den aufdringlichen Gedanken zu verscheuchen, dass sie die Kinder, Joska und die Eltern vielleicht nie wiedersehen würde, begann sie abermals die Löcher im Drahtgeflecht zu zählen.

–

In der Turnhalle erschienen ein paarmal Männer in Zivil mit militärischer Begleitung. Im Verlaufe des ersten Tages riefen sie nach und nach 48 Namen auf. Die Frauen erhoben sich nur zögerlich von ihren Plätzen, und wenn sie dann durch die Tür gingen, hatten sie Hoffnung und Angst in den Augen. Sie kehrten nicht mehr zurück und die anderen Festgenommenen konnten nur raten, ob sie freigelassen, an einen anderen Ort gebracht oder ein für alle Mal beseitigt wurden. Am nächsten Tag wurden wieder 50 Frauen fortgebracht – Maja wusste das genau, weil sie zu diesem Zeitpunkt einfach schon alles zählte. Auch Ilona Šustková war unter diesen Frauen. Am dritten Tag wurde am Nachmittag ihr Name aufgerufen. Marie Hajná.

Sie zog den Mantel über und stellte sich zu den Frauen, deren Namen vorgelesen worden waren.

Wieder wurden sie auf einen Lastwagen geladen, aber diesmal schien Maja die Reise viel kürzer. Bestimmt dauerte sie nicht länger als eine Viertelstunde. Als sie am Ziel waren, wurde dieser neblige Novembertag schon wieder dunkel.

Sie fuhren auf den Hof eines hohen, grauen Gebäudes und die Soldaten öffneten die Ladefläche, damit die Frauen hinunter auf die Erde springen konnten. Die meisten hatten einen Schlafanzug, ein Nachthemd oder die Kleidung an, die ihnen im Moment der Verhaftung unter die Hand kam: Trainingshosen, einen ausgeleierten Pullover und darüber geworfene Jacken und Mäntel. Wie auch bei Maja waren das nicht immer die eigenen. Das Tor schloss sich und Maja sah sich nach den erleuchteten Fenstern um – sie waren vergittert.

Auf der Straße vor dem eisernen, oben stacheldrahtbewehrten Tor dröhnten die Motoren der vorbeifahrenden Militärautos, und Maja überlegte, was wohl die Leute auf der anderen Seite des Zaunes taten. Kamen sie gerade von der Arbeit? Warteten sie auf Menschen, die ihnen nahestanden?

Wie sah das Leben in dem von der Armee beherrschten Land jetzt aus? Leistete jemand Widerstand oder hatten sich alle abgeduckt und warteten, wie sich die Situation entwickelte? Nach ein paar Tagen allgemeiner Begeisterung über die Veränderungsaussichten hatten sie sich wieder in ihren Höhlen verkrochen, wo sie sich jetzt ihr Abendessen kochten. Und nach dem Essen würden sie die Kinder zu Bett bringen, sich vielleicht in ihre Wohnzimmer setzen und sich leise sagen, wie gut sie daran getan hatten, sich nicht mitreißen zu lassen und sich den Protesten nicht anzuschließen.

Vor dem hohen Zaun war das Leben. Auch wenn es unfrei und gerade jetzt zweifelsohne voller Ängste und Erniedrigungen war, aber immerhin ein Leben.

–

»Los, los, in die Reihe! Und Ruhe!« Die Soldaten schubsten ungeduldig die Festgehaltenen neben die Lastwagen.

Aus der Tür des Gebäudes kam ein bewaffneter Wachmann, verglich seine Papiere mit der Liste, die ihm vom Lastwagenfahrer übergeben wurde, und befahl: »Vorwärts!«

Die Soldaten sprangen wieder ins Auto, fuhren ans Tor heran, und als es für sie öffnete, fuhren sie los, um die nächste Ladung zu holen. Alles lief schnell ab, im Trab, wie auf dem Laufband.

Maja kam eine flüchtige Erinnerung in den Sinn, wie sie im Erdgeschoss ein Einschreiben oder ein Paket von der Briefträgerin annahm. Ein Paket, mehr war sie jetzt nicht, nur eine Sendung ohne eigenen Willen, die entsprechend den Instruktionen im Begleitschein weitergeschoben wurde.

Die Gruppe seltsam gekleideter Frauen ging durch einen langen Gang und die Treppe hinauf. Vor und hinter ihnen wurden vergitterte Türen geöffnet und geschlossen. Gitter vor den Fenstern, Gitter in den Gängen, Gitter in den Türen.

Maja stand wieder mit dem Gesicht zur Wand in einer Reihe und wartete, dass sich eine der drei Türen auf der anderen Seite des Ganges öffnete und ihr Name aufgerufen wurde. Keine der inhaftierten Frauen war länger als zehn Minuten drin und keine kam in die Reihe zurück. Alle wurden sofort von den Wachposten fortgeführt und die meisten weinten dabei. Majas Knie zitterten vor Angst und Anspannung und sie musste sich mit den Händen an der Wand abstützen, um nicht umzufallen.

»Hajná Marie.«

Sie löste sich von der Wand und ging mit unsicheren Schritten in das karg eingerichtete Büro. Dort stand nur ein Tisch, an dem ein Mann in Zivil saß. Daneben stand ein Wachposten in ziviler Kleidung mit einer Armbinde und einem über die Schulter geworfenen Gewehr. Maja erinnerte das an die schwarze Armbinde, die die Hinterbliebenen zum Zeichen der Trauer trugen. Aber diese Binde war rot. Wie Blut.

Auf der Ablage entlang der Wand lagen scheinbar kunterbunt durcheinander Papierstapel und darüber hing ein großes, gerahmtes Porträt von Gustáv Husák. Der Präsident sah sie durch die starken Gläser seiner Hornbrille mit viel größerem Interesse an als der Mann am Tisch. Aber ihre Glatze war gleich – glatt und glänzend.

Der Beamte oder Ermittler oder Richter – Maja erfuhr nie, wer das eigentlich war, wie er hieß und welche Funktion er innehatte – hob den Kopf von den Papieren. »Sie wissen, warum Sie hier sind.« Das war keine Frage, nur eine einfache Feststellung.

»Nein«, sagte Maja, aber sie wusste es ganz genau. Und sie wusste auch, dass sie im Netz zappelte und nicht mehr entkommen konnte.

–

Maja war keine Heldin. Sie hatte keine großen Träume und sehnte sich nicht nach Dingen, die sie nicht haben konnte.

Im Laufe ihres Lebens söhnte sie sich mit einer Menge Dinge aus. Sie fand sich damit ab, dachte aber nie, dass das System, in dem sie lebte, richtig war. Sie sah nur keinen anderen Ausweg. Das war der Winterschlaf, in dem die Mehrheit der Menschen im sozialistischen Lager vor sich hinlebte, und es sah nicht so aus, als ob dieser Zustand einfach so enden würde.

Im Jahr 1968 war Maja noch ein kleines Mädchen, trotzdem hatte sie auch mehr als zehn Jahre später keine Chance, an der Hochschule angenommen zu werden, weil sich ihr Vater zu Beginn der Normalisierung lieber als Leiter der Buchhaltung absetzen ließ und in die Lagerhaltung ging, als den Okkupationsarmeen öffentlich für das Einschreiten gegen die Kräfte, die den Sozialismus umgestalten wollten, zu danken.

Maja war bereit zu akzeptieren, dass sie nicht Ärztin werden würde, fand sich mit dem Gedanken ab, nie studieren zu können, obwohl das Studium der Weg war, den sie sich für sich vorgestellt hatte. Während sie erwachsen wurde, träumte sie davon, die Welt zu bereisen, aber als sie dann erwachsen war, überzeugte sie sich selbst, dass es wichtigere Dinge als einen Reisepass gab. Sie wusste, dass es Bücher gab, die sie nicht lesen konnte, und Gedanken, die sie nicht laut aussprechen durfte. Unfreiheit war der Preis, den sie für die zweifelhafte Sicherheit bezahlte, dass – solange sie sich anpasste – der Staat sich um sie kümmern würde. Wie der Herr um den Hund, der an der Hundehütte angebunden ist.

Aber es gab auch Dinge, mit denen sie sich nicht abfinden konnte. Zum Beispiel mit dem Gedanken, dass sie ihren Kindern würde beibringen müssen zu lügen, damit sie im Rahmen des Systems ein wenn auch nicht zufriedenes, doch immerhin sicheres Leben leben konnten. Und dass es auch für sie fast unmöglich sein würde, sich ihre gewöhnlichen Träume und Wünsche zu erfüllen, oder sich wenigstens darum zu bemühen.

Es war wegen der Kinder, dass sich Maja entschloss, auf den Platz zu gehen, sich auf das erhöhte Podium zu stellen und zu tun, was in ihren Kräften stand, um die Dinge zum Besseren zu wenden.

–

Als Maja und Joska auf den Hauptplatz von Meziříčí kamen, war es schon dunkel und in den Fenstern der umliegenden historischen Häuser brannte Licht. Auf der oberen Seite, vor der Statue des heiligen Florian, brannten ein paar Kerzen und ein Stück weiter stand ein verlegenes Menschengrüppchen herum. Ein Stückchen entfernt standen noch ein paar Menschen – auf den Bürgersteigen vor den dunklen, nicht besonders auffällig geschmückten Schaufenstern und auf der anderen Seite des Platzes bei der Mariensäule.

Sie gesellten sich dem verlegenen Grüppchen zu und Maja zog eine Kerze aus der Tasche, zündete sie an und stellte sie vorsichtig zu den anderen. Dann mischte sie sich unter die Herumstehenden.

»Und werden wir hier nur so stehen und glotzen?« Joska war offensichtlich enttäuscht. Er erwartete wohl, dass es auf dem Platz genauso brodeln würde wie bei den Zusammenkünften in den großen Städten. Davon wurden im Fernsehen erst vorsichtige, aber mit der Zeit immer deutlichere Aufnahmen von skandierenden Massen mit selbstgemachten Transparenten gezeigt.

Die Menschen in dem Häufchen sahen einander an.

Ein Mann in brauner Jacke mit hochgeschlagenem Kragen und halb in die Stirn gezogener Schirmmütze drehte sich ihm zu, hob die Augenbrauen und sagte achselzuckend in leicht beleidigtem Tonfall, als hätte er Joskas Bemerkung zu Maja persönlich genommen: »Dann sagen Sie doch was.«

Joska sah sich verlegen um. »Ich bin kein Redner …«

Der Mann mit der Schirmmütze warf ihm einen verächtlichen Blick zu und sprang flink auf den Sockel, was hinsichtlich seines Umfangs verwunderlich war. Er sah die paar Dutzend Versammelten an, räusperte sich und lenkte seinen Blick wieder zu Joska zurück, um ihm zu zeigen, dass es nicht schwer war, einfach ein paar Sätze zu sagen.

»Wir sind hier zusammengekommen, weil sich die Zeiten ändern«, dröhnte er los und Maja fiel auf, dass dieser Redner nicht einmal ein Megafon brauchte. »Freunde, wir haben uns mehr als vierzig Jahre von einem Regime beherrschen lassen, das uns das Paradies auf Erden versprach, aber uns stattdessen in einen Käfig sperrte und jeden unserer Schritte bestimmte. Wie brutal es die Studenten behandelte, unsere Kinder, das war nur der letzte Tropfen. Wir alle müssen uns zusammenschließen und entschlossen NEIN sagen. Wir lassen uns nicht mehr herumschubsen, wir sind keine Marionetten, wir sind Menschen und haben einen eigenen Willen.«

Maja fühlte, wie es ihr heiß durch die Adern lief und sie eine seltsame Erregung überkam. Der Mann mit der Schirmmütze sprach genau das aus, was sie die ganzen Jahre mit sich herumtrug. Die Sehnsucht nach Freiheit, den Wunsch, das Leben in die eigenen Hände zu nehmen. Das war in ihr, aber sie unterdrückte es und trat es mit Füßen.

Sie schaute sich die Umstehenden an. In manchen Gesichtern erkannte sie, dass sie die gleichen Gefühle durchlebten wie sie auch. Sie nickten, ein paar riefen sogar: »Genau!«, »Wir sind keine Marionetten!«, »Genug ist genug!«. Und eine Frau in Kunstfellmütze, die auf dem Bürgersteig vor dem Nationalausschuss stand, hängte sich bei ihrem Partner ein und zog ihn fort.

»Wir sind hier zusammengekommen«, fuhr der Redner fort und das Tempo seiner volltönenden Stimme verlangsamte sich, »um kundzutun, dass wir nicht einverstanden sind. Um laut zu sagen, dass wir so nicht mehr weiterleben wollen.«

Die Zögerlichen, die weiter entfernt standen, gesellten sich langsam der kleinen Schar auf der Oberseite des Marktes zu. Der entschlossene Ton des beleibten Redners lockte sie näher heran und gab ihnen Mut. Jeder schien den Eindruck zu haben, dass die Zeit der Spitzel und Denunziationen vorbei war.

»Schließen wir uns also den Stimmen an, die heute durchs ganze Land erklingen, und bringen unser Recht auf Freiheit zum Ausdruck. Nieder mit dem Sozialismus!«

In der Menge brummte es schüchtern und die Losung wurde nur von ein paar vereinzelten Rufern wiederholt. Der Mann mit der Schirmmütze lächelte, verbeugte sich und holte mit dem Arm in Richtung der Menge aus, um weiteren Rednern Mut zu machen. »Auch ihr habt bestimmt etwas dazu hinzuzufügen.«

Der Satz war klar an Joska gerichtet, aber der machte überrascht einen Schritt zurück, und so packte die Hand des Redners Maja und zog sie zu sich hinauf auf das Mäuerchen, das für diesen Augenblick zu einem provisorischen Podium geworden war. Maja hielt vor Überraschung die Luft an, wusste aber genau, was sie sagen wollte, was sie herausschreien musste.

Sie sah sich auf dem dunkel gewordenen Platz um. Im schwachen Licht der Straßenlaternen konnte sie die Gestalten, die ihr gegenüberstanden, eher spüren als sehen.

»In diesem Land bin ich geboren und ich liebe es«, begann sie, »aber unser Land ist nicht frei. Ich wünsche mir, dass meine Kinder die Möglichkeit haben, selbst über ihre Zukunft zu entscheiden, und deshalb möchte ich freie Wahlen!«

»Wahlen! Wahlen!« Die Menge, die vor kurzem noch so vorsichtig war, jubelte bei diesen Worten.

Maja sprang vom Mäuerchen herunter und ein weiterer Redner kletterte hinauf.

Sie stellte sich wieder neben Joska und der legte ihr den Arm um die Schulter. »Ich bin sehr stolz auf dich«, murmelte er in ihre Haare und drückte sie an sich. Der Mann mit der Schirmmütze zwängte sich durch das begeisterte Häufchen zu ihnen durch, schnappte sich Majas Hand, schüttelte sie wild und rief aufgeregt: »Sie haben es erfasst, wir müssen unsere Forderungen formulieren. Klar sagen, was wir wollen. So wie sie es in anderen Städten auch machen. Aus Prag fahren Redner in die anderen Städte, kennen Sie niemanden, der zu uns kommen könnte?«

Maja schüttelte den Kopf, aber das entmutigte den Mann nicht. Begeistert fuhr er fort: »Schreiben Sie das auf, schreiben Sie unsere Forderungen auf und morgen treffen wir uns wieder hier, und dann sind wir sicher viel mehr. Wir werden siegen, Sie werden sehen, dass wir siegen!«

–

»Nein?« Der Mann am Schreibtisch schien sich gut zu amüsieren. Maja erkannte ihn sofort, als sie zur Tür hineinkam, obwohl die Schirmmütze, die er bei den Demonstrationen nie abnahm, jetzt an der Garderobe bei der Tür hing. Maja kam die völlig sinnlose Frage in den Sinn, ob er sie gegen die Kälte trug oder um seine Glatze zu verdecken. »Ist es vielleicht wegen der Liste der antistaatlichen Forderungen, die sie zusammengestellt und Abend für Abend auf den unerlaubten Demonstrationen vorgelesen haben? Oder vielleicht, weil Sie mit dieser Ihrer Liste in die umliegenden Städte gefahren sind? Oder vielleicht auch, weil Sie zum Sturz der Regierung des Volkes und zum Generalstreik aufgerufen haben, solange die Forderungen nicht erfüllt werden!«

Jetzt lächelte der Mann nicht mehr. Mit jedem weiteren Satz wurde seine Stimme stärker, jedes weitere Wort klang entschlossener und empörter, und Maja verstand plötzlich, wo das glatzköpfige Dickerchen so gut reden gelernt hatte. Viele Jahre lang hatte er auf Parteiversammlungen und Kongressen an seinen Fähigkeiten gefeilt.

Sie wusste, dass es absolut sinnlos war, ihn daran zu erinnern, dass er es war, der sie aufgefordert hatte, zur Menge zu sprechen. Dass es seine Idee gewesen war, dass sie die Forderungen der Demonstrierenden aufschrieb. Sie verstand jetzt, dass er ihr den Köder ausgelegt hatte und sie von selbst in die Falle gegangen war.

»Wissen Sie nun, warum Sie hier sind?« Der Mann erhob sich vom Stuhl und stützte sich mit beiden Handflächen auf den Tisch. »Sie sind hier, weil Sie Ihre sozialistische Heimat verraten haben, und deshalb verurteilt Sie dieses Gericht im Namen der Republik zu zwanzig Jahren Gefängnis.«

»Welches Gericht?« Maja sah sich verwirrt in dem Büro um, als ob sie erwartete, dass sich irgendwo wirklich Richter in Talaren versteckt hielten. »Das hier ist doch kein Gericht«, wehrte sie sich, als glaubte sie, noch etwas ändern zu können.

»Das Standgericht. Das Volk. Ich!« Der Mann setzte sich wieder hin. »Abführen.«

»Aber ich habe Kinder.« Maja zerrte an ihrem Arm, um sich vom Wachmann loszureißen, der sie abführen wollte. Der packte sie und zog sie in Richtung Tür. Der heftige Schmerz auf der linken Brustseite ließ sie nach Luft schnappen.

»Daran hätten Sie früher denken sollen«, antwortete der Glatzkopf halblaut und nickte dem Wachmann zu. »Bringen Sie die Nächste.«

–

Standgericht? Maja erinnerte sich dunkel, was sie in der Schule im Zusammenhang mit dem Zweiten Weltkrieg, mit der Heydrichiade und Lidice über das Standrecht gelernt hatten. Das Standrecht erlaubte strenge Gerichtsurteile, Todesstrafen und ihre sofortige Ausführung. Gegen die Urteile konnte man keine Berufung einlegen. Standgericht bedeutete Krieg und Tod. Aber um was für einen Krieg handelte es sich hier? Krieg gegen wen? Gegen das eigene Volk?

Die Tür schlug hinter ihr zu und der Schlüssel drehte sich im Schloss. Sie wusste überhaupt nicht, wie sie in die Zelle gekommen war. Im Kopf hatte sie den einen einzigen Gedanken. Zwanzig Jahre. Zwanzig Jahre ohne die Kinder, ohne Familie, zwanzig Jahre hinter Gittern. Das konnte einfach nicht wahr sein, nichts von dem, was um sie herum passierte, konnte wahr sein. Gleich würde der Vorhang aufgehen und sie feststellen, dass sie aus Versehen in einer schrecklichen Theatervorstellung gelandet war oder unfreiwillige Teilnehmerin an einem pseudowissenschaftlichen Experiment. Zwanzig Jahre, das konnte einfach nicht wahr sein. Ihr knickten die Beine weg, sie setzte sich auf die Erde und begann zu weinen.

»Wie viel?«, fragte eine der auf den Betten sitzenden Frauen. Maja hob den Kopf und schaute sich im Raum um. Auf zwei Metalldoppelstockbetten saßen sieben Frauen. Manche drückten sich an die Wand, als wollten sie in ihre eigene Welt entfliehen, andere saßen am Bettrand. Ihre Augen waren gerötet, aber sie weinten nicht mehr, sie schwiegen und versuchten zu verarbeiten, was gerade passierte. Versuchten, in Gedanken eine Lösung zu finden, obwohl sie wussten, dass es keine gab.

»Zwanzig?« Maja sprach die Zahl wie eine Frage aus, weil die Bedeutung dieser Zahl noch nicht in ihr Gehirn vorgedrungen und noch immer nicht zu verstehen war.

Die Frau erhob sich, setzte sich neben sie und legte ihr den Arm um die Schultern. »Zwanzig«, wiederholte sie und sah sich in der überfüllten Zelle um. »Da hast du ja noch Glück gehabt.«

FÜNFTES KAPITEL

Marie, genannt Maja
Dezember 1989

Als Maja klein war, hatte sie Angst vor der Dunkelheit. Sie fürchtete sich vor dunklen Ecken, huschenden Schatten, die von den vorbeifahrenden Autos in die Fenster geworfen wurden, und den kaum wahrnehmbaren Geräuschen, die im Dämmerlicht dunkle Gestalten zum Leben erweckten. Mama Anna hatte für die kindliche Angst Verständnis. Sie ließ die ganze Nacht im Flur ein schwaches Licht brennen, das durch die Milchglasscheibe in der Tür ins Kinderzimmer schien.

Nur arbeiteten die Eltern in Schichten, und wenn es nicht anders ging, vertrauten sie Maja für einen oder zwei Tage der Großmutter an. Manchmal kam sie und blieb über Nacht, obwohl sie sich nicht wohlfühlte. Aber wenn es nur die kleinste Möglichkeit gab, packte sie eine Tasche für Maja und fuhr mit ihr in einem holpernden Bus bis zum niedrigen Haus in der Vorstadt, die einmal ein Dorf war und das im Wesen immer noch blieb.

Für die Großmutter waren Majas Ängste vor der Dunkelheit nicht nur unverständlich, sondern ganz und gar empörend. »Die ganze Nacht das Licht brennen lassen? So eine Verschwendung. Der Strom kostet Geld, Marie. Wir haben es hier nicht so mit dem Verwöhnen, du bist hier nicht auf dem Schloss, Mädchen. Außerdem gibt es sowieso nichts zum Fürchten. Was geschehen soll, wird geschehen. Wir sind alle in Gottes Händen.«

Der kleinen Maja gefiel der Gedanke, in Gottes Händen zu sein, sehr. Sie stellte sich vor, wie sie von großen, unsichtbaren Handflächen umgeben war, die nicht erlaubten, dass ihr etwas zustieß. Am Abend legte sie sich ins Bett, zog die Bettdecke bis unters Kinn und sah über sich das Gewölbe der Hände Gottes. Sie spürte ihre Weichheit und die Wärme, die sie ausstrahlten, und sie fühlte sich sicher.

Den Glauben bewahrte sie sich fast bis ins Erwachsenenalter. Nicht den Glauben an Gott, den nahm man ihr in der Schule. Dort erklärten sie, dass die Menschen Gott erdacht hatten, weil sie die Naturphänomene nicht verstanden, die die heutige Wissenschaft leicht erklären konnte. Und die Religion sei nur als Instrument entstanden, das der herrschenden Klasse helfen sollte, das untergebene Volk in Gehorsam zu halten. Maja hätte gern gefragt, inwieweit sich der Glaube an den Marxismus-Leninismus, der unablässig in Staatsbürgerkunde und auf den Pionierversammlungen durchgekaut wurde, von der Religion unterschied. Aber sie wusste schon, dass man manche Fragen in der Schule nicht stellte. Und der Vater kam einmal, als sie von der Großmutter zurückkehrte, in ihr Zimmer und setzte sich auf die Liege unterm Fenster. »Du hast die Großmutter gern, nicht wahr?«

Maja kam diese Frage seltsam vor. »Natürlich habe ich sie gern«, antwortete sie und fuhr mit dem Auspacken fort.

»Die Oma ist schon recht alt, weißt du, sie wurde anders erzogen und sie findet Dinge wichtig, die nicht mehr in die heutige Zeit passen«, fuhr der Vater fort.

»Dinge? Was für Dinge?«

»Zum Beispiel in die Kirche zu gehen, beten, Heiligenbildchen …«

Maja zog den Schlafanzug aus der Tasche, stopfte ihn unters Kopfkissen und setzte sich auf den Schreibtischstuhl. »Da ist doch nichts Schlechtes dran.«

»Ist es nicht, aber manche Menschen denken, der Glaube an Gott sei rückständig. Ich wollte dir nur sagen, dass du außerhalb der Familie nicht darüber sprechen solltest, was dir Oma über Gott erzählt. Du könntest dir damit schaden.«

»Wie schaden?«

»Einfach schaden«, sagte Papa und nahm das Buch zur Hand, das auf dem Regal neben dem Bett stand. »Was liest du da?«

Maja war sich sicher, dass der Papa übertrieb, so, wie es die Erwachsenen gern taten. Aber auch ihr war nicht entgangen, dass hauptsächlich ältere Frauen die Kirche besuchten, und so kam sie zu dem Schluss, dass Glaube und Religion wirklich etwas aus der Mode gekommen waren.

Aber immer noch glaubte sie, dass das Leben gerecht war. Wenn sie sich nur anständig und wohlwollend verhielt, würde das Leben ihr auch so entgegenkommen. Sie glaubte daran, dass sie vom Leben bekommen würde, was sie verdiente.

Den Glauben an Gerechtigkeit und das Gute verlor sie nicht auf einmal. Er verflüchtigte sich nach und nach, so wie Mehl aus einem aufgeplatzten Sack. Zuerst entweicht nur ein schwacher Strom. Aber der Riss wird mit der Zeit größer und der Strom stärker, bis zum Schluss nur noch die leere Papiertüte da ist.

Den ersten Riss bekam Majas Glaube an die Gerechtigkeit in der Schule, in der wundervollen Schule mit den Bildern an den Wänden der Flure, den farbigen Wandtafeln, den Bücherregalen und den Lehrbüchern, die die Antworten auf alle Geheimnisse der Welt enthielten, die es zu entdecken galt. Stunde um Stunde, Tag um Tag zeichnete Maja in die Schreibhefte senkrechte und waagerechte Striche, aus denen Buchstaben entstanden. In der Fibel enträtselte sie die ersten Wörter und verband sie zu Sätzen, addierte und subtrahierte Bildchen in den Rechenbüchern. Ihr Notizbüchlein füllte sich mit Marienkäfern und Einsern und Maja war stolz auf sich. Und vor allem war sie glücklich, weil der Papa mit ihr zufrieden war. Er sagte ihr immer wieder, dass sie gute Noten brauchte, die Beste sein musste, weil sie dann alles werden könnte, was sie wollte. Erst nach Jahren begriff Maja, was der Vater meinte, wenn er ihr über den Kopf strich und hinzufügte: »Das ist deine einzige Chance.«

Sie verstand aber überhaupt nicht, warum gerade sie nicht bei den Pionieren aufgenommen wurde, warum sie als eine von wenigen kein Anrecht auf ein rotes Halstuch hatte und keine Ehrenwache am Denkmal der gefallenen Partisanen stehen durfte, obwohl sie deren Lebenswege besser als die anderen in der Klasse kannte. Sie hatte kein Recht, dienstags an den Versammlungen teilzunehmen, sonnabends an den Ausflügen in die Natur oder gar Sommerferienlagern. Nicht ein einziges Mal in ihrem Leben war sie am Meer – nicht einmal in Bulgarien. Sandstrände und hohe Wellen mit weißen Kämmen kannte sie nur aus den Erzählungen der braungebrannten Mitschüler, aus dem Fernsehen und den Träumen, in denen sie auf Dampfern übers Meer fuhr.

Mit jedem hinzukommenden Jahr und jeder weiteren Begegnung mit dem wirklichen Leben rieselten ein paar mehr Körnchen aus dem Säckchen, in dem Majas Vertrauen ins Leben lag. Aber es waren immer noch genug übrig, dass sie auf die Zukunft hoffen konnte.

Sie freute sich auf das Ende der Grundschule. Die Bilder, die den Gang rahmten, hatte Maja lange satt, obwohl sie sich die Schwäche für die russischen Landschaftsmaler des 19. Jahrhunderts bewahrte. Die Bewunderung für die Bücherregale und die rot-gelben Wandzeitungen verging ihr gleich, als sie lesen gelernt hatte. Die bedeutenden Jahrestage und die Lebensläufe der Staatsmänner waren kein bisschen interessant. Auch die Lehrbücher enttäuschten sie. Sie beantworteten selten eine Frage, die sie sich stellte. Viel mehr erfuhr sie aus Vaters Büchern. Das Einzige, was die Schule Maja wirklich gut beibrachte, war, nach nichts zu fragen und seine Gedanken für sich zu behalten.

–

Die Großmutter sagte häufig, dass Majas Händen ein Zauber innewohne. Wenn die alte Frau Kopfschmerzen hatte, was häufig vorkam – und sie schämte sich dafür, weil sie jede Art von Schmerz für eine Schwäche der Damen aus der Stadt hielt –, legte ihr Maja die Handflächen an die Schläfen und die strapazierten Schultern. Und die Großmutter behauptete immer, der Druck im Kopf würde nachlassen und sich verflüchtigen.

»Du hast heilende Kräfte in den Händen, Marie«, wiederholte sie mit geschlossenen Augen und Maja glaubte ihr.

Und sie glaubte ihr auch, dass es ihre Bestimmung war, den Schmerz der Menschen zu lindern, und sie beschloss, Ärztin zu werden. Sie war überrascht, als die Eltern diese Idee nicht erfreut, sondern vielmehr betroffen aufnahmen.

»Denk noch einmal darüber nach«, sagten sie. »Du hast noch viel Zeit, dich zu entscheiden.«

Maja brauchte keine Zeit mehr. Existierte etwa ein besserer und nützlicherer Beruf, als Menschen gesund zu machen und sie ins Leben zurückzubringen? »Du hast selbst gesagt, Papa, dass ich alles werden kann, was ich möchte, wenn ich mir nur Mühe gebe«, hielt sie dagegen. Aber der Vater wandte nur den Blick ab, schüttelte den Kopf und verließ das Zimmer.

Unterstützung bekam sie auch in der Schule nicht.

»Wenn du in die Medizin willst, dann mach zuerst das Abitur an einer medizinischen Mittelschule. Der Weg wird für dich gangbarer sein als über das Gymnasium.« Die Lehrerin musste nicht erklären, warum. Maja wusste schon, was der Vater damit meinte, dass die Beste zu sein ihre einzige Chance war. Tochter eines Lagerarbeiters zu sein, war absolut in Ordnung. Aber die Tochter eines aus der Partei ausgeschlossenen Wirtschaftsingenieurs zu sein, der aus Not Lagerarbeiter wurde, bedeutete einen Fleck in der Kaderakte zu haben. Und das konnte auch die Klassenlehrerin nicht beeinflussen.

»Wer weiß, was in vier Jahren ist«, tröstete sie Maja nicht ganz überzeugend. »Nach dem Abitur bewirbst du dich um das Medizinstudium. Und wenn sie dich nicht nehmen, hast du wenigstens eine abgeschlossene Berufsausbildung. Nach dem Gymnasium wärst du nichts.«

Und so ging Maja an die medizinische Berufsschule. Sie folgte dem Rat der Klassenlehrerin und das war gut so. Selbst dort nahm man sie erst auf, nachdem sie Widerspruch eingelegt hatten, obwohl ihr Zeugnis nicht hätte besser sein können und sie die Aufnahmeprüfungen ohne

Probleme bestand. An einem Gymnasium, für die es Auswahlverfahren gab, hätte man sie schwerlich angenommen.

Und dann erfüllten sich die Worte der Lehrerin und es geschah das, was alle – außer Maja – erwartet hatten, selbst wenn sie das Gegenteil erhofften: Maja wurde nicht für Medizin angenommen, weder im ersten noch im zweiten Versuch. Die Begründung dieser Entscheidung war schlicht, und deshalb unangreifbar – sie entsprach nicht den Anforderungen. Und weil die Anforderung in Eltern mit lupenreiner Vergangenheit bestand, blieb ihr nichts übrig, als sich mit dem Gedanken auszusöhnen, dass die Stelle als Schwester im Krankenhaus, die sie bislang als vorübergehend angesehen hatte, offenbar ihr Schicksal war.

In diesem Moment war das Säckchen mit dem Vertrauen ins Leben schon fast leer. Sie bemühte sich, einen Trost in dem Gedanken zu finden, dass sie Menschen helfen und ihre heilenden Hände nutzen können würde, obwohl es auf der Station zu wenig Zeit zum Trösten der Patienten und für beruhigende Worte gab. Sie redete sich selbst ein, dass zu arbeiten, seine Familie gern zu haben und sich zu den Menschen anständig zu benehmen, für ein glückliches Leben ausreichten. Dann kam der November ´89 und Maja erblickte durch den Schlitz in der Tür eine Welt, nach der sie sich einst gesehnt hatte. Innerhalb einer Nacht schlug die Tür wieder zu und der Glaube an das Gute und die Gerechtigkeit lagen jetzt gemeinsam mit ihr auf dem Boden einer Zelle.

Maja bemühte sich, flach zu atmen, um den Schmerz im geprellten Brustkorb abzumildern. Sie schloss die Augen vor dem Licht, das die Wachleute die ganze Nacht brennen ließen, und stellte sich vor, wie es wäre, wenn sie wieder klein wäre. Die Tür ginge auf, die Großmutter würde die verdammte Glühlampe löschen, ihr ein Kreuzzeichen auf die Stirn machen und ihr sagen, sie müsste keine Angst haben, weil sie in Gottes Händen war.

–

In der kleinen Zelle, die nur mit den Doppelstockpritschen und einem Hockklo in der Ecke eingerichtet war, verbrachte Maja eine Woche. Nur einmal in dieser Zeit brachten die Wachmänner die Gefangenen in die Duschen. Ihre zivile Kleidung wurde fortgeschafft und dafür teilte man ihnen dunkelblaue Hosen und Hemden aus. Beides erinnerte an Monteurskleidung und sollte ursprünglich offensichtlich auch diesem Zweck dienen. Als sich aber die Verhältnisse zuspitzten und die Zellen schon aus allen Nähten platzten, gab es nicht mehr genug Gefängniskleidung und als Ersatz wurde die Arbeitskleidung genommen. Die war zu groß – ursprünglich war sie für Männer bestimmt, und so schlotterte sie trotz aufgekrempelter Hosenbeine und Ärmel albern an den gefangenen Frauen herum. Ihre Schuhe durften die Sträflinge behalten – es gab so viele Festgenommene, dass in den Depots keine Schuhe mehr übrig waren. Maja war die meiste Zeit barfuß. Das war bequemer, als die Tage in den luftundurchlässigen Stiefeln mit hohem Absatz zu verbringen. In den Stiefeln, die sie sich noch vor einer Zeit so sehr gewünscht hatte.

Es war ein trauriger Anblick: Die weiblichen Gefangenen saßen in den Blaumännern und Winterschuhen, an denen die Schnürsenkel fehlten, auf den Pritschen oder auf dem Fußboden herum und verbrachten die Zeit mit leisen Spekulationen. Alle waren für schuldig befunden worden, die Republik zu zersetzen. Alle hatten ihr Urteil angehört und warteten nun, was kommen sollte. Würden sie ins Gefängnis geschickt? Oder in ein Arbeitslager? Konnten sie ihre Familie benachrichtigen? Würden Besuche erlaubt sein?

Maja stellte fest, dass ihre schreckliche Zwanzig-Jahre-Strafe zu den geringeren zählte. Die Frau mit den roten Haaren und der tiefen Stimme, die sich ihrer nach der Ankunft angenommen hatte, war zu dreißig Jahren verurteilt worden, eine kleine, schweigsame Blondine zu fünfundzwanzig. Die Verurteilten hielten die Höhe ihrer Strafe nicht geheim, aber ansonsten herrschte im Raum ein drückendes Misstrauen, das sich auf die vorhergehenden schlechten Erfahrungen gründete. Was, wenn eine Zuträgerin unter ihnen war, oder man ihnen eine Provokateurin untergeschoben hatte? Was, wenn eine von ihnen ein paar Jahre ihrer langen Strafe loswerden oder sich eine Entlassung erwirken wollte, indem sie die anderen denunzierte?

Ohne sich darüber zu verabreden, sprachen die Frauen auch nicht über ihre Familien und die Kinder, obwohl die Gedanken an sie das waren, was sie am meisten beschäftigte. Und Maja dankte aufs Neue dem Schicksal, dass in jener Nacht, als sie verhaftet wurden, die Kinder bei ihren Eltern waren. Sie waren außer Gefahr, wenigstens dessen konnte sie sich sicher sein. Was auch immer mit Joska oder ihr passierte, für die Kinder war gesorgt.

Am siebenten Tag rasselte am Nachmittag der Schlüssel im Schloss, in der Tür erschien ein Wachmann und führte die Verurteilten aus der Zelle.

»Los, beweg dich!«, stieß er Maja vorwärts, als sie die Stiefel anziehen wollte. Es dauerte bei ihr länger als bei den anderen, weil sie sich mit dem schmerzenden Brustkorb immer noch nicht ordentlich bücken konnte.

Ein anderer Wachmann legte den Gefangenen an der Tür Handschellen an. »An die Wand, in Reihe, Gesicht zur Wand, Tempo!«, schrie er und schubste sie.

»Wie können Sie das nur machen ...«, presste eine der Frauen zwischen den Zähnen hervor.

»Ruhe, Maul halten!«, schrie der Wachmann und stieß die Frau neben Maja an die Wand, sodass sie mit dem Gesicht auf den schmutzigen Putz schlug und ihr die Tränen aus den Augen schossen.

Sie starrten an die Wand und warteten, bis die Wärter die Verurteilten aus den anderen Zellen gebracht und sie den Soldaten übergeben hatten, die an den vergitterten Türen standen, welche den Gang in mehrere Sektoren abteilten. Unter Aufsicht der Soldaten und zu den Geräuschen schlurfender Schritte und sich öffnender und wieder schließender Türen liefen sie dann durch die Gänge und stiegen – namentlich aufgerufen – in Busse. Maja zitterte vor Kälte, weil draußen ein kalter Dezemberwind blies. Feuchter Schnee trieb durch die Luft und setzte sich ihr auf die Schulter. Dort taute er und hinterließ nasse Flecken, die schon nach ein paar Minuten zu einer Eiskruste wurden. Im Bus war es wärmer, aber Maja war immer noch kalt. Sie versuchte, mit den Füßen zu trampeln und die Finger der gefesselten Hände zu bewegen, aber es half alles nichts.

Sie lehnte sich ans nachlässig weiß übertünchte Fenster und sah durch die Flecken ohne Farbe hinaus.

Der Motor wurde angelassen, das Tor öffnete sich und der Bus fuhr hinaus auf die Straße. Er holperte durch die kaputten Straßen der Stadt, vorbei an einer grauen Siedlung, die der ähnelte, in der Maja mit Joska und den Kindern noch vor nicht ganz zwei Wochen gelebt hatte. Fuhr an leeren Geschäften, geschlossenen Restaurants und Einfamilienhäusern in Gärten mit kahlen Bäumen vorbei. Wenn Maja bislang noch wenigstens eine kleine Hoffnung auf die Rückkehr in ihr früheres Leben genährt hatte, so nahm ihr der Blick in die Straßen diese innerhalb weniger Minuten. Sie hatte die genaue Zeitvorstellung schon verloren, wusste nicht, ob es ein Wochentag war oder Sonntag, aber sie schätzte, dass der November vorbei war und der Dezember begonnen hatte. Der Monat, in dem in den Schaufenstern neben dem nicht sehr reichhaltigen Warenangebot Weihnachtsschmuck an silbernen oder goldenen Schnüren aufgehängt wurde, und die Stadt voller Menschen war, die nach Geschenken suchten. Der Blick in die Straßen war vielsagend.

Die Gehwege waren fast leer, nur manchmal sah sie eine dahineilende Gestalt, die sich vor dem kalten Wetter tief im Mantel verkroch, und Soldaten, die an den Ecken standen, vor parkenden Autos herumtrampelten und vor Schulen und Behörden auf und ab liefen. Aus jeder Nebenstraße schauten die Geschützläufe von Panzern. Auf den Gehsteigen, an den Kreuzungen und auf Rasenflächen und Beeten, auf denen in den warmen Tagen noch Sommerblumen geblüht hatten, standen Panzerwagen. Masten, Bushaltestellen, Schaufenster und Haustüren waren mit Flugblättern mit Bekanntmachungen und Anordnungen beklebt, deren Inhalt Maja nur erahnen konnte.

Sie verließen die Stadt und Maja schlief mit der Stirn ans Fenster gepresst ein. Als sie aufwachte, war es dunkel. Die Frau, die neben ihr saß, hatte im Schlaf ihren Kopf an Majas Schulter gelehnt, und obwohl sie das wärmte, war Maja diese enge Nähe eines fremden Menschen unangenehm. Seit ihrer Kindheit war sie eine Einzelgängerin, und obwohl sie sich in den letzten Tagen den Platz zum Schlafen, Waschen und sogar die Toilette mit vielen anderen Frauen teilen musste, hatte sie sich noch immer nicht an die Gerüche und die Wärme fremder Körper gewöhnen können. Sie versuchte, die Frau wegzuschieben, und rutschte auf ihrem Platz hin und her, um den durchgefrorenen, steifen Körper wieder aufzuwecken. Ihre gefesselten Hände sah sie, fühlte sie aber nicht, als gehörten sie nicht zu ihr. Das jagte ihr einen Schrecken ein, und so versuchte sie ihre Schultern zu bewegen, damit das Blut wieder in die tauben Finger floss. Durch den Brustkorb fuhr ihr dabei der wohlbekannte Schmerz und Maja fing an zu husten. Die Frau auf dem Nebensitz wachte auf und rückte von ihr weg.

»Meine Rippe ist wohl gebrochen«, flüsterte Maja entschuldigend. Mehr schaffte sie nicht zu sagen, denn der Bus hielt an und die Soldaten begannen, durch den Gang zwischen den Sitzreihen zu gehen. Die Vordertür öffnete sich und Kälte wehte herein. Maja versuchte, durch das geweißte Fenster in die Dunkelheit zu schauen, aber sie konnte nichts sehen. Nur die flackernden Lichter von Taschenlampen, Schatten von Soldaten und Betonsäulen. Mehr war durch das nasse Fenster nicht zu erkennen.

»Vorwärts! Raus! Tempo, Tempo.«

Die Gestalten auf den vorderen Sitzen erhoben sich und eine nach der anderen stiegen mit den vor dem Körper gefesselten Händen unsicher die hohen Stufen herab und verschwanden in der Tür. Die Frau neben ihr rappelte sich von ihrem Platz hoch und Maja folgte ihr. Wieder fegte ein kalter Wind in den Bus und trieb den Schneeregen hinein. Außer Befehlen und dem Rauschen von Wind und Regen war von draußen nichts zu hören. Maja holte Luft und stieg hinunter in die Dunkelheit.

November 1992

Meine allerliebste Lenička,
herzliche Glückwünsche zu Deinem 7. Geburtstag! Ich kann kaum glauben, dass Du schon ein Schulkind bist. Ich weiß, dass Du schon im vergangenen Monat Geburtstag hattest, aber [redacted].

Als Du auf die Welt kamst, hattest Du eine Menge Haare und hast geschrien, dass man das wohl noch im Erdgeschoss gehört hat. Die Schwester in der Geburtsklinik meinte, Du würdest sicher Sängerin werden. Kannst Du singen? Papa und ich haben gern gesungen, aber nicht so gut. Ich habe Dich in einem blauen Kinderwagen herumgefahren. Die Oma hat eine weiße Bettdecke genäht und ein Kissen und darauf Dein Monogramm und Blumen gestickt. Mit blauem Garn – damit es zum Kinderwagen passte. Aber dann dachten alle, Du seist ein kleiner Junge. Jetzt würde Dich wohl niemand mehr mit einem Jungen verwechseln, aber bei Säuglingen ist das schlecht zu unterscheiden. Wenn Du einmal Kinder hast, werde ich ihnen auch das Monogramm auf die Decke sticken, das verspreche ich. Ich sende Dir eine Million Küsschen, ich denke immer an Dich und freue mich auf unser Wiedersehen.

Deine Mama

SECHSTES KAPITEL

Anna und Radek
Nach dem 27. November 1989

Der Sekundenzeiger lief unaufhaltsam vorwärts. Anna Tomanová saß neben ihrer vierjährigen Enkelin am Küchentisch, aber anstatt die Kinderzeichnungen anzuschauen, die ihr sonst so viel Freude machten, konnte sie ihren Blick nicht von der Uhr mit dem Zwiebelmuster lösen. Die Hände hatte sie im Schoß zusammengepresst, um das nervöse Zittern zu unterdrücken, das sich in ihrem ganzen Körper ausbreitete und nicht nur die Muskeln lahmlegte, sondern auch die Gedanken. Durch die kalte Leere, die um sie herum war, aber vor allem in ihr – im Kopf, im Brustkorb, in den Muskeln und den Nervenenden – dröhnte das Ticken der Keramikuhr wie ein Bombardement. Die Schläge folgten einer auf den anderen, zerstörten die Reste ihres bisherigen Lebens und fegten sie in alle Richtungen auseinander.

Bis fünf Uhr waren es nur noch fünf Minuten. Der Sekundenzeiger rutscht noch 300-mal vorwärts und dann beginnt das Ausgangsverbot. Dann halten die Soldaten jeden auf der Straße fest, der sich nicht mit einer Erlaubnis ausweisen kann, die von den Behörden nur denen erteilt wird, die sie benötigen, um in der Zeit der Ausgangssperre zur Arbeit oder von der Arbeit nach Hause zu kommen. Wenn sie jemanden ohne Passierschein anhalten, wird der ins Auto geladen und fortgebracht. Wohin – das weiß niemand, weil bislang noch keiner der Festgenommenen zurückgekehrt war.

Sie verschwanden genauso wie Annas Tochter Maja und ihr Mann Joska. Wenige Stunden nach der Machtübernahme durch die Armee waren sie auf Militärlastwagen gepfercht worden. Im ganzen Land schwärmten Soldaten, Staatssicherheitsleute und Milizionäre wie Ameisen aus und verschleppten jeden, der in den Tagen davor auch nur das kleinste Anzeichen von Missbilligung oder gar Widerstand gegen das Regime hatte erkennen lassen.

Verhaftet wurde überall. Anna und Radek Toman standen in der Nacht vom 26. auf den 27. November am Fenster und beobachteten durch einen Spalt in den zugezogenen Vorhängen, wie Soldaten verstörte Menschen aus den Häusern schleppten. Männer in Schlafanzügen und Frauen in Nachthemden, die unter den Mänteln hervorlugten, stolpernd in den nicht zugebundenen Schuhen.

Sie erwarteten, dass es auch an ihre Tür hämmern würde, und sie waren darauf vorbereitet. Sie zogen sich gleich an, auch die Schuhe, sowie ihnen klar wurde, was vor sich ging.

Vor zwanzig Jahren wurde der Ingenieur Radek Toman aus der Partei ausgeschlossen und auf die Stelle eines Lagerarbeiters versetzt. Nimm es, oder lass es, hatten sie damals gesagt. Wenn dir unser Angebot nicht passt, versuch dir doch selbst eine Arbeit nach deinen Ansprüchen zu suchen. Kommunisten konnte Radek schon damals nicht leiden, und zwanzig Jahre Degradierung – nicht nur er selbst, sondern auch seine Frau und Tochter wurden zu Menschen zweiter Klasse – verbesserten sein Verhältnis zu den Erbauern des Sozialismus nicht. Das musste allen klar sein. Deshalb stand er jetzt mit seiner Frau vollständig bekleidet am Fenster und wartete, dass die Reihe an ihn kam.

Anna hörte in jedem Aufschrei die Stimme ihrer Tochter, und in jeder Verhafteten sah sie Maja, spürte ihre Angst, den Schmerz in den ausgerenkten Armen, die auf dem Rücken zusammengebunden waren, die nächtliche Kälte an den nackten Oberarmen und die verzweifelte Hoffnungslosigkeit. Am liebsten wäre sie aus der Tür gestürmt und bis ans andere Ende der Stadt gelaufen, wo Maja wohnte. Mit dem eigenen Körper würde sie den Soldaten den Weg versperren und die Tochter in ihren Armen verbergen. Panik und Wut lösten sich in ihr ab, aber das Schlimmste war das Gefühl der Ohnmacht.

Das Hämmern an ihrer Tür blieb jedoch aus. Die Militärautos fuhren eins nach dem anderen fort und verschwanden langsam in der Dunkelheit. Die Befehle, das Schreien und das Weinen verstummten, die Straße leerte sich. Die Dunkelheit füllte sich mit lauernder Stille. Zu den erleuchteten Fenstern kamen weitere hinzu. Die Mutigeren streckten vorsichtig den Kopf aus der Tür und schauten auf die Gänge, um sich zu überzeugen, wie es den Nachbarn ging, ob irgendwo Kinder ohne Eltern zurückgeblieben waren, oder jemand Hilfe brauchte. Die Nachbarn standen in kleinen Häufchen vor den Türen herum und diskutierten mit gedämpften Stimmen in vorsichtig gewählten Worten darüber, was sie gerade erlebt hatten. Allein zurückgebliebene Frauen drückten ihre verstörten Kinder an sich, die von dem rabiaten Gebrüll der Soldaten und den verzweifelten Schreien der Festgenommenen und ihrer Verwandten aufgewacht waren, und versuchten zu verstehen, was gerade mit der Welt geschah, was hier los war und welche Folgen das haben würde. Nach einer Weile schlossen sich die Türen wieder und die verwirrten, erschütterten Menschen kehrten an die verstummten Radioempfänger und in ihre erkalteten Betten zurück, wo sie an die Decke starrten und in die Kissen heulten.

In dieser Nacht schliefen Anna und Radek nicht mehr ein. Genauso wie der Rest der mit Soldaten überschwemmten

Welt warteten sie auf den Morgen. In der Hoffnung, dass der Tagesanbruch mehr brachte als die eine einzige Nachricht über den Ausnahmezustand und das Ausgangsverbot, die ab vier Uhr morgens mit erdrückender Regelmäßigkeit vom staatlichen Rundfunk wiederholt wurde.

Um fünf Uhr, also zu der Zeit, in der das werktätige Volk vom Weckerrasseln geweckt wurde, um sich geordnet an seinen Arbeitsplätzen einzustellen und die Räder der Maschine in Gang zu setzen, die sich Staat nannte, gab es endlich die ersten deutlicheren Nachrichten. Die nächtlichen Ereignisse fügten sich allmählich in das Bild, auf dem die neue Welt aufgemalt werden sollte. Das Fernsehen schwieg, aber im Rundfunk wurde ab fünf Uhr in regelmäßigen Intervallen eine Erklärung gesendet, die von einem Mann mit schlimmem Sprachfehler gelesen wurde. Davon schmerzten den Zuhörern genauso die Ohren wie vom Inhalt der Bekanntmachung.

In Anbetracht dessen, dass die gegenwärtigen Vertreter von Partei und Staat die Situation nicht beherrschten und die subversiven Elemente nicht zum Schweigen bringen konnten, die durch ihr unverantwortliches Handeln die sozialistische Ordnung in ihrem Wesen bedrohten, musste das Volk einschreiten und mit fester Hand die Macht ergreifen, die ihm verfassungsgemäß zusteht. Die Volksmilizen und die Volksarmee haben die Initiative ergriffen, um die Ordnung zu erneuern und die zerstörerischen Bemühungen der Reaktionäre zu unterdrücken. Dieselben Schritte wurden mit der brüderlichen Unterstützung durch die Sowjetunion in allen Ländern des Warschauer Vertrags unternommen.

»In allen Ländern des Warschauer Vertrags …«, wiederholte Anna ungläubig. »Das ist doch nicht möglich, das lassen sich die Leute nicht gefallen.«

Radek Toman saß auf einem Küchenstuhl und stützte sich mit den Ellbogen auf den Knien ab. Die Ereignisse der zu Ende gehenden Nacht hatten sich auf seine Schultern gelegt und sein Gesicht wie auch die Haare waren grauer geworden. In einer Nacht war er um Jahre gealtert. Er machte eine Kopfbewegung, als wollte er seine Frau auffordern, aus dem Fenster zu schauen. »Siehst du etwa jemanden? Alle haben sich verkrochen, wie wir. Was kann man gegen die Armee ausrichten?«

Später sickerten auch zu ihm Gerüchte durch, dass es ein paar gab, die sich weigerten, sich einfach so zu fügen. Die wurden an Ort und Stelle erschossen oder ein paar Stunden später in den Hinterhöfen der in aller Eile gebildeten Standgerichte. Es wurde über Tote in den Straßen größerer Städte gesprochen, welche die Armee nicht so schnell besetzen konnte, dass der Angriff noch überraschend gewesen wäre. Und so schossen sie auf die Wagemutigen, die mit bloßen Händen und Steinen versuchten, gegen Maschinenpistolen und Panzer zu kämpfen, oder diejenigen, die zu entkommen versuchten.

Es wurde über Massenhinrichtungen in Ungarn und Polen geflüstert, über Massaker in der Deutschen Demokratischen Republik, wo die Leute zu den Ruinen der Berliner Mauer flüchteten und dort von Panzern, Militärfahrzeugen und Soldaten mit Maschinenpistolen erwartet wurden. Die schossen ohne Vorwarnung, wahllos und ohne Gnade.

An diesem Tag blieb das Land stehen. Den Notbetrieb der Fabriken, Kraftwerke, Gaswerke, Wasserwerke und Krankenhäuser sicherte unter Aufsicht der Soldaten das Personal, das in der Nachtschicht festsaß. Züge blieben auf den Stationen stehen, Busse in den Depots. Zeitungen erschienen nicht. Die Schulen öffneten nicht, vor den Schaufenstern der Geschäfte blieben die Sicherheitsrollläden und Metallgitter heruntergelassen. Nur Rabenschwärme krähten auf den Feldern und rückten näher an die ungewohnt regungslose Stadt heran. Die mutigeren schwarzen Federtiere flogen in die Straßen hinab, um mit Resten aus den nicht abgefahrenen Mülltonnen Abwechslung in ihren Speiseplan zu bringen. Sie kamen von Osten, genauso wie der Fluch, der halb Europa heimsuchte.

Die Ausgangssperre dauerte zwei Tage. Tage voller Unsicherheit, geschlossener Türen, verstummter Telefone, Meldungen aus dem Radio. Die Störsender gegen den ausländischen Rundfunk liefen schon wieder auf Hochtouren und die Staatssender wiederholten nur die Aufforderungen, Ruhe zu bewahren, und die Drohungen, dass man für die Verletzung des Ausgangsverbots erschossen würde. Das alles durchsetzt mit wehmütiger klassischer Musik.

Am dritten Tag wurde das Ausgangsverbot auf die Zeit von fünf Uhr abends bis fünf Uhr morgens beschränkt. Die Werktätigen wurden aufgefordert, zur Arbeit zurückzukehren, und die Kinder in die Schulen. Die Hochschulen blieben allerdings geschlossen und die Studenten – also die, die bislang nicht verhaftet worden waren – erhielten die Order, sich unverzüglich an den Ort ihres ständigen Wohnsitzes zu begeben und diesen Wohnort nicht zu verlassen.

Die Schichten begannen mit einer Bekanntmachung – an allen Arbeitsplätzen, in allen Schulen derselben. Verlesen mit unsicherer Stimme von Direktoren im Betriebs- und im Schulfunk. Eine Liste mit Verboten, Anweisungen und den Strafen, die die Menschen für Verstöße zu erwarten hatten.

Die Schüler der Oberstufen zählten die leeren Plätze in den Bankreihen, versuchten sich vorzustellen, wer und wie sich den Protesten angeschlossen hatte, und wie es möglich war, dass jener fehlte, aber nicht sein Banknachbar, der in demselben Streikkomitee war. Zweifel, wachsender Argwohn. Unvermeidlicher Vertrauensverlust und Zerfall langjähriger Beziehungen. Störung gesunder Bindungen. Die junge Generation, die bislang nur verächtlich auf die Angst ihrer Eltern und Großeltern herabsah, denen sie es verübelte, dass sie sich vom Sozialismus hatten einfangen lassen und feige in seinem Netz verharrten, begriff ein für alle Mal, auf welchen Grundlagen eine Diktatur funktionierte.

Die Geschäfte öffneten an diesem düsteren, kalten Tag erst nach zehn Uhr. Die Türen waren mit Aushängen, mit Anweisungen und Verordnungen, die das Leben im Lande regelten, beklebt. Zettel, die mit Papierklebeband an Kassen und Ladentheken befestigt waren, gaben bekannt, dass Waren nur in begrenzter Menge gekauft werden durften, und Soldaten beaufsichtigten die Einhaltung der Anweisung. Falls einige dieser jungen uniformierten Männer darüber nachdachten, ob jetzt in einem anderen Laden, in einer anderen Stadt auch ihre Mutter vor dem Geschäft in der Schlange stand, oder ob unter den Verhafteten, die im ganzen Land die Sporthallen füllten, nicht auch Freunde oder Verwandte waren, ließen sie es sich nicht anmerken.

Vor den Lebensmittelgeschäften bildeten sich lange Schlangen. Die Leute gingen in dieser unübersichtlichen Situation im Bestreben, sich zu bevorraten, von Geschäft zu Geschäft und kauften, was sich nur kaufen ließ. Beim Anblick der sich leerenden Regale steigerte sich die Nervosität, manchmal schrie jemand etwas über Gauner und Hamsterkäufe, aber insgesamt fürchteten sich alle, unnötig Aufmerksamkeit zu erregen, und vor fünf Uhr eilten sie nach Hause, um die Polizeistunde nicht zu überschreiten.

–

Majas Eltern mussten nicht zur Arbeit, sie waren beide schon in Rente. Sie hofften, dass gleich nach der Lockerung des Ausgangsverbotes Maja und Joska auf dem Weg zur Arbeit bei ihnen vorbeikämen, um nach den Kindern zu schauen, die sie ein paar Tage nicht gesehen hatten. Als es auf sechs Uhr morgens zuging und niemand kam, streichelte Radek über Annas Rücken. »Ich gehe zu ihnen und schaue nach.«

»Sollte nicht lieber ich gehen?«, fragte Anna, aber Radek schüttelte den Kopf. »Bleib du mit den Kindern hier.«

Kubík und Lenka schliefen noch. Die Ereignisse außerhalb des Kinderzimmers interessierten sie überhaupt nicht. Sie waren häufig und gern bei Oma und Opa, aber jetzt waren sie schon eine ungewohnt lange Zeit hier, sie spürten die Nervosität der Erwachsenen und bekamen langsam Sehnsucht nach ihren eigenen Betten, Majas abendlichem Vorlesen und dem Herumtollen mit Joska. Und so bestürmten sie die Großeltern immer häufiger mit den endlosen kindlichen Fragen: *Wo ist Mama? Wann gehen wir endlich nach Hause? Warum nicht?*

Die unschuldigen Fragen bohrten sich wie Kaktusstacheln in Annas aufgewühlte Nerven. Sie erinnerten sie an ihre eigene Unsicherheit, die sich zu Ängsten auswuchs, die nach Radeks Rückkehr klare Konturen erhielten. Maja und Joska waren verhaftet und verschleppt worden, unbekannt wohin.

Anna wusste schon, dass sich im Leben ruhige Zeiten mit Tagen abwechselten, an denen man sich sehr große Mühe geben musste, um weiterzugehen. Am schwersten war es, die Kraft zu finden, nicht in Hoffnungslosigkeit zu verfallen und sich um die Kinder der Tochter zu kümmern. Sie wusste, dass sich Maja auf sie verließ, und dass das Einzige, was sie im Moment für ihre Tochter tun konnte, war, den Kindern so viel Liebe wie möglich zu geben.

–

Bei den Tomans wurde gerade das Mittagessen beendet, als die Klingel schellte. Seit jener schrecklichen Nacht, als sich die Karte Osteuropas blutrot färbte, war schon mehr als eine Woche vergangen und das Leben nahm langsam in den neuen Gleisen Fahrt auf. Bislang ahnte niemand, wohin die Gleise führten, da sie in alle Richtungen in der Tiefe dunkler Tunnel verschwanden. Die Straßen waren noch immer voller Soldaten und bewaffneter Fahrzeuge, manchmal kam jemand nicht nach Hause zurück und es galt immer noch das Ausgangsverbot nach fünf Uhr, aber die nächtlichen Verhaftungen hatten aufgehört.

Niemand hatte Nachrichten von den Verschollenen, aber in der wiederaufgenommenen Berichterstattung im Radio und im Fernsehen wiederholten sie, dass die Leute keinesfalls die Behörden und die Polizeidienststellen mit Nachforschungen nach ihren Verwandten belästigen sollten. Alle Fälle würden untersucht und die Familien verständigt. Das war ein schwacher Trost.

Anna und Radek sahen sich bei dem Klingeln an und liefen dann los zur Tür. Radek streckte die Hand nach der Klinke aus, stoppte dann aber und legte das Auge an den Spion. Er dachte nicht, dass sie verhaftet werden sollten. Die Soldaten würden sich nicht mit höflichem Klingeln aufhalten, aber es war besser, auf alles vorbereitet zu sein.

Anna begriff sofort an den hängenden Schultern und dem Seufzer, dass nicht Maja oder Joska vor der Tür standen.

»Válek«, sagte Radek halblaut und öffnete. Vom Vater des kleinen Kubík sprach er immer als Válek. Obwohl sich der Chefarzt um Kubík kümmerte und ihn offensichtlich mochte, konnte sich Radek nicht von dem Gefühl befreien, dass er seine Tochter missbraucht hatte. Dem Chefarzt Ivan Válek war egal, wie Maja mit dem Schicksal einer ledigen Mutter zurechtkam. Ihm war egal, wie sehr er das Leben eines anderen Menschen verändert hatte. Hauptsache, sein Ziel war erreicht. Er hatte einen Sohn.

»Kommen Sie herein.« Radek nickte Válek zu und der zwängte sich durch die Tür in den Flur. Als würde er etwas Verbotenes tun, dachte Radek.

»Papaaa!« Kubík schoss herbei und sprang an ihm hoch. Lenka war ihm auf den Fersen, blieb aber in der Tür stehen und schaute nur. Válek drückte den Sohn an sich, zog zwei Lutscher heraus und gab sie dem Sohn. »Teil mit deiner Schwester.«

Kubík machte sich ans Auswickeln der Lutscher und Válek setzte sich hin, schaute Radek an und senkte die Stimme: »Ich war bei den Hajnýs, aber da hat keiner aufgemacht, also dachte ich, die Kinder müssten bei Ihnen sein.« Er flüsterte: »Sind sie weggebracht worden?«

Radek nickte und Anna schossen die Tränen in die Augen.

Válek nickte schweigend. Sein Blick glitt nervös durch das Zimmer. »Das tut mir leid.« Er räusperte sich und fuhr fort: »Ich weiß nicht, ob das passend ist ...aber heute sollte Kubík bei uns sein, wir vermissen ihn schon ... Würde es Ihnen etwas ausmachen, wenn ... Ich weiß, dass Sie andere Sorgen haben, aber ich würde den Kleinen gern für einen

Tag mitnehmen.« Er sah in Richtung Tür, wo Kubík gerade den Lutscher für seine jüngere Schwester auswickelte.

Radek gefiel es überhaupt nicht, dass er in einer Situation, in der nicht vorhersehbar war, was in ein paar Stunden oder am nächsten Tag sein würde, die Familie noch weiter aufsplitten sollte. Es empörte ihn, dass der Chefarzt in der Mehrzahl sprach. *Wir vermissen ihn schon.* Váleks *Wir* schloss nicht die Mutter des Jungen ein, sondern irgendeine fremde Frau, die Radek Toman nicht ein einziges Mal gesehen hatte. Als ob auch die Frau des Chefarztes irgendeinen Anspruch auf den Jungen hätte. Gleichzeitig machte er sich aber bewusst, dass Kubík der Sohn des Chefarztes war, und er wollte nicht mit Einwänden kommen, die zwar vernünftig erscheinen, aber in der Zukunft zu einer Verschlechterung der guten Beziehungen führen könnten. An Annas Gesichtsausdruck erkannte er, dass ihr dieselben Gedanken im Kopf herumkreisten.

Wahrscheinlich schwiegen sie zu lange, denn Válek fügte hinzu: »Morgen bringe ich ihn wieder. Spätestens bis fünf Uhr haben Sie ihn zurück.«

Eine Ablehnung wäre ein deutlicher Misstrauensausdruck. Radek nickte.

»Ich packe Kubíks Sachen«, sagte Anna und ging aus dem Raum.

»Morgen bis fünf«, wiederholte Radek.

–

Nur erschien Válek am nächsten Tag nicht. Anna lief von einem Fenster zum anderen und Radek warf sich im Stillen vor, nicht auf sein inneres Gefühl gehört zu haben und dem Chefarzt entgegen gekommen zu sein. Aber nichts anderes hatte er tun können. Sie hofften immer noch, dass Maja in ein paar Tagen, vielleicht Wochen von irgendwoher auftauchte, aber was, wenn nicht? Solange sie Maja nicht entließen, würde Kubík sicher seinem biologischen Vater in Obhut gegeben, und Válek könnte sich damit rächen, dass er sie am Umgang mit Kubík hinderte. Sie hatten schon ihre Tochter verloren und wollten nicht auch noch den Enkel verlieren …

Obwohl es schon nach fünf war und die Ausgangssperre begann, ging Radek eine Treppe tiefer und klopfte an eine braune Tür. »Zdenek, geht das Telefon wieder?«

Der Nachbar schaute sich auf dem Gang um, ob nicht fremde, lauernde Augen sie beobachteten, und ließ Radek schnell hinein. »Ja. Muss das sein?«

Radek nickte.

»Ich rufe lieber selbst bei den Váleks an«, sagte Zdenek, als Radek ihm erklärt hatte, worum es ging. »Wenn die Schweine die Telefone abhören, müssen sie ja nicht wissen, dass du nicht zu Hause sitzt. Hast du die Nummer?«

»Die ist hoffentlich im Telefonbuch.« Hoffentlich, denn manche Ärzte wollten nicht im Telefonbuch stehen, damit die Leute sie nicht auch noch zu Hause mit ihren Wehwehchen belästigten. Die Nummer des Chefarztes Válek war öffentlich, aber das Telefon klingelte und klingelte. Niemand hob den Hörer ab und das versetzte Radek in Schrecken. Schließlich war es schon nach der Sperrstunde. Wo könnten die Váleks sein? Vielleicht gingen sie absichtlich nicht ans Telefon, um nicht erklären zu müssen, warum sie Kubík nicht zurückgebracht hatten? Aber es konnte auch bedeuten, dass sie Válek und seine Frau verhaftet und Kubík wer weiß wohin gebracht hatten.

Der Schmerz auf der Brust, den Radek in dieser Nacht spürte, floss von einer Seite auf die andere und strahlte in seine Schultern aus. Während Anna neben ihm lag und mit einer Hand die schlafende Lenka umarmte, als hätte sie Angst, jemand könnte mitten in der Nacht bei ihnen eindringen und die Enkelin fortschleppen, durchforstete Radek sein Gedächtnis, ob er einen Bekannten oder einen Freund hätte, der ihnen sagen könnte, was sie tun sollten, an wen sie sich wenden könnten und wo sie Kubík, Maja und Joska suchen sollten. Aber er kannte niemanden.

Am Morgen machte er sich zu Váleks Wohnung auf. Er klingelte, wartete eine Weile und klingelte noch einmal nachdrücklicher. Dann beugte er sich zur Tür und horchte, klopfte ein paarmal, aber auf der anderen Seite blieb es still. Unentschlossen trat er von einem Bein aufs andere, klingelte dann aber doch an der Nachbartür. Die ging sofort auf, wenn auch nur halb. Der Mann in Trainingshosen und einem grauen Unterhemd musste im Flur gestanden und ihn durch den Spion beobachtet haben.

»Wissen Sie vielleicht, ob …« Radek stockte. Er konnte doch nicht direkt fragen, ob die Váleks verhaftet wurden. Das sähe ja aus, als könnte es einen Grund für eine Verhaftung geben. »Wissen Sie vielleicht, wo die Váleks sein könnten?«

»Ich passe nicht auf sie auf«, sagte der Mann vielleicht etwas zu laut. Dann flüsterte er: »Aber ich glaube, sie wurden nicht abgeholt, das hätte ich gehört.« Er schlug die Tür zu.

»Danke«, sagte Radek zur geschlossenen Tür. Er war erleichtert. Válek war bestimmt bei der Arbeit und hatte Kubík am Morgen in die Schule gebracht. Gewöhnlich brachte er ihn dort nach dem Wochenende hin. Er hatte es einfach gestern nicht geschafft, Kubík zurückzubringen, schließlich arbeitete er im Krankenhaus. Vielleicht war er aufgehalten worden, die Zeiten waren wirr – und er hatte keine Möglichkeit, ihnen das mitzuteilen, weil die Tomans kein Telefon hatten. Radek wollte lieber nicht daran denken, was für Verletzungen jetzt wohl im Krankenhaus versorgt wurden. Verprügelte und vielleicht angeschossene Menschen. Er hatte selbst gesehen, dass Festgenommene mit zerschlagenen Gesichtern auf die Lkws geschubst wurden, hatte das Blut auf den Treppen gesehen. Wieder hatte er Maja und Joska vor Augen, wie sie die Treppe hinuntergestoßen und auf den Lkw verladen wurden, ein Bild, das seine Vorstellungskraft erschaffen und ihm tief ins Gehirn gebrannt hatte.

Bevor er ging, verschob er die Fußmatte unauffällig zur Seite, wie er es zu tun pflegte, als er noch ein kleiner Junge war und feststellen wollte, ob die Eltern schon zu Hause waren. Seit dieser Zeit wusste er, dass kein Erwachsener eine Fußmatte zur Seite getreten liegen ließ, sondern sie hübsch ordentlich vor die Tür zurücklegte. Falls er wieder hierher zurückkommen musste, konnte er vielleicht daran erkennen, ob die Váleks in der Zwischenzeit zurückgekehrt waren oder ob sie sich eventuell absichtlich vor ihm versteckten.

Die Schule war abgeschlossen. Radek drückte auf die Klingel am Metallrahmen der Glastür. Sie war irgendwo tief im Inneren des Betongebäudes zu hören, das von einem gewöhnlichen grünen Drahtzaun umgeben war. Die Frau, die ihm öffnete, war offensichtlich die Putzfrau. Sie hörte Radeks Bitte an und drehte sich so unwillig um, als hätte er sie gebeten, die Arbeit an der Entwicklung eines Medikamentes gegen Krebs zu unterbrechen, und ging bedachtsamen Schrittes in die Klasse, um anzusagen, dass Kubíks Großvater da sei. Im Nu kam eine zierliche Lehrerin angelaufen.

»Aber Kubík ist nicht hier«, sagte sie. »Niemand hat ihn entschuldigt und auch sein Mittagessen ist nicht abgemeldet.«

Radek wusste nicht, was er denken sollte. Was tat dieser Válek? Wie konnte er so unzuverlässig sein? Ihm musste doch klar sein, dass so ein Verhalten keinesfalls zur Verbesserung des gegenseitigen Verhältnisses beitragen würde. Er wollte aber die Lehrerin nicht in den Familienzwist hineinziehen. »Dann wird Kubík wohl noch bei seinem Papa sein«, sagte er und lächelte unbestimmt. »Er war ein bisschen erkältet, er wollte ihn wohl nicht zur Schule schicken.«

Die Lehrerin neigte sich ihm zu. »Es sind noch mehr Kinder nicht gekommen.« Sie schwieg einen Moment. »Soll ich Kubík aus dem Hort abmelden?«

Radek nickte. »Er wird jetzt eine Weile bei uns sein, also lassen wir ihn noch ein paar Tage zu Hause.«

Er sah im Gesicht der jungen Lehrerin den erschrockenen Gesichtsausdruck. Sie hatte begriffen, was passiert war.

Radek Toman wartete bis zum Nachmittag und als Válek mit dem Jungen nicht auftauchte, machte er sich wieder zum Haus des Arztes auf. Schon als er auf die zweite Etage kam, bemerkte er, dass die Fußmatte genauso schief dalag, wie er sie am Morgen hinterlassen hatte. Trotzdem versuchte er zu klingeln. Aber diesmal erschien nicht einmal der Nachbar.

Unter normalen Umständen würde er sofort zur Polizei gehen, das Verschwinden der Familie Válek melden, oder eine Entführung oder einen Vertragsbruch, einfach irgendetwas, um Kubík zurückzubekommen, nur waren die Umstände alles, nur nicht normal. Er zweifelte nicht daran, dass es eine Menge Verschwundener gab, und die Dienststellen der Öffentlichen Sicherheit waren der letzte Ort, an den sich die verzweifelten Angehörigen jetzt gerade wenden würden.

Dann fiel es Radek ein, im Krankenhaus nachzufragen. Er ging durch die fast leeren Straßen, kam an Wachen aus Soldaten und Milizionären vorbei, hatte den Eindruck, in seinem Rücken forschende Blicke zu spüren, und legte einen Schritt zu, weil sich die Dunkelheit langsam auf die Stadt senkte. Er musste sich beeilen, um vor fünf wieder zu Hause zu sein. Vor der Pforte und im Krankenhaushof standen Armeeautos. Das waren mehr als Krankenwagen. Im erleuchteten Krankenhauseingang sah er Soldaten. Das überraschte ihn nicht. Die waren überall.

Auch in der Pforte war schon Licht. Die Pförtnerin schob das Glasfensterchen zur Seite, hörte sich Radeks Frage an und schaute in ein Papier, das vor ihr auf dem Tisch lag. Sie fuhr mit dem Finger die Namensliste hinunter. »Ja, er sollte auf der Arbeit sein.«

»Und können Sie in der Abteilung anrufen, ob er auch wirklich da ist?«

Sie zögerte.

»Es ist wichtig. Es geht um seinen Sohn«, fügte er hinzu.

Die Pförtnerin drehte sich vom Fensterchen weg und wählte die Nummer der Abteilung. Radek verfolgte ihre sich bewegenden Lippen, die gehobenen Augenbrauen, das zögerliche Ablegen des Hörers. »Er ist nicht zur Arbeit gekommen.« Sie schwieg einen Moment, fügte dann aber doch hinzu: »Sie wissen nicht, was mit ihm ist.«

Sie sagte, sie wissen es nicht, aber dachte, dass das klar war.

»Sie sollten nach Hause gehen.« Sie deutete mit dem Kopf auf die Wanduhr der Pforte. »Bald ist es fünf Uhr. Dass Sie nicht auch noch mitgenommen werden.« Sie streckte die Hand aus und schloss das Fensterchen.

Radek steckte die Hände in die Taschen, senkte den Kopf und ging mit schnellen Schritten durch die tiefer werdende Dunkelheit nach Hause.

–

Bis fünf Uhr blieben nur noch ganze zwei Minuten, als sich der Schlüssel im Schloss drehte. Anna Tomanová riss den Blick von der Uhr los und lief in den Flur. »Wo warst du so lange?« Vor Erleichterung fing sie fast an zu weinen. Wenn sie auch noch ihren Mann verloren hätte, wäre sie in dieser schrecklichen Zeit mit allem ganz allein.

Anstelle einer Antwort fragte Radek: »War Válek hier?«

Sie schüttelte den Kopf. »Was sollen wir machen?«

Sie fragte, aber genauso wie ihr Mann wusste sie, dass sie überhaupt nichts tun konnten, genauso wie Tausende anderer Familien, deren Nächste im Durcheinander der vergangenen Tage verloren gegangen waren. Der Rundfunk forderte die Angehörigen der Verhafteten auf, nicht auf die Behörden zu gehen und auf eine offizielle Mitteilung zu warten, die ihnen in den nächsten Tagen per Post zugestellt werden würde. Niemand von den Bekannten der Tomans hatte aber bis jetzt eine Nachricht erhalten.

Sie legten Lenička, die vor Heimweh nach den Eltern und wegen der langen Abwesenheit des älteren Brüderchens und der Nervosität der Erwachsenen ganz unglücklich war, am Abend ins Bett und setzten sich an den Küchentisch. Die

Möglichkeit, die sie besprechen wollten, gefiel keinem von ihnen, weil sie in dieser Zeit – besonders in dieser Zeit – für Denunziation gehalten werden konnte. Wenn sie zur Polizei gingen, um Kubíks Verschwinden zu melden, würden sie damit auch auf Válek aufmerksam machen, und das käme einer Anzeige gleich.

Auf der anderen Seite, wenn die Váleks mit dem Jungen irgendwohin gefahren waren, um im Windschatten die schlimmsten Verhaftungswellen abzuwarten, warum hatte der Chefarzt Válek nicht gemeldet, dass er nicht zur Arbeit kommt? Und wenn er und seine Frau verhaftet wurden, wäre es nur richtig, dass die Großeltern nach Kubík suchten. Schließlich würden sie ihn nicht irgendwo in einer Einrichtung lassen. Außerdem könnten sie Unannehmlichkeiten bekommen, wenn sie Váleks Verschwinden nicht meldeten, und vielleicht würden sie verhaftet. Was wäre dann mit den Kindern?

Sie beschlossen, Kubíks Verschwinden doch noch zu melden. Chefarzt Válek war selbst schuld. Er hatte sie belogen, ihren Enkel gestohlen, er hatte kein bisschen Anrecht darauf, dass sie ihn deckten.

Und so zog sich Radek Toman mit blassem Gesicht und roten, unausgeschlafenen Augen am nächsten Morgen die Schuhe an und knöpfte gerade die Mantelknöpfe zu, als auf ihrer Etage der Aufzug hielt, schlurfende Schritte zu hören waren und langes Klingeln. Er öffnete. Vor der Tür standen zwei uniformierte Angehörige der Öffentlichen Sicherheit.

»Radek Toman?«

–

Der Chefarzt Válek war über die Grenze abgehauen und hatte Kubík mitgeschleppt. So wenigstens eröffneten es die Polizisten Radek, nachdem sie ihn in den Verhörraum der Staatssicherheit gebracht hatten. »Und jetzt sagen Sie uns, was Sie darüber wissen, Toman.«

Radek wusste gar nichts. Er saß zusammengebrochen auf einem Stuhl, wiederholte immer und immer wieder, dass Válek den Sohn nur für ein paar Tage mitgenommen hatte, so, wie er es seit seiner frühestens Kindheit tat, und dass ihm daran nichts seltsam oder verdächtig vorkam.

»Das ist doch nicht möglich, das ist doch nicht möglich«, leierte er und meinte das absolut ernst. Wie konnte es Válek geschafft haben, über die undurchlässig abgeriegelte Grenze zu kommen? Das musste ein Versehen sein, dachte er, und dann fiel ihm mit Schrecken ein, wie sie das Maja beibringen sollten. Sie hatten ihren Sohn nicht im Auge behalten. Gestattet, dass Válek ihn ihr wegnahm.

Nach zwei Stunden ließen sie Radek Toman nach Hause. Das hatte er nicht erwartet. Er war darauf gefasst gewesen, für Beihilfe zur Flucht verhaftet zu werden.

»Wahrscheinlich kam ich ihnen zu alt und ungefährlich vor«, sagte er zu Anna. Er erinnerte sich nicht, wie er nach Hause kam. Er saß niedergeschlagen auf der Couch, immer noch in Mantel und Schuhen. »Oder sie haben keinen Platz in den Zellen.« Er bedeckte sein Gesicht und flüsterte: »Wir werden Kubík nie wieder sehen, nie wieder …«

Anna wischte sich die verweinten Augen und legte ihm die Hand aufs Knie. »Vielleicht sehen wir ihn nicht wieder. Aber er muss nicht hier leben, verstehst du?«

SIEBTES KAPITEL

Marie, genannt Maja
1991–1992

Der erste Besuch wurde Maja nach zwei unendlichen Jahren gestattet, deren überwiegenden Teil sie in einem überfüllten Gefängnis verbrachte. Die vier Briefe aus Mutters Hand mit dem vom Vater geschriebenen Zusatz, die sie in dieser Zeit erhielt, verwahrte sie in dem Blechschränkchen, das als Kleiderschrank für ein paar Wäschestücke und einige persönliche Sachen, die die inhaftierten Frauen bei sich behalten durften, diente. In Majas Fall war das eine Blechtasse und ein Löffel. In hoffnungslosen Momenten las sie die Briefe immer wieder aufs Neue, sie versuchte hinter den tröstenden Worten eine verborgene Bedeutung zu entdecken, überlegte, ob sie überhaupt eine geheime Bedeutung hatten, und schaute das Papier auch von der Rückseite genau an. In der vergeblichen Hoffnung, die Buchstaben zu entziffern, die von der Zensur geschwärzt worden waren. Während der bedrückendsten Nächte legte sie sich die Briefe unters Kopfkissen, berührte sie, legte sie an ihre Lippen und atmete den Rest des Duftes ein, der wahrscheinlich nur in ihrer Vorstellung an den Briefen hängen geblieben war, und so war es kein Wunder, dass das Papier nach den Jahren voller Berührungen zerknittert war und die Zeilen zerflossen von den Tränen.

Vier Briefe in zwei Jahren. Wenn die Schrift unleserlich war, bemühte sich der im warmen Gefängnisbüro sitzende Beamte nicht einmal, sie zu enträtseln, und der Brief kam beim Adressaten nicht an. Außer einem einzigen Blatt Papier durfte der Umschlag nichts enthalten – keine Banknoten, Bilder, Fotografien der Kinder, Partner oder Eltern. Der Text war auf eine Seite in gepflegter Schrift begrenzt, oft mit einigen geschwärzten Zeilen an den Stellen, die den Zensoren anstößig erschienen. Über die gestrichenen Worte zerbrach sich Maja jedes Mal lange den Kopf, versuchte zu erraten, was sich hinter ihnen versteckte, was daran so gefährlich sein konnte, dass sie sie nicht lesen durfte.

Die Wände über Majas Bett, wie auch den Betten der anderen Gefangenen blieben leer, ohne Regale, Fotografien oder Ansichtskarten. Es gab nur schmutzige Reste von Klebestreifen und Löcher von Nadeln und kleinen Nägeln, die einst die Zeitungsausschnitte oder Plakate hielten, welche die Wände in dem früheren Internat oder vielleicht der Arbeiterunterkunft schmückten.

Maja konnte nur raten, ob die Gitter vor den Fenstern damals die Arbeiterinnen oder Oberschülerinnen vor Einbrüchen schützen oder ihre Tugend verteidigen sollten. Aber je mehr sie darüber nachdachte, desto wahrscheinlicher kam es ihr vor, dass die Gitter genau dafür eingesetzt worden waren, dass man die Unterkunft innerhalb weniger Tage in ein Gefängnis verwandeln konnte.

Unter den inhaftierten Frauen, die die meiste Zeit in den beengten Zellen verbrachten und ganz ihren eigenen Gedanken und den endlos wiederholten Geschichten und Erinnerungen ausgesetzt waren – die sich mit der Zeit seltsam verwandelten und eher an Märchen und erträumte Wünsche als reale Erlebnisse erinnerten –, kursierten viele Gerüchte und Theorien darüber, was draußen passierte und wie die Staatssicherheit vorging. Eine lautete, dass die Staatssicherheit und die Armee auf den Versuch, die kommunistische Macht zu stürzen, nicht nur vorbereitet war, sondern dass sie diesen Versuch sogar provoziert hatten, um die Oppositionsführer zu verhaften und die Bevölkerung mit harten Maßnahmen so zu verschrecken, dass sie ein paar weitere Jahrzehnte Ruhe gab. Die Staatssicherheit hatte im Voraus Objekte ausgesucht, die sich zur Isolation von Regimegegnern benutzen ließen, und beaufsichtigte an geeigneten Orten den Aufbau von Gebäuden, die sie so errichten ließen, dass sie leicht in Gefängnisse umgewandelt werden konnten. Dann genügte es, den Schlüssel umzudrehen und das Gebäude mit einem Stacheldrahtzaun zu umgeben.

Diese Theorie erschien Maja außerordentlich wahrscheinlich. Das einstöckige Gebäude, in dem sie ihre Strafe zu verbüßen begann, hatte eine U-Form und die Gänge mit den großformatigen Fliesen waren breit genug, dass man darin die Gefangenen antreten lassen konnte. Die Wände waren mit abwaschbarer Farbe gestrichen. Wenn also der ein oder andere Aufseher sich zu sehr aufregte und eine Gefangene heftiger stieß, als sie es erwartete, ließ sich das Blut aus der Nase oder der aufgeplatzten Stirn leicht wieder entfernen.

Wenn Maja durch die Gänge kam, die mit mehreren Gittertüren abgeteilt waren, stellte sie sich jedes Mal die Käfige im Affenhaus vor. Als sie im Sommer vor ihrer Verhaftung mit Joska und den Kindern im Zoo war, versteckten sie sich dort vor dem Regen, der sie unvorbereitet überrascht hatte – ohne Regenschirme und ohne Regenmäntel. Der Tag war kein besonders gelungener: Die müde, durchnässte Lenka heulte und Kubík bockte, weil er nicht verstehen konnte, warum die Mama ihm keinen jungen Totenkopfaffen kaufen wollte. Sie warteten darauf, dass der Regen schwächer wurde, besänftigten die Kinder, gingen im Pavillon an den

Käfigen vorbei und fühlten dabei den gleichgültigen Blick des Gorillas auf sich, der hinter einem grau gestrichenen Gitter saß – fast genauso einem, wie es jetzt Maja von der Welt trennte.

Das Fensterglas der Gefängniszellen war geweißt und zum Lüften diente nur ein kleines Klappfenster oben. Das Lüften war wirklich notwendig, da sich in dem Raum, der normalerweise knapp für zwei Leute gereicht hätte, sechs Frauen zusammendrängen mussten. Sie schliefen in Doppelstockbetten und Maja hielt es für ein großes Glück, dass ihr die obere Pritsche neben dem Fenster zugefallen war. Wenn das Lüftungsfenster geöffnet war, sah sie durch den schmalen, dreieckigen Schlitz den Himmel. Und wenn sie besonders viel Glück hatte, huschte ein schwarzer Punkt am Himmel vorbei – ein fliegender Vogel, der Beweis, dass es vor den Gefängnismauern immer noch Leben gab.

Außer den Schränken gab es nur noch eine provisorische Toilette hinter der Tür, eher ein hoher Nachttopf mit einem Deckel darauf, der Maja an die Toilettenstühle erinnerte, die sie im Krankenhaus für die Patienten mit eingeschränkter Beweglichkeit verwendeten. Obwohl die Frauen sich bemühten, ihn nur in den allernötigsten Fällen zu benutzen, verpestete er den kleinen Raum mit seinem widerlichen Gestank. Zum Glück mussten die Gefangenen nicht vierundzwanzig Stunden täglich in der Zelle verbringen. Während der ersten Woche wurde jeder eine Beschäftigung zugeteilt. Meistens handelte es sich um eine Arbeit in der Reinigungskolonne oder um Außenarbeiten um das Gefängnis herum, und das auch bei unfreundlichem, nasskaltem Wetter. Aber alles war besser als die langen Stunden der Untätigkeit in der überfüllten Zelle.

Maja wurde in die Sanitätsstelle eingeteilt, wo unter Aufsicht der Gefängniswärter alle Verhafteten einer gründlichen Eingangsuntersuchung unterzogen wurden und wohin sich die Kranken an Körper und Seele um Hilfe wandten. Letztere waren die Mehrheit.

Die Verletzungen, die in dem kleinen, stickigen Raum behandelt wurden, fügten sich die gefangenen Frauen häufig selbst zu, im verzweifelten Versuch, einer ausweglosen Situation zu entkommen. In dem überfüllten Gefängnis, in dem nicht einmal die Gemeinschaftsduschen und die Toiletten Türen hatten und wo an jeder Ecke ein Aufseher stand, hatten Suizidversuche aber keine große Chance.

Die Anzahl der Gefängniswärter war für Maja ein Rätsel. In den ersten Tagen und Wochen wurden die Verhafteten von Soldaten bewacht. Größtenteils waren das junge Männer, die den Grundwehrdienst leisteten und sich zwar bis auf ein paar Ausnahmen nicht gerade entgegenkommend verhielten, aber wenigstens nicht unnötig grausam waren. Maja schien es, dass manche die Situation, in die sie geraten waren, genauso verwirrte wie sie selbst. Die ließen ihre Blicke über die vorbeigehenden Gefangenen schweifen, als fürchteten sie, unter ihnen ein bekanntes Gesicht zu entdecken, oder als ob sie im Stillen überlegten, was diese Frauen angestellt hatten, was für einen schrecklichen Verrat sie begangen hatten, dass sie hinter Gitter mussten. Aber Befehl war Befehl, und es war viel einfacher, ihn zu erfüllen, wenn sie sich fest einredeten, dass sie auf der richtigen Seite standen und ihr Land vor dem Feind verteidigten, der es von innen heraus zersetzen wollte.

Während des zweiten Monats wurden die Soldaten allmählich von Gefängniswärtern abgelöst. Meistens waren das Männer, aber es waren auch ein paar Frauen darunter. Maja überlegte, woher die auf einmal kamen, aber dann kam sie zu dem Schluss, dass Aufseher im Gefängnis eine anständig bezahlte Arbeit war und Geld schließlich nicht stank. Die Leute hatten die Situation bewertet und die Siegerseite gewählt. Und weil sie sehr gut wussten, dass sich diese berechnende Haltung vielleicht eines Tages nicht mehr auszahlen würde, versuchten sie alles dafür zu tun, dass der Stand der Dinge so lange wie möglich hielt, möglichst für immer. Mit dem Regime wären nämlich auch sie am Ende.

Und das zeigte sich auch darin, wie sich die Gefängnisaufseher zu den Gefangenen verhielten. An wirklichen Grausamkeiten hinderte sie nicht ihr Gewissen, sondern die Angst, die günstige Stelle zu verlieren, wenn sie ihre Befugnisse zu weit überschritten.

Die Sanitätsstelle, in der Maja ganze Tage verbrachte, war nicht besonders gut ausgestattet. Außer der Untersuchungsliege, einem Tisch und zwei Stühlen stand hier nur noch ein Medikamentenschrank – bis auf den medizinischen Grundbedarf und ein paar Handtücher und Laken leer, aber trotzdem abgeschlossen. Wenn es nötig war, mehr als eine Erkältung zu erkennen oder kleinere Verletzungen zu versorgen, egal, wie sie entstanden waren, wurden die Strafgefangenen ins Gefängniskrankenhaus geschickt. Denn Lydie, die Hauptärztin in der Abteilung – und eigentlich auch die einzige –, war ursprünglich Zahnärztin.

Auch diese zierliche Blondine mit dem überraschend festen Händedruck beging die Dummheit, sich nach Freiheit zu sehnen, obwohl die sozialistische Heimat ihr ein kostenloses Studium ermöglicht hatte, wenn auch nur der Zahnklempnerei anstelle der erträumten Kindermedizin. Sie war zwei Jahre älter als Maja, ledig und kinderlos, aber ganz genauso verzweifelt wie Maja, denn sie lebte in dem Bewusstsein, dass sie, wenn sie die ganzen fünfzehn Jahre für ihren Fluchtversuch verbüßen müsste, nie Kinder haben würde. Zu Beginn trat sie jeden Morgen in der Sanitätsstelle mit der Befürchtung an, bei einer der Mitgefangenen nicht die Anzeichen einer ernsthaften Erkrankung zu erkennen und ihren Tod zu verursachen. Sie wusste selbst nicht, ob sie sich mehr vor der Gewissenspein fürchtete oder vor einer möglichen Verlängerung der Strafe für die Vernachlässigung ihrer Pflichten. Innerhalb von ein paar Wochen begriff sie aber, dass wohl keine Strafe folgen würde. Die Leben der inhaftierten Frauen hatten nicht so einen Wert, dass ihr Tod untersucht werden würde. Trotzdem war sie froh, als nach zwei Jahren das provisorische Gefängnis im ehemaligen Internat geschlossen wurde und die Sträflinge in das neu erbaute Gefängnis überführt wurden. Zu dem gehörte auch ein richtiges Gefängniskrankenhaus mit professionellem Personal, in dem weder Majas noch Lydies Dienste benötigt wurden, weshalb sie beide in der Produktion landeten.

»Schade um deine heilenden Hände«, sagte Lydie manchmal zu Maja, wenn sie sich in der Schraubenherstellung gegenüberstanden und Metallteile in Schachteln packten. Aber Maja wusste, dass sie das nicht ernst meinte, denn während der zwei in der Sanitätsstelle verbrachten Jahre hatte sich ihre heilende Kraft kein bisschen gezeigt. Die war genauso schwach geworden wie Majas Glaube an die Gerechtigkeit. Ihre trockenen Hände waren kalt und ohne Leben.

Die ersten zwei Jahre der Gefangenschaft waren von einer Welle der Verzweiflung und der Sehnsucht überschattet. Obwohl sie endlos erschienen, flossen sie durch ihr Gedächtnis hindurch und hinterließen darin nichts als Spinnweben der Trauer.

Das neue Gefängnis, wohin alle inhaftierten Frauen innerhalb einer einzigen Herbstwoche des Jahres 1991 verlegt wurden, ließ keinen Zweifel daran aufkommen, dass es zu dem Zweck gebaut wurde, dem es diente. Die grauen Mauern waren mächtig, die Gitter stark und die Türen mit dem aufschiebbaren Fensterchen blechbeschlagen. Die Zellen waren um nichts größer als die, in der Maja die vorhergehenden zweiundzwanzig Monate verbracht hatte, aber es standen nur zwei Doppelstockbetten darin. Unter der Decke war ein vergittertes Fenster, aber nicht weißgetüncht. Wenn Maja auf die obere Pritsche kletterte, konnte sie bei klarem Wetter über dem gegenüberliegenden Gebäude, das durch den betonierten Hof von ihrem getrennt war, in der Ferne bewaldete Hügel erkennen und sich vorstellen, dass sie in ihnen spazieren ging und den Duft der Tannennadeln einatmete.

Anstelle des Nachttopfes gab es eine Toilette hinter einem niedrigen Mäuerchen und ein kleines Waschbecken, wenn auch nur mit kaltem Wasser, das in einem dünnen Strahl heraustropfte – wohl absichtlich, damit die Sträflinge nicht das Gefängnis überschwemmten. Dazu ein Tisch, vier Hocker, breitere Gänge, ein gemeinsamer Essenssaal und ein Gemeinschaftsraum, der hauptsächlich für Politschulungen gedacht war. Das alles brachte gewisse Verbesserungen in Majas Gefängnisdasein, aber als totale Wendung konnte die Erlaubnis für Besuche angesehen werden. Als Maja erfuhr, dass die inhaftierten Frauen in diesem Gefängnis Besuch erhalten konnten, wenn auch nur zweimal im Jahr, verspürte sie ein so starkes Glücksgefühl, dass sie sich hinsetzen und erst einmal tief durchatmen musste.

Die vier Briefe, die sie bislang von den Eltern erhalten hatte, warfen Fragen auf, die unbeantwortet geblieben waren. Die Sätze waren nebulös und unverständlich, und Maja gelang es nicht zu erraten, ob ihre Unbestimmtheit an der Angst der Mutter vor der Zensur lag oder am Bemühen, die unangenehme Wahrheit zu verschleiern. Die dadurch hervorgerufene Unsicherheit quälte sie mehr als die Gitter.

Die Nacht vor dem Besuch schlief sie nicht. Sie wusste schon, dass nur die Eltern kommen würden. Obwohl sie in den Besuchsantrag, den sie ausfüllen und auf offiziellem Wege an die Gefängnisleitung schicken musste, auch Kubíks und Lenkas Namen geschrieben hatte.

»Werden mich auch die Kinder besuchen dürfen?«, fragte Maja die Aufseherin, die sich mit dem Titel Genossin Erzieherin schmückte, weil sie außer der Ausfertigung der Besuchsanträge und kleinerer administrativer Aufgaben auch die Vorlesungen über den Marxismus-Leninismus und den gesellschaftlichen Beitrag des Kommunismus in ihrer Verantwortung hatte.

»Teil der Strafe ist auch das Kontaktverbot zu den Kindern«, antwortete die Aufseherin ruhig, als teilte sie ihr mit, es sei Montag.

Maja stürzten diese Worte in so tiefe Traurigkeit, dass sie stundenlang nicht sprechen konnte. Der Kummer drückte ihr mit einer Knochenhand den Hals ab, mit der anderen Hand öffnete er ihren Brustkorb und umklammerte das Herz, dass es fast stehenblieb.

Als Maja in den Besuchsraum gebracht wurde, waren die Eltern schon da. Maja schaute sie an und ihr wurde bewusst, dass sie in den vielen gemeinsamen Jahren nie bemerkt hatte, wie die Eltern sich mit den Jahren veränderten. Die Zeit grub ihnen Falten ins Gesicht, durchzog die Haare mit Silber und sog langsam, allmählich, fast barmherzig die Kraft aus dem Körper, weil so der natürliche Lauf der Dinge war. Auch die Eltern selbst registrierten diese Veränderungen kaum, solange sie nicht das Familienalbum aufschlugen und sich beim Anblick der ein paar Jahre alten Fotografien wunderten, wie sehr die sich von dem Bild unterschieden, das sie jetzt im Spiegel sahen.

Innerhalb der zwei Jahre, die Maja sie nicht gesehen hatte, waren sie kleiner und grau geworden. Jetzt erinnerten sie an ein Bild, das zu lange der Sonne ausgesetzt war, sodass die Farben rissig und blass wurden.

Sie saßen ihr gegenüber, kneteten die Hände im Schoß und versuchten, die Tränen zu unterdrücken. Auch sie wollte weinen, aber sie beherrschte sich, damit sie nicht die kostbaren Minuten verloren. Sie hatte so viele Fragen.

»Wisst ihr etwas von Joska? Und wie geht es den Kindern?« Sie sprudelte eine Frage nach der anderen heraus, aber die Mutter schüttelte nur den Kopf. Den Blick hielt sie auf ihre zusammengefalteten Hände im Schoß gerichtet, als fürchtete sie sich, ihr in die Augen zu schauen.

»Von Joska haben wir keine Nachrichten«, sagte der Vater. »Nur das, was wir dir geschrieben haben.«

Das also verbarg sich unter den geschwärzten Zeilen, schoss es Maja durch den Kopf. »Also wurde er eingesperrt?«, platzte sie heraus.

Der Vater zuckte mit den Schultern. »Vielleicht.« Er schaute zum Aufseher, der hinter Maja an der Wand stand. Der sah sich verdrießlich im Besucherraum um und konnte es nicht erwarten, dass die Besuchsstunde vorbei war und er in seine Abteilung zurückkonnte. Der Vater beugte sich näher zu Maja. »Wir haben keine Nachricht von ihm«, fügte er leise hinzu.

Sie schluckte und fragte tapfer weiter: »Und die Kinder? Wie geht es ihnen?«

Sie schwiegen. Unendlich lange. Dann hob die Mutter den Kopf, sah Maja direkt in die Augen und flüsterte: »Válek ist emigriert und hat Kubík mitgenommen.«

»Nicht flüstern!«, schrie der Aufseher. »Sonst beende ich den Besuch.«

»Aber ihr habt geschrieben, dass es den Kindern gut geht!«, schluchzte Maja laut auf.

»Das ist richtig. Kubík ist in Sicherheit und es geht ihm gut«, sagte der Vater. »Er ist bei seinem Vater, so ist es für ihn am besten.«

Maja konnte sich nicht mehr beherrschen. Ihr Körper wurde von unkontrollierbaren Schluchzern geschüttelt. »Und Lenička?«

Der Vater holte Luft, um zu antworten, aber die Mutter legte ihm die Hand aufs Knie, lächelte durch Tränen hindurch und sagte: »Ihr geht es gut. Sie wächst zu einem hübschen, lieben Mädchen heran. Wir reden oft mit ihr über dich und lesen ihr deine Briefe vor. Sie freut sich immer sehr.«

»Erzähl mir, wie sie aussieht? Ist sie gewachsen? Was mag sie?«

–

An diesem Abend lag Maja auf dem oberen Bett, presste die gebeugten Beine an den Bauch und die Arme um den Brustkorb. In der Haltung, in der sie Monate im sicheren Mutterleib verbracht hatte, spulte sie im Kopf immer wieder den Besuch der Eltern ab. Sie hoffte, dass Joska am Leben und in einem der Arbeitslager war, über die im Gefängnis verschiedene Gerüchte kursierten, aber niemand wusste etwas Bestimmtes. Nicht einmal, ob sie eine Ausgeburt der Fantasie der Frauen waren, die keine Nachrichten von ihren Männern hatten, oder ob sie wirklich irgendwo in Sibirien existierten.

Sie stellte sich vor, was wohl Kubík machte, fühlte Zorn und Wehmut, dass er Váleks Frau Mama nannte, aber gleichzeitig fand sie in dem Gedanken Trost, dass er die Chance hatte, eine normale Kindheit mit beiden Elternteilen zu erleben. Sie hoffte, dass die Stiefmutter sich so gut um ihn kümmerte, wie sie nur konnte.

In ihrer Fantasie zeichnete sie sich nach den Umrissen, die die Mutter ihr beschrieben hatte, ein Bild der kleinen Lenka. Zwischen den Fingern spürte sie die braunen Haare, unter den Handflächen die weiche Kinderhaut, sah die leuchtenden braunen Augen und das Lächeln. Die Mutter sagte, Lenka lache viel und sei glücklich, wenn die Großeltern ihr von Maja erzählten. Sie wusste, dass ihre Mama sie liebhatte, nur gerade jetzt nicht bei ihr sein konnte, aber jeden Abend an ihre Tochter dachte und sich in Gedanken mit ihr unterhielt, so wie Lenka mit Oma Anna. Und später einmal würde sie in der Tür stehen und sie wären wieder zusammen.

Maja bedeckte ihr Gesicht mit den Händen und fing an zu weinen.

November 1994

Meine liebe Lenička,
heute in der Nacht träumte ich von dir. In dem Traum hattest du ein geblümtes Sommerkleid an und in der Hand hieltest du eine Puppe. Ich weiß nicht, ob du diese Puppe hast, du solltest sie unter dem Weihnachtsbaum finden, in dem Jahr, als wir [redacted]. Sie war im Kleiderschrank im Schlafzimmer versteckt. Vielleicht haben Oma und Opa sie gefunden, bevor [redacted], ich habe vergessen, sie zu fragen, als sie zuletzt hier waren. Ich habe sie ausgesucht, weil sie dir ähnelte. Sie hatte genauso braune Haare und Augen wie du. Du bist jetzt neun Jahre alt, also weißt du schon, dass die Geschenke unterm Baum [redacted], sondern von den Menschen, denen etwas aneinander liegt. Und ich habe dich sehr lieb, genauso wie Opa und Oma dich liebhaben. Es ist ein großes Glück, Menschen um sich zu haben, die einen lieben. Meine geliebte Lenička, ich denke immer an dich und ich freue mich auf unser Wiedersehen.

Deine Mama

ACHTES KAPITEL

Magdalena, genannt Magda

Als Jana erklärte, sie hasse das Haus *Zu den fünf Eichen*, überraschte mich das nicht. Ich wusste, dass sie Vorbehalte gegen das Genesungsheim hatte, aber das war unser Zuhause, ein anderes hatten wir nicht.

Sie saß knapp auf dem Rand des gelben Sofas, als sei es nicht gut genug für sie, obwohl sie in ihrer Wohnung ein ähnliches hatte – alle Wohnzimmer waren mit fast den gleichen Sofas, Tischen und Schränken ausgestattet, weil die Auswahl in den Möbelgeschäften nicht so abwechslungsreich war –, und starrte auf den Kaffeegrund in ihrer Tasse, die sie fest in der Hand hielt.

»Ich konnte es da nicht ertragen«, sagte sie. »Dieser Gestank, die Flure mit den weißen Fliesen, die hohen Decken, die gemeinsamen Schlafzimmer, die dunklen Klubräume. Überall nur Anweisungen, Regeln und Kontrollen. Ich träume heute noch davon.«

Es ist seltsam, wie sehr sich Erinnerungen unterscheiden. Jana hatte natürlich recht. Die Flure in dem alten Gebäude waren nüchtern und in der Luft hing der Desinfektionsgeruch, aber Sauberkeit war doch wichtig. Unser Leben in den *Fünf Eichen* richtete sich tatsächlich nach Regeln, aber wie sonst sollte man die Ordnung aufrechterhalten?

»Du übertreibst«, murmelte ich. Ich ging in die Küche, um ein Plastiktablett zu holen, und als ich zurück war, stellte ich die leeren Kaffeetassen und die Zuckerdose darauf. Ich hoffte, dass Jana begriff und ging. Über die *Fünf Eichen* wollte ich mich nicht mit ihr unterhalten.

Jana sah verächtlich das Kunststofftablett an. »Also Magda, dir ist die Erziehung da wirklich in Fleisch und Blut übergegangen.«

Sie erhob sich und rief im Korridor über die Schulter zurück: »Ich komme morgen Nachmittag wieder.« Dann schlug sie die Tür hinter sich zu.

In diesem Moment wäre mir lieber gewesen, sie hätte endlich aufgegeben und wäre nie wieder aufgetaucht.

Am Abend legte ich die Kinder schlafen und setzte mich an den Rechner. Dem Märchen, das ich bis zum Monatsende versprochen hatte fertig zu schreiben, fehlten nur noch ein paar Seiten. Ich musste nur noch das letzte lustige Abenteuer erzählen und dann die Figuren einer leuchtenden Zukunft überlassen. Aber an diesem Abend konnte ich kein glückliches Ende sehen. Alle Gedanken drehten sich in eine Richtung und verschwanden zischend wie Giftschlangen hinter den Türen des Heims *Zu den fünf Eichen*. Als um halb zehn der Strom ausfiel, schimpfte Aleš, aber ich nahm es als Befreiung an.

1990–1992

Manchmal wache ich mitten in der Nacht auf und ich glaube zu hören, wie der Wind durch die Äste der Eichen jagt, die das Haus umgaben, in dem ich aufwuchs. Die Baumkronen sind in Bewegung, die Blätter reiben sich aneinander und beklagen, dass sie mit den Stielen an die Äste gefesselt sind. Sie möchten sich befreien und in die Ferne fliegen, aber gleichzeitig halten sie sich mit ganzer Kraft fest, weil sie wissen, dass sie ohne den lebenspendenden Saft dem Verderben geweiht wären. Trotzdem erzählen sie sich leise von dem Augenblick, in dem ein Wirbelwind sie hoch in den Himmel heben wird und sie eine Weile dort frei in der Luft segeln können.

Die Eichen können angeblich sogar zweitausend Jahre alt werden. Was in dieser Zeit in der Welt alles passierte, wie viele Menschen wurden geboren, alterten und starben, wie viele Königsgeschlechter wechselten sich auf den Thronen ab? In diesen Hunderten von Wintern zogen Armeen vorbei, brachen Aufstände aus, wurde das Land von Dürren, Überschwemmungen, Hungersnöten und Unwettern heimgesucht …

Im Schatten ihrer mächtigen Kronen saßen die Menschen, um nach einer langen Reise oder der Feldarbeit auszuruhen, sie erzählten miteinander, aßen, liebten oder hassten sich, lagen im Gras und sahen in das raschelnde Laub über ihren Köpfen und träumten. So wie beim Blick in diese grüne Flut, die in Tausende bebende Splitter zerfiel, auch ich träumte, und vielleicht auch alle meine Gefährtinnen.

Ja, Gefährtinnen, Mitbewohnerinnen, Mädchen, die mit mir dasselbe Haus und dasselbe Schicksal teilten. Freundinnen konnte ich sie nicht nennen, weil wir uns Freundinnen aussuchen, und diese Mädchen hatte ich mir nicht ausgesucht. Der Zufall oder das Schicksal oder jemandes Entscheidung führte uns zusammen, aber in einem war ich mir sicher – obwohl wir uns die Zimmer, den Speisesaal und die Unterrichtsräume teilten, verband nur wenige von uns eine Freundschaft. Weil Freundinnen sich vertrauen und sich aufeinander verlassen können. Wir dagegen betrachteten uns argwöhnisch und hatten eine vor der anderen genauso Angst, wie wir uns vor unseren Träumen und den eigenen Gedanken fürchteten.

Wir sprachen nie über sie, weil uns beigebracht wurde, dass Träumerei aus Müßiggang entsteht und ein Ausdruck von Egoismus ist, den man gründlich ausmerzen muss.

Alles Gute war doch schon erdacht worden, sagten sie uns. Viel weisere, gebildetere und erfahrenere Leute als wir sind darauf gekommen, wie die Welt aussehen und auf welchen Prinzipien sie stehen soll, um gerecht und gut für alle zu sein, die es verdienen. Wir mussten nur lernen, die bewährten Regeln einzuhalten und darauf achten, dass auch die anderen lernten, sie einzuhalten. Streng nicht nur zu sich selbst zu sein, sondern auch zur Umgebung. Hinschauen, bemerken, konsequent sein.

Wozu wären Träumereien gut? Unsere Zukunft war klar vorgegeben. Wir waren auserwählt, die gesunde Basis einer richtig funktionierenden Gesellschaft zu werden. Wir waren die weißen Blutkörperchen, die für unser aller Wohl arbeiteten. Dazu wurden wir geschaffen, das war unsere Mission, unsere Lebensaufgabe.

–

Ich weiß nicht mehr, wer die Bezeichnung *Zu den fünf Eichen* aus unserem Zimmer hinaustrug. Vielleicht war ich das, vielleicht Jana oder Zuzana, aber das spielte eigentlich keine Rolle. Wichtig war, dass sich der Name nicht nur bei den Mädchen auf den zwei Etagen des alten Gebäudes und bei den Jungen im anderen Trakt durchsetzte, sondern auch bei unseren Erzieherinnen und Erziehern.

Es war viel angenehmer, in einem Haus mit einem Namen zu wohnen, der die Vorstellung von einer Residenz im Grünen, umgeben von hohen Bäumen mit weitverzweigten Kronen, hervorrief, als in dem *Kindergenesungsheim 27. November 1989*, wie die tatsächliche Bezeichnung der Institution lautete, in der ich meine Kindheit verbrachte.

Zu Beginn dachte ich über die Bezeichnung natürlich nicht nach. Als meine Eltern mich verließen, war ich noch klein, und die Angelegenheiten der Erwachsenenwelt waren für mich einfach unbedeutend. Für Kinder existiert weder Vergangenheit noch Zukunft. Sie leben im gegenwärtigen Augenblick, verspüren Angst vor dem Unbekannten, Furcht vor dem Alleinsein, Sehnsucht nach Sicherheit, Dankbarkeit für jedes bisschen Aufmerksamkeit und jeden Ausdruck von Fürsorge.

An die ersten Jahre im Heim erinnere ich mich nur vage. Ich weiß nicht, wie lange es brauchte, bis sich die Bilder aus meinen frühen Lebensjahren aus meinem Kopf verflüchtigten, aber ich nehme an, dass es nur ein paar Monate waren. Kinder wissen noch nicht, dass sie die Erinnerungen für später aufbewahren sollten. Wenn sie sie wieder hervorrufen und wenigstens in Gedanken in die Zeit zurückkehren wollen, in der die Welt noch unendlich war.

An das, was vor meiner Ankunft im Heim war, erinnere ich mich fast gar nicht. Nur manchmal sehe ich im Traum Gesichter, die wohl meinen Eltern gehörten, verspüre in der Luft einen vertrauten Geruch, der in mir das Gefühl hervorruft, aus der fernen Vergangenheit zu mir gekommen zu sein. In einer Menschenmenge höre ich eine Stimme, die mich an etwas oder jemanden erinnert. Aber das alles können auch Fantasiegebilde sein, Bilder aus der unendlichen, lebhaften Vorstellungskraft einer Kinderbuchautorin.

–

Manche Augenblicke prägen sich einem Menschen jedoch ins Gedächtnis und bleiben darin haften wie eine Verletzung, die sich mit jedem Wetterwechsel in Erinnerung bringt. Tief hatte sich meine Ankunft im Heim in meine Erinnerungen gegraben. Bis heute kann ich sie mir überraschend deutlich vorstellen, mit allen Farben, Gerüchen und Gefühlen.

Ich stehe vor einer grünen Tür, von der die Farbe abblättert. Sie bleibt an den Händen kleben und erinnert an schleimige Fischschuppen. Ein großer Mann hält meine Hand fest und die Tür wird von einer Frau in Weiß geöffnet. Hinter ihr leuchtet das Licht und bildet einen goldenen Schein um ihren Kopf. Für den Bruchteil einer Sekunde verspüre ich Erleichterung, aber gleich wird sie wieder von der Angst abgelöst. Sie übergeben mich an der Pforte wie ein Paket und ich habe schreckliche Angst vor dem Unbekannten, aber gleichzeitig bin ich froh, dass ich den Mann los bin, der einen Mantel in einer ähnlichen Farbe wie die Tür hatte, und harte, nasse Handflächen, die mich viel zu fest hielten. Wohl aus Angst, ich könnte mich losreißen.

Wie könnte ich? Wohin sollte ich in dieser unbekannten Welt gehen, in die sie mich aus dem nach Benzin und gegen Ende der Fahrt auch meinem Mageninhalt stinkenden Auto hinausstießen?

Der Mann schob mich näher an die blonde Frau in dem lockeren Kittel heran und übergab ihr eine Mappe mit Papieren. Sie unterschrieb und nahm mich dann bei der Hand und führte mich zum Aufzug. Anders als der Mann hatte sie eine warme Hand und sie hielt mich nur ganz leicht fest. Die Berührung erinnerte mich an eine andere Frau, die mich oft an der Hand genommen hatte, meine Mutter, an die ich mich damals noch deutlich erinnerte. Aber ich hatte keine Ahnung, wo sie war. Damals verübelte ich ihr noch nicht, dass sie verschwunden war und mich allein gelassen hatte.

Augenblicklich fasste ich Vertrauen zu der Frau mit dem Heiligenschein. Als der Fahrstuhl anfuhr, bemerkte ich, dass sie warme Socken und ausgelatschte Sommersandalen an den Füßen hatte.

Dunkelheit und die Fahrt mit dem Aufzug sind die deutlichsten Erinnerungen, die vom ersten Abend im Heim in meinem Kopf hängenblieben. Und auch der bunte, vertrocknende Weihnachtsbaum am Ende des Ganges. Ich war vier Jahre alt und dort, wo sie mich weggeholt hatten, gab es in dem Jahr gar keinen Weihnachtsbaum. Die Frau in Weiß führte mich bis zu dem Bäumchen, das mit silbernen Ketten geschmückt war, nahm einen Papierschneemann vom Baum und gab ihn mir. »Hier, zur Begrüßung«, sagte sie und ich begriff, dass das Haus mit den langen, kalten Gängen ab jetzt mein Zuhause sein würde.

Außerdem erinnere ich mich, dass ich in einem fort weinte. Im Auto weinte ich aus Angst vor den Männern in Grün. Ich hatte Angst, dass sie mich in den dunklen Wald fahren und mich dort auf Gedeih und Verderb den wilden Tieren überlassen würden, so wie der Jäger das arme Schneewittchen.

Ich heulte, als mich die blonde Erzieherin in ein Zimmer mit vier Betten brachte, meine zerdrückten Sachen aus der Stofftasche holte und sie in den Schrank legte. Und am allermeisten heulte ich in der Nacht. Ich wollte nicht laut schluchzen, um nicht die Schlafenden in den anderen drei Betten zu wecken, und so war es wohl am ehesten das erschrockene Herzklopfen, das eines der älteren Mädchen dazu brachte, aufzustehen, sich an den Rand meines Bettes zu setzen und mir über die Haare zu streicheln. »Ich bin Romana«, flüsterte sie. »Und jetzt schlaf, du wirst dich bald eingewöhnen, du wirst schon sehen.«

–

Aus den folgenden Tagen und Wochen erinnere ich mich nur vage an den Kindergarten mit dem orangefarbenen Teppich auf dem Boden und den Fenstern zum Garten, in den uns die Erzieherin nach der Brotzeit brachte. Es war kalt und draußen war es öde und unfreundlich. Zwischen den traurig aussehenden, laublosen Bäumen und niedrigen Sträuchern vegetierte blasses, karges Gras dahin. Das Gelände des Heims war von einem Eisenzaun eingefasst, der aussah wie Speere, die in ein Mäuerchen gebohrt wurden. An diesen Zaun drückte sich der Wald und steckte seine benadelten Hände durch die festen Stäbe, als wollte er in den Garten eindringen. Er schien darauf zu lauern, dass irgendein Kind unvorsichtig in seine Reichweite kam, um es zu schnappen, es auf seine Seite zu ziehen und zu verschlucken.

Ich lief weit fort vom Fenster und versteckte mich hinter dem Tisch, an dem die hellhaarige Erzieherin saß.

An mehr kann ich mich von den ersten Tagen im Heim nicht erinnern. Und ich weiß eigentlich auch nicht, wo ich meine weiteren Erinnerungen einordnen soll, denn die Wochen und Monate waren alle gleich. Und so soll es sein. Ruhige Tage, die sich nicht ins Gedächtnis graben, die habe ich am liebsten. Sie bedeuten, dass alles in Ordnung ist.

–

Die Erzieherin mit den blonden Haaren hieß Eva. Dass sie der erste Mensch war, den ich im Heim traf, dass gerade sie mir die Sachen aus der Stofftasche in den Schrank legte und mich am ersten Abend ins Bett brachte, sowie die Erinnerung, wie sanft sie meine vierjährige Hand umschloss, machten sie zu meinem Menschen. Auch an meinen Kindern sehe ich jetzt, dass sie auf der Welt jemanden brauchen, an den sie sich halten können. Sie wollen ihm Freude bereiten und sehnen sich gleichzeitig danach, dass er sie gernhaben möge – und ich klammerte mich gleich am Anfang an die blonde Genossin Eva und meine Mitbewohnerin Romana. Diese beiden erhob ich in meinem kindlichen Kopf zu meiner neuen Familie, in der sie mir die Mutter und Geschwister ersetzten. Sie waren meine Anhaltspunkte in der unbekannten Welt des Genesungsheims, Licht in der traurigen Dunkelheit, in der ich plötzlich gelandet war. Das Gefühl, dass ich auch im Genesungsheim jemanden hatte, half mir die Wunde zu heilen, die mir die Eltern zugefügt hatten, indem sie mich verließen.

Romana war ganze drei Jahre älter und meine kindliche Vergötterung freute sie – wenn sie sie nicht gerade beim Spielen oder der Unterhaltung mit den viel amüsanteren und interessanteren Altersgefährtinnen störte. »Kriech mir nicht immer hinterher, du Hündchen«, jagte sie mich fort, wenn sie mich loswerden wollte. Aber ich war nicht böse und zog mich zurück, denn ich wusste, dass sie es nicht so meinte und sich am Abend wieder auf mein Bett setzen würde. So wie am ersten Abend, als ich ins Heim kam. Und mit mir erzählen, bis die Zimmerälteste Táňa sie ins Bett scheucht.

–

Romana hatte recht, ich gewöhnte mich ein, alle gewöhnten wir uns, etwas anderes blieb uns auch nicht übrig. Wir hatten nichts, wo wir hätten hingehen können, und wie uns die Erzieher und Erzieherinnen unablässig in Erinnerung brachten, hatten wir eigentlich auch Glück, dass der Staat sich um uns kümmerte. Wir konnten froh sein, ein Dach über dem Kopf zu haben. »Es gibt Länder auf der Welt, wo sich Kinder ohne ein Zuhause auf der Straße herumtreiben. Sie haben keinen Ort zum Schlafen und auch nichts zu essen«, erklärten sie uns. »Und ihr seid Kinder ohne ein Zuhause, weil euch die Eltern nicht wollen. Aber hier, hier bekommt ihr die richtige Bildung und aus euch wird die Zukunft unseres Landes.«

Wie oft hatte ich das wohl gehört? Beim Morgenappell, in der Schule, bei den Versammlungen, bei den Abendkontrollen.

Lange dachte ich, der *Staat* sei das große Gebäude, in das man mich gebracht hatte und wo ich wohnen sollte. Der *Staat* sei das große zweiflügelige Haus mit den langen Gängen, von denen zu beiden Seiten die Zimmer mit den Holzschränken und den vorbildlich gemachten Betten abgingen. Meins war am Anfang nur dank Romana sorgfältig gemacht. Aber die Heimordnung war nicht sehr kompliziert, bald tauchte ich mit Romanas Hilfe in ihre Gesetzmäßigkeiten ein, und die regelmäßige Wiederholung des Antretens, des Abmarsches zum Speisesaal, zum Kindergarten oder zur Schule, zu Spaziergängen und zu den Spielzeiten behagte mir auf eine seltsame Weise.

Vielleicht hatte Jana recht, die Ordnung hat sich mir wohl tief unter die Haut gegraben. Bis heute bin ich ein Freund von Regelmäßigkeit, Ordnung und Vorhersehbarkeit, und jede unerwartete Veränderung beunruhigt mich.

–

Die Zimmer im Genesungsheim ähnelten sich wie ein Ei dem anderen. Sie sahen genauso aus, rochen nach demselben Desinfektionsmittel. Auch nach Jahren im Heim schaute ich vor dem Betreten des mir zugeteilten Schlafzimmers auf die Nummer an der Tür, weil es mir ein paarmal passierte, dass ich in Gedanken in ein anderes Zimmer ging und das Versehen erst bemerkte, als ich den Schrank oder die Nachttischschublade öffnete.

Ohne Erlaubnis in ein anderes Zimmer einzutreten war ein grober Verstoß gegen die Heimordnung und ein noch größeres Vergehen gegen die ungeschriebenen Regeln, die wir selbst, die Heimbewohner, uns gaben. Der Inhalt des Schrankes und des Nachttisches stellte die einzige Intimsphäre dar, die wir hatten. Bis zu einem gewissen Maße respektierten das sogar die Erzieherinnen. Bei den regelmäßigen Ordnungskontrollen wie auch bei den unverhofften Stichproben schauten sie nur kurz in die Schränke und Schubladen hinein.

Als ich begriff, dass der *Staat* sich um mich kümmern würde, war meine kindliche Seele erleichtert. Ich fühlte mich nicht mehr so allein und ich war froh, dass ich jemanden so Mächtigen und Großen an meiner Seite hatte. Die hohen Decken und die langen Gänge des *Staates* sahen stabil aus und die Gitter an den Fenstern vermittelten mir ein Sicherheitsgefühl, dass niemand aus der gefährlichen Außenwelt zu mir hereindringen und mir etwas antun konnte.

Die Türen zwischen unserer Abteilung und dem Rest des *Staates*, wo die Jungenabteilung, die Gemeinschaftsräume und die Betriebsräume waren, wurden immer abgeschlossen. Mir gefiel die Gründlichkeit, mit der die Erzieherinnen bei jedem Ankommen und Weggehen noch einmal die Klinke drückten, um sicher zu gehen, dass kein Unbefugter eindringen konnte. In meinen Kinderaugen war das ein Beweis, dass wir beide – der *Staat* und ich – uns auf sie verlassen konnten.

Die Erzieherinnen empfand ich von Beginn an eher als Lehrerinnen, deren Hauptziel darin bestand, aus uns Vorzeigewesen zu machen, von unseren Charakteren, der Seele und den Gedanken alles Unpassende abzuschleifen und das Richtige in uns zu stärken. Man kann zu so jemandem keine vertrauliche Beziehung aufbauen, ihm nicht seine Sorgen, Gedanken und Zweifel anvertrauen, weil ein Mensch mit der richtigen Haltung zum Sozialismus doch im Kopf alles klar geordnet hatte und nie wankte. Ich brauchte sehr lange, um zu begreifen, dass die Erzieherinnen nicht nur für uns auf der Welt waren und dass sie außerhalb der Mauern des Heims ein eigenes Leben hatten, das sich sehr von unserem unterschied.

In ihren weißen Kitteln, den bequemen Sandalen und den dicken Socken, die sicher nicht Teil der vorgeschriebenen Uniform, aber in dem alten Gebäude mit den kalten Fliesen eine absolut notwendige Ausrüstung gegen Erkältungen waren, verschwammen mir am Anfang alle Erzieherinnen in eine schwer auseinanderzuhaltende Armee von Frauen, deren einzige Aufgabe die Sorge um unsere Körper und Seelen war. Die Ausnahme war Eva. Auf die Ankunft der Genossin Eva mit dem goldenen Heiligenschein um den Kopf und den warmen Händen freute ich mich wohl so, wie andere Kinder sich auf die Heimkehr der Mutter von der Arbeit freuten. Während der Stunden im Spielzimmer besetzte ich einen Platz so nah wie möglich an dem Tisch, von dem aus sie uns beaufsichtigte. Ich trug ihr die Bücher hin, aus denen sie uns vorlesen wollte, bei den Spaziergängen ging ich direkt hinter ihr, scheuchte die anderen Kinder fort, die sich bei ihr einschmeicheln wollten, und wenn es einem gelang, war meine Eifersucht nicht zu bremsen. Mein Kummer vertiefte sich noch, als mich die Genossin Eva ermahnte: »Ich bin nicht nur für dich da, Magdička, ich muss mich auch den anderen Kindern widmen.« Ich hielt das für einen Verrat und eine Ungerechtigkeit. Verstand sie denn nicht, dass an dem Abend, als sie mich ins Heim aufnahm, zwischen uns ein besonderes und außergewöhnliches Band entstanden war, wie sie es ganz sicher mit niemand anderem knüpfen konnte?

–

Die offizielle Bezeichnung *Genesungsheim 27. November 1989* war logisch begründet. Das Gebäude, in dem es untergebracht war, war einst im vergangenen Jahrhundert erbaut worden und diente ursprünglich wirklich als Genesungsheim. Hierher kamen zur Erholung Kinder, die an häufigen Erkältungen oder Atembeschwerden litten. Im Unterschied zu uns, den späteren Dauerbewohnern, fuhren sie aber nach ein paar Wochen oder Monaten wieder zurück nach Hause zu ihren Eltern.

Im Winter 1989/90 kamen aber immer mehr verlassene Kinder hinzu. Ihre Eltern verhielten sich egoistisch und gaben ihrem Ego und ihrer Sehnsucht nach Befriedigung ihrer materiellen Wünsche den Vorrang vor der Liebe zu ihren Nachkommen. Und so blieb dem Staat nichts weiter übrig, als sich um sein junges Blut zu kümmern. Das Genesungsheim wurde zu einem der vielen Orte, wo in den Neunzigerjahren eine neue, fehlerlose Generation aufwuchs, welche die Vorstellung vom echten sozialistischen Menschen erfüllte, der nicht an sein Wohl denkt, sondern an das Wohl des Ganzen. Eines Menschen, der seine gesamte Energie in die richtige Richtung lenkte, damit der Staat wie eine gut geölte Maschine funktionierte.

So wurde es uns beigebracht.

Und sie erklärten uns auch, warum das Genesungsheim den Namen *27. November 1989* trug. An diesem Schicksalstag kam es zum Umschwung, die Konterrevolution wurde niedergerungen und die Wahrheit siegte. Die Spreu wurde vom Weizen getrennt, das Böse vom Guten abgesondert. Es war der Beginn einer weiteren Aufbauphase des Kommunismus.

Das Volk lernte aus den Fehlern, die es in den vorhergehenden Etappen des Aufbaus des kommunistischen Staates begangen hatte, machte endgültig Schluss mit den Revisionisten und führte konsequente Maßnahmen ein, damit die Verräter für immer zum Schweigen gebracht wurden und die neue, heranreifende Generation in einem weltanschaulich reinen Umfeld aufwuchs.

»Dazu bedarf es unserer Wachsamkeit. Jeder von uns ist nicht nur für seine Taten verantwortlich, sondern auch für die Handlungen der anderen. Man muss sich umschauen und rechtzeitig auf ein wankendes Individuum aufmerksam machen. Weil die Menschen nur Teile einer Kette sind und eine Kette nur so stark wie ihr schwächstes Glied ist. Deshalb muss man beschädigte Kettenglieder rechtzeitig entdecken und ersetzen.« Die Redensart über die Kette war die liebste der Direktorin und mir gefiel sie, obwohl ich vieles, was sie sagte und wir gehorsam nachsprachen, nicht recht verstand und mich vor der Herrscherin über das Genesungsheim selbst fürchtete.

Die Direktorin war auf jeden Fall eine respekteinflößende Person, obwohl sie kaum einen Meter fünfundfünfzig groß war. Sie war schon alt, als ich ins Heim kam, und ich denke, sie gehörte zu den Menschen, die schon alt geboren werden. Ihre Gesichtshaut war braungelb und auch das Augenweiß um die Iris ihrer stechenden schwarzen Augen herum war gelblich. Sie wog ein paar Kilo zu viel, ging leicht vornübergebeugt und machte mit ihren kurzen Beinen bedächtige Schritte, die sich in ein lächerliches Getrippel verwandelten, wenn sie es eilig hatte. Wir alle fanden das zum Lachen, aber nicht eine von uns wagte auch nur zu schmunzeln, geschweige denn das komische Gehopse laut zu erwähnen.

Zum Glück sahen wir sie selten außerhalb der obligatorischen Versammlungen. Wenn sie aber beim Morgenappell erschien, bedeutete das, dass etwas Außergewöhnliches passiert war oder erst noch passieren würde. Mit der Zeit lernte ich es, in der ersten Minute schon zu erkennen, um welchen dieser zwei Fälle es sich handelte. Wenn sie verärgert oder nervös war, klopfte sie mit dem Bleistift in die offene zweite Handfläche, als stellte sie sich vor, einen Rohrstock in der Hand zu haben und einer von uns damit auf den Rücken zu schlagen. Sie zuckte mit dem Kopf, sodass ihr eine dicke Haarsträhne ins Gesicht fiel.

Die Haare der Direktorin faszinierten mich so, dass ich den Blick nicht davon losreißen konnte. Sie wuchsen weiß aus dem Kopf heraus und dann waren sie auf einmal schwarz. Sie standen gerade wie Soldaten – bis auf die eine ungehorsame Strähne, die es sich offensichtlich zum Lebensziel gemacht hatte, alle Regeln der Direktorin zu brechen und ein Pony zu werden.

Ich erinnere mich an den Morgen, als das klatschende Geräusch des Bleistifts in der Hand der Direktorin besonders schnell und laut erklang. Zu dieser Zeit ging ich schon zur Schule und verbrachte die Vormittage nicht mehr in dem Raum mit den orangen Teppichen, der Kindergarten genannt wurde. Deswegen wusste ich, dass die Direktorin die Direktorin war und nicht nur über den Kindergarten und die Schule herrschte, sondern über den ganzen *Staat*.

Ich wusste nicht, warum, aber die Direktorin lächelte unentwegt – und sie lächelte auch, als sie sich mit trippelnden Hüpfern und zu den klatschenden Bleistiftgeräuschen mit wahnsinniger Schnelligkeit in meine Richtung aufmachte. Beim Antreten, das ein paarmal am Tag erfolgte, eigentlich immer, wenn wir die Wohnabteilung verließen, um zum Unterricht, in den Speisesaal oder dem nicht sehr beliebten gemeinsamen Spaziergang zu gehen, war es nämlich üblich, dass die Bewohnerinnen eines Zimmers nebeneinanderstanden, aufgereiht von der Zimmerältesten bis zur Jüngsten. Das war zu diesem Zeitpunkt im Zimmer Nummer Neun schon nicht mehr ich, sondern die sechsjährige Zuzana.

»Wie lautet die Regel Nummer fünf?«, dröhnte die Direktorin.

Die Regeln! Darum ging es also hier. Die kannten wir alle schon, bevor wir lesen lernten. Die Regeln sagten wir zu jedem Morgenappell auf. Mit ihnen begann der Tag im Kindergarten und auch in der Schule. Die Regeln hingen an den Innentüren aller Zimmer. Mit der Zeit konnte ich sie zu jeder Tages- und Nachtzeit aufsagen, obwohl ich sie am Anfang überhaupt nicht verstand. Sie waren wie ein unnötig kompliziertes Gedicht für mich. Erst später begriff ich ihren Sinn. Und vertraute ihnen.

Die Direktorin hatte sich drohend über meiner Mitbewohnerin aufgebaut. Táňa war die Älteste in unserem Schlafraum und hatte deshalb wie üblich die Funktion der Zimmerkommandantin inne. Sie war vier Jahre älter als ich, also zu dem Zeitpunkt elf Jahre alt, und kam mir aufgrund dieses großen Abstands unerreichbar klug und reif vor. Jetzt sah sie verwirrt und ängstlich aus. Sie erinnerte an einen Karpfen auf dem Trockenen, weil sich ihr Mund öffnete und schloss, ohne dass ein Laut herauskam. Ich fühlte, wie Táňas Beben sich durch die Luft bis zu mir ausbreitete. Ich drückte mich an Romana.

Die Direktorin packte das Mädchen an der schmalen Schulter und schubste es zur Wandzeitung. »Lies die Regel Nummer fünf vor!«, presste sie zwischen den Zähnen hervor und bohrte den Mittelfinger mit dem lackierten Nagel in das dort angeheftete Papier. Aus der Entfernung einiger Schritte starrte ich fasziniert auf den blutroten, unnatürlich wie die Flügel eines riesigen Marienkäfers gewölbten Fingernagel.

»Fehl-fehl-fehlverhalten wer-werde ich un-un-unverzüglich melden«, stotterte Táňa. Ich wunderte mich nicht, dass ihr gerade die Regel Nummer fünf Schwierigkeiten machte. Auch für mich war das die von allen am wenigsten verständliche Regel. Ich wusste nicht, was das Wort unverzüglich bedeutete. Und erst recht nicht, was für Taten unter die Kategorie Fehlverhalten fielen. Ich nahm mir vor, Romana danach zu fragen, denn erst in diesem Moment ging mir auf, dass man die Regeln nicht nur aufsagen können musste, sondern auch die Anordnungen darin verstehen, um sie nicht ungewollt zu brechen.

»Und jetzt Regel Nummer drei«, forderte die Direktorin Táňa auf, verschob den Finger nach oben und drückte so heftig mit dem Fingernagel auf das Papier, dass sie es durchbohrte.

»Ich werde wachsam sein und meine Augen überall haben«, sagte Táňa etwas flüssiger auf.

»Welche der Regeln hast du verletzt?«, bellte die Direktorin.

Táňa starrte sie nur an und schwieg.

»Du bist Zimmerkommandantin, du musst deinen Mitbewohnerinnen ein Vorbild sein und sie beaufsichtigen.« Die Direktorin griff in ihre Kitteltasche und zog ein kleines Heftchen hervor. »Ein Mädchen aus deinem Zimmer schreibt Tagebuch. Da schreibt es unsinnige Sachen hinein und du hast keine Ahnung davon, womit du die Regel Nummer drei gebrochen hast. Oder du weißt von dem Tagebuch und hast deine Erzieherin nicht informiert. In diesem Fall hast du die Regel Nummer fünf gebrochen.«

Schweigend starrte Táňa auf den Fußboden. Obwohl ich in einer Reihe mit den anderen stand, fühlte ich mich schuldig, dass so eine unangenehme Sache in unserem Zimmer passierte. Auch ich wusste, dass Romana sich etwas in ein Heftchen schrieb, das unter ihrer Matratze lag, aber ich hätte nicht gedacht, dass man das nicht durfte. Hätten wir sie wirklich melden müssen? Ich fühlte, wie Romana erstarrte, und trat ein bisschen von ihr weg.

Ich ging in die erste Klasse und das Schreiben faszinierte mich. Die Spitze eines Bleistiftes oder einer Feder berührt das weiße Blatt, hinterlässt einen Strich, der scheinbar keinen Sinn ergibt, dabei aber Momente festhält, die schnell vorübergehen. Oder Gedanken, die ansonsten in Vergessenheit geraten würden. Von meinem Bett aus beobachtete ich Romana manchmal abends vor dem Einschlafen, wie sie in das dünne Heftchen schrieb. Ich hörte die Mine übers Papier gleiten. Mein eigenes Schreiben war damals noch mühevoll, aber ich freute mich darauf, einmal genauso flüssig zu schreiben, um die Geschichten festhalten zu können, die meine Vorstellungskraft erschuf. Schon damals hatte ich die

Neigung, mir Dinge auszudenken, und ich erzählte meine Fantasiegebilde allen, die sie hören wollten. Aber keiner der Zuhörer, nicht einmal Romana, hatte genügend Geduld, um meine – wie es mir heute klar ist – wilden und häufig auch sinnlosen Geschichtchen bis zum Ende anzuhören. Soweit sie überhaupt ein Ende hatten.

Nur zeigte es sich, dass Romana nichts Ausgedachtes aufschrieb, sondern die Wahrheit. Sie schrieb ein echtes Tagebuch ihres Lebens, was offensichtlich nicht richtig war. Ich sah zur Erzieherin Eva. Sie stand mit den anderen Erzieherinnen an der gegenüberliegenden Wand, tat gleichgültig, als sähe sie nicht, in welch schreckliche Situation unser Zimmer geraten war. Sie wartete, dass die Direktorin zum Ende kam und sie sich wie jeden Tag unserer Gruppe annehmen und uns geordnet in den Speisesaal führen konnte.

Die Direktorin schubste Táňa zur Seite und ging zurück zur angetretenen Reihe, zu der Stelle, an der die erstarrte Romana stand. Sie blieb vor ihr stehen, öffnete das Notizbuch und begann mit höhnisch quengeliger Stimme vorzulesen: „*Morgens beim Appell war mir kalt ... die Erzieherin Ola hatte uns später als gewöhnlich geweckt ... der Tee war beim Frühstück fürchterlich süß und es gab wieder die rote Marmelade, die ich nicht mag ... abends weine ich manchmal ... ich sehne mich ...*« Sie verstummte für einen Moment und dröhnte dann los: »Kannst du uns allen hier erklären, wonach du dich sehnst und warum du solchen Blödsinn aufschreibst?«

Romana schluchzte auf. Ich fühlte, wie sich Tränen in meine Augen drängten und ich schämte mich sehr dafür. Ich war verwirrt. Es war wohl nicht richtig, dass Romana mir leidtat. Sie war doch schon groß und müsste wissen, dass sie etwas Verbotenes tat. Oder wusste sie es nicht?

»Ihr seid alle hier, weil unsere Gesellschaft große Hoffnung in euch setzt. Ich halte euch für so stark und verantwortungsvoll, dass ihr die Stütze unserer Gesellschaft werden könnt.« Sie streifte Romana mit einem Blick. »Und du heulst rum wegen kalter Füße und Marmelade? Du verdienst es nicht, mit uns hier zu sein!« Sie trat zwei Schritte zurück. »Also antworte! Warum hast du diesen Unsinn aufgeschrieben?«

»Ich … ich … ich möchte mir alles merken.«

»Merken?«

»Um es Mama erzählen zu können.«

Eine Weile war es absolut still.

»Aber du hast überhaupt keine *Mama*, meine Liebe.« Die Direktorin sah auf einmal total ruhig aus und auf ihren blutrot geschminkten Lippen hing wieder ihr starres Lächeln. »Deshalb bist du hier. Weil deine Mutter sich von dir losgesagt hat. Sie wollte dich nicht.« Sie trat noch weiter zurück und überflog unsere Reihe mit einem Blick. »Alle eure Eltern haben euch aufgegeben, das wisst ihr doch. Ihr wart eine Belastung für sie.«

Sie wandte sich wieder an Romana. »Diesmal schicke ich dich noch nicht fort.« Sie schwieg und sah über die Schulter zu Táňa. »Und dich auch nicht. Aber bestrafen muss ich euch. Ich überlege mir das und teile es euch morgen früh beim Morgenappell mit.«

An diesem Abend war es im Zimmer Nummer Neun stiller als gewöhnlich. Alle dachten wir darüber nach, welche Strafe Romana und Táňa erwartete. Ich hoffte, vielleicht nur eine Woche Putzen im Speisesaal oder Fernsehverbot. Eine längere Strafe würde sich auf ihre Gesamtwertung auswirken.

Táňa ordnete schweigend ihren Schrank neu, als könnten hübsche Kleiderstapel die erwartete Strafe abmildern.

Romana saß unbeweglich auf dem Bett und Zuzana und ich schauten nur immer wieder zu ihnen, hatten aber Angst, sie anzusprechen. Schließlich waren wir die Jüngsten im Zimmer.

»Ich habe immer noch eine Mama, ich habe eine«, sagte Romana trotzig in die Stille. »Sie wollte mich nicht verlassen, sie wollte mit mir zusammenbleiben. Als die Soldaten sie fortbrachten, schrie sie, dass sie mich liebhat und dass sie zu mir zurückkommt, dass wir wieder zusammen sein werden.« Sie rollte sich angezogen ins Bett und zog sich die Decke über den Kopf.

Ich vergrub mich auch lieber ins Bett und drehte mich zur Wand. In diesem Moment war ich auf Romana sauer. Ich wusste selbst nicht, ob ich mich über sie ärgerte, weil sie sich an ihre Mutter erinnerte, oder weil sie über sie sprach, dem *Staat* nicht genügend Dankbarkeit erwies und damit ganz bestimmt alle Regeln verletzte. Wäre es jemand anderes, würde ich gleich am Morgen dieses Betragen melden. Aber es war Romana, das Mädchen, das mir im ganzen Heim am nächsten war und das ich nicht verlieren wollte. Und so tat ich, als würde ich schlafen und Romanas bemitleidenswerten Auftritt nicht bemerken.

Táňa legte das letzte Kleidungsstück zusammen, schloss leise das Schränkchen, nahm das Handtuch und den Kulturbeutel, löschte das Hauptlicht und ging in den Gang hinaus.

Die Schluchzer auf Romanas Bett verstummten. Im Zimmer herrschte eine drückende Stille und es fiel nur ein matter Lichtschein durch das runde Glasfensterchen in der Tür. Niemand sprach, aber wir wussten alle, dass Táňa auf direktem Wege in das Erzieherinnenzimmer gegangen war, wo sie Romanas Worte in das Heft mit den täglichen Meldungen schreiben würde.

Eigentlich sollte ich jetzt aufstehen, mich an Romanas Bettkante setzen und versuchen, sie zu beruhigen, so wie sie mich am Beginn meines Heimaufenthaltes getröstet hatte. Aber unterbewusst fühlte ich, dass das ein Fehler wäre. Romana war innerhalb eines einzigen Tages zum schwarzen Schaf geworden, und sie war selbst schuld daran. Auch ich wusste nach drei im Heim verbrachten Jahren schon, dass es manchmal besser war, sich fernzuhalten.

Ich blieb in meinem Bett und stopfte mir die Ohren zu, um Romanas Seufzer nicht zu hören.

Als ich am nächsten Tag am Nachmittag vom Unterricht zurückkam, war Romanas Bett frisch bezogen und das Schränkchen war leer.

Ich passte den Moment ab, als die Genossin Eva allein im Erzieherinnenzimmer war. Ich ahnte, dass ich nicht viel fragen und nicht zeigen sollte, dass Romana mir fehlte. Aber der blonden Erzieherin Eva vertraute ich und hoffte, sie wäre mitteilsamer ohne die Anwesenheit der anderen Kolleginnen. Ich schlüpfte hinein.

»Wo ist Romana? Wohin wurde sie geschickt?«

Die Erzieherin nahm mich bei der Hand und führte mich auf den Gang hinaus. »Du weißt, dass ihr nicht hierherkommen sollt, wenn es nicht unbedingt nötig ist.«

»Kommt sie wieder zurück?« Ich ließ mich nicht abwimmeln.

»Nein, sie kommt nicht zurück.« Sie strich über meine Haare. »Du findest eine andere, eine bessere Freundin, keine Angst.« Sie schüttelte ihre goldene Mähne und schob mich aus der Tür.

Seit dieser Zeit war das Zimmer Nummer Neun etwas weniger Heimat für mich. Das abendliche Schwatzen hörte auf und es kamen viele Momente verlegener Stille und verstohlener Blicke hinzu.

Und Táňa bekam gar keine Strafe, weil sie bei der ersten Gelegenheit gezeigt hatte, dass sie ihren Fehler verstanden und bewiesen hatte, dass sie denselben Verstoß nicht noch einmal begehen würde.

NEUNTES KAPITEL

Magdalena, genannt Magda
1992–1995

Auch ich zog meine Lehre aus Romanas Abgang. Die Mädchen in meinem Zimmer sind meine Mitbewohnerinnen, aber zu eng mit ihnen befreundet zu sein, ist nicht gut. Die machen einen Fehler, reißen einen mit hinein, und das kann dazu führen, dass man aus der Einrichtung fortmuss. Ich hatte keine Ahnung, wohin sie verschwanden, und das machte die Vorstellung, ausgeschlossen zu werden, noch schrecklicher. Und noch schlimmer ist es, wenn man zu sehr an einer der anderen hängt und die dann weg ist. Von so einem Schlag bleibt eine große Leere in der Brust zurück und es dauert lange, bis die Wunde heilt und man wieder tief durchatmen kann.

Das Heim war voller Regeln, und so stellte auch ich mir eigene für mich auf. Meine Regel Nummer eins lautete: *Binde dich an niemanden.*

Mein Entschluss, an niemanden mein Herz zu binden, wurde durch das Fortgehen der blonden Genossin Eva bestärkt. Eines Tages kam sie einfach nicht, und als ich die Erzieherin, die sie vertrat, fragte, antwortete sie mir überrascht: »Die Genossin Erzieherin ist in den Mutterschaftsurlaub gegangen, hast du denn nicht bemerkt, dass sie ein Kind bekommt?«

So ein Verrat! Bis zu diesem Augenblick hatte ich überhaupt nicht daran gedacht, dass die Erzieherinnen auch ein anderes Leben außerhalb der Wände unseres Heims hatten. Ich nahm an, dass sie in den Zeiten, in denen sie nicht bei uns waren, wenigstens an uns dachten und sich auf uns freuten, so wie ich mich auf die Ankunft der Genossin Eva freute. Sagten sie selbst uns denn nicht immer wieder, es sei ihre Berufung, aus uns anständige Menschen zu machen?

Früher einmal hatte ich die Hoffnung, für die Genossin Eva genauso wichtig zu sein wie sie für mich, aber dadurch, dass sie sich nicht von mir verabschiedete, machte sie mir ganz deutlich, dass ich für sie nur eine unter vielen war.

Romanas Bett blieb nicht lange leer. Die Trauer, die ich jedes Mal verspürte, wenn ich an meine erste Freundin dachte, war noch nicht schwächer und auch noch nicht zu einer Narbe geworden, die immer wieder weh tun würde, wenn ich in Versuchung war, eine Freundschaft anzuknüpfen. Und Romanas Bett wurde von Jana belegt. Das Geräusch des über das Papier gleitenden Stiftes, bei dem ich so gut einschlafen konnte, wurde von Janas ruckartigen Geräuschen abgelöst, mit denen sie sich unruhig herumwälzte.

Während des Aufenthaltes im Genesungsheim wechselten sich im Zimmer Nummer Neun, oder in »unserem Zimmer«, wie ich es nannte, obwohl nichts darin in Wirklichkeit »unser« war, einige Mädchen ab. Keine schlief so unruhig und gab im Schlaf solche Laute, Seufzer, Schreie und Schluchzer von sich wie Jana. Ich wollte gern wissen, was sie träumte, warum sie mit den Füßen trat und sich von einer Seite auf die andere wälzte, aber morgens erinnerte sie sich an nichts. Oder wenigstens behauptete sie das.

An Jana war einiges eigenartig. Als sie das Bett übernahm, das so unerwartet durch Romanas plötzlichen Weggang, oder besser gesagt, ihr Verschwinden unbekannt wohin, frei geworden war, war sie schon neun. Das war ungewöhnlich. Manchmal kam ein neues Mädchen in das Genesungsheim, aber die waren zwischen vier und sechs

Jahre alt. Uns war allen klar, dass Jana etwas über das Leben außerhalb der Wände unseres Heims wissen musste, eines Lebens, auf das wir anderen nur bei gemeinsamen Spaziergängen einen Blick werfen konnten. Dieses Leben weckte Befürchtungen in uns, die durch die Warnungen der Direktorin und der Erzieherinnen unterstützt wurden, und gleichzeitig auch eine unangemessene Neugier, wie sie durch alles Verbotene und Unbekannte geweckt wird.

Wir versuchten, Jana auszufragen – vorsichtig und in Andeutungen, weil ein übermäßiges Interesse an dem, was draußen passierte, nicht richtig war. Wir könnten in Verdacht geraten, wir seien mit dem Leben im Heim unzufrieden, was – wenigstens in meinem Fall – nicht der Wahrheit entsprach. Den Bemerkungen der Erzieherinnen zufolge war die Welt draußen nicht freundlich und wir hatten ein riesiges Glück, in Ruhe und Wohlstand aufzuwachsen.

Jana tat bei unseren schüchternen Fragen aber so, als hörte oder verstünde sie nicht, wonach wir fragten, und lenkte die Sprache auf etwas anderes oder drehte sich um und ging.

Ihr Gesichtsausdruck erinnerte mich an den der Direktorin, sie hatte auch dieses starre Dauerlächeln. Aber ihre Augen waren anders, ihr Blick war unscharf, als würde sie ihn in die Welt richten, aus der sie zu uns gekommen war. Sie sah ihre Gesprächspartner nie direkt an, ihr Blick schweifte irgendwo in der Nähe herum. Das Geheimnis von Janas Blick lüftete sich erst, als sie dreizehn war und die Augenärztin feststellte, dass sie einen Sehfehler hatte und eine Brille brauchte. Bis zu diesem Zeitpunkt hatte ich sie für ein geheimnisvolles Mädchen mit einer überragenden Intelligenz gehalten. Die Brille machte eine ganz gewöhnliche Streberin aus ihr.

Die Monate vergingen und die Buchstaben waren jetzt keine verschlungenen Linien und unsinniges Krickelkrakel mehr für mich. Die Spitze meines Stiftes glitt noch nicht so flüssig übers Papier, wie es sich früher anhörte, wenn Romana abends in ihr blaues Heft schrieb. Aber das Schreiben behielt den Zauber des Geheimnisvollen.

Das Geheimnisvolle wurde aber im Genesungsheim nicht besonders kultiviert. Im Gegenteil, dort gediehen Ordnungssinn, Offenheit, Einfachheit, Geradlinigkeit. Und obwohl ich gern so ein Heft wie Romana besessen hätte, wollte ich nicht riskieren, dass ich die Direktorin verärgerte und sie mich dann auch fortschickten.

Ich hatte auch nicht die Absicht, ein Tagebuch zu führen. Ich hatte weder einen Grund, noch den Wunsch, mich an irgendetwas aus dem Heimleben zu erinnern, da sich die Eltern von mir losgesagt hatten. Ich wollte Geschichten aufschreiben, die in meinem Kopf entstanden, wenn ich ihn am Abend auf das Kissen legte. Schon damals hatte ich Schwierigkeiten einzuschlafen, ich lag lange wach, starrte in die Dunkelheit und hörte auf die nächtlichen Geräusche. Es war der Vorbote der Schlaflosigkeit, an der ich mein ganzes erwachsenes Leben lang leiden sollte.

Im Halbschlaf verwandelten sich die sonst unauffälligen Geräusche und bekamen eine andere Bedeutung. Táňas gelegentliches Gemurmel verwandelte sich in meiner Vorstellung in eine Stimme aus dem Schrankinneren. In meiner Fantasie gehörte sie der Dunkelheit, die am Tag im Schrank gefangen war und nur am Abend durch die leicht geöffnete Tür hinausschauen konnte, wenn das Licht gelöscht wurde und es im Haus schummrig wurde. Die Dunkelheit öffnete ein bisschen die Tür, schaute heraus und rief die Dunkelheiten aus den anderen Schränken zusammen, damit sie gemeinsam durch die Nacht segelten. Janas rastloses Füßescharren klang für mich wie die vorsichtigen Schritte von Stühlen, die sich den Betten näherten, um sich wenigstens für einen Moment auf die Bettkante zu setzen und die müden Beine auszuruhen. Und das Rauschen der mächtigen Eichen im Garten verwandelte sich im Dunklen in das Flüstern der vergangenen Tage.

Weil ich die Geschichten nicht aufschreiben konnte, sprach ich sie mir im Stillen immer wieder vor und versuchte, sie mir fest ins Gedächtnis zu prägen. Und da sind sie tatsächlich noch, und jetzt, im Erwachsenenalter, genügt es, in den Erinnerungen zu forschen, die Hände auf die Computertastatur zu legen und zu schreiben.

–

Am Anfang fürchtete ich mich vor dem weitläufigen Garten, der sich um das große, gelb verputzte Gebäude mit den Sprossenfenstern herum erstreckte. Im Winter wirkte er düster. Die blätterlosen Bäume sahen bedrohlich aus und die Wippen und Klettergerüste auf dem Kinderspielplatz lagen traurig verlassen da. Mit den länger werdenden Tagen erwachte der Garten wieder zum Leben, zuerst verschämt, dann aber mit einer unbändigen Wildheit, und die bösartige Winterstille verwandelte sich innerhalb weniger Frühlingstage in ein lautes Vogelkonzert aus den Bäumen.

Nur der Wald hinter dem Zaun schaute genauso finster drein und das war ein entschieden triftigerer Grund, dass wir uns vom Zaun fernhielten, als die Anordnungen der Erwachsenen.

Die Nachmittage im Garten mochten wir lieber als die Spaziergänge in geordneten Zweierreihen über die unebenen Gehwege der schmutzigen Stadt. Auf den zwei vorgeschriebenen Routen, auf denen wir regelmäßig durch die Stadt gingen, gab es für Mädchen unseres Alters nichts Interessantes. Wir gingen an verstaubten Schaufenstern vorbei, in denen die Ware jahrelang dieselbe blieb, sahen Plakate und Transparente mit ähnlichen Aufschriften und Jubelparolen, wie sie auch bei uns im Heim in den Gängen hingen. Manchmal fuhr ein Auto vorbei, das sichtbar die Straße mit seinen Abgasen verpestete.

Die Menschen, die an unseren Anblick gewöhnt waren, gingen vorüber, ohne uns zu beachten. Die anderen schauten neugierig nach unseren gleichen blauen Mänteln und Bommelmützen. Manchmal blieb einer der Vorübergehenden stehen und glotzte, als wären wir eine Marsmenschen-Parade zum Ersten Mai.

Unsere uniformen Mäntel zogen die Aufmerksamkeit auf sich, hatten aber eine praktische Begründung. Wir neideten uns gegenseitig nichts und die Jüngeren erbten die Kleidung von den Älteren, sodass sie auf diese Weise voll ausgenutzt wurde und finanzielle Mittel wie auch die Umwelt geschont wurden.

»Wenigstens geht ihr uns nicht verloren«, sagten die Erzieherinnen, wenn sich eins der älteren Mädchen über die uniforme Kleidung für draußen beschwerte. Es waren immer die älteren Mädchen, den jüngeren war das egal. Erst später fiel mir auf, dass es ganz und gar unmöglich war, sich aus den geordneten Zweierreihen heraus zu verirren. Es sei denn, eins der Mädchen verliefe sich mit Absicht, oder würde von jemandem weggeschleppt.

Aber bis ich zehn Jahre alt war und die Sache mit Zuzana passierte, kam mir so eine Möglichkeit überhaupt nicht in den Sinn. Warum sollte jemand so etwas tun? Die Welt vor den Heimmauern war doch monoton, grau und trübe. Aber vielleicht kam mir das nur so vor.

An warmen Sonnentagen nahmen uns die Erzieherinnen in den Garten mit, den sie etwas übertrieben Park nannten. Auch sie mochten die Gartennachmittage sicher lieber als die langweiligen Stadtspaziergänge. Mit einer Tasse Kaffee oder Tee setzten sie sich auf die Bänke, die so aufgestellt waren, dass sie einen guten Ausblick auf den Hintereingang des Heims ermöglichten. Sie überließen sich unverbindlichem Klatsch und schauten dabei manchmal zu den Türen hinüber, damit sie es schafften, aufzustehen und so zu tun, als würden sie sich ganz uns widmen – sollte unerwartet die Direktorin am Horizont auftauchen. Aber wenn ich mich recht erinnere, ging die Direktorin nicht in den Garten. Vielleicht hatte sie Angst, dass ihre Haut den gelben Farbton verlieren könnte, der von angestrengter Arbeit im dunklen Büro zeugte.

Um uns mussten sich die Erzieherinnen keine Sorgen machen. Der Garten war eben und übersichtlich, das Gras sorgfältig gemäht, die Büsche beschnitten, das Tor abgeschlossen und die Spitzen des Metallzauns mit Stacheldraht durchflochten.

Die kleineren Kinder verzogen sich auf den Spielplatz und die älteren Mädchen spazierten auf den ausgetretenen Pfaden entlang oder setzen sich unter den Bäumen auf den Rasen. Während des Schuljahres nahmen wir Schulbücher mit nach draußen, in den Ferien durften wir auch andere Bücher mit hinausnehmen. Jana hatte immer eins dabei.

An dem Tag, an dem wir einen neuen Namen für unser Heim erdachten, war es glühend heiß und wir versteckten uns vor der Hitze im Schatten der alten Eiche. Von dort schauten wir in Richtung des Gebäudes, das von Sonnenstrahlen vergoldet wurde.

»Goldenes Haus«, sagte Táňa. Wahrscheinlich waren wir damals gerade in einer romantischen Phase und wollten uns unsere Welt etwas ausschmücken.

»Haus im Grünen«, steuerte Zuzana bei. Sie war die Jüngste im Zimmer und bemühte sich im Gegensatz zu mir, mit den beiden Älteren Schritt zu halten.

»Die Kartause von Parma«, sagte Jana. »Oder Kartause unter Eichen?«, verbesserte sie sich.

»Was ist eine Kartause?«, fragte ich. Jana war nicht nur älter als ich, sie war auch unglaublich belesen. Sie las ständig in den Büchern, die sie sich in der Bibliothek unseres Heims auslieh. Es gab eine relativ reichhaltige Auswahl dort, wenn man sich für klassische Literatur interessierte – tschechische, russische, britische, amerikanische, französische ... Die Vielfalt endete in der Mitte des neunzehnten Jahrhunderts. In unserer Bibliothek sah es aus, als ob seit dieser Zeit niemand mehr ein interessantes Buch geschrieben hätte.

Mit meinen zehn Jahren suchte ich auf ganz anderen Regalen nach Büchern, also hatte ich keine Ahnung, dass Jana auf den Roman von Stendhal anspielte, den sie wohl gerade las. Jana schaute mich an, als wollte sie in meinen Kopf hineinsehen, und dann lachte sie einfältig und sagte: »Eigentlich weiß ich das gar nicht. Wohl irgendein großes Haus, oder?«

»Also wie wäre es mit Haus unter Eichen?«, schlug ich vor.

»*Zu den fünf Eichen*?«, ergänzte Táňa.

Und weil sie die Kommandantin des Zimmers Nummer neun war und wir alle mit ihr gut auskommen wollten, waren wir einverstanden.

–

Die Stellung der Zimmerältesten war vertrackt. Sie brachte keine Vorteile, also zumindest, wenn die Betreffende keine Vorliebe für das Befehlen und Kommandieren hatte, aber solche gab es natürlich auch. Dafür umfasste sie die Verantwortung für alle Mädchen im Zimmer. Die Zimmerkommandantin war immer das älteste Mädchen. Wenn sie das Alter erreichte, in dem sie aus dem Heim fortgehen musste, was normalerweise nach dem Erfüllen der Schulpflicht war, wurde sie durch die älteste der verbliebenen Zimmerbewohnerinnen ersetzt. Während des Aufenthaltes im Heim wurden wir also alle Zimmerkommandantinnen, wenn auch manche nur für eine kurze Zeit.

»Auf diese Weise lernt ihr, auf Anweisungen zu hören und auch Anweisungen zu geben«, wiederholte beim Appell die Direktorin, wenn sie eine neue Zimmerleitung in ihre Funktion einsetzte. »Das kommt euch im Leben zugute. Wie im Übrigen auch alles andere, was wir euch hier beibringen.«

Die Zimmerältesten waren nicht nur für die Ordnung verantwortlich, sondern auch für das richtige Benehmen, ja sogar für die Gesinnung der ihnen Anvertrauten. Sie saßen zwischen zwei Stühlen. Auf der einen Seite mussten sie lernen, den Erzieherinnen entgegenzukommen, auf der anderen Seite mussten sie mit ihren Mitbewohnerinnen auskommen. Wenn eine Kommandantin unbeliebt war, lauerten die jüngeren Mädchen auf jede Verfehlung und eine Möglichkeit, sie zu melden. Und die Bandbreite der erteilten Strafen war relativ groß – von der Hilfe beim Putzen bis zur gefürchtetsten Strafe, dem Ausschluss aus dem Heim. Weil wir, die wir im Kindergenesungsheim 27. November 1989, alias Haus *Zu den fünf Eichen*, leben durften, die Glücklichen und Auserwählten waren.

Die Strafen wurden beim abendlichen Antreten mitgeteilt. Die Appelle gehörten zur täglichen Routine, genauso wie der vormittägliche Unterricht, die nachmittäglichen Studienstunden und die persönliche Freizeit, das Frühstück, das Mittagessen, das Abendessen, die Morgenhygiene, das abendliche Duschen, der gemeinsame Frühsport, Spaziergänge und die Freizeit im Garten.

Nicht immer kamen die Mitbewohnerinnen im Mädchenflügel so gut miteinander aus wie wir im Zimmer Nummer neun. Sie führten geheime Kämpfe untereinander, intrigierten, petzten und stellten sich Fallen. Aber Táňa war eine vernünftige Anführerin und wir erschwerten ihr die Funktion nicht unnötig. Schließlich wussten wir, dass wir auch einmal an die Reihe kommen würden.

So wie alles im Heim folgte auch die Altersverteilung der Mädchen in einem Zimmer genau festgelegten Regeln. Die Mädchen waren nie gleichaltrig, meistens bestand ein Abstand von zwei bis drei Jahren zwischen ihnen. In der Kindheit ist das ein fast unüberwindbarer Unterschied, aber das war offensichtlich die Absicht – in den Zimmern entstanden keine Grüppchen und wurde kein Unsinn getrieben. Die älteren Mädchen kümmerten sich um die jüngeren und die Arbeit der Erzieherinnen war wiederum ein bisschen leichter.

Mit unseren Altersgefährtinnen trafen wir in den Gemeinschaftsräumen und in der Schule zusammen. Die war im Heimgebäude und es gingen auch die Jungen dorthin, die im anderen Flügel wohnten. Sie interessierten sich nicht besonders für uns, genauso wenig wie wir uns für sie – jedenfalls bis zu einem gewissen Alter.

In den Klubräumen und den Gemeinschaftsräumen spielten sich die meisten gemeinsamen Nachmittagsaktivitäten ab: Versammlungen der Funken und der Pioniere, auf denen wir lernten, wie man Feinde oder Verräter erkannte, oder etwas über die gefährlichen Erscheinungen erfuhren, die den Imperialismus begleiteten. Zum Beispiel Armut, die in vielen Fällen zur Obdachlosigkeit führt, zu Bettelei und hoher Kriminalität. Zweimal in der Woche sahen wir Dokumentar- und Spielfilme, die Zeugnis über den Verfall der kapitalistischen Gesellschaft ablegten, ihren unausweichlichen Zerfall und die nahende Anarchie.

Im Heim gab es nur die erste Stufe der Grundschule. Die älteren Schüler zogen jeden Morgen in geordneten Zweierreihen unter Aufsicht der Erzieherinnen in die städtische Schule.

»Es ist nicht in eurem Interesse, mit den Stadtschülern Kontakte anzuknüpfen«, betonte die Direktorin häufig und wir wussten, dass wir einfach nicht mit ihnen sprechen durften, selbst wenn wir wollten, weil irgendjemand der Mitschüler uns melden würde. Wir hielten uns abseits von ihnen – und auch sie gingen uns regelrecht aus dem Weg. Vielleicht störten sie sich an unseren Uniformen. Es war wirklich so, wie die Direktorin sagte. Auf den ersten Blick war zu sehen, dass wir besser erzogen waren, wir gehörten zu den Aktivsten in der Klasse und es kam nie vor, dass jemand von uns unvorbereitet in die Schule kam, oder sogar ohne Hausaufgaben. Wir hatten ein Ziel im Leben, eine Mission. Wir wussten, dass uns Arbeit erwartete und wir uns darauf verantwortungsbewusst vorbereiten mussten. Wir hatten das Glück, auserwählt zu sein, und es war unsere Pflicht, der Gesellschaft etwas zurückzugeben.

So wurde es uns beigebracht.

ZEHNTES KAPITEL

Magdalena, genannt Magda
März 1995

Es geschah am 15. März während des Nachmittagsspaziergangs.

Der Himmel war grau und an den Fensterscheiben floss nasser Schnee herunter. Ich trödelte zur Garderobe und beneidete dabei die älteren Mädchen, die nicht zum Spaziergang mussten. Sie hatten ihre Pflichtportion gesunder Bewegung an der frischen Luft schon mit dem Weg zur Schule und zurück absolviert und waren ganz nass heimgekehrt. Die durchweichten Schuhe trockneten ausgestopft mit alten Exemplaren der *Rudé právo*, die sonst ordentlich für die Altstoffe gesammelt wurden, in der Garderobe unter der Holzbank, und die feuchten, nach altem Schweiß riechenden Mäntel hingen auf Bügeln. Als ich die schlaffen Sachen anschaute, hatte ich noch weniger Lust hinauszugehen, aber Plan ist Plan und auch die dicksten nassen Schneeflocken fielen nicht unter die Kategorie »gesundheitsgefährdendes Wetter«, wie zum Beispiel Gewitter, Stürme oder Wolkenbrüche, die uns als einzige – vielleicht mit Ausnahme von Krankheiten – von den Spaziergängen befreien konnten.

Ich zog meine Schuhe an, nahm von meinem Garderobenhaken mit der Nummer 9/3 den Mantel, wickelte mir einen Schal um den Hals, zog Mütze und Handschuhe an und reihte mich neben Zuzana ganz am Ende der langen Zweierreihe ein. Schweigend gingen wir an der Pforte vorbei auf unsere gewohnte Route. Wir gingen flott, es war klar, dass auch die Erzieherinnen nicht von dem Ausflug in diesem Vorfrühlingswetter begeistert waren und ihn so schnell wie möglich hinter sich bringen wollten. Die nassen Flocken blieben im Gesicht kleben, tauten und flossen in dünnen Rinnsalen bis zum Kinn. Ich beugte mich etwas vor, wischte das Kinn im Schal ab und betrachtete den Gehsteig unter meinen Füßen. Der Schnee verwandelte sich in einen wässrigen, grauen Matsch, der bei jedem Schritt zu allen Seiten spritzte.

»Pass doch auf!«, schrie mich Zuzana an.

»Ich mache das nicht mit Absicht«, antwortete ich und trat vorsätzlich von hoch oben in eine Pfütze. »Das würde dann so aussehen. Oh, entschuldige bitte.«

Obwohl Zuzana mir im Alter von allen Mitbewohnerinnen im Zimmer am nächsten war, hatten wir uns nichts zu sagen. Táňa respektierte ich als gute Kommandantin, weil sie uns in Ruhe leben ließ und uns nicht unnötig schikanierte. Zu Jana sah ich zu diesem Zeitpunkt noch auf. Ihre Wortkargheit hielt ich für ein Zeichen von Weisheit. Uns verband die Liebe zu Büchern. Damals war mir nicht klar, dass ich Bücher wegen der Schönheit der Worte und der ausgeklügelten Geschichten liebte, während sie für Jana eine Flucht in andere Welten darstellten.

An Zuzana war nichts interessant. Sie erinnerte an ein Gefäß, das mit der durchsichtigen Flüssigkeit von Worten gefüllt wurde, die sie uns im Heim eintrichterten. Darüber hinaus hatte sie nichts. Weder eine eigene Überlegung noch eine Idee machten das farblose Etwas interessanter. Sie war der ideale Zögling unseres Heims. Eigentlich war sie mein Spiegelbild und obwohl ich das damals nicht sehen konnte, fühlte ich es wohl unterbewusst. Vielleicht war es gerade diese langweilige Ähnlichkeit, die mich so an ihr aufregte.

Wir kamen bis zu den Kurzwaren an der Straßenecke und bogen nach rechts ab. Die grauen Pflastersteine waren rutschig, also gingen wir konzentriert, fast schweigend und zählten in Gedanken die Schritte und die Minuten, die uns von unserem Ziel trennten. Die Straßen waren nahezu leer. Die Arbeitszeit in den Fabriken und Büros war noch nicht vorbei, und wer nicht hinausmusste, der blieb drin. Nur an den Straßenecken standen Militärstreifen. Wir gingen die leicht zum Zentrum abfallende Allee entlang. Wir kamen aber nie dort an, unsere gewöhnliche Route bog knapp vor dem Platz nach rechts ab und führte dann am Stadtrand am Fluss und den Sportplätzen entlang in einem Bogen zurück zum Heim.

Am Ende der Straße tauchte ein weißes Auto auf. Alle traten wir instinktiv so weit wie möglich vom Bordstein zurück. Als das Auto an uns vorbeikam, wurde es langsamer und fuhr fast im Schritttempo, vielleicht um uns nicht mit dem schmutzigen Matsch zu bespritzen. Die Erzieherin, die vorn ging, drehte den Kopf, lächelte und winkte dem Fahrer zum Dank zu. Es schien, dass der Mann am Steuer die freundliche Geste nicht bemerkte, dafür schaute die Frau auf der Beifahrerseite hin und drehte den Kopf noch in der Kurve nach uns um.

Der nasse Schnee verwandelte sich in Regen und die Erzieherinnen beschleunigten den Schritt. Wir bogen in die Seitenstraße ein. Entlang des Gehwegs stand eine Reihe geparkter Autos. Daran war nichts Ungewöhnliches, denn auf den Platz zu fahren war nur Militärfahrzeugen und Transportdiensten gestattet, aber ein Auto parkte besonders weit vom Bordstein entfernt und ragte mit dem Vorderteil unvorsichtig auf die Fahrbahn. Die Hintertür stand offen und eine Frau in weinroter Jacke wischte mit einem Taschentuch das Fenster ab. Der Fahrer saß auf seinem Platz und starrte nach vorn. Es war dasselbe weiße Auto, das nur vor ein paar Augenblicken an uns vorbeigefahren war.

Die Erzieherinnen vorn schlugen eine schärfere Gangart ein und die geordneten Zweierreihen begannen zu reißen und sich auseinander zu ziehen. Die jüngeren Mädchen unterhielten sich und passten sich dem überstürzten Tempo der Erwachsenen nicht an. Erst wenn sich ein langer Abstand bildete, liefen sie ein Stück vorwärts und schwatzten weiter. Zuzana und ich gehörten in der Gruppe zu den Älteren und gingen deshalb am Ende. Normalerweise schloss ein Erwachsener den Zug, aber in diesem Moment ging diese Erzieherin in der Mitte und trieb die Bummelantinnen zur Eile an.

Die Frau an dem weißen Auto drehte sich zu uns um und betrachtete uns genau. Die Erzieherinnen waren schon an ihr vorbei und entfernten sich mit jedem Schritt weiter. Der Gesichtsausdruck der Frau machte mich stutzig. Sie sah aus wie ein zum Sprung bereites Raubtier. Ich dachte daran, die Erzieherinnen zu rufen, dass sie auf uns warten sollten, aber sie waren sehr weit vorn und wir waren schon fast am Auto. In diesem Moment warf sich die Frau auf uns, stieß mich zur Seite, packte Zuzana an der Hand und zog sie zum Auto.

»Neeein!«, schrie Zuzana. »Zu Hilfe!«

Die Frau versuchte, sie in die offene Hintertür zu drücken, aber Zuzana hielt sich verzweifelt am Türrahmen fest.

Anstelle ihr zu Hilfe zu eilen, wich ich zum Zaun zurück und sah zu, wie sie sich wehrte. Es gab einen Schrei, dann noch einen, der Zug stand und die Erzieherinnen liefen in unsere Richtung. Ich dachte schon, Zuzana könnte sich halten, ich machte zwei Schritte in ihre Richtung, um ihr zu helfen, bevor die Erzieherinnen da waren, aber in diesem Augenblick sagte die Frau etwas, Zuzana ließ los, die Frau stieß sie hinein, sprang hinterher und das Auto fuhr los.

»Das Kennzeichen, merkt euch das Kennzeichen!«, rief die Erzieherin, aber es war mit schmutzigem Schnee bespritzt und unleserlich.

»Warum hast du sie nicht festgehalten, warum hast du losgelassen?!«, schrie mich die Erzieherin hysterisch an. Als wäre es meine Schuld, dass Zuzana fortgebracht wurde. Ich schwieg. Zuzana und ich hatten uns doch überhaupt nicht an den Händen gehalten. Nur die Kindergartenkinder gingen an der Hand. Ich fürchtete mich aber, das zu sagen, weil ich mir nicht sicher war, ob ich eine Regel gebrochen hatte.

»Ein Telefon, schnell, wo ist hier ein Telefon? Ruft die Sicherheit! Ein Kind wurde entführt!«, kreischte die Erzieherin. Dann, als wäre ihr eingefallen, dass das Auto zurückkommen und noch jemanden entführen könnte, schrie sie: »Zu mir, Kinder, kommt hierher zu mir.«

Wir drängten uns um die panische Frau. Ein paar Erstklässler weinten los, während die älteren Mädchen nur ratlos herumstanden. Die zweite Erzieherin hob den Kopf und rief den Neugierigen in den Fenstern, die der Radau auf der Straße angelockt hatte, zu: »Haben Sie ein Telefon? Rufen Sie die Sicherheit, uns wurde ein Kind entführt!« Auf einmal waren alle Fenster leer und die Vorhänge zugezogen. Die Erzieherin lief los zur Straße und hielt ein vorbeifahrendes Auto an. Der Fahrer ließ gereizt das Fenster herunter und die Erzieherin beugte sich zu ihm. Sie diskutierten eine Weile, aber dann richtete sich die Erzieherin auf und schrie los: »Wenn Sie mich nicht sofort zur nächsten Militärstreife bringen, melde ich Sie.« Sie öffnete die hintere Tür, stieg ein und das Auto fuhr los.

Wir standen dicht gedrängt wie eine Herde Schafe um die andere Erzieherin herum. »Denkt daran, man konnte nichts machen, versteht ihr? Wir konnten überhaupt nichts tun«, wiederholte sie weinend. »Das sagt ihr ihnen. Man konnte nichts machen!«

Wie konnte es sein, dass sie sich eher um sich sorgte, als um Zuzana, fiel mir auf. Zuzana war es doch, die jetzt gerade in Gefahr war.

Ein Militärauto kam herangebraust, fuhr auf dem Randstreifen in eine tiefe Pfütze und spritzte uns alle voll. Jetzt waren wir nicht mehr nur nass, sondern auch schmutzig. Allerdings schien den Erwachsenen das völlig egal zu sein. Auf einmal waren Dinge, die sonst so wichtig waren, absolut unbedeutend.

Aus dem Auto stiegen Soldaten und dahinter die Erzieherin. Bevor sie bei uns waren, kam ein dunkler Pkw an, lud nach kurzem Gespräch beide Erzieherinnen ein und fuhr fort. Die Soldaten umringten uns, als drohte uns eine Gefahr, und führten uns in Richtung Haus *Zu den fünf Eichen*. Alle gingen zu zweit, nur ich war allein. Hinter mir trampelten Militärstiefel und mir kam es so vor, als wäre wirklich ich für alles verantwortlich, was gerade passiert war.

–

Als wir zum Heim kamen, stand das dunkle Auto, das die Erzieherinnen fortgebracht hatte, vor der Einfahrt, direkt vor dem Parkverbotsschild. Wir gingen um das Auto herum und zogen uns in der Garderobe die nassen Mäntel aus. Die Mützen, Handschuhe und Schals warfen wir auf die oberen Regale. Die Aufsicht aus der Nachmittagsschicht wartete schon auf uns und trieb uns nervös zur Eile an. Dieses Mal verschwendete niemand auch nur einen Gedanken an das Trocknen der Schuhe mit Zeitungen.

Wir stiegen die Treppe zum Mädchenflügel hoch und eilten in unsere Zimmer, um uns umzuziehen. Die Tür zum Direktorzimmer stand ein bisschen offen. Ich verlangsamte meinen Schritt und schaute hinein. Am Tisch saß ein Mann im Anzug und ihm gegenüber die Erzieherinnen, die mit uns auf dem Nachmittagsspaziergang waren. Ein zweiter Mann telefonierte. Ich konnte sehen, dass die Erzieherinnen noch immer ihre Schuhe anhatten, und dachte, dass ihnen furchtbar kalt sein musste. Meine Hose und die Strumpfhose waren bis über die Knöchel nass, die Kälte war über den ganzen Körper gekrochen und ich konnte es nicht erwarten, mir etwas Trockenes anzuziehen. Der Mann bemerkte mich, legte den Telefonhörer auf den Tisch neben den Apparat und kam in meine Richtung. Ich lief schnell weg zu meinem Zimmer und hörte nur noch, wie sich die Tür schloss.

Die Direktorin, die vorübergehend gezwungen war, ihren Standort zu verlassen, lief mit Trippelschritten auf dem Gang von einer Tür zur anderen und kontrollierte, ob wir alle in unseren Zimmern waren.

»Die Kommandantinnen sind verantwortlich, dass niemand seine Nase aus der Tür streckt«, donnerte sie, als wollte sie den Männern, die das Direktorzimmer okkupierten, beweisen, dass sie die Autorität bei ihren Untergebenen und den Zöglingen besaß. Ihre Stimme überschlug sich aber angstvoll und ihre Hände zitterten merklich.

Ich setzte mich aufs Bett.

Táňa wandte sich mir zu. »Was ist los? Zieh dir was Trockenes an. Hast du geheult? Und wo ist Zuzana?«

Ich machte den Reißverschluss auf und begann mich aus der nassen Hose zu schälen. »Sie wurde entführt, sie wurde einfach in ein Auto gezerrt und dann sind sie fortgefahren.«

Táňa saß am Schreibtisch und Jana im Schneidersitz auf der Liege. Sie lehnte mit dem Rücken an der Wand und hielt ein aufgeschlagenes Buch in der Hand. Unter normalen Umständen wären sie zu dieser Zeit gar nicht im Zimmer, sie würden im Lesesaal unter Aufsicht der Erzieherinnen lernen und erst nach fünf Uhr dürften sie in den Klubraum oder ins Zimmer.

Táňa beugte sich vor. »Wer hat sie entführt?«

»Ich weiß nicht, aber ...«

Jana schüttelte hinter Táňas Rücken den Kopf und legte sich den Finger auf die Lippen.

Ich stockte. »Das ging alles so schnell.«

»Du musst doch was gesehen haben.«

Táňa war wohl nur neugierig, aber ich fasste mich langsam wieder. Ich erinnerte mich an die Regeln, an Romanas Tagebuch, ihr Verschwinden und die Pflicht, Verstöße gegen Anordnungen zu melden. Manchmal war es wirklich besser, nichts zu wissen.

»Also zieh doch endlich die Strumpfhose aus, du wirst noch krank.« Jana erhob sich von der Liege. »Soll ich dir etwas reichen?«

»Was war es für ein Auto? Und wer war darin?«, fragte mich Táňa weiter aus.

Im Haus *Zu den fünf Eichen* war das Leben einförmig und das größte Ereignis außer Romanas Verschwinden war hier der Schlaganfall, den eine der Erzieherinnen in der Nachmittagsschicht ereilte. So etwas wie eine Entführung passierte nicht oft, also soweit ich wusste, war es das erste Mal. Eigentlich war das ein direkter Beweis dafür, was man uns im Heim und in der Schule eintrichterte. Die Welt ist ein gefährlicher Ort und wir müssen uns bemühen, sie unter Kontrolle zu bringen, ihr eine Ordnung aufzuprägen und sie sicherer und damit auch besser zu machen.

Deshalb überraschte mich Táňas Fragerei nicht und ich hielt sie auch nicht für etwas Besonderes. Ich verdächtigte sie nicht, dass sie mir etwas entlocken wollte, was sie melden könnte. So war sie einfach nicht. Im Übrigen gab es aus meiner Sicht zwar nichts zu melden, aber das Leben im Genesungsheim hatte mich Wachsamkeit gelehrt.

»Ich weiß wirklich nicht, ich hatte einen Riesenschreck.« Ich zog mich schnell um und streckte mich auf dem Bett aus. Ich warf einen warmen Pullover über mich – am Tag durfte das Bettzeug nicht herausgenommen werden, das wäre eine Regelverletzung – und drehte mich zur Wand um, damit ich nicht antworten musste.

Táňa war von diesem Ereignis so aufgeregt, dass sie nicht aufhörte zu reden. Sie trug eine Überlegung nach der anderen vor, versuchte zu erraten, ob Zuzana ein zufälliges Opfer war, oder ob die Entführer geplant hatten, gerade sie zu entführen, und wenn ja, warum.

»Jetzt lass das doch schon«, schrie Jana sie an. »Ich möchte lesen.«

Táňa verstummte beleidigt und machte sich wieder ans Lernen. Im Zimmer war es still. Nur manchmal hörte man Schritte oder Türenklappen vom Gang. Ich war dabei einzuschlafen, als auf einmal die Tür aufging und die Direktorinnenstimme sagte: »Die Genossen der Sicherheit wollen mit euch über Zuzana reden. Táňa, komm du als erste.« Sie schwieg einen Moment und fügte dann leiser und irgendwie süßlich hinzu: »So etwas hätte wohl bei der hiesigen konsequenten Einhaltung der Regeln sicher keiner von uns erwartet, nicht wahr?«

Táňa ging aus dem Zimmer. Ich war mir nicht sicher, ob in der Stimme der Direktorin eine Warnung mitklang, oder ob mir das nur so vorkam. Ich schaute Jana an. Sie saß noch immer im Schneidersitz und tat, als lese sie.

»Warum wolltest du nicht, dass ich Táňa sage, was ich gesehen habe? Daran ist doch nichts Schlechtes«, fragte ich nach einer Weile.

Jana klappte das Buch zu, erhob sich von der Liege und setzte sich zu mir.

»Das kommt darauf an, was du gesehen hast.«

Ich dachte nach. »Das, was alle anderen gesehen haben. Die Frau hat mich weggestoßen, Zuzana an der Hand gepackt und sie ins Auto gezogen. Zuzana hat sich zuerst gewehrt, aber dann hat sie auf einmal losgelassen und das Auto fuhr weg.«

Jana schwieg eine Weile. Ich sah, dass sie zögerte, ob sie das Gespräch fortsetzen sollte, oder es einfach sein lassen sollte. Aber sie war wohl auch neugierig.

»Sie hat losgelassen?«

»Ja.«

»Warum?«

Ich zuckte die Schultern. »Bestimmt wegen dem, was ihr die Frau gesagt hat.«

»Und hast du gehört, was sie gesagt hat?«

»Ich bin nicht sicher.«

»Also hast du es gehört?«

»Ich glaube, sie hat gesagt, dass sie ihre Mama ist.«

Jana atmete heftig aus. Bis zu diesem Moment hatte ich nicht bemerkt, dass sie die Luft angehalten hatte.

»Hör mir jetzt gut zu«, sagte sie. »Wenn du hierbleiben willst, darfst du das niemandem sagen! Niemandem, verstehst du?«

»Warum? Ich kann doch nichts dafür.«

»Hier geht es gar nicht darum, ob du was dafürkannst oder nicht. Es geht darum, was du gesehen und gehört hast. Verstehst du?«

Ich schüttelte den Kopf.

Jana neigte sich näher zu mir. »Was erzählen sie uns hier immer und immer wieder? Dass die Eltern uns verlassen haben, dass ihnen nichts an uns liegt.«

»Das ist doch die Wahrheit. Warum wären wir denn sonst hier?«

»Vielleicht, weil man uns den Eltern weggenommen hat!« Sie sagte das verbittert, als ob ich sie mit meiner Frage gereizt hätte.

»Wie kommst du denn darauf? Warum denkst du dir solchen Blödsinn aus?«

»Ich denke mir gar nichts aus, ich weiß es!« Jana wurde bewusst, dass sie schrie, und sie senkte die Stimme. »Mich hat man meiner Mama weggenommen, ich erinnere mich daran, dass sie mich ihr weggenommen haben.«

Das versetzte mir einen Schrecken. Jana schrie nie, heulte nicht, sprach über nichts anderes als über Bücher und ganz gewöhnliche und ungefährliche Angelegenheiten. Jetzt saß sie neben mir, bedeckte das Gesicht mit den Händen und presste sich die Finger auf die Augen.

Ich wusste nicht, was ich tun sollte, was ich sagen sollte. Ich wollte, dass sie aufhörte zu weinen und Unsinn zu erzählen. Wenn so etwas irgendein anderes Mädchen aus dem Heim sagen würde, würde ich das nicht glauben und es sofort melden.

»Vielleicht erinnerst du dich nicht richtig daran, du warst noch klein. Ich erinnere mich auch an nichts aus der Zeit vor dem Heim.«

Jana stand von der Liege auf und nahm ein Taschentuch aus dem Schränkchen. Sie putzte sich die Nase, wischte sich die Augen und drehte sich zu mir um. »Wenn du irgendjemandem verrätst, was ich gerade gesagt habe, gehst du mit mir unter, verstanden?«

Das verstand ich ganz deutlich. »Ich werde nichts sagen.«

Jana schnaubte wieder aus, setzte sich neben mich und stützte sich mit den Ellbogen auf den Knien ab. Sie starrte auf den Fußboden und ich bekam das unangenehme Gefühl, dass sie mir etwas sagen wollte, was ich nicht hören wollte. Ich streichelte ihren Rücken, damit sie wusste, dass ich nicht böse auf sie war, aber Jana nahm das offensichtlich als Aufforderung.

»Ich erinnere mich auch nicht an viel aus der Zeit, bevor ich in das erste Heim kam. Aber doch ein bisschen. Ich war sechs, als sie zu uns kamen. Ich habe geweint und Mama versuchte mich zu beruhigen, dass es nur für eine kurze Zeit sein würde, dass sie mich wieder zurückholen würde.«

»Wer kam?« Ich wollte nichts fragen, die Frage rutschte mir von selbst heraus.

»Na, die Nationale Sicherheit doch.«

»Ja, ach so«, sagte ich. Vor meinen Augen flimmerte eine Erinnerung vorbei, an meine Ankunft im Heim. Darin spielte auch ein Mann in Grün eine Rolle. Also ein Polizist ...

»Und warum hat sie dich dann nicht geholt, wenn sie es dir doch versprochen hat?« Die Mutter war nicht gekommen, um Jana zu holen – das war die Lücke in ihrer Geschichte, ein Beweis für meinen kleinen Sieg. Die Eltern haben uns vergessen, die Eltern wollten uns nicht.

Jana richtete sich auf und schaute mich an. »Aber sie ist doch gekommen. Nach drei Jahren.« Sie schwieg einen Moment. »Irgendwie bekam sie heraus, in welchem Heim ich bin und dass wir zweimal im Jahr zum Zahnarzt gehen. Im Zahnzentrum gab es eine Toilette auf dem Gang vor dem Wartezimmer und wir liefen da alle während der Wartezeit ein bisschen hin und her. Mama setzte sich im Gang hin, und als ich aus der Toilette kam, war sie da und führte mich fort.«

»Hat sie dich entführt?«

»Ich bin allein mitgegangen. Das war doch meine Mama. Nur hat uns ein Mädchen bemerkt und das der Erzieherin gesagt. Die alarmierte die Sicherheit und die Militärstreife schnappte uns.«

»Und wo ist deine Mama jetzt?«

»Wo soll sie schon sein? Bestimmt eingesperrt.« Sie sagte das scheinbar gleichgültig, in der gleichen Stimmlage, wie sie mir sagte, welches Buch ich lesen sollte. »Noch bevor sie uns schnappten, sagte sie mir, ich soll behaupten, dass sie mich mit Gewalt fortgeschleppt hat. Und dass ich überhaupt nicht weiß, wer sie ist und warum sie mich fortbringen wollte. Und ich habe auf sie gehört.« Sie schwieg eine Weile. »Ich habe gesagt, dass ich die Frau überhaupt nicht kannte, dass ich einen Riesenschreck hatte und Angst, dass sie mir was antut, und deshalb mitgegangen bin.« Sie schluckte. »Und dann haben sie mich nur in ein anderes Heim verlegt. Und mich darauf hingewiesen, dass ich nicht darüber sprechen soll. Damit ich die anderen Mädchen nicht erschrecke.«

Ich hatte nur eine Frage im Kopf. »Was wäre passiert, wenn du gesagt hättest, dass du deine Mama erkannt hast?«

Sie sah mich an, als sei ich furchtbar dumm. »Das, was mit dir passiert, wenn du sagst, was du wirklich gehört hast. Sie wollen nicht, dass wir hier im Heim wissen, dass es auch solche Kinder gibt – vielleicht sind das sogar alle –, die Eltern haben, die sie wollen. Sie werfen dich raus aus dieser elitären Institution, die aus uns zwar Marionetten macht, Stütze des Staates genannt, aber uns ein gutes Leben sichert. Also solange wir uns an die Regeln halten. Dann kommst du in ein gewöhnliches Kinderheim, oder noch schlimmer, in eine Besserungsanstalt zu den Unzuverlässigen.«

»Woher weißt du das alles?«

Sie zuckte mit den Achseln. »Ich höre zu, schaue mich um und denke nach. Die Mitschüler in der Schule können uns nicht leiden und aus ihren Bemerkungen kann man einiges erraten. Aber du kommst ja nächstes Jahr auch in die zweite Stufe, dann wirst du das selbst sehen.«

Auf dem Gang waren Schritte zu hören, die sich unserem Zimmer näherten.

»Mund halten, klar? Sonst …« Jana machte eine warnende Handbewegung.

»Klar.«

Die Zimmertür ging auf. »Jana, jetzt du.«

Jana stand auf, ging in der Tür an Táňa vorbei und dann der Direktorin hinterher.

ELFTES KAPITEL

Magdalena, genannt Magda
März 1995 – Oktober 1996

Dann kam ich an die Reihe. Die Genossin Direktorin führte mich in ihr Büro. An dem großen, wichtig aussehenden Schreibtisch, an dem sie gewöhnlich saß, hatten sich Männer in Anzügen auf den Polsterstühlen häuslich niedergelassen. Es waren die, die ich mit den Erzieherinnen hatte sprechen sehen.

Die ungewohnt unsichere Direktorin schob sich von der Seite einen normalen Holzstuhl an den Tisch. »Die Genossen von der Sicherheit werden dir ein paar Fragen stellen, Magdička.«

Magdička? So hatte sie mich noch nie genannt. Eigentlich überraschte es mich ziemlich, dass sie überhaupt meinen Namen kannte, da sie uns auf den Appellen nur mit »Mädchen« ansprach.

Mir schien, dass die *Genossen von der Sicherheit* mich anschauten, als könnten sie in meinen Kopf hineinsehen und meine Gedanken lesen. Ich setzte mich auf den Stuhl. Wahrscheinlich sah ich verängstigt aus – und ich war auch verängstigt –, weil ich erst zehn Jahre alt war und gleich zwei Erwachsene anlügen sollte. Vielleicht hätte es zu diesem Zeitpunkt genügt, wenn sie mich hart angefasst hätten, und ich hätte alles ausgepackt, so verschreckt war ich. Aber der Mann mit den dichten graumelierten, nach hinten gekämmten Haaren und den buschigen Augenbrauen lächelte mich an und schob mir einen Teller mit Plätzchen hin.

»Das hat dir ordentlich Angst eingejagt, nicht wahr? Das muss ein schreckliches Erlebnis sein – zu sehen, wie jemand die Freundin wegschleppt.«

Ich nickte. Warum sollte ich ihm erklären, dass Zuzana nicht meine Freundin war, ich nur einen Schreck bekam und die ganze Zeit das Gefühl hatte, die Sache hätte nichts mit mir zu tun? Ich war einfach zufällig in diese Entführung hineingeraten, die ganze Verantwortung lag bei den Erzieherinnen. Es war an ihnen, sich um uns zu kümmern und heil nach Hause zu bringen. Angst bekam ich erst, als mir bewusstwurde, dass ich vielleicht hätte eingreifen müssen und ich mit meiner Untätigkeit vielleicht Regeln verletzt hatte. Und jetzt hatte ich vor, die Wahrheit zu verschweigen, und brach damit zum zweiten Mal die Regeln.

Dabei waren die Herren so nett zu mir. Ich war in Versuchung, ihnen ehrlich zu beschreiben, was wirklich auf dem Nachmittagsspaziergang passiert war, ihnen meine Überlegungen anzuvertrauen, auf die mich Jana gebracht hatte. Vielleicht würden sie etwas sagen, was in dem Durcheinander, das gerade in meinem Kopf herrschte, half, Ordnung zu schaffen. Wenn nicht die Direktorin dagewesen wäre, hätte ich mich ihnen wohl wirklich anvertraut. Aber so könnte es aussehen, als vertraute ich ihr und den anderen Menschen im Genesungsheim nicht.

»Du bist auf dem Spaziergang mit Zuzana Hodáková gegangen, ja?«

Ich nickte wieder. Wahrscheinlich erwartete er auch nichts anderes, denn das war keine Frage. Sie wussten schon alles, von mir wollten sie nur die Bestätigung. Und so beschloss ich, auf Janas Rat zu hören und so wenig wie möglich zu sprechen, um mich im Erzählten nicht zu verheddern.

Der zweite Mann – offensichtlich jünger, denn seine Haare waren noch braun, wenn sie auch von der Stirn zurückwichen und große Ecken bildeten – nahm die Brille ab und beugte sich näher zu mir. »Wie lief das denn ab?«

Das war schon eine direkte Frage. Ich schaute auf die Tischplatte, als ob sich die unheilvolle Situation wieder vor meinen Augen abspielte, und schniefte, um zu zeigen, dass es nicht leicht für mich war. »Ich habe einen furchtbaren Schreck bekommen. Alle haben angefangen zu schreien und Zuzana war auf einmal fort.«

»Wer hat sie fortgebracht?«

»Ich weiß nicht. Irgendeine Frau.«

»Wie sah sie aus?«

Ich zögerte. »Sie hatte eine rote Jacke an.«

»Was für Haare hatte sie?«

Jetzt kamen die Fragen schnell hintereinander. Warum fragten sie mich nach solchen Sachen? Wollten sie mich bei einer Lüge ertappen? Ich täuschte vor nachzudenken. »Haare?« Sie hatte eine Strickmütze auf, unter der Jacke schaute ein langer Pullover hervor und die schwarzen Hosenbeine hatte sie in die Stiefel gesteckt. »Ich weiß nicht, die habe ich nicht bemerkt.« Ich schluchzte, diesmal echt.

»Was hat die Frau gesagt?«

Sie fragten nicht, ob, sondern was sie sagte. Das bedeutete, dass ich nicht die Einzige war, die sie gehört hatte. Ich schaute überrascht. »Sie hat nichts gesagt. Sie hat einfach Zuzana weggezerrt.«

»Deinen Freundinnen zufolge hat sie etwas gesagt.«

»Bestimmt waren sie näher dran. Ich habe nichts gehört.«

Der Mann machte sich gerade und stützte sich auf. »Hat sich Zuzana in der letzten Zeit irgendwie verändert?«

»Ich glaube nicht.« Ich schwieg einen Moment. »Aber wir waren auch keine engen Freundinnen«, fügte ich hinzu.

»Aber ihr wohnt doch in einem Zimmer.« Der jüngere Mann begann mir unangenehm zu werden. Seine Fragen gaben mir das Gefühl, dass er mir nicht glaubte. »War sie vielleicht verschlossener oder zerstreuter?«

Ich schüttelte den Kopf.

Er schaute mich an. »Wenn dir noch etwas einfällt, sagst du das der Genossin Direktorin.« Der grauhaarige Mann schob mir den Teller mit den Keksen noch näher. Ich kam mir wie ein Welpe vor, der einen Leckerbissen bekommt, weil er ein neues Kunststück gelernt hat. Ich mochte Kakaokekse nicht so gern, aber abzulehnen schien mir unhöflich. Ich nahm mir ein kleines braunes Viereck, dankte und steckte es in den Mund. Wahrscheinlich hatte es schon ziemlich lange auf dem Teller gelegen, es war trocken und hart.

»Du kannst gehen.«

Die Direktorin erhob sich und begleitete mich auf den Gang hinaus.

»Darf ich auf die Toilette gehen?«, fragte ich.

Die Direktorin sah mich zerstreut an. »Lauf schon, aber dann geh in dein Zimmer zurück.« Sie drehte sich zu den Männern im Büro um. »Möchtet ihr mit noch jemandem sprechen, Genossen?«

Die Antwort hörte ich nicht, weil ich mich schon über das Waschbecken beugte und mir mit Wasser den Mund ausspülte, um den unangenehmen Nachgeschmack vom Kakaokeks und vom Verhör loszuwerden.

–

Jetzt, wo ich selbst Kinder habe und zurückschaue, sehe ich, dass die Kindheit im Heim *Zu den fünf Eichen* nie so war, wie sie sein sollte. Bis zu Zuzanas Verschwinden hatte ich darüber nicht nachgedacht, ich richtete mich nach der gegebenen Ordnung und den Regeln und nahm vorbehaltlos alles an, was man uns beibrachte. An jenem Tag veränderte sich aber etwas und ich hielt mich seit der Zeit noch konsequenter an meine eigene Regel Nummer zwei: *Vertraue niemandem und sprich nur, wenn es unbedingt nötig ist.*

Die Veränderung geschah nicht im Heim selbst, sondern eher in mir. Sicher, ein paar Dinge waren anders. Die beiden Erzieherinnen, in deren Dienstzeit Zuzana verschwand, sahen wir nicht wieder. An ihre Stelle traten andere und auf den Spaziergängen und den Wegen außerhalb des Heims begleiteten uns ab sofort zwei bewaffnete Soldaten. Eine Zeitlang verlängerten sich die Appelle um die Vorträge der Direktorin über unsere privilegierte Stellung, unsere Wichtigkeit für die sozialistische Gesellschaft und natürlich über Dankbarkeit.

Jana hatte recht. Zuzana kehrte nicht ins Heim zurück. Daran, dass die Sicherheit sie aufspürte, zweifelte ich nicht. Es gab nichts, wo man sich hätte verstecken können. Die Chance, dass gerade Zuzanas Eltern den perfekten Fluchtplan hatten, sich verstecken und über die Grenze in den Westen gehen konnten, war gering. Bisher habe ich von niemandem gehört, dem so etwas gelungen wäre.

Auch die zwei Mädchen aus dem Nachbarzimmer verschwanden. Ich erinnerte mich, dass sie auf dem Spaziergang vor mir waren. Niemand hatte sie gewarnt, dass sie schweigen sollten, und so teilten sie den Ermittlern wohl in guter Absicht und ganz und gar den Regeln des Genesungsheims entsprechend mit, was sie gehört hatten. Ja, Jana hatte recht.

Und darin lag die Schwierigkeit. Obwohl ich mich an Janas Rat hielt, wünschte ich mir, sie möge sich geirrt haben. Ich wollte weiter glauben, dass es viel gab, wofür ich dem Heim, der Direktorin, dem *Staat* dankbar sein konnte. Dass sie es mit mir und uns allen gut meinten. Dass sie sich unserer angenommen hatten und uns zu guten, nützlichen Menschen erzogen.

Jetzt hatte ich diese Gewissheit verloren. Die Ereignisse rund um Zuzanas Entführung nahmen mir das grenzenlose Vertrauen, das ich bis zu diesem Zeitpunkt gegenüber dem Heim verspürt hatte. Erstaunlicherweise nahm ich es nicht dem Kindergenesungsheim 27. November 1989 übel, sondern Jana.

Sie war es, die mir den Gedanken einflößte, wir lebten in einer Lüge. Sie war es, die mich darauf aufmerksam machte, dass manche Eltern ihre Kinder nicht verlieren wollten und um sie kämpften. Auch wenn sie damit ihre eigene Freiheit riskierten. Damals konnte ich das Gefühl nicht benennen, erst jetzt weiß ich, dass es Neid war. Ich beneidete Jana, weil ihre Mutter sie nicht abgeschoben hatte und sie bei sich haben wollte. Ich dagegen wusste über meine Eltern nichts, aber mir war klar, dass – falls sie am Leben waren – es nur zwei Möglichkeiten gab.

Entweder hatten sie sich von mir losgesagt, damit ich ihnen nicht zur Last fiel, und wussten nicht einmal mehr, dass es mich gab. Oder sie hatten sich gegen das System gestellt und waren jetzt im Gefängnis von den anständigen Menschen isoliert, die in Ruhe leben wollten. Auch das war in meinen Augen Verrat. Widerstand gegen das Regime und der egoistische Wunsch nach materiellen Gütern waren ihnen wichtiger als das eigene Kind. Solche Menschen hatten keine Kinder verdient. Was würde bei der Erziehung herauskommen? Was für Gedanken würden sie ihnen einpflanzen? Darin musste ich der Genossin Direktorin recht geben.

Weder Jana noch ich kamen während unseres Heimaufenthaltes je wieder auf unser Gespräch zurück. Aber etwas zwischen uns war verändert. Wir kannten unsere Geheimnisse und dadurch entstand zwischen uns ein unerwünschtes Band.

–

Als uns anstelle von Zuzana die vierjährige Olina ins Zimmer zugeteilt wurde, war Táňa sauer, weil sie als Zimmerkommandantin die Verantwortung für sie übernehmen musste. Olina kam aus der Einrichtung für Kinder bis vier Jahre zu uns und konnte ohne Hilfe nicht einmal das Bett machen.

Mir hatte vor Jahren Romana das Ankommen im Heim erleichtert und jetzt dachte ich, dass ich für Olina dasselbe tun sollte. Aber das stand im Widerspruch zu meinen Regeln, mich auf niemanden zu sehr einzulassen, und so überließ ich Olina der Kommandantin. Táňa musste mit ihr in den Waschraum gehen, aufpassen, dass sie sich umzog, ihre Kleidung herauslegen, sie für den Kindergarten fertigmachen und zu den Appellen bringen. Aber nie setzte sie sich abends an ihren Bettrand und erzählte so mit ihr, wie damals Romana mit mir. Abendliches Zubettbringen ging über den Rahmen der Ältestenaufgaben hinaus.

Ungefähr zur gleichen Zeit wie Olina kamen zwei neue Erzieherinnen in unsere Einrichtung. Sie sollten die Genossinnen ersetzen, die nach Zuzanas Verschwinden nicht mehr zu ihrer Schicht kamen. Wahrscheinlich wurden sie woandershin versetzt oder auch entlassen.

Diese Erzieherinnen waren anders. Sie verschmolzen nicht mit der Masse der weißen Kittel und warmen Socken in Sandalen, die fast gleichgültig über die Gänge segelten.

Absolut nicht zu übersehen war die kurzhaarige Genossin Eliška Zonerová mit dem spitzen, kämpferisch vorgereckten Kinn. Ihre Brille mit dem roten Rahmen war farblich auf ihr Halstuch oder den Rolli, der unter dem Arbeitskittel hervorlugte, abgestimmt, und an ihren Ohren steckten große Klips. Sie hatte eine hohe, entschlossene Stimme, einen selbstbewussten Blick und in der Kitteltasche eine Tüte Hašlerky. Alle Augenblicke griff sie in ihre Tasche, zog ein blau-weiß eingewickeltes Hustenbonbon hervor, steckte es in den Mund und schob es dort langsam so von einer Seite auf die andere, dass sich ihre Backen aufbliesen und die Zunge schwarz wurde. Die Kitteltaschen voller Bonbonpapier raschelten bei jedem ihrer Schritte und warnten uns in den Nachtschichten rechtzeitig, bevor sie an der Tür war.

Mir schien, dass die anderen Erzieherinnen Abstand zu ihr hielten, und es war, als wollten sie auch uns zeigen, dass man sich vor der Genossin Eliška in Acht nehmen musste. Wenn sie uns antreiben wollten oder uns etwas vorwarfen, benutzten sie leicht spöttisch eine Floskel, die bald zu einem Mantra wurde. »Trödelt nicht, das würde der Genossin Eliška nicht gefallen.« »Räum diese Unordnung auf, das würde der Genossin Eliška nicht gefallen.« »Macht nicht solchen Krach, das würde der Genossin Eliška nicht gefallen.« Das kam mir so vor, als wollten sie uns den Gedanken einflößen, wir seien alle auf einem Boot und winkten Eliška Zonerová am Ufer nur schadenfroh von Deck aus zu.

Die Genossin Eliška wurde zum Synonym für Androhungen und war ganz bestimmt niemand, zu dem wir um einen Rat oder Hilfe eilen würden.

Bald gewann ich den Eindruck, dass sie eine irgendwie besondere, übergeordnete Stellung einnahm. Obwohl sie selbst nie Strafen vergab, hatten wir größeren Respekt vor ihr als vor der Direktorin mit ihren ellenlangen Belehrungen.

Auf den ersten Blick war zu sehen, dass für diese Genossin alles klar war. Sie wusste absolut sicher, was richtig war und was nicht. Die Dinge waren entweder gut oder schlecht, schwarz oder weiß. Dazwischen gab es nichts. Keine Zweifel, kein Zögern, weder Kompromisse noch Erklärungen.

Auch die Direktorin hatte Angst vor ihr. Die Augen der allmächtigen Herrscherin des Genesungsheims wanderten jetzt bei den Appellen oft zu der Stelle, wo die Genossin Zonerová stand, als wollte sie sich überzeugen, dass die mit ihren Worten zufrieden war.

Uns allen war klar, dass die neue Erzieherin nach dem verhängnisvollen Ereignis mit Zuzana sozusagen von oben – ein Terminus, den die Direktorin in ihren Reden benutzte, unter dem ich mir aber nichts vorstellen konnte – im Heim installiert worden war, damit es nicht nochmal zu so einer Katastrophe kam.

Die Genossin Eliška Zonerová erwarb sich als einzige von allen Erzieherinnen einen Spitznamen. Sie wurde Füchsin genannt – was wohl vor allem auf ihr längliches Gesicht mit der hochragenden Nase zurückzuführen war. Es schien, dass die Füchsin ständig auf der Lauer lag, die Atmosphäre auf den Gängen und in den Zimmern witterte und aufsaugte, um rechtzeitig das kleinste Anzeichen gefährlichen

Ungehorsams aufzuschnappen, der die perfekte Ordnung zerstören könnte. Es war bemerkenswert, dass dieser Spitzname sich festsetzte, und noch bemerkenswerter, dass dieser Verstoß gegen die Ordnung – und eine geringschätzige Umbenennung einer Erzieherin war ganz sicher ein Verstoß gegen die Ordnung – von keinem der Mädchen gemeldet wurde. Ganz offensichtlich war uns allen die allgemeine Unbeliebtheit der Füchsin bewusst, und wir ahnten, dass auch die Erwachsenen sie genauso wie wir aus ihrem Kreis ausschlossen.

Die Schichten der Füchsin mochten wir nicht. Unter ihrer Aufsicht war das Haus *Zu den fünf Eichen* kein Heim mehr, sondern verwandelte sich in eine einfache Unterkunft, ein Ausbildungszentrum für die *Jugend der neuen Generation.*

Die einzige Ausnahme war Táňa. Die schaute zu der neuen Erzieherin eigenartigerweise auf. Sie schien den schwarzweißen Blick der Füchsin auf die Welt ganz unkritisch zu bewundern und ihr nacheifern zu wollen. Sie behauptete, die Prinzipienfestigkeit der Füchsin sei ihr sympathisch. Aber wenn ich zurückschaue, sehe ich, dass sie einfach den leichtesten Weg gewählt hatte – nicht zu überlegen und die umgebende Welt so anzunehmen, wie man sie uns im Heim darstellte. Im Übrigen funktionierten wir alle im Heim eine lange Zeit so und die Leitung war mit uns zufrieden.

Ich bemerkte, dass der einzige Mensch, vor dem die Füchsin auf der Hut war und zu dem sie sich anders benahm, Soňa Nová war. Die Erzieherin, die am selben Tag wie die Füchsin im Heim zu arbeiten begann. Sie war genauso unauffällig und gewöhnlich wie ihr Name. Sie war das genaue Gegenteil der Füchsin. Sie sprach leise, ordnete sich unablässig die hellen Haare, die auf dem Scheitel in einem Dutt zusammengebunden waren, und zog an ihrem

Kittel herum. Trotz ihres offensichtlichen Übergewichtes bewegte sie sich wie mit Tanzschritten und hielt sich im Hintergrund. Sie sagte nie etwas Hässliches, aber mir machte sie das Gefühl, ich würde wie eine Fliege an der Leimfalle hängenbleiben, würde ich sie berühren. Während ihrer Schichten war sie überall und dabei gleichzeitig nirgends. Die Füchsin hörten wir von weitem kommen, aber die Genossin Nová erschien ganz unvermittelt, wie die weiße Frau, die durch die Wand gehen kann.

Es schien, dass die anderen Erzieherinnen sie ohne Vorbehalte unter sich aufgenommen hatten. Um sich ihre Gunst zu sichern, brachte sie ihnen Cremerollen und luftige Indianerkrapfen mit und saß mit ihnen bei einem Kaffee im Erzieherzimmer.

»Auf die Neue musst du achtgeben«, sagte mir Jana in der Stille unseres Zimmers.

»Meinst du die Zonerová?«, fragte ich nach.

»Ich meine die andere Neue, Soňa Nová. Auf die Zonerová sicher auch, aber die Nová kommt mir gefährlicher vor.«

»Meinst du?«

»Die schmiert allen Honig ums Maul und horcht sie aus. Die wartet nur auf ihren Moment, daran zweifle ich nicht. Die Füchsin kennt sie, deshalb passt sie auf. Die anderen haben sie nur noch nicht durchschaut.«

Janas Gehässigkeit ärgerte mich, obwohl sie ganz genau das Gefühl beschrieb, das die Erzieherin mir gab. »Dafür hast du sie auf den ersten Blick durchschaut. Du bist unglaublich misstrauisch.« Ich ging aus dem Zimmer, um mich nicht mit Jana unterhalten zu müssen.

Egal, was Soňa Nová mit ihrem Tun erreichen wollte, es war die Füchsin Eliška Zonerová, die die Funktion der

Bildungsberaterin bekam und so unsere Zukunft in ihrer Gewalt hatte.

Unsere Zukunft war den Worten der Direktorin zufolge leuchtend. Es war eine Selbstverständlichkeit, dass wir alle studieren würden, um unseren Platz in leitenden Funktionen einzunehmen und so eine Stütze der sozialistischen Gesellschaftsordnung zu werden. Keine von uns wollte ihre privilegierte Stellung verlieren. Genauso wie die Direktorin begriffen auch wir, dass es gut war, die Genossin Füchsin Eliška Zonerová nicht zu reizen.

–

In der Mädchenabteilung gab es Gemeinschaftstoiletten und -waschräume. Der Waschraum war ausreichend groß, aber trotzdem passte außer einer Reihe mit Vorhängen abgetrennter Duschen nur eine Wanne hinein. Die war so riesig, dass sie an ein kleines Schwimmbecken erinnerte. Alle wollten in der Wanne baden, aber den Vorrang hatten die älteren Mädchen und die durchsetzungsfähigeren. Zu denen gehörte ich natürlich nicht. Die Wanne bis zum Rand vollzulassen, hineinzutauchen und sich vom warmen Wasser tragen zu lassen, wünschte ich mir nur ein bisschen weniger als märchenhafte Geschichten zu schreiben, und nur ein bisschen mehr, als so dichte Haare wie Táňa zu haben. Nach dem Abendessen lief ich direkt aus dem Speisesaal ins Zimmer, um ein Badetuch zu holen, und rannte dann in den Waschraum. Aber jedes Mal hing schon ein Handtuch über der Wanne und manchmal war das Wasser auch schon aufgedreht und lief in die Wanne. Das bereitgelegte Handtuch war das Signal, dass die Wanne besetzt war.

Es war sehr wahrscheinlich, dass jemand mutiger war als ich und das Handtuch schon vor dem Abmarsch zum Abendessen dort hinlegte, was eindeutig gegen die Regeln verstieß. Aber ich hatte nicht die Absicht, das zu melden und mir unter den älteren Mädchen eines zum Feind zu machen.

Aus dem Abendlauf in den Waschraum wurde eher eine Gewohnheit, etwas wie ein Ausdauerspiel, in dem ich nur sehr selten gewann.

An diesem Abend ging ich auch aus Gewohnheit zum Waschraum. Große Hoffnungen machte ich mir nicht – ich hatte mich im Speisesaal mit dem Abräumen der Plastiktabletts von unserem Tisch aufgehalten. Olina war an diesem Abend schlecht geworden. Ich verdächtigte sie, die Übelkeit nur vorzutäuschen, weil sie die Linsen nicht aufessen wollte, die es an diesem Abend gab. Aber Táňa ging mit ihr in den Behandlungsraum. Sie hoffte wohl, dass Olina die ganze Nacht zur Beobachtung dableiben würde. Damit würde nicht mehr drohen, dass Olina zu brechen anfing und Táňa dann mitten in der Nacht das Bett neu beziehen und den Fußboden wischen musste. Das wäre nicht das erste Mal. Olina hatte entweder einen schwachen Magen oder angekratzte Nerven.

Ich räumte also die Tabletts und das Geschirr meiner Mitbewohnerinnen weg und schaute auf dem Weg ins Zimmer nur in das Bad hinein. Ein paar Mädchen duschten schon, aber die Wanne war frei. Ich lief, um mein Handtuch zu holen, dann steckte ich den Gummistöpsel an der verrosteten Kette in den Abfluss, drehte das Wasser auf und ging in mein Zimmer, um Seife und den Schlafanzug zu holen. Auf dem Gang traf ich Táňa. Sie zog die verheulte Olina an der Hand hinter sich her.

»Und?«, fragte ich

»Eine Simulantin ist das«, brummte Táňa ärgerlich. »Sie hat überhaupt nichts.«

Olina blieb neben ihr stehen und presste sich die Hand auf den Magen. »Mir ist echt schlecht«, jammerte sie, beugte sich vor und erbrach sich.

»Verflixt«, Táňa lief los zum Erzieherinnenzimmer. »Warte da mit ihr, ich bringe jemanden mit und holen einen Eimer.«

»Schnell, ich lasse mir gerade eine Badewanne ein!«, rief ich ihr hinterher. Olina fing an zu heulen und beugte sich wieder vor.

»Pfui, ist das eklig.«

»Mach doch was!«

»So nach dem Abendessen? Ich kann da nicht hinsehen, da wird mir schlecht.«

Die Mädchen, die aus dem Speisesaal zurückkamen, verzogen angewidert die Gesichter und machten einen großen Bogen um uns.

»Heul nicht, das kann jedem passieren«, tröstete ich sie, aber in Wahrheit war ich wütend auf sie und es war mir peinlich.

Schließlich kam Táňa mit der Erzieherin, sie hielten Olina einen Eimer unter die Nase, und führten sie fort. Ich drehte mich um und lief schnell ins Bad.

»Wo treibst du dich denn rum? Lässt das Wasser laufen und gehst einfach. Willst du hier alles überschwemmen?« Die Genossin Füchsin beugte sich über die Wanne und drehte die Hähne zu. Das Wasser stand schon zwei Drittel hoch in der Wanne und begann langsam durch den Überlauf abzulaufen. Von der Oberfläche stieg Dampf auf und setzte sich an den Wänden des Waschraums auf die Fliesen und die Spiegel. Ich hängte mein Handtuch und den Schlafanzug auf den Haken an der Wand. Die Erzieherin trat ein paar Schritte zurück. »Nun mach schon«, trieb sie mich an. »Das Bad ist nicht nur für dich da.«

Ich dachte, dass ich verdammtes Pech hatte, dass gerade die Füchsin die Zwölfstundennachtschicht angetreten hatte. Die musste immer in alles ihre spitze Nase stecken und anstatt im Erzieherinnenzimmer zu sitzen und einen abendlichen Kaffee zu trinken wie die anderen Erzieherinnen, verfolgte sie jeden unserer Schritte. Ich beugte mich über die Wanne und prüfte mit der Hand die Wassertemperatur. Es war heiß, furchtbar heiß. Ich zuckte zurück und streckte mich nach dem Kaltwasserhahn aus.

»Das ist doch wohl nicht dein Ernst?« Die Erzieherin schaute mich an, als würde ich eine schwere Straftat begehen wollen. »Die Wanne ist doch voll!«

»Das Wasser ist zu heiß ...«, sagte ich. Ich hörte selbst, wie ängstlich das klang.

»Was du dir eingelassen hast, das hast du auch. Ab ins Wasser. Und ein bisschen zackig!«

Die Füchsin zog mit einer entschlossenen Bewegung den Plastikvorhang hinter mir zu.

Aus den Duschen war das Wasserrauschen zu hören, die Mädchenstimmen und Lachen.

»Spritzt hier nicht das ganze Bad voll!«, hörte ich die Erzieherin, aber ich konnte nicht erkennen, ob sie schon ging oder im Waschraum hin und her lief.

Langsam, so langsam wie möglich, zog ich mich aus. Dabei schaute ich auf die Wasseroberfläche. Sorgfältig legte ich jedes Kleidungsstück zusammen, stellte die Hausschuhe ordentlich auf, stellte mich auf die Schaumstoffmatte vor der Badewanne und rührte mit den Fingern die glatte Wasserfläche auf. Das Wasser war immer noch sehr heiß. Mir fiel ein, ich könnte nur vorgeben, gebadet zu haben, und die Wanne schnell rauslassen, aber der Vorhang bewegte sich wieder und in dem Spalt tauchte der bebrillte Fuchskopf auf.

»Du bist noch nicht drin? Mach jetzt!«

Ich hielt die Luft an, hob ein Bein und steckte es ins heiße Wasser. Das brannte, es brannte fürchterlich. Ich drehte mich zur Erzieherin um und sah sie bittend an. »Es ist immer noch sehr heiß …«

»Mach jetzt!«, wiederholte sie. »Soll ich dich melden?«

Ich hob schnell auch das andere Bein über den Rand und setzte mich in die Wanne. Einen Moment lang fühlte ich gar nichts, aber dann brannte mein Körper so, als hätte mich jemand mit kochendem Wasser übergossen.

Die Erzieherin verschwand ohne ein Wort hinter dem Vorhang und ich sprang sofort aus der Wanne. Ich zog schnell den Stöpsel heraus und wickelte mich in das Badetuch. Der grobe Stoff fühlte sich auf meiner Haut an, als würde ein Reibeisen darübergerieben. Ich setzte mich auf den Wannenrand und schaute zu, wie das Wasser abfloss. Mit leichten Berührungen wischte ich mir die Tropfen ab, um den Schlafanzug anziehen zu können und endlich aus diesem mit Wasserdampf gefüllten Raum zu kommen. Ich hätte mich so gern unter eine Dusche gestellt und einen kalten Wasserstrahl über mich laufen lassen, aber ich hörte die Stimme der Füchsin. Ich hatte schreckliche Angst, dass sie mich in den Bericht schreiben könnte und am nächsten Tag auf dem Appell mein Name vorgelesen würde. Dann müsste ich aus der Reihe treten und mir meine Strafe anhören. Mir drohte höchstens ein einwöchiger Dienst im Speisesaal und vielleicht der Abzug von ein paar Punkten, aber mehr als das fürchtete ich das peinliche Gefühl, das ich auf dem Appell bei der Nennung meines Namens unweigerlich durchleben würde.

Vorsichtig zog ich mir erst die Schlafanzughose und dann die Jacke über. Als ich die Knöpfe schloss, bemerkte ich die Grenze, die über meine Brust lief. An den Stellen, die über der Wasseroberfläche geblieben waren – Schultern, Oberarme, der obere Teil des Brustkorbs, Hals und Gesicht – war die Haut blass, aber darunter, wo das heiße Wasser hinreichte, war sie rot geworden. Ich knöpfte die Jacke bis zum Hals zu und sammelte meine Sachen ein. Ich schaute mich um, ob die Wannenecke so aufgeräumt war, dass sie dem strengen Blick der Erzieherin genügte, zog den Vorhang auf, ging an der aufsichtführenden Füchsin vorbei und kehrte in mein Zimmer zurück. Ich legte mich ins Bett und fühlte, wie mir die Hitze aus der Haut stieg, die Luft im Zimmer erwärmte und die Wärme im Körper sich in Eiseskälte verwandelte. Ich zog mir die Decke bis unters Kinn und schlief trotz der frühen Stunde und dem Licht ein. Im Schlaf verfolgten mich Gestalten aus glutroter Lava und versuchten mich in die eisigen Meerestiefen zu ziehen. Nur manchmal zwischendurch weckten mich Würgelaute, die aus der unendlichen Weite der gegenüberliegenden Zimmerseite zu mir drangen, wo Olina ihr Bett hatte.

Mitten in der Nacht wurde Olina ins Krankenzimmer verlegt und mich nahmen sie auch mit, weil mein Bett zerwühlt und nassgeschwitzt war. Die Erzieherin, die mit der Füchsin die Nachtschicht hatte, erkannte mit einem Blick und einer auf die Stirn gelegten Hand, dass ich Fieber hatte.

»Da breitet sich wohl eine Infektion aus«, sagte die Schwester im Krankenzimmer zu den Erzieherinnen, als sie uns die Betten bereitete und saubere Nachtwäsche gab. Der

Rücken meines Schlafanzugs war komplett nass. »Ich passe auf sie auf und am Morgen schaut sich die Ärztin beide an.«

»Das wird ein Virusinfekt sein«, sagte die Füchsin.

Es dauerte eine Weile, bevor ich so zu mir kam, dass ich die Welt um mich herum wahrnahm. Müde zog ich mir den Schlafanzug aus. Die ausgewaschene Baumwolle glitt über die verbrühte Haut und weckte den schlummernden Schmerz. Der Druck des unsichtbaren Metallringes um meinen Kopf wurde stärker und mein Magen hob sich vor Übelkeit.

Die Füchsin half Olina beim Umziehen, aber einmal hob sie die Augen, sah meine rote Haut fast bis zu den Schultern, bis zu den Stellen, wohin das heiße Wasser reichte, und erstarrte. Offensichtlich erkannte sie die Verbrühungen und begriff, woher sie stammten. In ihren Augen tauchte Angst auf. Ich wandte den Blick ab, legte mich in das frisch bezogene Bett und kuschelte mich unter die Decke. Die Hitze im Körper wurde gerade wieder durch Schüttelfrost abgelöst und ich fing an zu zittern.

Am Morgen erwachte ich aus einem Traum, in dem ich auf der Meeresoberfläche schwebte und Tausende Scheren winziger Krabben meinen Körper beknabberten. Olina war fort und an meinem Bett saß die Füchsin. Ich hob mich ein bisschen hoch, stützte mich auf die Ellbogen und sah mich im Krankenzimmer um.

»Das war der Blinddarm«, sagte die Füchsin. »Sie wurde in der Nacht ins Krankenhaus gebracht und ist schon operiert.«

Ich erinnerte mich an die Schatten von Fischen, die in der Nacht an mir vorbeigeschwommen waren, an das grelle Sonnenlicht, das sich hinter meine Augenlider bohrte, als ich auf dem Wasser schwebte, und an die Stimmen aus der Tiefe.

Die Füchsin beugte sich näher. »Was ist mit deinem Infekt? Geht es dir schon besser?«

Ich war noch nicht ganz aufgewacht, meine Haut juckte und ich konnte der Versuchung, die widerlichen Krabben von meinem Körper zu kratzen, nur schwer widerstehen, aber trotzdem bemerkte ich die Nervosität der Erzieherin. Sie war es, die mich gezwungen hatte, in das heiße Wasser zu steigen. Sie hatte bewirkt, dass ich mit Fieber auf der Krankenstation gelandet war. Jetzt war sie sich nicht sicher, ob nicht am Ende sie selbst bestraft würde. Sie war sich bestimmt bewusst, dass sie unter der restlichen Hausbesatzung nicht beliebt war und die Direktorin und die anderen Erzieherinnen auf den ersten Vorwand warteten, um sie loszuwerden. Jetzt hatte sie ihnen selbst diese Gelegenheit geboten.

Sie war mir so nah, dass ich ihren süßlichen Hustenbonbongeruch spürte. Ich ließ die Ellbogen locker, legte mich wieder hin und schloss die Augen.

»Ja, mir geht es besser«, sagte ich, und zum Teil stimmte das auch. Meine Haut war immer noch rot und empfindlich, obwohl sie nicht mehr brannte. Ich war aber noch müde, und wenn ich keine Angst gehabt hätte, dass mich die bedrückenden Träume verschlingen könnten, hätte ich den ganzen Tag durchgeschlafen.

»Sicher möchtest du lieber wieder in dein Zimmer zurück …« Die Füchsin heftete ihre Augen hinter dem roten Brillengestell auf mich, als wollte sie sich in mein Gehirn bohren und dort den Gedanken einpflanzen, dass ich gern, aber auch wirklich sehr gern aufstehen wollte, um zu meiner gewohnten Ordnung zurückzukehren.

Zögernd nickte ich.

»Na, dann steh auf.« Die Füchsin erhob sich vom Stuhl und reichte mir den Anstaltsbademantel, damit ich nicht im Schlafanzug über die Korridore schleichen musste.

Ich wollte nicht, aber ich setzte mich langsam auf und ließ die Beine auf die Erde hinunter. Die Krankenschwester erschien in der Tür. Hinter ihr schaute die Erzieherin Soňa Nová hervor, die gerade die Tagschicht angetreten hatte und mich prüfend ansah.

»Was machst du denn da?«, blaffte mich die Schwester ungehalten an. »Leg dich sofort wieder hin.«

Das hätte ich am liebsten auch getan, aber irgendwie spürte ich, dass aus dem Wortgefecht, auf das es unvermeidlich zulief, die Erzieherin als Siegerin hervorgehen würde. Also seufzte ich nur und blieb sitzen.

Die Füchsin holte tief Luft und wandte sich langsam zur Krankenschwester um. Sie setzte ein Raubtierlächeln auf und sagte leise, so leise, dass auch ein Mensch, der sie zum ersten Mal traf, die Warnung erkennen musste: »Magda fühlt sich schon wieder gut. Es ist unnötig, dass sie hierbleibt und die Schule verpasst.« Die Krankenpflegerin war aber mutiger, als ich dachte. Oder sie erwartete, dass die Tageserzieherin sich auf ihre Seite stellte. Sie sah Soňa Nová an, als wollte sie sie mit diesem Blick auffordern, sie zu unterstützen, und sagte in einem entschlossenen Tonfall: »Darüber, ob die Patientin in die Schule geht, oder nicht, entscheidet die Frau Doktor. Die kommt um acht. Bis zu diesem Zeitpunkt bin ich für die Patienten verantwortlich.«

Überraschung huschte über das Gesicht der Füchsin. Das krampfartige Lächeln verschwand. Widerstand war sie nicht gewohnt. »Genossin«, sagte sie nachdrücklich und machte einen Schritt auf die Pflegerin zu. »Ein bisschen Übelkeit hindert nicht am Schulbesuch.«

Die Schwester sah wieder unsicher Soňa Nová an, aber die war schon von der Tür zurückgetreten und tat, als bemerke sie die Diskussionen um meine Entlassung nicht. Sie durchblätterte am Tisch einen Stoß Papiere und tat, als suchte sie etwas. Uns war aber allen klar, dass sie die Ohren spitzte und wartete, wie der Streit ausging.

»Aber wenn sie nun infektiös ist?«, wandte die Schwester unsicher ein. Die Anrede und das gleichgültige Benehmen der Tageserzieherin brachten ihr die Parteiposition der Füchsin in Erinnerung und sie begann zu überlegen, ob es ihr meine Gesundheit wert war, Schwierigkeiten zu bekommen, die ihr die Füchsin machen könnte. Ich erhob mich und begann mir den Bademantel überzuziehen. Die Siegerin in dem Streit war klar.

Die Krankenpflegerin gab aber noch nicht auf und fragte mich direkt. »Fühlst du dich wirklich gesund? Du hattest in der Nacht Fieber.«

Ich nickte. »Wahrscheinlich hat mich nur der Trubel um Olina aufgeregt. Jetzt fühle ich mich schon gut.«

Die Pflegerin zuckte mit den Schultern und trat zur Seite.

Die Füchsin packte mich am Ellbogen und führte mich aus dem Krankenzimmer. Im Rücken fühlte ich den blassblauen Blick von Soňa Nová, und so zeigte ich nicht, dass es schmerzte, obwohl die Erzieherin mich so festhielt, dass ich zu tun hatte, nicht aufzuschreien. Vor der Tür riss ich mich los. »Das tut weh.«

»Entschuldige.«

Wir gingen schweigend nebeneinander. Beim Gehen drehte sich mir der Kopf und überall, wo die Haut den Schlafanzug berührte, spürte ich ein unangenehmes Jucken und Stechen.

Es war Frühstückszeit und der Gang und die Zimmer waren leer. Die Füchsin zog zwei Hustenbonbons aus der Tasche und gab mir eins. Ich wickelte es aus und steckte es in den Mund. »Aber in die Schule schaffe ich das heute nicht«, sagte ich.

Die Füchsin knetete das blau-weiße Bonbonpapier in der Hand. Dann steckte sie es entschlossen in die Tasche, hob den Kopf und erklärte knapp: »Also gut. Aber bleib im Zimmer.« Sie lachte, als sei ihr gerade ein guter Witz eingefallen. »Was, wenn du doch infektiös wärst?«

Ich kroch unter meine Decke und war schon fast eingeschlafen, als ich eher spürte als hörte, dass jemand an meinem Bett stand. Soňa Nová beugte sich über mich, sah mich forschend an und streckte die Hand nach der Bettdecke aus, als wollte sie mich abdecken. »Was ist mit dir?«

Ich drückte die Decke ans Kinn. »Nichts, ich bin nur müde.«

Sie sah mich eindringlich an, zog die Hand zurück und lächelte süßlich. »Du weißt, dass du immer zu mir kommen kannst, wenn du über etwas reden möchtest?«

Ich nickte.

Eine Weile sah sie mich abwartend an. Ich schloss die Augen, und als ich sie öffnete, war sie fort.

ZWÖLFTES KAPITEL

Magdalena, genannt Magda
1996–1998

Die Verbrühungen waren offensichtlich nicht ernst, und dank der kühlenden Salbe, die mir die Füchsin am Nachmittag brachte, verschwand auch das unangenehme Brennen und Jucken. Die erhöhte Temperatur sank am nächsten Tag, und obwohl sich die Haut an manchen Stellen schälte, bekam sie allmählich ihre ursprüngliche Farbe zurück und ich konnte wieder in die Schule gehen. Ich bemerkte, dass die Füchsin mich beobachtete, und passte auf, dass ich mich zu ihr nicht anders verhielt als zu den übrigen Erzieherinnen. Ich durfte nicht zu erkennen geben, dass ich etwas über sie wusste, das ihr das Leben kompliziert machen könnte, weil die Füchsin mir genauso gut das Leben schwer machen konnte.

Ich vergaß die Badezimmerepisode nie, dafür war sie zu schmerzhaft gewesen, aber ich ordnete sie irgendwo in der Kategorie von Erinnerungen ein, die man nicht unbedingt hervorrufen muss.

Rückblickend kann ich sagen, dass sich die paar schmerzhaften Tage für mich auszahlten. Am Ende der Schulpflicht bekam ich von der Füchsin als Bildungsberaterin eine hervorragende Empfehlung und konnte mir die Schule aussuchen, an die ich wollte.

Die Möglichkeit, an einer allgemeinbildenden Schule zu lernen, würdigte sicher mehr mein Schweigen als meine Studierfähigkeiten, denn trotz aller Bemühungen – und ich tat wirklich, was ich konnte – war ich insbesondere in den technischen Fächern nicht gut. Im Heim gab es eine Menge Mädchen und ganz sicher auch Jungen, die den Gymnasiumsbesuch mehr verdient hätten als ich.

An die ersehnte Schule zu kommen, war und ist nicht so ganz üblich. Obwohl man im Heim ständig betonte, welche außergewöhnliche Position wir innehatten, wurde auf unsere Wünsche fast keine Rücksicht genommen und die meisten von uns wurden den Schulen zugeteilt, wo man uns gerade dringend brauchte. Teilweise wurde auch auf die angeborenen Voraussetzungen geachtet, allerdings war ich meiner Meinung nach eine gewöhnliche graue Maus und hatte außer einer lebhaften Fantasie keine Begabung für irgendetwas – also war das Gymnasium eine gute Wahl für mich. Und dass ich nach dem Abitur eine Empfehlung für eine Geisteswissenschaft erhielt, kam einem Wunder gleich, an dem die Beurteilung durch die Füchsin keinen geringen Anteil hatte.

Es gab damals nur noch wenige geisteswissenschaftliche Fächer und es wurden immer weniger Studienplätze. *Menschen in geisteswissenschaftlichen Disziplinen erschaffen keine Werte. Eine solche Ausbildung ist unpraktisch und nutzlos. Naturwissenschaftliche und technische Schulen erziehen Menschen, die sich in der Praxis leicht bewähren und dem Land Nutzen bringen. Geisteswissenschaften lehren die Menschen nur zu grübeln und überflüssige Probleme zu machen.*

Wenn man euch das immer und immer wieder vorsagt – im Heim, in der Schule und in den Medien –, glaubt ihr das früher oder später, aber an eurem Wunsch wird es wahrscheinlich nichts ändern. Aber hätte ich denn etwa eine Naturwissenschaft oder Technik studieren können, wenn mir doch selbst Brüche Schwierigkeiten machten?

–

Ich gab mir Mühe, wirklich Mühe. Aber der Eintritt in die zweite Schulstufe war eine große Enttäuschung für mich.

Jana hatte recht, als sie behauptete, die öffentliche Stadtschule lohne sich überhaupt nicht. Die Fächer waren uninteressant – selbst die, auf die ich mich freute. Wir lernten ständig nur Lehrsätze auswendig und sagten Texte auf. Die Lehrer waren distanziert und die Mitschüler feindlich gesinnt.

Zuerst dachte ich, sie müssten sich an uns gewöhnen. Schließlich waren doch wir, die Zöglinge des Kindergenesungsheims 27. November 1989, die Neuen und waren in ein geschlossenes Kollektiv dazugekommen. Der Unterschied zwischen uns und den Stadtkindern verschwand aber nicht. Er zeigte sich nicht nur in unserer Kleidung, sondern auch in der Disziplin und dem verantwortungsvolleren Erfüllen von Pflichten. Wir waren einfach gewohnt zu tun, was von uns verlangt wurde, und dass wir unvorbereitet in die Schule gingen, gab es nicht.

Erst in der Schule wurde mir bewusst, dass die Menschen aus gewöhnlichen Familien wirklich kein entwickeltes Verantwortungsgefühl und kein Pflichtgefühl hatten. Ich begriff, dass sie zweifelsohne der Führung und Aufsicht bedurften und dass unsere Rolle in der Gesellschaft wirklich so wichtig war, wie man es uns im Genesungsheim einprägte. Deshalb fiel es mir nie schwer, meine Pflichten zu erfüllen und falls notwendig die Verfehlungen zu melden, die die Stadtschüler begingen. Und zur Vergeltung übersahen die uns oder versuchten uns unauffällig zu schaden.

Zuerst ärgerte ich mich über die schlechten Beziehungen, aber dann bemühte ich mich, sie zu ignorieren und mich auf die Fächer zu konzentrieren, von denen ich dachte, dass sie mir Spaß machen müssten. Aber am Ende war die Abneigung gegen die Städter, wie wir die Mitschüler unter uns im Heim nannten, die einzige Abwechslung an den langweiligen Schultagen.

Außerdem stellten wir schnell fest, dass wir Pluspunkte und Lobe von der Heimleitung eher durch das Melden von Verstößen der Städter und der Lehrer verdienen konnten, als durch gute Noten, die im Übrigen im Heim für eine Selbstverständlichkeit gehalten wurden. Nur ein guter Schüler hatte es verdient, im Kindergenesungsheim 27. November 1989 sein zu dürfen. Aber wenn ich jetzt so darüber nachdenke, wurde während meines Aufenthaltes niemand wegen schlechter Noten aus dem Heim ausgeschlossen. Nicht einmal Dan wurde rausgeworfen, obwohl er sich mit einem Städter prügelte, der seine Tasche ausgeschüttet hatte. Sein Pech war, dass Dan ihn dabei sah und beschloss, das selbst mit der Faust zu klären, statt den Mitschüler einfach zu melden.

Dafür verschwand Ondra am Tag, nachdem ihm einer der Stadtjungen einen Brief mitbrachte. Jemand bemerkte, wie sie auf den Jungentoiletten den Brief tauschten, und meldete sie. Die Direktorin durchsuchte die Jungenabteilung des Heims und fand außer ein paar Zigarettenschachteln und zwei Flaschen Alkohol auch den Brief. Weder die Zigarettenbesitzer noch die Alkoholquelle wurden festgestellt, und so bekamen alle Jungen aus den entsprechenden Zimmern die Strafe in Höhe von mehrwöchigem Speisesaalputzen und Verbot von Fernsehen, Kino und jeglicher anderen Art von Unterhaltung.

Ondra sahen wir natürlich nicht wieder. Auf dem Appell erfuhren wir von der Direktorin nur eins – dass er seine Chance vertan hatte.

»Was für eine Chance?«, flüsterte Jana mir zu. »Ein Spitzel zu werden?«

Zu dieser Zeit fing sie schon an, mir auf die Nerven zu gehen. Nach außen tat sie immer noch genauso ausgeglichen, aber manchmal, wenn wir beide allein waren, ließ sie ätzende Bemerkungen über das Heim, die Erzieherinnen und die Schule fallen … Mir war das unangenehm. Sie war von einem giftigen Dunst umgeben, der sich an alles heftete, was sie mit ihren Worten berührte. Ich wusste schon, dass sie weder geheimnisvoll noch zurückhaltend schweigsam war, sondern nur verbittert.

Und damals begann es. Langsam untergrub sie meinen Glauben an die Richtigkeit unseres Handelns und vergiftete mir das Leben. Sie verdrehte mir den Kopf, versuchte Zweifel in meine Gedanken zu säen und meinen Glauben an die Richtigkeit der sozialistischen Idee ins Wanken zu bringen. Und das wollte ich nicht zulassen.

Was für einen Sinn hätte denn dann alles, was ich machte? Was für einen Sinn hätten die im Genesungsheim verlebten Jahre, die mit dem Lernen von Lehrsätzen verbrachten Stunden, die Meldungen, die ich gemacht hatte … Was würde mir noch bleiben, wenn sich herausstellte, dass das Ziel, für dessen Erreichen ich arbeiten sollte, nur eine Chimäre war? Dass die Gedanken, die man uns im Heim anerzog, falsch waren und die Welt nach anderen Prinzipien funktionierte?

Ich tat, als hörte ich Janas Bemerkungen nicht, oder verstünde sie nicht. Allein, dass ich Zeugin ihrer Vorbehalte war und sie nicht meldete, machte eine Mittäterin aus mir.

–

Die meisten Zöglinge verließen das Heim mit fünfzehn Jahren und gingen in die Internate der Berufsoberschulen in andere Städte. Allerdings war das kein kompletter Abschied vom Heim, im Gegenteil, manche der Oberschüler kamen jedes Wochenende aus den Internaten zurück, und alle waren mindestens einmal im Monat da. Sie wohnten nicht mehr bei uns in der Abteilung, sondern im Obergeschoss und hatten ein milderes Regime, ohne Appelle und gemeinsame Spaziergänge. Wir trafen sie im Speisesaal und im Garten. Wir beneideten sie um ihre größere Selbstständigkeit und konnten es kaum erwarten, auch fünfzehn zu werden.

Die Oberschüler waren verpflichtet, den Tagesablauf und den Zapfenstreich einzuhalten und am Sonnabendvormittag an der Schulung teilzunehmen, in der sie lernten, wie man ein gutes Mitglied des Jugendverbandes war.

Die weiterführende Schule war für die Absolventen unseres Heims der Prüfstein. Sie mussten zum ersten Mal zeigen, was sie gelernt hatten, und ihre Selbstständigkeit unter Beweis stellen. In den weiterführenden Schulen im ganzen Land wurden sie zum Rückgrat der Jugendorganisationen, arbeiteten mit den Mitgliedern der einzelnen Zellen und führten sie zu höheren Leistungen. Sie kontrollierten, ob es Zweifler unter ihnen gab, und säuberten die Gruppen der Jugendorganisation von potentiellen Verrätern. Solche hatten schließlich in den weiterführenden Schulen und in den Hochschulen nichts zu suchen. Jegliche Äußerung einer auch nur leicht positiven Haltung gegenüber der imperialistischen Seuche musste sofort im Keim erstickt werden.

Die Ausbilder sagten uns immer wieder, Umsicht sei geboten. Die Erfahrungen aus der Vergangenheit zeigten, dass die Schüler und Studenten die empfindlichste Gruppe waren, die ganz einfach mit umstürzlerischen Gedanken infiziert werden konnte. Es mangelt ihnen an Lebenserfahrung, sie können nicht unterscheiden, was wesentlich ist, und lassen sich leicht vom Glanz der kapitalistischen Welt verführen. Sie ahnen nicht, welche Ungerechtigkeit und Ausbeutung sich hinter dem Bild versteckt, mit dem der Westen sie anlocken will. Und das mit allen Mitteln – vom Rundfunk bis zu den modernsten Technologien. Auch deshalb sind Rechner nur für geprüfte Genossen zugänglich und ihre Verbindung untereinander durch das sogenannte Internet ist außer für Regierungsbehörden und streng überprüfte Einzelpersonen verboten.

Durch die Naivität der Studenten, die auf die Straße gingen, wurde im November ´89 die Lawine ausgelöst, bei der aus allen dunklen Ecken Handlanger des Westens gekrochen kamen und das Volk aufforderten, die sozialistischen Errungenschaften abzulehnen. Das werktätige Volk ließ sich aber glücklicherweise nicht irremachen und rief die Armee zu Hilfe, damit sie den Versuch der Konterrevolution unterdrückte. Seit dieser Zeit sind die Soldaten ständig auf Wacht, sie patrouillieren in den Straßen, auf den Bahnhöfen, bei staatlichen Institutionen und in den Verkehrsmitteln, und bemühen sich darum, dass alle Menschen in Ruhe arbeiten und den Sozialismus aufbauen können.

Ich weiß nicht, warum Janas nervige Stimme in meinem Kopf klingt: *Mit dem Aufbauen meinst du die Mauern an den Grenzen zu Österreich und Deutschland? Sollten sie nicht lieber die Straßen ausbessern?* Die Antwort darauf kenne ich doch: Niemand möchte, dass sich die Novemberereignisse wiederholen, und wir, die jungen Menschen aus dem Heim *Zu den fünf Eichen*, wurden dazu erzogen, Hüter des Sozialismus zu werden.

Auf die samstagnachmittägliche Schulung folgten Einzelgespräche. Jeder Oberschüler musste sie einmal im Monat absolvieren. Dort erzählte er seinem Instrukteur unter vier Augen, wie nützlich er die vergangenen Wochen verbracht und welche Unstimmigkeiten er aufgedeckt hatte und was für ihre Verbesserung getan werden musste. Die Gespräche waren wichtig für die weitere Platzierung in der Schule oder in der Arbeit. Auch unter den Heimzöglingen gab es solche, die eine größere Aktivität zeigten als die anderen. Welche das waren, wussten allerdings nur die Ausbilder und Instrukteure.

Auch Jana entschloss sich, ans Gymnasium zu gehen, was aufgrund ihrer Leseleidenschaft zu erwarten war. Das würde bedeuten, dass sie im Heim *Zu den fünf Eichen* verbliebe, weil das Gymnasium im selben Gebäude untergebracht war wie unsere städtische Grundschule. Sie würde nur in ein Zimmer im zweiten Stock ziehen, und obwohl wir keine Mitbewohnerinnen mehr wären – wenigstens bis auch ich in die Oberschule kam –, würden wir uns auch weiter bei den Freizeitaktivitäten treffen, also wäre ich sie nicht los. Allerdings schien mir die Möglichkeit, dass gerade Jana eine Empfehlung fürs Gymnasium bekommen sollte, einfach nur unwahrscheinlich. Soweit ich wusste, hatte sie nie jemanden gemeldet, lief mit teilnahmsloser Miene durch die Gänge, steckte wann immer möglich die Nase in ein Buch und sah dabei aus, als wüsste sie nicht, was um sie herum vor sich ging. Wenn jemand sie ansprach, tat sie, als käme sie gerade aus einem anderen Universum.

Keine Meldung – keine Hilfspunkte, und ohne die hatte Jana einfach keine Chance.

Ich vergaß allerdings, dass sie sich gut verstellen konnte. Zu dieser Zeit war sie schon die Zimmerkommandantin.

Táňa war an die Transportfachschule gegangen. Es half ihr auch nicht, dass sie versuchte, sich bei der Füchsin einzuschmeicheln, zu der sie unverhohlen aufsah. Sie bekam die Empfehlung für die Bekleidungsgewerbeschule, die sie sich so gewünscht hatte, nicht. In ihrem Fall war das schade, weil sie unglaublich geschickt und einfallsreich war. Auch aus der uniformen Kleidung, die die Heimzöglinge auf dem Ausgang und in der Schule tragen mussten, schaffte sie es, mit einem offenen Knopf oder aufgekrempelten Ärmeln ein flottes Teil zu machen.

Entweder bemerkte die Füchsin ihre Schmeicheleien nicht oder – was ich für wahrscheinlicher hielt – betrachtete sie als zu verweichlicht und charakterlos und schob Táňa ab, einem überwiegend männlichen Kollektiv entgegen. Es tat mir leid, dass Táňa ging. Ich war an sie gewöhnt und wusste, was von ihr zu erwarten war. Sie meldete nur wirkliche Vergehen und provozierte nicht, um sich über uns Pluspunkte zu machen. Sie benahm sich verantwortungsbewusst und nahm ihre Funktion als Zimmerälteste ernst.

Während Janas Amtszeit herrschte Führungslosigkeit.

»Ich spiele nicht die Mama für euch, das könnt ihr vergessen«, sagte sie gleich am ersten Tag zu den jüngeren Mädchen. »Seht zu, dass ihr in allem Ordnung habt, sonst lernt ihr mich kennen.«

Wie sie sie kennenlernen sollten, konkretisierte sie zwar nicht, aber umso bösartiger klangen die Worte, und Olina und auch die Jüngste, die neu dazugekommene Ela, lernten sich schnell auch ohne sie zu behelfen.

Zur gleichen Zeit, als Jana Kommandantin wurde, entwickelte sie eine noch nie gesehene Aktivität – sie schlug vor, einen Lesezirkel einzurichten. Mir war klar, dass sie im letzten Augenblick eine Möglichkeit suchte, wie sie Eindruck machen und Pluspunkte gewinnen konnte. Ich war überzeugt, dass sie die Füchsin mit Büchern nicht bezaubern konnte, aber ich täuschte mich. Es erwies sich, dass die Füchsin eine leidenschaftliche Leserin war und Janas Vorschlag fast begeistert aufnahm.

Jana stellte mit Hilfe der Füchsin eine Liste von Büchern zusammen, über die sie im Zirkel sprechen und den anderen zum Lesen empfehlen wollte, und legte sie der Direktorin vor. Die tat zunächst verlegen, aber als sie bei einem flüchtigen Blick in die Liste feststellte, dass die meisten Autorennamen russisch klangen, gestattete sie die Gründung des Lesezirkels und übertrug die Aufsicht über die Lesegruppe überraschenderweise Soňa Nová. Die Genossin Nová war begierig auf jede Art von Sichtbarkeit und Funktion. Mit Janas Unterstützung teilte sie die Bücher auf die Namen der Gruppenmitglieder auf, schrieb sich auf, welche Titel besorgt werden mussten, und ließ sich zufrieden mit der Funktion der Leiterin der Lesegruppe wieder bequem im Erzieherinnenzimmer nieder, wo sie sich einen starken russischen Tee aufbrühte.

Bestimmt war sie erfreut, dass die Direktorin ihr den Vorzug vor der Genossin Eliška Zonerová gegeben und die Verantwortung für die Lesegruppe in ihre Hände gelegt hatte. Vielleicht dachte sie, dass die Zonerová langsam bei den Vorgesetzten in Ungnade fiel, und in ihrem bequemen Sesselchen träumte sie mit der Tasse in der Hand vom Ende der einflussreichen Füchsin. Sie sah sich schon Schritt für Schritt auf den Platz der Bildungsberaterin aufsteigen.

Die Lesegruppe traf sich einmal in der Woche in dem Raum, der für die Pionierversammlungen vorgesehen war – unter Aufsicht natürlich. Und Jana musste von jedem Treffen ein Protokoll machen, es die Genossin Nová kontrollieren lassen, und dann unterschrieben im Direktorzimmer abgeben. Daran war nichts Ungewöhnliches, Protokolle wurden von jedem Treffen und jeder Pionierversammlung angefertigt.

Das große Interesse an der Lesegruppe gründete sich zweifellos nicht auf die Liebe zu Büchern oder die Beliebtheit russischer Autoren. Vielmehr war es das Bemühen, die erforderlichen Punkte für die Aufnahme in die Oberschule zusammenzubekommen. Das Lesen schien nicht so anstrengend zu sein wie die Teilnahme an den schulischen Wissensolympiaden oder den eintönigen Schulungen.

Ich lese gern, aber die ausgewählten Titel schienen mir mit ein paar Ausnahmen langweilig zu sein. Ich bedauerte die Gruppenmitglieder, die Fadejews *Die junge Garde* oder Gaidars *Timur und sein Trupp* zugeteilt bekamen, und ich war froh, dass gerade mir Božena Němcovás *Im Schloss und in der Siedlung* zufiel. Die Betroffenen gingen natürlich zu Jana und bettelten darum, den Titel auszutauschen, aber Jana lehnte energisch mit einem stichhaltigen Argument ab. Die Liste war von der Leitung genehmigt worden, da konnte man nichts machen. Überraschend bereitwillig bot sie sich aber an, ihnen bei der Ausarbeitung des Referats zu helfen. Ich lebte schon einige Jahre mit Jana in einem Zimmer, aber so ein entgegenkommendes Verhalten hatte ich noch nie von ihr erlebt. Das verfestigte nur meine Überzeugung, dass sie berechnend war.

Schließlich wurde Janas Lesegruppe recht beliebt. Jedes Treffen wurde von einem kurzen Referat über den ausgewählten Titel eingeleitet, aber danach folgte eine freie Diskussion und wir unterhielten uns über Bücher, die wir in der vergangenen Woche gelesen hatten. Ich muss zugeben, dass Jana ziemlich fesselnd sprechen konnte, und in der freien

Diskussion erzählte sie uns über Bücher von Jules Verne, Alexandre Dumas und anderen, die sie gerade oder in der Vergangenheit gelesen hatte. Ich zweifle kein bisschen, dass sie ein paar neue Leser gewinnen konnte.

Ich weiß bis heute nicht, wie das eigentlich passiert ist, aber auf jeden Fall war es ein unglückliches Zusammentreffen der Umstände. An diesem Tag hatte Soňa Nová Aufsicht. Im Heim lief eine regelmäßige Inspektion ab, was nichts Besonderes war, Kontrollen und Inspektionen kamen immerzu ins Heim. Und so saß die Erzieherin redlich im Klubraum und tat so, als fände sie die Gespräche über Bücher interessant. Meiner Meinung nach hatte sie im Leben freiwillig noch keine Seite gelesen und das höchste Niveau an Kultur stellten für sie Unterhaltungssendungen und Serien im Fernsehen dar. Es war ihr anzusehen, dass sie sich langweilte und kaum erwarten konnte, dass die Lesegruppe endete, der Besuch verschwand und sie wieder zu ihrem gewohnten Nichtstun zurückkehren konnte.

Auch ich hörte nur mit einem halben Ohr zu. Das Buch, über das Dan mit monotoner Stimme referierte, schien mir genauso wie alle anderen zu sein. Über die Jugend, die irgendwo in Moskau auf dem Arbat aufwuchs, einfach eine ziemlich abgedroschene Geschichte. Am interessantesten war Dans Vortragsweise. Er stotterte, als sähe er das Referat zum ersten Mal. Ich hätte mich nicht gewundert, wenn ihm das jemand anderes geschrieben hätte. Dieser Junge war ganz offensichtlich kein Leser.

Das Vorlesen wurde durch ein flüchtiges Klopfen unterbrochen, die Tür öffnete sich und die Füchsin kam in Begleitung der Direktorin und zweier beleibter Männer in zerknautschten Anzügen herein. Ich dachte, dass manche Männer einfach keinen Anzug tragen sollten. Er verlieh ihnen keine Würde, sondern ließ sie einfach lächerlich aussehen.

»Das ist unsere Lesegruppe, Genossen, setzt euch doch bitte«, forderte die Direktorin sie freundlich auf und wandte sich dann an den Jungen: »Fahr fort.«

Dan schluckte aufgeregt und stotterte dann mit zittriger Stimme weiter. Die Genossen nickten mit den Köpfen, aber dann merkte der Fettwanst mit dem zugeknöpften, auf dem Bauch spannenden Sakko und den grünen Socken, die unter den hochgerutschten Hosenbeinen hervorschauten, auf. Aber da war die Füchsin schon vom Stuhl aufgesprungen und ungewohnt flink zu dem Jungen unterwegs. »Was liest du denn da?« Sie riss ihm das Papier aus der Hand.

»Das Referat doch«, brachte der überraschte Dan hervor. »Über das Buch.«

»Welches Buch?«, fragte die Füchsin drohend.

»*Die Kinder vom Arbat.*« Der Knabe trat einen Schritt zurück und fügte eifrig hinzu. »Vom Genossen Anatolij Rybakow.« Verwirrt schaute er sich um.

»Vom Genossen Rybakow?«, wiederholte der Fettwanst fragend, aber es hörte sich eher wie eine Drohung an.

Dan gaffte nur überrascht.

Die Direktorin erhob sich und wandte sich mit ihrem starren Lächeln an die Genossen vom Kreis. »Gehen wir uns den Speisesaal ansehen? Es erwartet uns eine kleine Bewirtung.«

Der Genosse mit dem aufgeknöpften Sakko und den zerlatschten Halbschuhen schüttelte den Kopf. »Das müssen wir erst klären.«

»Die Genossin Zonerová wird damit fertig«, bemühte sich die Direktorin weiter, aber da drängten sich die beiden Genossen schon zwischen den im Kreis aufgestellten Stühlen durch, stellten sich neben die Füchsin und nahmen ihr das Papier aus der Hand. Der Direktorin blieb nichts übrig, als sich in ihrem Trippelschritt anzuschließen.

»Dieses Buch war nicht auf der Liste. Wer hat es dir gegeben?«, fuhr die Füchsin Dan an.

Der verwirrte Junge nickte mit dem Kinn in Richtung Stuhl, von dem sich langsam Soňa Nová erhob. »Die Genossin.«

Alle vier Erwachsenen wandten sich der Nová zu.

»Aber das Buch ist doch auf der Liste«, sagte sie unsicher.

»Nein, ist es nicht. Ich habe die Liste selbst kontrolliert und das Buch eines solchen Autors, der auf das sowjetische System und überhaupt auf den Sozialismus spuckt, hat in der empfohlenen Lektüre nichts zu suchen.« Die Füchsin wandte sich an Jana. »Hast du die Liste hier?«

»Natürlich.« Jana gab ihr eine Mappe, die Füchsin überflog schnell die Liste und reichte sie dem Mann neben ihr. Der Genosse sah das Papier an, als würde er überhaupt nicht begreifen, was er da in der Hand hielt. Weder die Autorennamen noch die Buchtitel sagten ihm wohl etwas. Unsicher sah er seinen umfangreicheren und allem Anschein nach auch gebildeteren Kollegen und offensichtlich auch Vorgesetzten an. Der nickte nur leicht mit dem Kopf.

»Genossin«, sagte er zur Nová, »bitten Sie eine Ihrer Kolleginnen, sie hier abzulösen, und kommen Sie mit uns ins Direktorzimmer.«

»Aber ich …«, stotterte die Nová, aber dann stockte sie, nickte und hoppelte wie ein verschrecktes Kaninchen aus dem Klubzimmer. Der Leichenzug aus vier Erwachsenen ging langsam in Richtung Direktorzimmer. In der Tür sah sich die Füchsin flüchtig um. Sie nickte leicht, als wollte sie jemandem bedeuten, dass alles war, wie es sein sollte. Aber vielleicht schien mir das auch nur so. Ganz sicher hatte ich mir aber das spöttische, zufriedene Lächeln nicht eingebildet, das kurz über ihr Gesicht huschte.

–

Die Erzieherin Soňa Nová verschwand aus unserem Leben und die Macht der Füchsin wurde noch größer. Waren die anderen Erzieherinnen vorher nicht sehr freundlich zu ihr, so waren sie auf einmal nett, luden sie zum Tee oder Kaffee ein und bewirteten sie mit Törtchen oder selbstgebackenem Kuchen. Sie umgarnten sie, so wie früher Soňa Nová unseligen Andenkens sie umgarnt hatte.

Und die Füchsin Eliška Zonerová nahm manchmal, aber wirklich nur selten, gnädig ihre Einladungen an, saß kurz bei den Kolleginnen und ging wieder an ihren Dienst, um mit wachsamem Blick das kleinste Anzeichen von Verfehlungen zu entdecken. Die Erzieherinnen benutzten auch weiter den beliebten Spruch über die Unzufriedenheit der Genossin Eliška, aber in ihrem Tonfall gab es keine Anzeichen von Verschwörung mehr, nur noch wirkliche Furcht.

Ich dachte, die Füchsin würde Jana verübeln, dass sie mit der Gründung des Lesezirkels der Anstalt Schwierigkeiten gebracht und den guten Ruf des Heims gefährdet hatte, indem sie die Saumseligkeit der Genossin Nová aufdeckte. Vielleicht hoffte ich auch ein bisschen, dass Janas Chance, ans Gymnasium zu kommen, damit verloren war. Aber da täuschte ich mich. Wie sich herausstellte, war von Janas Seite alles in Ordnung. Die Protokolle der Lesegruppentreffen, die die Genossin Soňa Nová unterschrieben hatte, legte sie ordentlich in der dafür vorgesehenen Mappe ab. Und es war ganz bestimmt nicht ihre Schuld, dass sich bei näherer Untersuchung noch mehr Verfehlungen der Erzieherin herausstellten.

Drei der besprochenen Bücher entsprachen nicht den Titeln aus der genehmigten Liste und zwei waren nicht nur nicht für Leser unseres Alters geeignet, wie die Genossin Zonerová erklärte, sondern sie waren sogar schädlich. Ich bedauerte, in der Lesegruppe nicht besser aufgepasst zu haben, weil ich mich rückblickend an nichts Schädliches erinnern konnte. Mir kamen alle Bücher ähnlich vor. Manche waren zu kompliziert für mich, aber das erklärte ich mir mit meinem Alter. In der Lesegruppe war ich die Jüngste. Mich verblüffte, dass es so etwas wie schädliche Bücher überhaupt gab. Manchmal fand ich Bücher langweilig oder dumm, und die legte ich dann zur Seite, aber dass ein Buch schädlich sein konnte, war neu für mich.

Ich dachte, dass die Genossin Nová zu faul war, nach den Titeln von der Liste zu suchen, und weil sie in Literatur gänzlich unbeleckt war, hatte sie einfach einen russischen Autor mit einem anderen verwechselt und war überhaupt nicht auf die Idee gekommen, dass ein russisch klingender Name keine Garantie für die richtige Weltsicht sein musste. Alles in allem hatte sie Glück, dass man sie wegen Unfähigkeit entließ und sie nicht wegen subversiver Tätigkeit angeklagt wurde.

Mir ließ keine Ruhe, wie die Nová an die verbotenen Bücher gekommen war. Am Abend passte ich einen Moment ab, in dem Jana allein war, und brachte die Rede darauf.

»Sollte dich nicht eher interessieren, warum diese Bücher verboten sind?«, fuhr sie mich an. So eine feindselige Antwort hatte ich nicht erwartet. Ich bedauerte meine Regel, mich in nichts einzumischen und nicht unnütz zu fragen, gebrochen zu haben, schnappte mir verärgert ein Buch und drehte mich zum Gehen um.

»Wahrscheinlich hat man vergessen, sie aus der Bibliothek auszusortieren. Die haben eine fürchterliche Unordnung hier. Sie kaufen keine neuen Bücher, es kommen nur die dazu, die die Erzieherinnen zu Hause loswerden wollen, oder Bücher, die dem Genesungsheim Verwandte von Verstorbenen schenken, damit sie sie nicht in den Müll werfen müssen. Es gibt keine studierte Bibliothekarin hier, wozu auch, nicht wahr, und die Erzieherinnen stopfen dann die Bücher einfach nach dem Alphabet in die Regale«, sagte Jana etwas versöhnlicher. »Jetzt werden sie aber höchstwahrscheinlich alles gründlich durchforsten«, fügte sie höhnisch hinzu.

Ich antwortete nicht und schlug die Tür hinter mir zu, damit Jana begriff, dass ich die Nase voll hatte von ihren ironischen und bösen Bemerkungen. Ich hoffte, dass sie wenigstens für einen kleinen Moment Angst hatte, dass ich direkt ins Erzieherinnenzimmer gehen und ihre ausfälligen Worte in das Meldeheft schreiben könnte.

Aber vielleicht hatte mich Janas feindseliger Ton mehr als ihre Antwort getroffen. Trotz aller Vorbehalte, die ich gegen meine Mitbewohnerin hatte, schaute ich in gewisser Weise zu Jana auf. Ich verletzte damit die wichtigste Regel, die ich mir selbst gesetzt hatte, aber in den gemeinsam verbrachten Jahren im Heim war Jana so etwas wie eine Schwester für mich geworden, auf die ich zwar manchmal sauer war, aber die mir trotzdem nahe war. Ich hatte niemanden sonst.

Jana fühlte wohl dasselbe. Im Unterschied zu mir ahnte sie zwar, dass irgendwo in der grauen Welt vor den Toren des Genesungsheims ihre Mutter lebte, und sicher hoffte sie, dass sie sich eines Tages wiedersehen würden, aber in unserem Haus *Zu den fünf Eichen* hatte sie nur mich.

November 1994

Meine liebe Lenička,
Oma sagt, dass du sehr schön malen kannst und zum Kunstunterricht gehst! Schade, dass du mir kein gemaltes Bild schicken kannst, ich würde es mir unters Kopfkissen zu deinen Briefen legen. [redacted], jedenfalls stelle ich mir das so vor. Als ich in der vierten Klasse war, so wie du jetzt, habe ich mich in die Bücher verliebt. Ich habe von Lotte und Luise gelesen, [redacted] und über die Mammutjäger. Ich bin auch Fahrrad gefahren und im Winter auf dem Teich in Podlesí Schlittschuh gelaufen. Ich hatte wunderschöne weiße Schlittschuhe, vielleicht findet Opa sie noch im Keller und du kannst sie ausprobieren. [redacted] werde ich bei dir sein und dir alles beibringen.

Ich habe dich sehr lieb, vergiss das nicht.

Deine Mama

DREIZEHNTES KAPITEL

Marie, genannt Maja
Herbst 2004

Maja wurde nach vierzehn Jahren, zehn Monaten und acht Tagen entlassen. Die Mitteilung über die Freilassung auf Bewährung kam aus heiterem Himmel – nur eine Woche, bevor das Gefängnistor hinter Maja zuschlug und sie in eine Welt zurückkehrte, die sich so lange Zeit ohne sie gedreht hatte.

In den fast fünfzehn Jahren war die Menschheit vorangeschritten, nur hinter den Vorhang des sozialistischen Blocks waren nicht allzu viele Veränderungen durchgedrungen. Der Staat nutzte den wissenschaftlichen und technischen Fortschritt zum Schutz gegen den äußeren und – den viel gefürchteteren – inneren Feind. Die einfachen Bewohner der sozialistischen Freilichtmuseen jedoch hatten weder die Gelegenheit noch die Hoffnung, die neuen Errungenschaften, deren Existenz sie nur erahnen konnten, näher kennenzulernen, geschweige denn zu nutzen.

In den Ländern der freien Welt, die von Majas durch eine hohe Mauer getrennt war, die nicht nur aus Ziegeln und Stacheldraht, sondern auch aus gezielter und gut durchdachter Desinformation bestand, kommunizierten die Menschen übers Mobiltelefon oder E-Mail. Maja dagegen konnte nur hoffen, dass ihr Brief, den sie erst im letzten Moment nach Erhalt der Entlassungspapiere abschicken konnte, rechtzeitig bei den Eltern ankam. Sonst würde sie wohl in der Trainingshose und in Joskas Mantel, in denen sie vor fünfzehn Jahren aus dem Haus geschleppt wurde, vor dem Gefängnistor sitzenbleiben.

Die Nacht vor der überraschenden Entlassung schien ihr länger zu sein als die ganzen vergangenen Jahre. Sie zählte jede Sekunde und die Sekunden zu Minuten zusammen. Ihr Blut floss so wild durch ihren Körper, dass sie es nicht schaffte, ruhig zu liegen, und sich alle Augenblicke von einer Seite auf die andere wälzte. Auf einmal störte das gedämpfte Deckenlicht wieder, das sie vor langer Zeit gelernt hatte zu ignorieren. Durch ihren Kopf jagten Vorstellungen, was noch alles passieren und ihre Freiheit bedrohen könnte, selbst wenn es nur eine auf Bewährung war. Es war so leicht, gegen die Gefängnisordnung zu verstoßen und nicht freigelassen zu werden. Das hatte sie mehr als einmal mitansehen müssen.

Am Morgen war ihr der Hals vor Furcht zugeschnürt. Sie aß nur ein paar Bissen vom Frühstück, ging zum letzten Mal in Begleitung des Aufsehers durch die kalten Gänge, unterschrieb ein Papier mit der Erklärung, dass sie über die hinter Gittern verbrachten Jahre mit niemandem sprechen würde, und dass sie den verwaschenen, blauen Trainingsanzug, in dem der Staat sie entließ, an die Gefängnisadresse zurücksenden würde.

Endlich war sie draußen. Hinter sich hörte sie das Geräusch des zugeschobenen Riegels. Der Schlüssel klirrte im Schloss und Maja schaute sich um.

Sie sah niemanden. Die granitgepflasterte Straße war leer, keine Autos, keine Menschen. Sie wollte auf den gegenüberliegenden Gehweg wechseln, aber beim Blick auf den herabgefallenen Putz, die rissigen Wände und das Holz, das aus den verblendeten Fenstern der zweistöckigen Stadthäuser ragte, blieb sie stehen. Sie hatte das Gefühl, durch ein schwarzes Loch gekommen und auf einem anderen Planeten oder in einer anderen Zeit gelandet zu sein. Ihr schoss der Gedanke durch den Kopf, die Menschheit könne von einer unerwarteten Katastrophe erfasst worden sein. Dann wären die einzigen Reste von Leben jetzt dort, woher sie kam – in den Gefängniszellen. Panik stieg in ihr hoch, aber dann schüttelte sie den Kopf und lachte über sich selbst wegen dieser unsinnigen Vorstellung.

Sie hob den Kopf zur Kamera über dem Eingang und machte einen Schritt zur Seite, um aus dem Blickfeld zu kommen. Aber dann bemerkte sie eine weitere Kamera auf der anderen Türseite und ging weiter in die Straßenmitte. An das allgegenwärtige Kameraauge hatte sie sich nicht gewöhnen können, obwohl es im Gefängnis nur wenige Ecken gab, wo man sich davor verstecken konnte. Maja hatte aber nicht gedacht, dass sie den Objektiven auch auf der Straße nicht entgehen würde.

Beide Enden der staubigen Straße waren verschlossen. Rechts lehnte sich eine Gestalt in grüner Jacke über die Schranke und winkte mit beiden Händen. Maja sah sich wieder um. Außer ihr war niemand auf der Straße. Sie ging langsam los und nach ein paar Schritten erkannte sie ihren Vater. Sie wollte loslaufen, hatte aber gleichzeitig Angst. Sie hatte gehofft, dass alle kommen würden – Papa, Mama und Lenička, vor allem Lenička. Seit der Verhaftung hatte sie die Tochter nicht gesehen, kannte sie nur aus den Briefen, die ihr die Mutter zweimal im Jahr schrieb. In jedem Brief war die letzte Zeile von Leničkas Hand dazugeschrieben. Im Laufe der Jahre änderte sich die Schrift von einer kindlichen über eine mädchenhafte bis zu einer schwungvollen Oberschülerschrift. *Mir geht es gut und ich schicke ein Küsschen.*

Und jetzt stand der Vater ganz allein hinter der Schranke, sah zu, wie sie näherkam und wischte sich mit einem zerknüllten Taschentuch die Tränen ab.

Die letzten paar Meter lief Maja doch noch, zwängte sich durch den engen Spalt zwischen der Schrankenspitze und der Wand des angrenzenden Hauses und presste sich an Vaters dürren Brustkorb. Er zog sie an sich und Maja dachte, dass sie sich gar nicht erinnerte, wann der Vater sie zuletzt umarmt hatte. In ihrer Familie war es nie üblich gewesen, gegenseitige Sympathien durch Berührungen auszudrücken, ja eigentlich nicht einmal durch Worte. Wenn sie die Zeit zurückdrehen könnte – und das hatte sie sich in den vergangenen fünfzehn Jahren sicher tausend Mal gewünscht –, würde sie ihre Liebsten jeden Tag umarmen.

Sie fühlte, wie des Vaters Brust von unterdrückten Schluchzern geschüttelt wurde. Sie zog sich ein bisschen zurück und schaute ihn an. »Und wo ist Lenička? Und Mama?«

Er schüttelte den Kopf. »Zu Hause, ich erzähle dir alles zu Hause«, sagte er, umfasste ihre Schulter und führte sie zum Auto, das ein Stück entfernt geparkt war.

Dann sagte er es ihr doch gleich, als sie in den alten Škoda eingestiegen waren. Maja schluchzte und der Vater umarmte mit einer Hand ihre Schulter und drückte sie an sich. Er schaute durch die Frontscheibe auf die geflickte Straße und schwieg. Er konnte nichts sagen oder tun, was Maja helfen würde.

Die Stille wurde durch ein Hämmern auf das Autodach unterbrochen. »Was steht ihr hier so lange rum? Willst du dahin zurück, oder was?« Ein Soldat mit einer Maschinenpistole über der Schulter beugte sich hinunter und schaute zu ihnen hinein. »Verschwindet!«

Der Vater drehte den Zündschlüssel und der Motor sprang an.

–

Sie hatte keine Mama, sie hatte keinen Ehemann, sie hatte keine Kinder und auch keine Tränen mehr, um sie zu betrauern. Sie hatte sich schon mit dem Gedanken ausgesöhnt, dass sie Joska und Kubík vermissen würde, obwohl sie sich manchmal vorstellte, in der Zukunft könnte ein Wunder geschehen und sie würden sich wiedersehen.

Jetzt waren auch die Mama und Lenička fort.

»Ich habe im Gefängnis angerufen und um einen außerordentlichen Besuch gebeten, um dir zu sagen, dass Mama gestorben ist. Aber sie haben es nicht gestattet. Ich wollte nicht, dass du aus einem Brief von Mamas Tod erfährst.«

Sie waren in der Wohnung, in der Maja ihre gesamte Kindheit verlebt hatte und in die sie in den letzten Jahren nur in ihren Erinnerungen zurückkehren konnte. Jetzt saß sie mit gesenktem Kopf da und starrte auf den Küchentisch. Mama war nicht da, Lenička war nicht da. Ihr war jetzt alles egal. Gefängnis oder Einsamkeit … Was spielte das für eine Rolle.

»Es ging ihr ein paar Tage schlecht, wir dachten, das sei vom Essen. Sie warf ja nie etwas weg, du weißt doch, wie sparsam sie war.«

Nein, daran erinnerte sich Maja nicht. Sie erinnerte sich, wie wundervolle Liwanzen sie gemacht hatte und dass sie es nicht ertrug, wenn Papa rauchte. Sie meinte immer, sie wolle keine Witwe werden.

»Wir dachten nicht, dass es so schlecht stand.« Papa sprach abgehackt, als müsste er die Erinnerungen an diese Zeit aus den untersten Erinnerungsschubladen hervorkramen.

»Sie kam ins Krankenhaus und als ich ihr die Tasche mit den Sachen bringen wollte, sagten sie … sagten sie mir, dass sie nicht mehr war.« Er gab einen Laut von sich, der ein Schluchzer sein sollte, aber weil er ihn unterdrücken wollte, verwandelte er sich in ein schwaches Wimmern. Das weckte Maja aus ihrer Bewegungslosigkeit. Sie streckte die Hand aus und legte sie auf die Hand ihres Papas.

»Ich habe mich nicht einmal verabschiedet.«

Über das Bedürfnis, sich zu verabschieden, wusste Maja absolut alles. Die Menschen verschwanden aus ihrem Leben und sie konnte keinem ihrer Liebsten Ade sagen.

»Sie hatte dich sehr gern, das weißt du. Deshalb wollte sie nicht, dass du wusstest, dass man uns auch Lenička weggenommen hatte. Sie dachte, das sei leichter so für dich«, flüsterte Papa.

Die Tomans hatten das gar nicht verabredet, die Lüge entstand bei ihrem ersten Besuch im Gefängnis aus einem plötzlichen Impuls. Als sie sahen, wie verändert Maja war, bekamen sie einen Schreck. Sie war dünn geworden, die Wangenknochen standen hervor, die Wangen selbst waren eingefallen und die Augen matt. Sie kam ihnen wie eine alte, ausgeblichene Fotografie vor, die man in der Schreibtischschublade vergessen hatte.

»Ich konnte ihr nicht den letzten Grund zu leben nehmen«, sagte Anna damals zu ihrem Mann, als der Besuch zu Ende war und das Gefängnis sie nach einer gründlichen Kontrolle gnädig aus seinen Mauern entließ. »Wir sagen es ihr, wenn es ihr besser geht und sich eine passende Gelegenheit bietet.«

Nur kam keine passende Gelegenheit. Maja klammerte sich an den Gedanken an ein Wiedersehen mit ihrer Tochter. Beide Briefe, die sie innerhalb eines Jahres schreiben durfte, waren zwar an die Eltern adressiert, aber vor allem für Lenka bestimmt. Auf der erlaubten Seite wand sie aus

Gedanken ein Band, das nur ein einziges Ziel hatte – die Tochter wissen zu lassen, dass sie eine Mama hatte, die an sie dachte, sie liebte und in der Hoffnung lebte, dass sie in der Zukunft wieder eine Familie sein würden. Während der seltenen Besuche interessierte sich Maja für nichts anderes als Lenka. Sie sog jedes Wort gierig auf, prägte es sich ein und lächelte, als bekäme sie die Nährstoffe, von denen sie ein weiteres halbes Jahr leben würde.

Es wurde immer schwieriger zu lügen. Maja erinnerte sich viel besser als die Eltern an jedes Detail, das sie ihr erzählt hatten, fragte sie nach Dingen aus, auf die sie nicht vorbereitet waren, und die Eltern verstrickten sich immer tiefer in ihren Erfindungen. Bis sie an eine Kreuzung kamen, an der ihnen bewusst wurde, dass keiner der möglichen Wege zu einem glücklichen Ende führen würde. Also entschlossen sie sich, weiterzumachen und für ihre Tochter eine Welt zu erschaffen, in der die Hoffnung weiterlebte.

Mirka, die Tochter der Nachbarn, war nur ein paar Monate jünger als Lenka. Wenn sie sorgfältig und vorsichtig die Briefe ins Gefängnis schrieb, dachte Anna an sie. Solche Marienkäfer würde Lenička jetzt auch in den Haaren tragen, sie würde so laut grüßen und vielleicht sich auch den Ellbogen an dem Kinderwagen aufschürfen, den jemand unordentlich unter den Briefkästen abgestellt hatte. Und als Mirka in die erste Klasse kam, bat Anna ihre Eltern um eine Gefälligkeit. »Wäre Mirka vielleicht so nett und könnte wenigstens einen Satz in den Brief für Maja schreiben?«

Die Nachbarn wussten, wie einsam die Eheleute Toman waren, und sie taten ihnen leid, aber die Zeiten waren unsicher und das war ganz sicher Betrug. Wenn auch an einem Einzelnen verübt, und dazu noch an jemandem, der wegen staatsfeindlichen Handlungen im Gefängnis saß, was sicher nicht so streng beurteilt werden würde wie ein Vergehen gegen den Staat. »Wir denken darüber nach«, sagten sie.

Anna sah, dass sie zögerten, und fügte deshalb hinzu: »Wenn daraus irgendwelche Unannehmlichkeiten entstehen, sage ich natürlich, dass ich das geschrieben habe. Ich würde Sie mit keinem Wort erwähnen. Aber eine Kinderhand bleibt doch eine Kinderhand. Maja würde sich über ein paar Worte von der Tochter freuen.«

»Aber nur einen Satz«, erklärten sich die Nachbarn nach einem Familienrat einverstanden. Und so konnte Maja am Ende jedes Briefes einen Satz lesen, der mit der immer sicherer werdenden Hand des Mädchens geschrieben war. Einen einzigen Satz, den sie so oft und so lange ansah, dass sie jeden Haken, die Verbindung der Wörter und die Stärke des Strichs kannte. Den Satz, den alle halbe Jahre die blonde Mirka von den Nachbarn aus dem dritten Stock schrieb. Jetzt stürzten ihre aus Buchstaben erschaffenen Träume zusammen und verschütteten die Zukunft, die sich Maja aus den dünnen Linien der Mädchenschrift gesponnen hatte. Sie bildeten Stricke, wanden sich wie Schlangen um ihren Hals und nahmen ihr die Kraft, den kommenden Tagen, Wochen, Monaten und Jahren entgegenzutreten.

In dem tiefen, leeren Loch, das Maja in sich fühlte, löste sich alles auf.

Pläne, Hoffnungen, die Zukunft. Übrig blieb nur die Angst, dass die Leute sie nicht annehmen. Die Furcht, dass sie nach fünfzehn Jahren Isolation das alltägliche Leben nicht bewältigen würde.

Als sie sich in der Wohnung umsah, in der sich während ihrer Abwesenheit nicht einmal die Kissenbezüge geändert hatten, sah sie die Traurigkeit und das Elend, in dem die Eltern die ganze Zeit über gelebt hatten. Dieselben Möbel, der Teppich von Hunderttausenden Schritten ausgetreten, die Vorhänge von der Zeit vergilbt. Angeschlagene Tassen, gesprungene Teller, die gestopfte Tischdecke. Kein Buch war dazugekommen, kein Bild, keine Figur und auch keine zweckfreie Kleinigkeit, wie sie sich die Menschen einfach so zur Freude anschafften.

»Wir konnten nichts tun, überhaupt nichts«, flüsterte Papa. »Sie kamen einfach eines Tages und nahmen Lenička fort.«

Er schüttelte sich, als hörte er wieder das Klingeln an der Wohnungstür. Seit den Verhaftungen im November waren damals schon ein paar Wochen vergangen und das neue Jahr hatte gerade angefangen. Von Maja und ihrem Mann hatten die Tomans noch immer keine Nachrichten, aber sie hofften weiter, dass sie zurückkommen würden. Einige der Verhafteten wurden nach ein paar Tagen oder Wochen entlassen. Über die Festnahme sprachen sie nicht und versteckten sich lange hinter ihren Wohnungstüren. Wie verängstigte Tiere, die sich ihre Wunden lecken. In den Briefkästen der Familien anderer Verhafteter tauchten Briefumschläge mit den Urteilen auf, die in der Zeit des Ausnahmezustandes ergangen waren. Die Strafhöhe war unterschiedlich, bei vielen ging es um mehrere Jahre. Aber Majas Eltern beneideten sogar diese Familien, weil sie wenigstens die fürchterliche Ungewissheit los waren. Die Tomans standen ganze Tage am Fenster, merkten bei jedem Schlagen der Fahrstuhltür auf und kontrollierten, wenn sie gingen und wiederkamen, den Briefkasten.

Vor Lenka, die durch die ganzen Veränderungen verunsichert war und sie mit Fragen nach den Eltern und dem Bruder bestürmte, versuchten sie, sich ihre Angst nicht anmerken zu lassen. Aber Lenka spürte sie. Sie ging ihnen auf

Schritt und Tritt hinterher, weigerte sich, auch nur eine Minute allein zu bleiben. Sie spielte zu Füßen der Großmutter, saß beim Großvater auf dem Schoß, wenn er ihr vorlas, und beim abendlichen Zubettgehen musste einer von ihnen ihre Hand halten. Sie schlief zwischen ihnen im großen Ehebett, aber das Licht im Flur sollte trotzdem angeschaltet bleiben, damit sie sich in der Nacht jeder Zeit versichern konnte, dass sie noch da waren.

»Darin kam sie nach dir«, sagte der Papa zu Maja, »du hattest auch Angst vor der Dunkelheit.«

Im Gefängnis hatte ich nachts mehr als genug Licht, dachte Maja.

–

Weihnachten im Dezember ´89 begingen die Tomans nur mit Fichtenzweigen in einer Vase und einem Märchenbuch für Lenka. Das Abendessen bestand aus einem dürftigen Kartoffelsalat und panierten Fischfilets. Einen Karpfen hatte in diesem Jahr am Heiligabend kaum jemand auf dem Tisch. Die meisten gefangenen Fische verendeten während des mehrtägigen Ausnahmezustands und dem Ausgangsverbot in ihren Behältern.

Den Rest des Abends saßen sie vor dem Fernsehbildschirm, betäubten ihre Gedanken mit einem Märchen und versuchten, nicht an die zu denken, die noch vor einem Jahr mit ihnen zusammenwaren.

Von Majas Verurteilung erfuhren die Tomans Anfang Januar. Die amtliche Mitteilung fanden sie nicht im Briefkasten, sondern bekamen sie von zwei Angehörigen der Öffentlichen Sicherheit überbracht. Als Papa die Tür öffnete und die Gestalten in Uniform sah, dachte er, sie seien doch noch gekommen, um ihn zu verhaften. Einer der beiden Staatsdiener hob nur leicht seine Hand zur Schirmmütze, als wolle er salutieren, überlegte es sich dann aber anders – schließlich konnte er nicht jeden Zivilisten grüßen – und übergab ihm zwei amtliche Briefumschläge.

Papa nahm sie automatisch.

»Können wir eintreten?«, fragte der Mann, aber das war eine überflüssige Frage, weil die beiden Uniformierten schon durch den Flur zum Wohnzimmer gingen. »Wir haben Befehl, die minderjährige Tochter von Marie und Josef Hajný zu übernehmen und sie in eine staatliche Einrichtung zu bringen. Bereiten Sie sie bitte zur Überführung vor.«

Radek versagten die Beine. »Nein, nicht ...«, sagte Anna hinter ihm. Lenka fasste ihre Hand und drückte sich an sie.

»Bitte, nehmen Sie sie uns nicht weg«, flüsterte Anna, um Lenka nicht noch mehr zu erschrecken.

»Das ist ein Gerichtsbeschluss«, sagte der Polizist unnachgiebig. Trotz aller Entschlossenheit war ihm anzusehen, dass es ihm unangenehm war. Schließlich war er nicht Ordnungshüter geworden, um den Familien die Kinder wegzunehmen. »Sie können dagegen Widerspruch einlegen«, nickte er in Richtung der beiden Umschläge, die Papa immer noch in der Hand hielt. »Das steht da drin.«

»Nein, bitte nicht!«, verhandelte Anna, obwohl sie wusste, dass es sinnlos war.

Lenka sah, dass die Erwachsenen aufgeregt waren, und fing an zu weinen.

»Packen Sie ihr Kleidung ein«, forderte der Polizist Anna auf, aber die kniete sich hin und drückte Lenka fest an sich. Radek stand neben ihnen, öffnete mit zitternden Händen die Umschläge und versuchte, darin eine Erklärung zu finden.

Der Polizist schüttelte ärgerlich den Kopf. Warum machten sie es ihm noch schwerer? Schließlich benahm er sich anständig. »Haben Sie gehört? Sollen wir Sie auch mitnehmen?«

Als sich weder Anna noch Radek bewegten, ging er in den Flur, riss die Stofftasche vom Haken, in der Anna immer den Einkauf trug, lief durch den Flur, drang ins Schlafzimmer ein, öffnete eine Schublade nach der anderen, bis er Lenkas Sachen gefunden hatte, stopfte alles, was hineinpasste, wahllos in die Tasche, schnappte im Flur die Kinderjacke und kam ins Wohnzimmer zurück. Er nickte seinem Kollegen zu: »Nimm sie.«

Der andere Polizist, der bis jetzt untätig herumstand, trat an Anna heran. Die drückte Lenka noch fester an sich. »Bitte«, flüsterte sie wieder.

Der Mensch von der Öffentlichen Sicherheit packte Lenka und begann sie Anna aus den Armen zu zerren. Radek machte einen Schritt auf sie zu.

»Geben Sie sie sofort her, sonst beschuldige ich Sie des Angriffs auf eine Amtsperson«, schrie der Polizist mit der Stofftasche in der Hand.

Radek blieb stehen und Annas Griff ließ nach.

»Schuhe, sie hat keine Schuhe!«, schrie sie auf, als der Polizist mit Lenka in Richtung Tür ging. Sie setzte das Mädchen auf den Schuhschrank und half ihr, die Schuhe anzuziehen. Lenka weinte, zitterte und versuchte, sich wieder an sie zu drücken.

»Lenička, das ist nur für ein paar Tage, wir kommen dich bald wieder abholen«, flüsterte Anna, drückte sie ein letztes Mal an sich, setzte ihr die Mütze auf den Kopf, wischte der Kleinen mit dem Daumen die Tränen aus dem Gesicht und lächelte sie verkrampft an.

Dann streckte der Polizist seine Pranken nach Lenka aus, nahm sie auf den Arm und trug sie weg.

–

»In einem Brief teilten sie uns mit, dass du zwanzig Jahre bekommen hast«, fuhr der Vater fort. »Zwanzig Jahre für Zerrüttung der Republik.« Er schüttelte den Kopf. »Und in dem zweiten Brief stand, dass Lenkas Erziehung der Staat übernimmt, weil die Familie in der Erziehung versagt hat. Wir sind dann alle Ämter abgelaufen, haben Papiere mit Anträgen auf Übertragung des Sorgerechts an uns ausgefüllt. Aber wir haben nur ablehnende Antworten bekommen. In der Begründung stand, dass wir bei der Erziehung unserer Tochter versagt und nicht verhindert haben, dass unser Enkel ins kapitalistische Ausland verschleppt wurde. Die Behörden befanden uns nicht für geeignet, ein Kind zu erziehen.« Er schluckte schwer. »Es tut mir so leid, tut mir so furchtbar leid …«

Maja löste endlich den Blick von der Tischplatte und sah den einzigen Menschen an, der ihr noch verblieben war. Sie hätte ihm gern gesagt, dass er doch nichts dafürkonnte, er hatte immer nur das getan, was er für das Beste für sie hielt, aber sie konnte es nicht aussprechen.

»Damals hatte Mama ihren ersten Infarkt.« Der Vater flüsterte fast. »Als sie aus dem Krankenhaus kam, sagte sie, wir sollten anfangen, uns auf deine Rückkehr vorzubereiten. Alles, was sie seitdem tat, tat sie nur für dich.« Er schwieg einen Moment. »Und jetzt bist du endlich hier.«

Maja drückte ihm die Hand.

»Ich habe einen vorgeschriebenen Aufenthaltsort. Spätestens am Montag muss ich mich im Grenzgebiet melden, in Poloce«, sagte sie nach einer Weile.

Der Vater nickte. »Ich weiß. Ich bringe dich hin.«

VIERZEHNTES KAPITEL

Marie, genannt Maja
Herbst 2004

Der wahre Grund für Majas vorzeitige Entlassung war aber nicht gute Führung, wie es in der Entlassungsurkunde angegeben wurde, sondern die schlichte Tatsache, dass die Gefängnisse überfüllt waren. Ein verängstigtes Volk ist ein gehorsames Volk, und so musste immer mal jemand, der sich zu weit aus dem Fenster lehnte, eingebunkert werden, damit es so blieb. Nach ein paar Jahren wird jeder zahm – und falls zufälligerweise nicht, war es kein Problem, ihn wieder einzulochen.

Am besten behielt man natürlich verdächtige Typen auch nach der Freilassung unter Kontrolle, damit sie nicht wieder zu selbstbewusst wurden, aber am allereinfachsten war es, sie von den Orten, wo man sie kannte und wo sie Wurzeln hatten, irgendwohin aufs Land zu verpflanzen.

Die Leute auf dem Land haben ihre Nachbarn im Blick. Wenn jemand Neues auftaucht, steht er sofort im Mittelpunkt des Interesses. Die Ortsansässigen bewachen ihn besser als die Angehörigen des Korps für Nationale Sicherheit.

Und Arbeitskräfte gab es in der Landwirtschaft nie genug. Sollen diese Tagediebe sich mal schön am Aufbau der sozialistischen Heimat beteiligen.

In den Fünfzigerjahren wurden die reaktionären Bourgeois auch in die Genossenschaften und die Fabriken zum Arbeiten geschickt – und wie gut das klappte! Sehr schade, dass man später von den bewährten Methoden abließ. Wie sich nämlich herausstellte, war das ein Fehler. Ein großer

Fehler, der fast zu einem bösen Ende geführt hätte. Nein, nein, man darf den Leuten die Zügel nicht lockerlassen. Die finden gleich etwas, was ihnen nicht gefällt, und schon ziehen sie auf den Marktplatz und schreien dort herum.

Also bekam Maja eine Zuweisung zur Arbeit in der Einheitlichen landwirtschaftlichen Genossenschaft in Poloce, einer Zentralgemeinde in der Grenzregion, mehr als zweihundert Kilometer vom heimatlichen Meziříčí entfernt.

Aus dem Gefängnis hatte Maja nur Joskas alten Mantel mit heimgebracht. Mehr hatte sie nicht. Der gesamte Besitz der Volksverräter war nach dem November 1989 dem Staat zugefallen. Die frei gewordenen Wohnungen wurden gerecht nach der Warteliste verteilt – die besten bekamen diejenigen, die nicht ins Wanken geraten waren oder sich aktiv in den Kampf gegen die Feinde des Sozialismus eingereiht hatten. Sie bekamen die Wohnungen mit der gesamten Einrichtung – den Möbeln, Teppichen und auch dem Inhalt der Schränke und Schubladen, die meistens schon etwas geleert waren, weil die Sicherheitsorgane als erste in den konfiszierten Wohnungen waren. Die Ordnungshüter durchsuchten die Schubladen, Nachttische und Wäscheschränke nach Beweisen für staatsfeindliche Tätigkeiten und es war kein Wunder, dass so manches Interessante in tiefen Taschen verschwand.

Was soll's, dachte Maja. Sie trauerte dem beschlagnahmten Besitz nicht hinterher, so weit war sie noch nicht wieder zu sich gekommen, dass sie an Materiellem hing. Erst später dachte sie an die Sachen. Viel später, als sie begann, sich ein neues Zuhause einzurichten. Gerade eben hatte sie keine Lust, hinaus unter Leute zu gehen. Sie war weder auf die Stadt noch auf die Nachbarn neugierig, die sie damals kannte. Es war ihr völlig egal, was sie anzog, sie wollte darüber nicht einmal nachdenken. Sie hoffte, ein paar Kleidungsstücke in Mamas Schrank zu finden. Sie waren immer gleich groß gewesen und in der letzten Zeit auch genauso dünn.

Als Maja aber den Schrank öffnete, stellte sie fest, dass er fast leer war. Den Mantel, der dort hing, kannte sie noch aus der Zeit vor der Verhaftung. Sie erkannte den grünen Pullover, den Anna Tomanová sich selbst gestrickt hatte, und auch die oft gewaschene, geblümte Bluse. Aus den Schubladen drang der so gut bekannte Seifenduft in ihre Nase und rief eine neue Welle Trauer und Tränen hervor. Sie schlug den Schrank heftig zu und bat den Vater, mit ihr einkaufen zu gehen.

Sie hatte Angst, allein zu gehen. Schon lange war sie nirgendwo mehr gewesen und jetzt fürchtete sie, nicht die Straße überqueren zu können oder sich in der Stadt zu verlaufen, in der sie jahrelang gelebt hatte … Vielleicht würde ihr der Mut fehlen, die Tür zum Geschäft zu öffnen, schließlich hatte sie fünfzehn Jahre lang keine Klinke mehr in der Hand gehabt. Vielleicht wüsste sie nicht, wie sie die Verkäuferin ansprechen und um Rat bitten sollte. Sie hatte keine Ahnung, ob die Geschäfte da waren, wo sie dachte, und ob sie den Blick auf den Platz ertragen können würde, auf dem sie einen Hauch von Freiheit geschnuppert hatte.

Sie gingen in Richtung Stadtzentrum. Langsam. An Vaters Beinen klebten die durchlebten Jahre und an Majas die Unsicherheit.

Die Siedlung hatte sich nicht verändert, vielleicht war sie nur ein bisschen mehr abgeblättert, und die wenigen Bäume – die, die sich gegen Sommerhitze, Winterfröste und menschliche Rücksichtslosigkeit verteidigen konnten – waren zu einer beachtlichen Höhe herangewachsen. Dann hörten sie den Fluss rauschen und kamen zur Brücke. In diesem Augenblick war Maja froh, dass der Vater bei ihr war. Die Straßen mit den Einfamilienhäusern und den Gärtchen, die sich bis zum Fußweg am Fluss herunterzogen, waren verschwunden. Vor Maja ragte eine Wand aus Plattenbauten mit schwarz gestrichenen Balkons auf. Ein Haus wie das andere, auf beiden Ufern. Sie blieb unentschlossen stehen.

»Hier entlang, am Fluss«, sagte Papa. »Dort ist es ruhiger.«

Sie gingen an den Plattenbauten vorbei und über ein paar bröckelnde Stufen hoch zu einer eisernen Fußgängerbrücke. Sie gingen langsam, die Oberfläche war in dem feuchten Wetter rutschig.

»Wo ist die alte Brücke?« Maja erkannte die Stadt nicht mehr.

»Das Hochwasser hat sie im Juli ´97 zerstört. Sie musste abgerissen werden und provisorisch wurde diese eiserne hergestellt. Aber das haben wir dir doch erzählt.«

Es war ihr entfallen. Im Gefängnis hatte das Leben draußen keine Bedeutung. Damals lag ihr nur an Lenka, daran, dass es der Tochter gut ging.

Sie schaute sich um. »Wo sind die Statuen hingebracht worden? Und wo ist der Kirchturm?«

»Die Kirche wurde abgerissen. Niemand hat sich darum gekümmert, sie war in sehr schlechtem Zustand und soll für die Vorübergehenden eine Gefahr gewesen sein.«

Die Kirche mit dem spitzen Turm, in welche die Großmutter jede Woche ging? Als Maja klein war, hatte die Großmutter sie manchmal mitgenommen, aber dann war sie in die erste Klasse gekommen und die Eltern verboten Maja die sonntäglichen Kirchgänge.

Maja kam der schwere Geruch der Kerzen in Erinnerung, die erhabene Stille des Kirchenschiffes und das Echo von Großmutters Schritten. Der Gesang erhob sich zur gewölbten Decke und wurde von den weißen Wänden zurückgeworfen. Die Heiligen auf den Bildern und die Statuen hörten den Liedern viel aufmerksamer zu als Maja, die es nicht erwarten konnte, dass die Glocke anfing zu läuten. Sie liebte den Glockenklang von Meziříčí.

Mariä-Himmelfahrt-Kirche, so hieß dieses Gotteshaus. Maria, Marie, Majas Schutzpatronin. Die über Maja wachen und sie beschützen sollte. Maja blieb mitten auf der Brücke stehen und sah unwillkürlich zum wolkenverhangenen Himmel auf. Wo sind wir beide nur hingekommen, dachte Maja. Wir haben mehr gemeinsam als nur einen Namen. Beide haben wir unsere Behausung verloren und keine von uns konnte ihre Kinder beschützen.

–

Am anderen Ufer stiegen sie den Hügel hoch und bogen hinter einer Reihe finster aussehender Plattenbauten zum Marktplatz ab. Es war Donnerstagvormittag und die Straßen waren bis auf ein paar Fußgänger und Soldaten leer. Jedes Mal, wenn sie an einer Patrouille vorbeikamen, die in regelmäßigen Abständen auf der Straße standen, verkrampfte sich Majas Magen.

Obwohl sie den Umschlag mit dem Entlassungspapier in der Manteltasche hatte, kam sie sich vor, als hätte sie etwas angestellt. Ohne dabei zu wissen, was. Sie hatte das Gefühl, dass die uniformierten Männer ihre Unsicherheit bemerken, sie anhalten und wieder dorthin zurückschicken könnten, woher sie gekommen war. Heute frei und morgen wieder hinter Gittern. Sie wusste schon, wie leicht das ging. Sie kannte die Schicksale der mit ihr inhaftierten Frauen.

Sie war selbst erstaunt, wie sehr sie fürchtete, wieder ins Gefängnis zu müssen. Noch heute Morgen war ihr alles egal, das Leben hatte keinen Sinn, es lag ihr nichts daran, wo sie war. Und auf einmal sorgte sie sich um ihre Freiheit.

Die Soldaten beachteten sie nicht. Gleichgültig gingen sie durch die Straßen und hielten nur manchmal jemanden an und ließen sich den Personalausweis zeigen. Sie durchblätterten das rote Büchlein flüchtig, gaben es dem Betreffenden schweigend zurück und bedeuteten ihm mit einer Handbewegung weiterzugehen.

Der Platz hatte sich kaum verändert. Nur die Pestsäule war verschwunden und anstelle der Statue des Hl. Florians stand dort eine andere Statue eines gegenwärtigen Heiligen. Auch die Geschäfte waren an ihrem Platz verblieben – die Milchbar, Schuhe, Textilien, Kinderbekleidung. Maja ging mit dem Vater an den Schaufenstern vorbei, in denen die Zeit stehengeblieben war, und ihr schien es, als wären nur zwei Farben in der Stadt übriggeblieben – schwarz und grau. Das Grau hatte die Häuser, das zertrampelte Gras, die Baum- und Strauchgerippe überzogen. Es schwebte vom Himmel auf die blinden Auslagen, die matten Fenster und die unebenen Gehwege herab und spiegelte sich in den Pfützen an den Rändern der schwarzen Asphaltstraßen. Maja schüttelte sich und ging schnell in das Geschäft hinein.

Sie fischte eine Liste aus der Tasche. Unterwäsche, warme Socken, Schlafanzug, Bluse, zwei Pullover, Hose und Jacke. Die Verkäuferin legte die Waren auf die Ladentheke und schaute Maja verstohlen an. Maja war der Blick der Verkäuferin unangenehm. Ohne langes Anprobieren wählte sie aus, was sie brauchte. Es gab sowieso nichts, worüber man hätte lange nachdenken müssen. Die Regale boten keine besonders große Auswahl: Von jeder Sorte ein, zwei

Schnitte, ein paar Farbvarianten. Sie schaffte sich einen gewöhnlichen Trainingsanzug an. Im Gefängnis hatte sie sich zwar vorgenommen, niemals wieder Trainingshosen anzuziehen, aber jetzt war sie froh, dass sie überhaupt welche erstehen konnte.

Bezahlen musste der Vater. Obwohl Maja die ganzen Jahre über im Gefängnis gearbeitet hatte – zuerst in der Sanitätsstelle und dann in der Schraubenherstellung – hatte sie kein Geld mit heimgebracht. Alles war an den Staat gefallen – dafür, dass er ihr viele Jahre lang Essen, Bekleidung und Unterkunft zur Verfügung gestellt hatte.

»Wenn ich etwas verdient habe, gebe ich es dir zurück«, sagte Maja, als der Vater sorgfältig das Kleingeld in das abgewetzte Portemonnaie legte. Sie war nicht erfreut, dass er für sie bezahlen musste. Die Mutter und er hatten so bescheiden gelebt. Maja stellte sich die abgenutzte Wohnungseinrichtung vor, die leeren Schränke, Papas abgetragene Kleidung und die ausgetretenen Schuhe.

Die Verkäuferin sah sie neugierig an und verlangsamte noch mehr das Tempo, in dem sie die ausgelegten Sachen zusammenfaltete und sie in die Regale zurücklegte. Sie musste sich nicht beeilen, Maja und ihr Vater waren die einzigen Kunden.

»Auf Wiedersehen«, nickte der Vater der Verkäuferin zu, nahm Maja am Ellbogen und führte sie aus der Tür. Draußen blieb er stehen, sah sich um und neigte sich Maja näher zu. »Um das Geld mach dir keine Sorgen. Mama und ich haben uns auf deine Rückkehr vorbereitet.«

»Wie vorbereitet?«

Papa ging langsam los. »Ich habe dir gesagt, dass Mama sparsam war. Seit dem Augenblick, als wir von deiner Verhaftung erfuhren, haben wir jede Krone zur Seite gelegt.

Das war die einzige Möglichkeit, dir zu helfen – dir die Rückkehr ins Leben zu erleichtern.«

Maja war in den letzten Stunden oft aufgefallen, wie sehr sich die Vorstellungen von der Freiheit, die sie sich im Gefängnis ausgesponnen hatte, von der Wirklichkeit unterschieden. Trauer anstelle glücklichen Wiedersehens, Leere und eine ungewisse Zukunft anstelle einer frohen Familie. Nichts, überhaupt nichts hatte einen Sinn, dachte sie. Jetzt hier, auf dem Gehweg vor dem Geschäft mit der abgeblätterten Aufschrift Textilien, wurde ihr bewusst, dass sie nie allein war. So, wie ihr fünfzehn Jahre lang der Gedanke an Lenka zu überleben half, lebten die Eltern mit dem Gedanken an sie.

»Danke«, sagte sie. »Danke.«

–

Noch im Gefängnis hatte Maja sich im Kopf eine Liste von Dingen zusammengestellt, die sie tun wollte, wenn sie eines Tages entlassen würde. Auf einem der obersten Plätze stand ein Besuch bei Joskas Eltern.

Sie hoffte nicht mehr, ihren Mann jemals lebend wiederzusehen. In den ersten Monaten nach der Verhaftung war sie davon überzeugt, dass auch Joska vor ein Standgericht gekommen war und seine Strafe in einem Männergefängnis oder einem Arbeitslager verbüßte.

Von Majas Verurteilung erfuhren die Eltern aus einer amtlichen Mitteilung, aber bei Joskas Eltern kam so ein Brief nie an. Auch dass sie von Behörde zu Behörde liefen, blieb ergebnislos. Joskas Name war in keiner Liste von Verhaftungen, er stand nie vor einem Gericht, war in keiner Haftanstalt. Er war einfach verschwunden. Spurlos verschwunden, genauso wie Hunderte, vielleicht Tausende anderer.

Wie viele Menschen verschwunden waren, wusste niemand genau. Die Verwandten sprachen nicht über die verhafteten und verschwundenen Personen. Die offizielle Version, an die jedoch niemand glaubte, zählte sie zu den Verrätern des Sozialismus, die ihre Heimat verlassen hatten. Das war ein Makel, der eine Familie für lange Jahre zeichnete, sie in die Kategorie der Unzuverlässigen einordnete und ihr die Zukunft raubte.

Kinder aus solchen Familien hatten keine Chance auf ein Studium und mussten große Anstrengungen und den dringenden Wunsch, den Sozialismus aufzubauen, zeigen, um wenigstens einen anständigen Beruf erlernen zu können und nicht auf den am wenigsten qualifizierten, am schlechtesten bezahlten Arbeitsplätzen zu landen.

Berufssoldat zu werden war eine der Möglichkeiten, aus der unvermeidlichen Misere herauszukommen. Die Soldaten stellten die Elite des Volkes dar, eine ungeliebte, gefürchtete, aber finanziell gut abgesicherte. Die Armee empfing jeden Interessenten mit offenen Armen. Auch der eine oder andere politische Kratzer störte nicht, nur konnte solch ein Armeeangehöriger nicht mit einer Beförderung rechnen – wenn er nicht durch treuen Dienst an der sozialistischen Heimat eine außerordentliche Ergebenheit bewies. Und so kam es zum größten Paradox – viele Nachkommen der am meisten betroffenen Familien wurden aus rein praktischen Gründen zu den beflissensten und grausamsten Dienern des Regimes.

Maja war nicht die Einzige, die keine Nachricht von ihrem Ehemann hatte. Die Festnahmen rissen Familien auseinander und die Unsicherheit verstärkte in den inhaftierten Frauen die Hilflosigkeit und die Angst. Mehr als eine hielt den Druck der Verzweiflung nicht aus und schied lieber aus dem Leben. Maja verstand sie, aber sie selbst war entschlossen auszuhalten. Nicht nur für ihre Lieben, sondern auch für sich selbst. Das Leben ist ein Geschenk, pflegte die Großmutter zu sagen, und Maja wollte nicht aufgeben. Trotzdem kam sie ein paarmal ins Wanken. Einer dieser Momente war der Augenblick, als sie begriff, dass sie Joska nie wiedersehen würde.

Unaufhörlich kamen immer neue Frauen, die sich schuldig gemacht hatten, ins Gefängnis. Es kamen mehr hinzu, als entlassen wurden, und Maja dachte oft, wie viele Menschen wohl noch in die Strafanstalt hineinpassten. Das Gefängnis kam ihr wie ein Ungeheuer vor, das sich beim Einatmen aufblies und mit der Luft auch zufällig Vorübergehende einsaugte. Und wenn die Lunge voll war, atmete es schlagartig aus und spuckte genauso zufällig ein paar Häftlinge aus. Nach welchem Prinzip die Strafgefangenen entlassen wurden, war ihr ein Rätsel.

Genauso unverständlich waren die Gründe, die die Neuankömmlinge ins Gefängnis brachten. Sie hatten etwas gesagt oder unterschrieben, jemanden getroffen, die Papiere nicht in Ordnung gehabt, waren zur falschen Zeit am falschen Ort. Meistens wussten sie selbst nicht, warum, und auf einmal standen sie wegen subversiver Tätigkeit gegen die Republik vor Gericht. Die Urteile waren aber nicht mehr so drastisch. Im Unterschied zu Majas alter Garde, die direkt nach den Novemberereignissen ins Gefängnis kam und langjährige Strafen verbüßte, blieben die Neuankömmlinge nur ein paar Monate in den Strafanstalten.

Für »die aus dem November« waren die neuen Frauen die einzige Informationsquelle, weil sie aus den zensierten

Briefen und den kurzen, streng überwachten Verwandtenbesuchen nicht viel darüber erfuhren, was sich im Land tat.

Die neuen Strafgefangenen waren zu Beginn verschreckt und verwirrt und hatten Angst zu sprechen. Maja wunderte das nicht. Es dauerte Monate, vielleicht Jahre, bis die gefangenen Frauen Beziehungen untereinander aufbauten und verstanden, wem und wie weit sie vertrauen konnten. Auch im Gefängnis gab es Typen, die für eine vorzeitige Entlassung alles tun würden – auch wenn das einer anderen ein paar zusätzliche Jahre einbringen sollte.

Aus den vorsichtigen Erzählungen der Neuen konnten sich die Häftlinge ein sehr viel genaueres Bild vom Leben draußen machen, als es ihnen die abendliche Fernsehberichterstattung erlaubte, die sie in dem Gemeinschaftsraum genannten, nüchtern eingerichteten Saal verfolgen durften. Auf Grundlage der Berichte von außen war es viel leichter, unter die Oberfläche der idyllischen Fernsehbilder zu schauen und zu verstehen, dass das Regime nur durch Restriktionen funktionierte, die unter einer Schicht rosa angemalter Lügen versteckt waren.

Damals begriff Maja, dass sie Joska nie wiedersehen würde. Verschwunden ist gleich tot, sagten die Neuangekommenen. Hunderte Männer waren gleich nach der Verhaftung erschossen worden. Die Armeeeinheiten gaben das nie zu, aber Massenmorde lassen sich nicht geheimhalten. Die jungen Soldaten aus den Hinrichtungskommandos wurden nach der Niederschlagung der Unruhen befördert, aber viele ertrugen die Last des Tötens nicht und landeten in psychiatrischen Anstalten. Von den Hinrichtungen wussten auch die Leute an den Verbrennungsöfen in den Krematorien, die nicht einmal unter Androhung hoher Strafen schweigen konnten. Kein Geheimnis hält sich ewig. Das

Blut sickert auf den Schießplätzen in den Boden, neues Gras deckt es zu, aber von den Händen lässt es sich nicht abwaschen.

Maja hatte Jahre, um sich an den Gedanken zu gewöhnen, dass Joska nicht mehr war. Sie konnte sich nicht von ihm verabschieden, ihm sagen, dass sie ihn sehr gern hatte, dass er ihr fehlte und sie immer an ihn dachte. Jetzt wollte sie es wenigstens seinen Eltern sagen.

»Geh da nicht hin«, sagte der Vater, als sie ihn bat, mit ihr zu den Hajnýs zu gehen.

»Warum nicht? Wir standen uns doch nah. Wir haben sogar eine Zeitlang bei den Hajnýs gewohnt und ich bin immer gut mit ihnen ausgekommen«, wandte Maja ein.

»Du erinnerst sie nur an Joska.«

»Glaubst du etwa, dass sie ihn vergessen haben? Man kann doch seinen Sohn nicht vergessen.«

»Du machst alles wieder lebendig, sie werden sich unnötig quälen. Du warst fünfzehn Jahre nicht da, du hast selbst gesehen, wie sich alles verändert hat.« Er schwieg eine Weile. »Auch die Menschen.«

»Willst du mir sagen, dass Joskas Eltern mich ungern sehen würden?«

Der Vater nickte nur. In Wahrheit schützte er nicht die Hajnýs, sondern Maja. Er wollte nicht, dass sie ihr dasselbe vorhielten, was sie ihnen vor Jahren entgegengeschrien hatten. Als die Staatssicherheit Lenka abgeholt hatte, machten sich die Tomans zu den Hajnýs auf, um sich mit ihnen zu beraten, was sie tun sollten. Joskas Eltern waren genauso verzweifelt wie die Tomans und Tausende anderer Eltern. Verzweifelt und voller Groll. Ihre Wut richteten sie damals gegen Radek und Anna Toman. Sie schrien sie an, dass sie nicht in der Lage gewesen waren, auf ihre beiden

Enkel aufzupassen. Sie warfen ihnen vor, dass Joska ohne Maja ein ruhiges Leben gelebt hätte. »Er selbst hat sich nie in etwas eingemischt, er ist ein vernünftiger Mensch, Ihre Tochter war es, die ihm mit ihrer ewigen Unzufriedenheit die Probleme eingebrockt hat. Sie hat ihn mit auf den Platz geschleppt und ist mit ihm zu den Versammlungen gefahren. Jetzt sitzt sie im Knast und wer weiß, wo unser Joska verschollen ist. Das ist alles nur ihretwegen passiert!«

Sie schlugen ihnen die Tür vor der Nase zu und sprachen nie wieder ein Wort mit ihnen. Beide Ehepaare begegneten sich manchmal in der Stadt, aber Joskas Eltern taten, als sähen sie die Tomans nicht. Und als Anna starb, kamen sie nicht zur Beerdigung und schickten auch kein Beileidsschreiben.

Radek Toman verstand sie in gewisser Weise. Sie hatten Maja noch, sie wussten, dass sie am Leben war, sie konnten sie besuchen und sich auf ihre Heimkehr freuen.

Die Hajnýs hatten nicht einmal ein Grab, auf das sie Blumen legen konnten.

FÜNFZEHNTES KAPITEL

Marie, genannt Maja
Herbst 2004

Maja ging schließlich doch nicht zu Joskas Eltern. Sie war sich nicht ganz sicher, ob ihr Papa recht hatte, wenn er von dem Besuch abriet, aber sie wollte nicht mit ihm streiten und hatte auch nicht genug Mut und Kraft, den Besuch ohne ihn zu unternehmen. Statt alles nachholen zu wollen, was sie in den Jahren verpasste hatte, wünschte sie sich nichts sehnlicher, als sich im Wohnzimmer auf dem abgewetzten Sofa auszustrecken, sich mit der karierten Decke zuzudecken und sich zu erholen. Den Gedanken an einen Besuch bei den Hajnýs gab sie aber nicht auf, sie verschob ihn nur auf später, wenn sie sich in ihrer neuen Umgebung besser eingerichtet und orientiert haben würde. Obwohl Poloce mehr als zweihundert Kilometer entfernt war, plante sie, so häufig wie möglich zum Vater zu fahren. Sie mussten sich doch schließlich die entgangene Zeit ersetzen.

Dem Vater erzählte sie viele Dinge nicht. Sie wollte ihn nicht mit den Erinnerungen belasten, die sie aus der Haftanstalt mitgebracht hatte. Für sich selbst hoffte sie, dass die Bilder von Erniedrigung und Schikane mit der Zeit aus ihrem Gedächtnis verschwinden würden. Dass sie nicht mehr das Geschrei und die Beschimpfungen der Aufseher in den Ohren hatte. Dass sich die hartnäckigen Rückenschmerzen von der Arbeit in der Schraubenherstellung und der furchtbaren Liege verflüchtigen und der Magen sich an üppigeres Essen gewöhnen würde. Und vor allem sagte sie ihm nicht, dass sie sich in den ersten Tagen nach der Entlassung ein neues Ziel gesetzt und überlegt hatte, wie sie es erreichen könnte.

Maja musste ein Ziel vor Augen haben. Sie war überzeugt, dass man ohne Ziele und Pläne nicht leben konnte. Das Planen hatte ihr geholfen, die Jahre der Haft zu überstehen. Sie nahm sich vor, sobald es nur ein bisschen möglich wäre, ihre Tochter zu suchen. Vielleicht würde sie auch auf irgendwelche Nachrichten über Kubík stoßen. Aber sie musste vorsichtig sein und langsam vorgehen, einen kleinen Schritt nach dem anderen, damit sie nicht die Staatssicherheit reizte. Sie hatte noch fünf Jahre Bewährung. Es brauchte nicht viel, um wieder zurück ins Gefängnis zu müssen. Sicher würden sie ihr auch noch ein paar Jahre zusätzlich aufbrummen. Maja war bewusst, dass jede Art von Erkundigungen gefährlich sein würde, aber sie war bereit, das zu riskieren.

Der Vater behauptete, dass sie überhaupt nichts über Lenkas neues Zuhause in Erfahrung bringen konnten. Die Behörden hatten auf jede Bitte um Information geantwortet, dass das Kind der Obhut der Großeltern entzogen und der Staat vom Gericht als gesetzlicher Vertreter bestellt worden sei, und die Tomans deshalb kein Anrecht auf Informationen hätten.

»Die wollten überhaupt nicht mit uns reden«, erzählte der Vater. »Aber da war eine junge Frau, vielleicht hatte sie auch kleine Kinder, und die benahm sich anständig zu uns. Sie sagte, wir sollen uns keine Sorgen machen, es sei ausgezeichnet für Lenka gesorgt. Mehr wollte sie nicht sagen, sie wisse nicht mehr, und selbst wenn, dürfte sie es nicht sagen. Mama und ich waren dankbar, das hat uns ein klein wenig beruhigt. Wir haben begriffen, dass sie in irgendeine kinderlose Familie zur Adoption gegeben worden war. Das sollte auch für dich ein Trost sein, Maja, bestimmt ist sie in einer Familie, die ihr eine gute Zukunft garantiert.« Unruhig rutschte er herum. »Was für eine Zukunft könnten wir ihr schon bieten?«, fügte er leise hinzu.

Obwohl Maja nichts sagte und so tat, als verstünde sie die väterlichen Argumente, war sie überhaupt nicht mit ihm einverstanden. Sie hatte nicht die Absicht, sich mit dem Gedanken abzufinden, dass Lenka bei fremden Menschen lebte.

Es schmerzte sie, dass ihr Sohn ohne sie aufwuchs, aber er war wenigstens bei seinem leiblichen Vater und lebte in einem freien Land. Maja glaubte, dass die Frau des Chefarztes Jakub wie ihren eigenen Sohn gernhatte, aber dass sie ihm Majas Existenz nicht verheimlichen würde. Kubík wusste bestimmt, dass irgendwo weit weg seine richtige Mama lebte. Und sie wollte, dass auch Lenka das wusste.

In Gedanken notierte sie sich schon die erste Idee. Im Nationalausschuss wussten sie sicher, wohin man Lenka geschickt hatte. Langsam begann sich ihr Plan abzuzeichnen. Sie wollte sich mit jemandem aus dem Amt anfreunden. Bei einem freundschaftlichen Beisammensein wird so Einiges erzählt … Manchmal auch mehr, als erlaubt ist.

Sie musste nur geduldig sein. Einen kleinen Schritt nach dem anderen tun, nichts überstürzen.

Geduldig konnte Maja sein. Das hatte sie in den vergangenen fünfzehn Jahren gelernt. Eine Position ließ sie aber in ihrem Plan außer Acht. Sie machte sich nicht bewusst, dass die Welt jetzt viel schlechter war als jene, die sie vor fünfzehn Jahren ändern wollte.

Das Regime hatte begriffen, dass es keine Wiederholung der Situation aus den 80er Jahren zulassen durfte, wenn es sich an der Macht halten wollte. Außerdem konnte es sich jetzt wieder auf den mächtigen Verbündeten aus dem Osten stützen, die Union der Sozialistischen Sowjetrepubliken.

Nach der Beseitigung des Reformators Gorbatschow und seiner Anhänger installierten die Generäle in der Sowjetunion wieder eine strenge totalitäre Ordnung. Die Armee schluckte riesige Geldsummen und das Lebensniveau im Land sank drastisch, aber die Welt war gezwungen, die UdSSR als eine ernsthafte Bedrohung zu akzeptieren, und die Sowjetbürger – oder wenigstens die meisten von ihnen – fanden sich damit ab. Ihr Mütterchen Russland bestimmte wieder den Lauf der Welt, und das war mehr wert als Wohnungsmangel, Schlangen vor Geschäften mit halbleeren Regalen und ein Regime, das aus ihren Söhnen Soldaten machte. Die kamen entweder als Helden zurück oder als Leichen. Eine Folge der langwierigen Partisanenkämpfe auf dem Territorium derjenigen Sowjetrepubliken, die sich weigerten, das neue Regime zu akzeptieren.

Auf die Militärmacht stützten sich im Übrigen alle Staaten des Ostblocks, obwohl in manchen keine Armeegeneräle an der Regierungsspitze standen, wie es im Fall der Sowjetunion, Polens und der Tschechoslowakischen Sozialistischen Republik war.

Militärputsche haben in der Welt eine lange Tradition. In Südamerika sind sie sogar so häufig, dass die ausländischen Zeitungen ihnen nur die dritte Seite widmen. Für die sowjetischen Generäle und die Armeespitzen der sozialistischen Staaten waren das Vorbilder, von denen man lernen konnte, auch, welche Fehler man vermeiden musste. Für die Erhaltung des gesamten sozialistischen Blocks war es wichtig, ja geradezu unumgänglich, dass der Umsturz im Land von einheimischen bewaffneten Kräften durchgeführt wurde. Hätte er wie eine Okkupation ausgesehen, hätte das die

Bewohner im Widerstand vereinen können. Die Geheimdienste brauchten ein paar Monate, um zuverlässige Leute auszuwählen, die verstanden, dass sie unter fortgesetzten demokratischen Reformen und einem Fall des kommunistischen Regimes ihren Einfluss und die Macht verlieren würden. Wenn sie nicht geradewegs ins Gefängnis kämen.

Im Herbst ´89 waren die Vorbereitungen abgeschlossen. Die Aktion, die den Zerfall des sowjetischen Imperiums abwenden sollte, war ursprünglich für die Nacht vom ersten auf den zweiten Januar des Jahres 1990 geplant. Darin lag ein bisschen Symbolik – ein neues Jahr bringt eine neue Ordnung – und Taktik spielte auch eine Rolle. Am Abend des ersten Januars sind alle noch von der vorhergehenden Nacht erschöpft und das Eingreifen der Armee käme überraschender als an jedem anderen Tag.

Nur wurde die Situation komplizierter. Schon im Sommer ließen die Kommunisten in Polen unter dem Druck der stärker werdenden Solidarność-Bewegung freie Wahlen zu, und das Wahlergebnis schwächte ihre Position erheblich. Es war deutlich, dass sich Polen in Richtung Westen bewegte. Auch in Ungarn wuchs die Anspannung, und als am neunten November die Berliner Mauer fiel, war klar, dass man die Intervention nicht mehr aufschieben konnte.

Man musste die noch schlummernde Tschechoslowakei wecken, damit der Eingriff zu rechtfertigen war, und dann hart durchgreifen. Die Aktion der Staatssicherheit war für den Internationalen Studententag geplant, also für den 17. November.

Junge Menschen begeistern sich leicht und lassen sich zu Protesten hinreißen. Man musste nur das richtige Maß erraten, damit das Vorgehen gegen die Demonstrierenden ausreichend hart war, aber wiederum nicht so hart, dass die

Leute zurückschreckten. Es mussten sich alle zeigen, die in der Lage waren, sich gegen das System zu stellen. Natürlich wusste die Staatssicherheit über manche von ihnen Bescheid und beobachtete sie. Manchmal steckten sie sie auch für eine Weile in den Knast, zum Beispiel diesen Havel und seine Kumpane, aber besser war es, die Sache von Grund auf anzugehen und mögliche subversive Elemente gleich im Keim zu ersticken.

Es war klar, dass die Kommunisten keine große Unterstützung mehr in der Gesellschaft besaßen, aber sie hatten noch immer die Armee, die Geheimpolizei, die Polizei und die Volksmilizen in ihrer Hand. Und wenn man die Herrschaft nicht mehr mit dem Versprechen einer glücklichen Zukunft aufrechterhalten konnte, dann wenigsten mit Angst. Die Macht schmeckt süß und man muss ihr allerlei opfern. Zum Beispiel auch das Glück der Mehrheit des Volkes. Darum sind doch schließlich Diktaturen entstanden.

Für den 27. November 1989 war in der Tschechoslowakei der Generalstreik ausgerufen worden, der dem kommunistischen Regime ein für alle Mal zeigen sollte, dass das Volk nicht wünschte, dass es weiterhin bestand. Und die Nacht vom 26. auf den 27. November wurde von den Armeen und Geheimdiensten als passendstes Datum für die Umkehr der Situation ausgewählt. Die sorgfältig zusammengestellten Pläne wurden aus dem Tresor genommen, Listen der Übeltäter geschrieben, die Aufgaben verteilt. Die wichtigste Rolle spielte das Überraschungsmoment.

Im selben Augenblick, genau um Mitternacht, öffneten sich in allen Staaten des sozialistischen Blocks die Kasernentore, Fernseh- und Rundfunksender wurden abgeschaltet und Telefonleitungen unterbrochen.

Am Morgen waren alle Regimegegner und die, die das Pech hatten, für eine mögliche Bedrohung gehalten zu werden, in vorher ausgewählten, gut bewachten Schulen, Stadien und Hallen zusammengetrieben – oder tot.

Es reicht allerdings nicht, die Macht zu ergreifen, man muss sie auch halten. Die Diktatur des Proletariats hat das Wort Diktatur direkt im Namen, deshalb muss nichts vorgetäuscht werden. Die schwache Regierung musste also einer Regierung mit harter Hand weichen. Die tschechoslowakischen Vertreter hatten im Unterschied zu Michail Gorbatschow, über dessen Schicksal und das seiner Familie und engen Mitarbeiter man nichts wusste, großes Glück. Sie wurden nur in Rente geschickt. Die meisten von ihnen hatten dieses Alter sowieso schon erreicht. Sie ließen sich zufrieden in ihren Häuschen nieder und waren froh, dass der Versuch, sich an den Westen anzuschließen, nicht gelungen war. Wer weiß, wie es für sie ausgegangen wäre. Vielleicht wären sie sogar vor Gericht gekommen!

Die Armee übernahm die Macht im Land und passte auf, dass die roten Sterne, die goldenen Sicheln und Hämmer ihren Glanz nicht verloren.

Als Maja auf Bewährung entlassen wurde, waren fünfzehn Jahre seit den Novemberereignissen vergangen, aber die Armeeautos und die Patrouillen waren aus den Straßen der Städte nicht verschwunden. Sie standen an regelmäßig verteilten Standorten, kontrollierten täglich eine genau festgelegte Anzahl von Personen und brachten gelegentlich jemanden zur Überprüfung in die Dienststuben.

Die Soldaten wurden zur Elite der Nation, einer gefürchteten, auserwählten und privilegierten. Entlang der Straßen standen große Tafeln mit Bildern besonders männlich aussehender Soldaten und in den Städten hingen Plakate, die ihre Wachsamkeit priesen. Jeder kleine Junge träumte davon, später einmal die Uniform anzuziehen, wenn auch nicht jeder sich den Wunsch, in die Armee einzutreten, bis ins Erwachsenenalter bewahrte. Den dreijährigen Armeedienst zu umgehen, war aber nicht leicht, wenn einem nicht eine Gliedmaße oder irgendein wichtiges Organ fehlte – außer dem Gehirn natürlich, in diesem Fall war die Behinderung in der sozialistischen Armee eher ein Vorteil. Das erste Ausbildungsjahr war hart, aber die beiden nächsten Jahre brachten meistens den Wachdienst in den Straßen mit sich. Den Soldaten, die sich bewährten, bot die Armee an, in ihre Reihen einzutreten, und diesem Angebot widerstand kaum jemand. Der Armee anzugehören, bedeutete eine Dienstwohnung zu bekommen, eine gute Bezahlung und eine gesellschaftliche Stellung. Einen noch größeren Einfluss im Staat hatten nur noch die Geheimdienste.

Maja hatte keine Ahnung, wie sehr das Land mit Zuträgern durchsetzt war. Das System gründete sich auf Angst – nicht nur vor der Armee, sondern vor allem vor der Geheimpolizei. Der Nachbar war sich seines Nachbarn nicht sicher, der Kollege nicht seines Kollegen. Selbst Verwandte waren vorsichtig. Es war vorteilhaft, zu spitzeln und Teil des Systems zu werden. Für viele war das Denunzieren moralisch vertretbar, weil der Artikel über die Pflicht, antistaatliche Erscheinungen zu melden, gesetzlich vorgegeben war. Und außerdem – warum sollte man gegen etwas ankämpfen, was man sowieso nicht besiegen konnte …

–

In Poloce kamen Maja und der Vater kurz vor Mittag an. Sie hielten auf dem Dorfplatz, stiegen aus dem Auto und schauten sich nach Hinweisschildern um. Zu sehen waren nur eine Gaststätte und ein Lebensmittelgeschäft. Sie sahen sich um, ob ihnen jemand den Weg zum Gebäude des Nationalausschusses zeigen könnte, aber der Dorfplatz war leer.

Es war ein kalter, klarer Herbsttag. Der Morgennebel, der ihren Weg begleitet hatte, hatte sich in der Zwischenzeit gehoben und Sonnenstrahlen trafen auf die Erde. Sie hatten nicht die Kraft zu wärmen, beschienen aber den kleinen Teich, blitzten durch die nackten Baumkronen und färbten das abgefallene Laub zu ihren Füßen golden. Maja hob den Kopf, schloss die Augen, hielt der Sonne ihr Gesicht hin und atmete tief ein. Der nahende Winter war schon in der Luft zu spüren und Maja fühlte nach den vielen Jahren etwas, was Freude sehr ähnlich war.

»Suchen Sie jemanden?«

Maja drehte sich nach der Stimme um. Aus der Tür des Geschäftes schaute eine rundliche Frau in einem blauen Kittel. Sie gingen zu ihr.

»Guten Tag«, grüßte Radek Toman. »Können Sie uns bitte sagen, wo hier der Nationalausschuss ist?«

»Tag«, quetschte die Verkäuferin heraus und zögerte dann, als hätten sie sie angebettelt, ein Staatsgeheimnis zu verraten. »Was wollen Sie denn da?«

Maja wusste nicht, was sie antworten sollte. Sollte sie etwa jedem erklären, dass sie gerade aus dem Gefängnis entlassen worden war und sich jetzt zur Erfüllung ihrer Arbeitspflicht beim Vorsitzenden des Örtlichen Nationalausschusses in Poloce melden musste?

Ihr Papa war schneller. »Wir haben da etwas zu erledigen.«

»Aha«, sagte die Verkäuferin, als sei ihr die Antwort des Vaters sonnenklar, und nickte mit dem Kopf in Richtung des einstöckigen Gebäudes auf der gegenüberliegenden Seite des Dorfplatzes. »Da, das gelbe ist es. Aber jetzt ist da sowieso keiner. Amtsstunden sind erst am Nachmittag!«

»Und wissen Sie vielleicht, wo wir den Genossen Vorsitzenden finden können?«

Die Verkäuferin machte zwei Schritte nach vorn. Das mächtige Hinterteil schwang von Seite zu Seite. »Nur beim Kaffeechen im Büro der Landwirtschaftsgenossenschaft, woanders kann Nosek nicht sein.« Sie schaute Maja an. »Sie sind die, die uns in die Genossenschaft als Aushilfe geschickt hat, oder?«

Maja nickte verwirrt.

Die Verkäuferin maß sie mit einem Blick von Kopf bis Fuß. »Dann willkommen«, presste sie durch die Zähne, drehte sich ächzend um und verschwand im Geschäft.

Aufs Areal der hiesigen Genossenschaft kam man durch ein offenes Tor mit einem Bogen, auf dem stand: *»Arbeiten für den Frieden«*. Maja erinnerte dieser Anblick an die Fotografien aus den Konzentrationslagern. Schon nach ein paar Metern trafen sie auf den Vorsitzenden. Nicht beim Kaffee, wie von der Verkäuferin vermutet, sondern bei einem Traktor. Er stand neben einem Mann im Arbeitsanzug, murmelte irgendetwas von guten alten Maschinen und verfluchten modernen Technologien.

»Ach, Sie habe ich ganz vergessen!« Er schlug sich mit der verschmierten Hand vor die Stirn. »Ich wollte Ihnen eine Nachricht im Laden hinterlassen, aber wie ich sehe, hat die Genossin Suchánková Sie ohne Bitten in die richtige Richtung geschickt. Auf die ist Verlass. Kommen Sie, kommen Sie«, führte er sie ins Büro der Genossenschaft. »Die Genossin Zdráhalová hier kümmert sich um Sie, sie zeigt Ihnen, wo Sie arbeiten und wo Sie untergebracht werden. Am Nachmittag kommen Sie in den Ausschuss, dann machen wir die Papiere fertig.«

Maja wurde dem Schweinegroßstall zugeteilt und im Wohnheim auf dem Areal der Genossenschaft in einem Zweibettzimmer untergebracht. »In der ersten Etage wohnen die Männer, in der zweiten die Frauen. Zu ihrer Sicherheit natürlich.« Zdráhalová schaute Maja an, ob sie verstand. Sie glaubte es nicht, also fügte sie hinzu: »Sind Sie verheiratet?«

Maja schüttelte den Kopf. »Witwe.« Sie schluckte schwer. Das war das erste Mal, dass sie dieses Wort laut aussprach, und sie hatte das Gefühl, dass sie Joskas Tod gerade eben bestätigt hatte.

»Besuche auf den Zimmern sind nicht gestattet.« Die Genossin Zdráhalová sprach das so aus, als verdächtigte sie Maja, sie könne vorhaben, des Nachts in die Männerzimmer einzudringen und ihre Bewohner zu missbrauchen. Maja musste lächeln. Was würde die Zdráhalová wohl sagen, wenn sie wüsste, dass Maja schon seit fünfzehn Jahren mit keinem Mann zusammen gewesen war?

Das Wohnheim grenzte an den unappetitlich riechenden Schweinestall – aus rein praktischen Gründen, wie die Genossin Zdráhalová Maja mitteilte. »So müssen Sie nicht weit gehen und an den Gestank gewöhnen Sie sich. Bei Ostwind stinkt es sowieso im ganzen Dorf«, fügte sie hinzu, als sie Maja Gummistiefel reichte und sie in den Schweinestall führte.

Maja hatte keine Ahnung, mit wem sie das Zimmer teilen würde, aber beim Anblick des Haufens schmutziger Kleidung auf dem freien Bett machte sie sich keine Hoffnung auf eine ordnungsliebende Mitbewohnerin.

Der Schweinestall befand sich in einer großen Halle, die durch Trennwände in Boxen mit der Größe von ein paar Quadratmetern aufgeteilt war. Darin drängten sich auf kleinem Raum die Schweine, schoben einander, stießen sich mit den Schnauzen, quiekten und versuchten, ihre Köpfe durch die Gitterstangen zu stecken, als hofften sie, so hinauszukommen. Maja ging an den Koben entlang und versuchte, die Panik zu beherrschen, die sie beim Anblick der Tiere überfiel. Die erwarteten ihr Schicksal mit den Beinen im Kot stehend, der hoch auf den Metallrosten lag – genau solchen wie in den Gefängnisgängen.

Am Ende der langen Reihe Koben blieb die Zdráhalová stehen. »Hierher geben wir die trächtigen Sauen.« Sie zeigte auf Metallkäfige. Die waren so schmal, dass sich die Sauen darin nicht umdrehen konnten. Alle waren besetzt.

»Sind sie die ganze Zeit hier?«

»Natürlich nicht. Später kommen sie in die Geburtsboxen. Nach vier Tagen werden die Ferkel entwöhnt, die Sauen lassen wir wieder trächtig werden und sie kommen zurück in die Käfige.«

Aus der Panik wurde Übelkeit. Maja griff sich an den Magen und lief schnell durch den nächsten Ausgang hinaus. Sie beugte sich vornüber und atmete tief durch.

»Das stinkt hier, ich weiß«, hörte sie hinter sich die Zdráhalová. »Aber daran werden Sie sich gewöhnen müssen.« An Gestank bin ich gewöhnt, dachte Maja, aber an diese eingesperrten Tiere werde ich mich nie gewöhnen.

Um zwei Uhr nachmittags klopfte sie an die Tür des Nationalausschusses, wie der Vorsitzende sie gebeten hatte. Der Vater ging sich in der Zwischenzeit im Dorf umschauen.

»Sie sind pünktlich, wie ich sehe«, begrüßte der Vorsitzende Maja.

Die Pünktlichkeit hatte sie sich aus dem Gefängnis mitgebracht. Dort hatte jede Tätigkeit ihre genaue Zeit und ihren genauen Ort.

»Hier habe ich Ihre Papiere, Genossin Hajná«, fuhr der Vorsitzende fort. Seine Hände waren jetzt gewaschen, nur unter den Nägeln waren noch Reste von schwarzer Wagenschmiere. Maja sah seine Stirn an, ob da noch der Schmutzstreifen war. War er nicht, nur drei Längsfalten, die sich bei Änderungen der Laune vertieften.

»Dass sie aus einer Haftanstalt zu uns gekommen sind, weiß nur ich, und ich würde Ihnen empfehlen, dass auch nicht groß zu erzählen. Früher oder später wird sich das bestimmt herumsprechen, hier bleibt nichts geheim, aber es ist besser, wenn Sie sich dann schon mit den Einheimischen eingelebt haben.«

»Danke«, sagte Maja und meinte das ernst.

»Sie wurden uns für fünf Jahre zugeteilt, um den Rest der Strafe abzuarbeiten.« Er hob den Blick von den Papieren.

Maja zuckte nur mit den Schultern.

»In dieser Zeit dürfen Sie Poloce nicht ohne meine schriftliche Erlaubnis verlassen, die ich Ihnen höchstens einmal im Monat erteilen kann. Wenn ich mit Ihren Arbeitsergebnissen zufrieden bin.«

Maja erstarrte. »Ich dachte, ich sei entlassen ...«

»Auf Bewährung entlassen«, unterbrach sie Nosek. »Im Dorf und in der Umgebung dürfen Sie sich völlig frei bewegen, Sie dürfen Briefe schreiben und empfangen, Sie dürfen auch telefonieren. Das ist sicher sehr viel mehr Freiheit, als Sie in der Haft hatten, Genossin. Sie werden in unserem Dorf alles Notwendige für ein zufriedenes Leben haben.«

Was konnte sie darauf sagen? Dass sie ihre Kinder finden wollte? Dass sie einfach nur normal leben wollte?

»Ich rate Ihnen, diese Anordnungen einzuhalten. Wenn eine Patrouille Sie außerhalb des festgelegten Gebietes anhält, gehen Sie direkt wieder dorthin zurück, woher Sie gekommen sind.« Er bohrte den Finger ins Papier. »Hier unterschreiben Sie mir, dass ich Sie über Ihre Pflichten in Kenntnis gesetzt habe und dass Sie das verstanden haben.«

Maja beugte sich vor, las das Papier mit den Anweisungen durch und unterschrieb es dann. Sie wusste schon lange, dass sie nichts unterschreiben durfte, ohne es gelesen zu haben.

Den Vorsitzenden reizte ihr offensichtliches Misstrauen. Als sie aufstand und gehen wollte, sagte er: »Und passen Sie gut auf, Hajná, wir sind hier an Provokateure nicht gewöhnt. Das ist ein Dorf voller anständiger Menschen, die werden schon ein Auge auf Sie haben.«

–

In den Gefängnisjahren hatte Maja gelernt, ihre Gefühle zu beherrschen und sie nicht zu zeigen. Es war besser, verwundbare Stellen und Schwächen hinter einer steinernen Maske zu verstecken. Diesmal konnte sich Maja aber nicht beherrschen. Enttäuschung, Hilflosigkeit, Erniedrigung und Wut schossen durch die Nervenfasern hoch und sammelten sich in ihrem Kopf.

Seit der Entlassung erlebte sie eine Desillusionierung nach der anderen. Alle schnell gesponnenen Pläne brachen zusammen. Die Fasern des Seils, das sie vom Sturz in die Dunkelheit zurückhielt, rissen eine nach der anderen. Und die übriggebliebenen waren schwach und kraftlos. Maja taumelte. Noseks überraschtes Gesicht schwankte vor ihren Augen, aber als der Vorsitzende einen Schritt vorwärts tat, um sie aufzufangen, fasste sie sich, nickte anstelle eines Grußes und ging aus der Tür. Sie hielt sich an der Wand fest und setzte sich vor dem Eingang auf die verwitterten Stufen. Sie beugte den Kopf vor, um die verkrampften Atemwege zu lockern und atmete abgehackt. Das Geräusch, das sie dabei machte, hörte sich an wie die Schluchzer von Kindern, wenn sie schon zu erschöpft vom Weinen sind.

Sie schnappte nach Luft, stützte sich mit den Ellbogen auf den Knien ab und legte den schweren Kopf in die Handflächen. Fünf Jahre. Fünf weitere Jahre ohne Familie, ohne Zukunft.

Aus der Ferne drangen Stimmen zu ihr. Sie wollte nicht, dass sie jemand zusammengebrochen auf der Treppe sah. Bald würde das ganze Dorf wissen, dass mit der »Neuen« irgendetwas nicht in Ordnung war. Deshalb schnaubte sie schnell aus und zog sich den Schal bis unter die Nase.

Vor dem Geschäft stand der Vater und unterhielt sich mit der Verkäuferin. Die Worte waren nicht zu verstehen, aber die Verkäuferin ruderte mit den Armen, zeigte eine Weile mal zu dieser, mal zu jener Seite. Der Vater hörte zu, fragte manchmal kurz etwas und aus dem Mund der Verkäuferin ergoss sich ein weiterer Schwall für Maja unverständlicher Worte.

Sie winkte, damit der Vater auf sie aufmerksam wurde, und ging zum Auto. Ihre Tasche war noch dort. Viele Sachen hatte sie nicht dabei, sie könnte das Gepäck bequem in die Hand nehmen und selbst ins Wohnheim tragen, aber sie wollte den Vater aus den Klauen der redseligen Dorfbewohnerin befreien. Außerdem musste er ihr den Kofferraum aufschließen.

Der Vater hob den Arm, um der Tochter zu zeigen, dass er sie sah, fuhr aber im Gespräch fort. Maja ging langsam zum Auto und beobachtete, wie der Vater gefesselt zuhörte, dann der Verkäuferin lange die Rechte schüttelte, sich von ihr verabschiedete und mit einem freudigen Ausdruck im Gesicht zum Auto kam. Er war offensichtlich begeisterter von Majas neuer Wirkungsstätte als sie.

»Erledigt?«, rief er, als er in Hörweite war.

Maja wartete, bis er bei ihr war. »Ohne Erlaubnis darf ich nicht aus Poloce fort«, sagte sie leise. »Und mit Erlaubnis nur einmal im Monat.«

»So eine Tragödie ist das nicht«, sagte der Papa. »Ich komme so oft zu dir, wie es nur geht.« Maja verärgerte seine ruhige Antwort.

»Ich hatte gehofft, im Wohnheim ein Zimmer für mich zu haben, aber es ist ein Zweibettzimmer. Ich hatte schon genug Gemeinschaftsschlafräume und Duschen und Toiletten auf der Etage.« Sie kam sich wie ein kleines, quengeliges Kind vor. Aber war es wirklich zu viel verlangt, wenn sie ein kleines bisschen Privatsphäre wollte?

Der Papa legte Maja den Arm um die Schulter und führte sie ins Geschäft zurück. »Gerade darüber will ich mit dir reden. Die Frau Suchánková hier hat eine Mama, die in einem Häuschen am Rande des Dorfes lebt. Die ist schon älter und Frau Suchánková sorgt sich um sie. Sie sagt, sie würde sich besser fühlen, wenn jemand in der Nacht dort wäre, für den Fall, dass die alte Dame stürzt oder ihr irgendetwas passiert. Oben in der ersten Etage hat sie zwei freie Zimmer. Sie selbst wohnt im Erdgeschoss, damit sie nicht die Treppe hochmuss. Was meinst du?«

Alles wäre besser als die Unterkunft neben dem Schweinestall, da war sich Maja sicher. »Und die Miete?«, fragte sie.

Der Papa winkte ab. »Da mach dir mal keine Sorgen.«

–

Als Maja im Dachgeschoss des kleinen Hauses am Dorfrand die Sachen auspackte, dachte sie darüber nach, wie sie weitere fünf Jahre ihres Lebens ausfüllen sollte. Die neu gekaufte Wäsche packte sie in die Kommode, den Pullover und die Jacke hängte sie in den Kleiderschrank und die warmen Hausschuhe, die die Mutter ihr gestrickt hatte, stellte sie daneben. Das dicke Federbett bezog sie mit einem Baumwollbezug und schnupperte an dem weichen Kissen. Dann kniete sie sich aufs Bett und besah sich das Bild im ovalen Rahmen aus der Nähe.

Es wurde langsam dunkler und die Strahlen der untergehenden Sonne vergoldeten den Heiligenschein um den Kopf der freundlich lächelnden jungen Frau. Sie ist allein, so wie ich, dachte Maja, kletterte vom Bett und stellte sich ans Fenster. Ihre Namensvetterin folgte ihr weiter mit dem Blick. Du lächelst, sprach Maja sie wortlos an. In welchem Teil deines Lebens hat der Maler dich festgehalten? Jung und nicht ahnend, was du im Leben bewältigen musst, oder wissend und mit dem Schicksal ausgesöhnt? Sie sah hinaus auf die dunkle Straße. Die Sonne war untergegangen, aber die Sterne oder den Mond sah sie noch nicht. Der Himmel war von herbstlichem Dunst getrübt, aber die Straßenlaterne brannte schon und beleuchtete ein paar Meter Garten, den Holzzaun, der repariert werden musste, ein Stück Straße und die Büsche am Graben. Das war sehr viel mehr, als sie aus dem Gefängnisfenster sehen konnte.

Sie lehnte die Stirn an das kalte Fensterglas und versuchte, sich das verblassende Bild von Joska und den beiden Kindern herbeizurufen.

SECHZEHNTES KAPITEL

Magdalena, genannt Magda
September 2012

Mein Mann sagt häufig, ich würde zu viel grübeln und alles zu ernst nehmen. Meine Vorsicht, Gründlichkeit und den offensichtlich fehlenden Sinn für Humor schreibt er ganz richtig meiner Kindheit und Jugend im Heim *Zu den fünf Eichen* zu.

Aber versuchen Sie einmal, das Leben auf die leichte Schulter zu nehmen, wenn Sie sich seit den ersten Lebensjahren nur auf sich selbst verlassen können, und die Menschen, die sich um Sie kümmern, ihnen den Gedanken einimpfen, dass die Welt voller Gefahren ist, denen man entgegentreten muss. Wenn Sie jedes Wort abwägen müssen, weil Sie wissen, dass Ihre Umgebung Sie genauso wachsam beobachtet, wie Sie die anderen.

Mein Mann denkt, dass mich das Leben ohne Familie gezeichnet hat. Natürlich, es ist schwer, sich mit dem Gedanken auszusöhnen, dass die Eltern einen verlassen haben, einen aufs Abstellgleis geschoben und die Verantwortung für die Erziehung ihres Nachkömmlings auf den Staat übertragen haben. Egal, welchen Grund sie dafür hatten.

Vielleicht wollten sie ein Leben ohne Verpflichtungen führen. Vielleicht waren sie nicht fähig, zu erziehen, und der Staat musste ihnen das Kind wegnehmen – so wie es im Fall von Janas Mutter war.

Danach zu urteilen, dass ich im Januar 1990 in die Einrichtung kam, müssen meine Eltern zu den Verrätern des Sozialismus gehört haben, die sich im November '89 an der

Konterrevolution beteiligten. Wenn das tatsächlich so war, hatte ich Glück, denn das Kindergenesungsheim machte zwischen den Pflegebefohlenen keinen Unterschied und gestand uns allen dieselben Zukunftschancen zu.

Mein Mann kann Jana nicht leiden. Er zeigt es nicht offen, aber Jana spürt es und kommt nur zu uns, wenn sie sicher ist, dass Aleš nicht zu Hause ist. Manchmal weiß ich nicht, warum ich es nicht schaffe, Jana zu sagen, dass sie lieber überhaupt nicht mehr zu uns kommen soll.

Ich habe keine Angst, dass sie sich rächen könnte, auch wenn das nicht schwer wäre. Es würde eine ausgedachte Denunziation reichen. Ich wäre nicht die Erste, der so etwas geschah, das passierte ständig.

Aber Jana würde mich nicht anzeigen, selbst wenn ich wirklich etwas anstellen würde. Soweit ich weiß, hat sie noch nie jemanden gemeldet. Auch deshalb ist sie noch immer nur eine einfache Referentin in der Sozialabteilung. Mit ihrer Ausbildung, der Vorbereitung durch das Kindergenesungsheim und dem roten Stempel im Personalausweis müsste sie schon lange die Behörde leiten.

Manchmal besuche ich sie sogar selbst. Ich will mich wohl nicht für immer von Jana trennen, weil ich sie auf eine Art mag. Sie ist der einzige Mensch aus meiner Vergangenheit, das letzte Bindeglied zum Heim *Zu den fünf Eichen*.

Ich glaube, dass mein Mann Jana nicht mag, weil er eifersüchtig auf sie ist. Er weiß, dass er mich nie so verstehen wird, wie mich Jana versteht.

Sie ist neben mir aufgewachsen, kann in meine Gedanken sehen – und deshalb ist sie mir nah und regt mich gleichzeitig auf.

–

Meinen Mann habe ich noch im Studium kennengelernt. Ich hatte vorher ein paar Bekanntschaften, die meistens mit einer Enttäuschung für mich und einer Ernüchterung für meine Partner endeten. Mit jemandem zu gehen, der im Kindergenesungsheim 27. November 1989 oder einer ähnlichen Erziehungseinrichtung aufwuchs, ist sicher nicht leicht. Wir sind wachsam, misstrauisch und haben unsere eigenen Maßstäbe.

Und genauso wachsam beobachtet uns unsere Umgebung. Während meines Lebens außerhalb der Wände des Heims bestätigte sich, was ich bei den eher seltenen Ausgängen nur erahnen konnte. Heime wie unseres gab es einige in der gesamten Republik. Und obwohl sie ganz gewöhnliche Namen hatten, gehörten sie zu den sogenannten Erziehungs- und Ausbildungseinrichtungen der fortschrittlichen Jugend. Im Unterschied zu den üblichen Kinderheimen, wo die Kinder zwar ohne Eltern, aber in Verbindung mit der umgebenden Gemeinschaft aufwuchsen, waren wir als Zöglinge dieser Anstalten isoliert. Uns wurde versichert, dass wir auserwählt und die künftige Elite der Nation waren, das Rückgrat und die Stütze des Sozialismus.

Die Menschen mögen uns nicht. Sie geben das nicht offen zu erkennen, aber wenn es geht, vermeiden sie engere Kontakte. Offensichtlich glauben sie, dass unser Weg zu den verantwortlichen Posten in der Gesellschaft zu leicht war. Sie machen sich nicht klar, welche Anstrengungen wir aufbringen mussten, um unsere Fähigkeiten zu beweisen. Neid ist eine schreckliche Sache.

Die Regeln, die wir uns in den Anstalten zu eigen gemacht hatten, ließen sich schlecht im Leben draußen anwenden. Die Abläufe in den Hochschulwohnheimen hatten zwar leidlich eine Ordnung, aber die jungen Leute aus den Anstalten konnte man von den Studenten, die in Familien aufwuchsen, innerhalb der ersten Woche unterscheiden. Die Füchsin würde sagen, dass den Städtern die Disziplin fehlte. Als wüssten sie nicht, was Ordnung, Pünktlichkeit, Konsequenz und Verlässlichkeit bedeuteten.

»Ihr müsst Vorbild sein«, wurde uns immer wieder bei den regelmäßigen Treffen im Genesungsheim gesagt, wenn wir über den Mangel an Selbstdisziplin unserer Kommilitonen diskutierten. »Das ist eure Aufgabe. Die Gesellschaft zu kultivieren, ihr Fundament zu werden. Wenn jemand das Studium auf die leichte Schulter nimmt oder die Werte herabsetzt, die euch anerzogen wurden, meldet es. Das ist das einzig richtige Vorgehen, die einzige Art, wie die Gesellschaft gereinigt werden kann.«

Wir schafften es nicht, unseren Ausbildern zu erklären, dass das Problem nicht in der Herabsetzung der sozialistischen Werte lag. An den Hochschulen wurden nur Studenten aufgenommen, die sich Bildung wirklich verdient hatten und die allem Anschein nach genauso von der Richtigkeit des Sozialismus überzeugt waren wie wir. Oder dies wenigstens erfolgreich vortäuschten. Querulanten entgingen unserer Aufmerksamkeit nicht und wurden auf Empfehlung des Studentenrates aus der Hochschule ausgeschlossen. Das Problem lag in uns, in den Heimzöglingen. Wir passten einfach nicht zu den anderen Studenten.

Wir sollten die Mitstudenten führen, was wir natürlich auch taten. Wir arbeiteten aktiv im Sozialistischen Jugendverband, beteiligten uns an der Leitung der Pionierorganisationen, hielten Vorträge über die Vorzüge des Staates, in dem wir lebten, aber wir selbst waren im alltäglichen Leben ohne die Führung und die festgefügten Regeln unsicher.

Am Anfang gingen wir außerhalb der Hochschule nur in Grüppchen, weil wir uns in den Straßen der Städte nicht gut zurechtfanden. Wir konnten nicht einkaufen, hatten keine Ahnung, dass es Größentabellen für Kleidung und Schuhe gab, dass man Obst nach Gewicht kaufte und Hörnchen und Joghurt nach Stücken, oder dass man manche Waren im Voraus bestellen musste. Wir konnten uns kein Frühstück machen, den Herd anschalten, kein Ei kochen. Wir wussten nicht, wie man sich einen Termin beim Frisör machte, wie man eine Zugfahrkarte kaufte und wie man einen Fahrplan las.

Und vor allem konnten wir nicht mit den Leuten über »normale« Dinge reden, weil wir das »normale« Leben nicht kannten. Während der ersten Monate kamen wir uns wie Besucher von einem anderen Planeten vor. Aber wir lernten, und allmählich verschmolzen wir mit der Menge, wodurch wir fürs System noch besser verwendbar und noch nützlicher wurden.

Wir studierten und schützten wachsam den Sozialismus vor dem inneren Feind.

–

Aleš war Assistent an der Hochschule für Ökonomie und als wir begannen, miteinander zu gehen, dachte ich überhaupt nicht daran, dass wir einmal heiraten würden. Ich brauchte in der Zeit einfach jemanden, mit dem ich manchmal ins Kino oder nur so zu einem Spaziergang in den Park gehen konnte. Allein war mir nicht wohl. Nicht wegen der Sicherheit, das überhaupt nicht. Im Gegensatz zu den westlichen Ländern, wo die Kriminalität ein riesiges Problem darstellte und die Menschen sich nach Einbruch der Dunkelheit fürchteten, aus dem Haus zu gehen, herrschte bei uns Ruhe und Ordnung. Auf die Soldaten in den Straßen war Verlass.

Aleš' Kindheit war ganz anders als meine. Sein Vater war Offizier und seine Mutter Zivilangestellte in der Militärverwaltung. »Mein Bruder ist auch Offizier, nur mich haben sie nicht zum Militärdienst genommen, weil ich einen Unfall hatte«, erklärte mir Aleš.

Ich bemerkte, dass eine Schulter tiefer hing als die andere. »Was für einen Unfall?«

»Als ich klein war, kam ich unter ein Auto. Es sah schlecht für mich aus, aber am Ende ging alles ziemlich gut aus. Der Kopf blieb zum Glück heil, also haben sie zwar keinen weiteren Soldaten in der Familie, aber ich hätte wohl sowieso lieber studieren wollen. Alles in Ordnung also.«

Mama, Papa, Bruder ... Ein Familienleben kannte ich nur aus Fernsehserien und hätte gern erfahren, wie es in einer richtigen Familie zugeht. Aber ich hatte nicht die Angewohnheit, im Privatleben fremder Menschen herumzustochern. Aleš musste ich nicht einmal fragen. Er sprach locker und achtete nicht auf jedes einzelne Wort, so wie ich es gewohnt war. Als er mir von seiner Kindheit und Familie erzählte, blieb er manchmal stehen, fuchtelte mit den Armen in der Luft herum, wurde zuweilen lauter, als wollte er manche Passagen der Beschreibung besonders unterstreichen.

Die Ungezwungenheit und die Offenheit, das Gefühl, dass ich in seiner Nähe nicht ständig auf der Hut sein musste, der freundliche Humor, mit dem er über seine Familie sprach, mit allen diesen Dingen gewann er mich. Ich erinnere mich genau an den Moment, als wir in einer Konditorei bei einer Tasse Kaffee saßen und ich den Wunsch verspürte,

Teil seiner Welt zu werden, die Sensoren auszuschalten, die die Außenwelt beobachteten, und mich wenigstens einen Moment lang in Sicherheit zu fühlen.

Gleichzeitig war ich verwirrt. Das Heim hatte uns schließlich nicht dazu erzogen, dass wir uns in Sicherheit fühlten, sondern dass wir uns um die Sicherheit aller Werktätigen kümmerten und die Ordnung und das System beschützten. Warum hatte ich also den Eindruck, dass man nicht beides haben konnte?

Über mich spreche ich nicht gern und bis heute sage ich Aleš nicht alles, was ich denke oder was ich erlebe. Aber damals sagte ich ihm, dass ich einmal gern Bücher schreiben wollte.

»Und warum schreibst du sie nicht?«, fragte er.

»Ich glaube, ich habe mich in der Welt noch nicht ausreichend umgesehen, um über sie erzählen zu können.«

Das war eine ehrliche Antwort. Bislang hatte ich das Leben vor den Mauern des Heims nur mit dem Blick einer Außenstehenden betrachtet. Und obwohl ich nicht wusste, warum, war mir klar, dass ich kein Buch über meine Kindheit im Genesungsheim schreiben konnte. Unterbewusst spürte ich, dass das ein Fehler wäre, der mich teuer zu stehen kommen würde. Das verwirrte mich etwas. War denn mit den Einrichtungen etwas nicht in Ordnung?

»Dann schreib doch ein Kinderbuch«, sagte Aleš damals zu mir und der Gedanke begeisterte mich. Wieso war mir das nicht früher eingefallen? Ich trug doch eine Menge Geschichten in meinem Kopf herum, die ich mir im Heim Abend für Abend zusammengesponnen und in meinem Gedächtnis abgelegt hatte.

Das erste Märchenbuch kam noch vor unserem ersten Sohn zur Welt und sicherte mir die Stelle der stellvertretenden Chefredakteurin der Kinderzeitschrift *Neue Welt.* Nach ein paar Monaten wechselte die Chefredakteurin in die Redaktion einer landesweiten Tageszeitung und ich stieg auf. In meinem Alter und mit einer so kurzen Praxis war eindeutig klar, dass ich den verantwortungsvollen und prestigereichen Posten dem Parteistempel in meinem Ausweis verdankte. Der runde Stempel mit dem fünfzackigen Stern bedeutete die höchste Überprüfungsstufe und bot seinem Besitzer eine Reihe von Vorteilen, inklusive der vorderen Plätze in allen Wartelisten – auf eine Wohnung, ein Auto, einen besseren Arbeitsplatz …

Man könnte sagen, ich lebte meinen Traum. Ich hatte die Hochschule absolviert, die ich wollte, meine Arbeit war interessant und gut bezahlt, ich hatte einen Mann geheiratet, mit dem ich mich verstand, und weil wir beide für den Staat wichtig waren, bekamen wir bevorzugt eine Wohnung.

Also warum kam ich mir wie eine Figur in einer schlecht laufenden Schachpartie vor?

–

Die Wohnung, die uns zugeteilt wurde, lag in einem älteren Haus in der Nähe der Metrostation Rote Armee. Ich lud Jana ein, damit sie unser neues Zuhause anschauen konnte. Sie ging durch die Zimmer, ging hinaus auf den Balkon, überflog mit einem Blick den Kinderspielplatz, der von großen Sträuchern umgeben war, und kam ins Zimmer zurück. »Eine sehr schöne Wohnung«, sagte sie in einem gleichgültigen Tonfall und setzte sich in den Sessel.

Ich bot ihr einen Kaffee an und begann zu erklären, wie ich die Wohnung fertig einrichten wollte, aber Jana interessierte das offensichtlich nicht. Ich wechselte also das Thema und erzählte ihr von dem Buch, das ich gerade zur Herausgabe vorbereitete. Sie nickte schweigend dazu, aber ich hatte das Gefühl, sie hörte mich nicht. Dann fragte sie mich plötzlich, ob ich nicht auf meine Familie neugierig war.

»Ich glaube, ich weiß über Aleš alles, was nötig ist«, antwortete ich, aber ich wusste gut, dass Jana nicht über meine jetzige Familie sprach.

Sie schwieg eine Weile. »Willst du nicht wissen, wer deine Eltern waren?«

»Eigentlich nicht«, antwortete ich schnell, aber natürlich stimmte das nicht. Wer wollte nicht seine Wurzeln kennen? »Was sind das für Eltern, die …«

»Lass doch dieses Gelaber«, unterbrach mich Jana. »Davon habe ich im Heim genug gehört. Das ist alles Quatsch, das weißt du doch.«

»Wieso Quatsch? Egal, was sie gemacht haben, ich bin einfach ihretwegen im Heim gelandet.«

»Glaubst du das echt?«

»Schau mal, ich will nicht mit dir darüber reden.«

»Ich meine nur, dass ich dir helfen könnte, was rauszufinden. Ich bringe gerade Ordnung in das landesweite Register der Kinder, die ihren Familien weggenommen wurden, und trage die Daten in den Rechner ein. Du bist auch dabei.«

Das jagte mir einen Schreck ein. War das eine Falle? Es konnte doch nicht sein, dass sich die Identität meiner Eltern so leicht feststellen ließ. »Niemand hat mich meiner Familie weggenommen … Und überhaupt, warum suchst du dann nicht deine Mutter?«

Jana stellte die Kaffeetasse auf den Tisch. »Sie ist tot. Das weiß ich schon lange. Warum, glaubst du, bin ich gerade ins Einwohnerregister arbeiten gegangen?«

»Tot?«

»Ja, im selben Jahr im Gefängnis gestorben, als ich ins Heim kam.«

»Das tut mir leid …«

»Tut es nicht, du kanntest sie doch gar nicht«, entgegnete sie scharf.

»Es tut mir leid für dich.«

Jana griff in die Tasche und legte ein zusammengefaltetes Stück Papier auf den Tisch. »Wenn du es dir überlegst, hier ist die Adresse deiner Mama.«

Das Papier zitterte im Luftzug aus dem leicht geöffneten Fenster, als wollte es mich auffordern, die Hand nach ihm auszustrecken. »Mama?«, wiederholte ich.

Jana sah mich an. »Dein Vater ist vermisst«, sagte sie und erhob sich vom Sessel. »Schöne Wohnung, wirklich schön.« Sie sah sich noch einmal um und ging zur Tür.

Ich verabschiedete mich am Aufzug von ihr und ging ins Wohnzimmer zurück. Das Stück Papier mit der Adresse lag nicht auf dem Tisch. Ich warf mich auf die Knie, um mich zu überzeugen, dass der Durchzug es nur hinuntergeweht hatte, und tastete verzweifelt unter der Couch herum. Dann hatte ich das Papier und steckte es schnell in die Tasche.

–

Ich wollte nicht nach den Eltern suchen, wirklich nicht. Bis zu diesem Augenblick waren sie für mich fremde Menschen mit einem mir unbekannten Schicksal. Aber an diesem Vormittag, als Jana das Papier mit der Adresse vor mir hinlegte, wurden die Eltern in meinen Gedanken lebendig. Sie besuchten mich in Träumen und verfolgten mich in stillen Momenten.

Zwei Wochen später hob ich den Telefonhörer ab und wählte die Nummer der Schule in dem Ort, in dem Jana zufolge meine Mutter lebte. Ich stellte mich als Chefredakteurin der Kinderzeitschrift vor und bot an, in der Grundschule ein Gespräch zu führen, wie man eine Zeitschrift herstellte, und außerdem den Kindern mein Buch vorzustellen. Mein Angebot verwunderte sie, aber sie taten begeistert.

Das Auto mit dem Fahrer bestellte ich mir zu acht Uhr, aber ich war schon um fünf wach. Ich konnte nicht schlafen, meine Gedanken sprangen in meinem Kopf wild herum, stritten sich und stellten mir Fragen, auf die ich keine Antwort wusste.

Ich kam kurz vor Mittag in der Schule an. Noch bevor der Fahrer vor dem Gebäude parken konnte, kam der Schuldirektor herausgelaufen und begrüßte mich lautstark mit einem Blumenstrauß. Mein Besuch schien ihn zu beunruhigen. Sicher hatte er mich überprüft und festgestellt, dass ich zu den hohen Parteikadern gehörte. Ihm war klar, dass ich nur wegen eines Gesprächs nicht so einen langen Weg unternommen hätte, dass ich aus irgendeinem anderen Grund gekommen war. Aber er konnte nicht darauf kommen, was hinter diesem unerwarteten Besuch stand. Hatte sich etwa jemand beschwert? War die Genossin aus Prag hier, um ihn zu kontrollieren? Wollte vielleicht jemand seinen Direktorenposten haben?

Es tat mir leid, dass ich ihn so durcheinandergebracht hatte, und ich versuchte, den Besuch nicht in die Länge zu ziehen. Ich lehnte seine Einladung zum Mittagessen ab und ging direkt in den Unterrichtsraum, um den versprochenen Vortrag abzuarbeiten und mich dann auf mein eigentliches Reiseziel zu konzentrieren. Aber der Direktor empfand meine Eile als Schroffheit und wurde so unsicher, dass er zu stottern begann. Während des gesamten Gesprächs saß er in der hinteren Bank, hörte konzentriert zu und versuchte, sehr viel begeisterter als die kleinen Zuhörer auszusehen.

»Ich führe Sie durch die Schule«, schlug er nach dem Gespräch vor.

»Ich würde mir lieber die Umgebung ansehen, wenn es Ihnen nichts ausmacht«, antwortete ich. »Mich erwartet eine lange Rückfahrt und ich möchte ein bisschen spazieren gehen.«

»Natürlich, sicher, ich führe Sie gern. Wir sind eine Zentralgemeinde, es gibt zwar nicht so viel Interessantes hier, Genossin Schriftstellerin, aber unsere Umgebung ist schön. Oder möchten Sie etwas Konkretes sehen?«

»Vielleicht lebt hier eine Bekannte unserer Familie«, sagte ich vorsichtig. »Marie Hajná. Kennen Sie sie zufällig?«

Das starre Gesicht des Direktors entspannte sich vor Erleichterung. Als wäre ihm auf einmal der Zweck meines Besuches völlig klar.

»Maja Hajná? Aber natürlich, sie wohnt am Ende des Dorfes, ich führe Sie gern hin.«

Wir gingen an einem kleinen Teich vorbei und bogen in eine Straße ein, die leicht bergauf führte. »Es ist das letzte Haus links«, winkte der Direktor mit der Hand. »Soll ich hier auf Sie warten, oder finden Sie selbst zurück?« Dann fügte er verlegen hinzu: »Sicher möchten Sie Ihre Privatsphäre.«

»Danke«, bestätigte ich nickend.

Der Direktor hatte wohl das Gefühl, ich müsste ermutigt werden, weil er hinzufügte: »Frau Maja hat in der Gegend einen ausgezeichneten Ruf.«

Ich hatte keine Ahnung, warum er das sagte. Fragend hob ich die Augenbrauen und der Direktor geriet in Verwirrung, verabschiedete sich eilig und empfahl sich.

Langsam ging ich in Richtung des gelb verputzten Hauses. Mir schien, dass ich im Garten eine Bewegung gesehen hätte. Die Sonne schien mir in die Augen und ich hatte meine dunkle Brille im Auto gelassen, also hob ich die Hand an die Stirn. An den Schnüren eines Metallständers wehte weiße Wäsche und ein Stück weiter fegte eine dünne Frau mittleren Alters den Fußweg, der vom Tor zum Haus führte. Als sie mich bemerkte, hörte sie auf zu arbeiten und schaute mir entgegen.

Ich wurde nervös. Ich hätte nicht hierherkommen sollen. Am Tor hing ein Schild, das mit einer Leinenschnur befestigt war: *Alle Ratschläge sind kostenlos.*

Das war wohl ein Witz. Was konnte eine einfache Dörflerin wohl für Ratschläge erteilen?

»Guten Tag«, sagte die Frau, lehnte den Besen an die Wand und kam zum Tor. »Sie wünschen?«, fragte sie mit einer Stimme, die zu einer viel jüngeren Frau passen würde.

Sie war ungefähr so groß wie ich, hatte große braune Augen, hellbraune, an den Schläfen ein bisschen mit Grau durchzogene Haare, die zu einem Zopf gebunden waren, und ein spitzes Kinn.

»Guten Tag, ich bin Magda Kopečná. Ich suche Marie Hajná.«

Sie lächelte und öffnete das Tor, damit ich eintreten konnte. »Da sind Sie hier richtig. Ich bringe etwas zum Trinken.«

Bevor ich antworten konnte, verschwand sie im Haus. Ich setzte mich auf die harte Bank und wartete, dass sie zurückkam. Sie kam mit einem Krug und zwei Gläsern. »Ein schöner September, nicht wahr?«

Ich nickte und hob das Glas an die Lippen.

»Wissen Sie«, sagte die Frau, »ich muss Ihnen sagen, dass ich versuchen werde, Ihnen zu helfen. Egal welches

Problem Sie haben. Aber garantieren kann ich einen Erfolg nicht.«

Ich sah sie nur an und versuchte, irgendetwas in ihrem Gesicht zu finden, das ich erkennen würde. Mir fiel überhaupt nichts auf.

»Kräuter sind nicht allmächtig, aber häufig sind sie der richtige Weg.« Sie streckte die Hand nach mir aus. Ich zuckte zurück.

»Sie sind gekommen, damit ich Ihnen helfe, oder etwa nicht?«

»Das ja«, sagte ich. »Aber wahrscheinlich anders, als Sie denken.«

Sie schaute mich genau an. »Meine Kräuter heilen Krankheiten und helfen Frauen, schwanger zu werden. Etwas anderes kann ich nicht.«

Sie hatte keine Ahnung, wer ich war. Das enttäuschte mich furchtbar. Sollte eine Mutter nicht unter allen Umständen ihr Kind erkennen? Sollte sie nicht ständig an das Kind denken und es in jedem Vorübergehenden suchen? Das würde eine Mutter, die ihre Kinder liebte, sicher tun. Eine Mutter, der die Kinder fortgenommen wurden. Aber keine, die sie einfach aufgegeben hatte.

»Sie verkaufen also Kräuter?«, fragte ich.

Ihr Gesichtsausdruck wurde starr. »Ich verkaufe nichts, Kräuter und Ratschläge gebe ich umsonst. Sie können fragen, wen Sie wollen.« Sie zeigte mit der Hand zum Tor. »Das steht dort auch geschrieben.«

Ich schwieg, weil ich nicht wusste, was ich sagen sollte.

»Sind Sie von der Sicherheit? Wenn mich jemand angezeigt hat, ist das nichts als eine Lüge. Ich habe nie …«

»Ich bin nicht von der Sicherheit«, unterbrach ich sie.

»Und warum sind Sie dann hier?«

»Ich suche meine Mutter. Ich will sie fragen, warum sie sich von mir losgesagt hat.«

Marie Hajná wurde blass und öffnete leicht den Mund. »Was haben Sie …« Sie beugte sich vor und sah mich an, als würde sie mich gerade eben zum ersten Mal erblicken. »Wie heißen Sie?«

»Magdalena Kopečná. Aber vor meiner Hochzeit hieß ich Hajná.«

»Lenička …« Ihr Gesicht verzog sich und sie begann zu schluchzen.

Die ganze Situation wurde mir immer unangenehmer. »Also warum?«, fragte ich vielleicht zu schroff. »Antworten Sie mir einfach, warum ich meine Kindheit im Heim verbringen musste, und dann gehe ich.«

»Ich habe dich doch nicht aufgegeben«, flüsterte Marie. »Sie haben uns verhaftet – mich und deinen Papa.«

»Warum wurden Sie verhaftet?«

Sie zögerte. Das wunderte mich nicht. Verfehlungen zuzugeben ist nicht einfach. »Wegen der Proteste im Jahr ´89.«

Sie sah mich an, als würde ihre Antwort alles erklären. Sie erklärte wirklich viel. Zum Beispiel, dass sie im Heim recht hatten, wenn sie sagten, dass manche Eltern Verräter des Sozialismus waren, die sich einflüstern ließen, dass das Leben woanders bequemer war. Sie waren bereit, die Zukunft ihrer Kinder zu opfern.

»Ich war fünfzehn Jahre im Gefängnis. Ich hatte keine Ahnung, dass du im Heim bist.« Sie stockte. »Ich dachte, Oma und Opa würden dich aufziehen. Erst nach meiner Entlassung haben sie gesagt, dass du fortgebracht und adoptiert wurdest.«

»Adoptiert?« Nichts von dem, was sie sagte, ergab einen Sinn. »Wer hat mich fortgebracht? Wie kommen Sie darauf, dass ich adoptiert wurde?«

»Meine Eltern dachten das.« Alles, was sie sagte, hörte sich wie Ausreden an. Auch ihre Stimme klang entschuldigend, ausweichend.

Sie machte eine Bewegung, als wollte sie mir näherkommen. »Ich wollte dich suchen, aber ich wusste nicht wie. Nach der Entlassung wurde ich nach Poloce geschickt. Und ich hatte die Hoffnung, dass deine Zukunft besser ist, als wenn du mit mir zusammengelebt hättest.« Ausreden, nichts als Ausreden.

Die Pforte hinter mir öffnete sich. »Mami?«

Ich drehte mich um. Auf dem Weg, den meine Mutter gerade gefegt hatte, stand ein Mädchen, vielleicht sieben Jahre alt. Ich erinnerte mich an die Kleine. Während der Lesung saß sie in der ersten Reihe. Erschrocken sah sie in unsere Richtung. Die Frau mir gegenüber wischte sich schnell die Augen und lächelte. »Klára, lauf schon hinein, ich komme gleich.«

Alles kann man ersetzen, dachte ich. Den Ehemann, die Kinder, alles. »Auf Wiedersehen, Frau Hajná.« Ich drehte mich um, ging an dem überraschten Mädchen vorbei und lief schnell fort.

SIEBZEHNTES KAPITEL

Marie, genannt Maja
Herbst 2004 – September 2012

»Das Leben ist nicht das, was wir wollen, sondern das, was wir haben. So einfach ist das.« Maja brauchte lange, bis sie die Worte von Frau Karla annehmen konnte.

»Wollen Sie damit sagen, dass wir uns um nichts bemühen, sondern nur warten sollen, wohin uns das Schicksal verschlägt?«, wandte sie ein.

»Im Gegenteil, wir dürfen einfach nicht die Zeit verschwenden und uns Sorgen um Dinge machen, die wir nicht mehr haben können. Auf der Stelle hocken bleiben und sich in Trauer verlieren ist keine Lösung. Der Mensch sollte weitergehen, ob es ihm nun gefällt oder nicht. Aus Asche erbaust du das Haus nicht wieder neu. Feste Wände ziehst du nur aus neuen Ziegeln hoch.«

Es war schwer für Maja, sich mit dem Gedanken abzufinden, dass sie das alte Leben ganz und gar abschneiden und ein neues beginnen sollte. Aber gleichzeitig wusste sie auch, dass ihr für fünf Jahre nichts weiter übrigblieb. Sie war nicht im Gefängnis, aber immer noch von einer undurchdringlichen, wenn auch unsichtbaren Mauer umgeben. Sie konnte zwar dahinterschauen, durfte aber nicht hindurchgehen.

»Fünfzehn Jahre sind eine lange Zeit, glaub mir.« Die Stimme von Frau Karla klang besänftigend, auch wenn sie die grausame Wahrheit aussprach. »Deine Kinder haben gelernt, ohne dich zu leben, sie haben neue Familien, ein neues Leben. An ihre richtige Mama erinnern sie sich gar nicht mehr. Wozu soll das gut sein, wenn du sie findest? Du verdrehst ihnen nur den Kopf und verbaust ihnen vielleicht noch die Zukunft. Die Kinder sollten nicht die Folgen der Taten ihrer Eltern tragen, aber du weißt ja selbst, wie es bei uns zugeht.«

Ja, das wusste Maja aus eigener Erfahrung. Obwohl sie die Haftanstalt erst vor kurzem verlassen hatte, kam sie nicht umhin zu sehen, wie sehr sich die Situation in der Tschechoslowakei nach dem Umsturzversuch im Jahr ´89 verschlechtert hatte. Das Regime hatte die Schrauben angezogen und versuchte nicht einmal mehr etwas vorzutäuschen. Die Gesellschaft war eingeteilt in die, welche Entscheidungen trafen, und in die, welche gehorchten. Wer sich nicht anpassen wollte, endete im Gefängnis wie Maja oder verschwand wie Joska.

Im Rahmen der Umerziehung waren die Gefangenen verpflichtet, die Abendnachrichten zu verfolgen, die regelmäßig über den erfolgreichen und begeisterten Aufbau des Landes, die wirtschaftliche Zusammenarbeit der sozialistischen Länder und die gemeinsame Verteidigung der Grenzen gegen den aggressiven Westen informierten. Es wurden die Kriegsschrecken aus dem ehemaligen Jugoslawien gezeigt, das den Weg des Aufbaus des Sozialismus verlassen hatte und in kleine, unbedeutende Staaten zerfallen war, die jetzt um den Zugang zum Meer, wirtschaftlich bedeutende Gebiete und fruchtbare Täler gegeneinander kämpften, und das Bombardement durch den machtgierigen Westen ertragen mussten. So ergeht es allen Ländern, die die Gemeinschaft der brüderlichen sozialistischen Staaten verlassen, wiederholten die Nachrichtensprecher. Der Westen wirft sich auf sie und zerrüttet sie von innen und von außen. Seid dankbar, dass ihr in einer Gesellschaft lebt, die euch

Sicherheit und Ruhe zum Arbeiten bietet. Bedankt euch mit ehrlicher Arbeit und Treue.

Das von den Medien erschaffene Gesellschaftsbild unterschied sich komplett von der Wirklichkeit, in der die Menschen gezwungen waren zu leben.

Die Wachsamkeit und die Ängste, die früher eher unter der Oberfläche schlummerten und mit den typisch tschechischen Anti-Regierungs-Witzen etwas heruntergespielt wurden, waren jetzt auf Schritt und Tritt sichtbar. Sich über Regierungsbeamte lustig zu machen, wagten die Leute nicht einmal mehr im Privaten. Was, wenn sie jemand hörte, oder die Kinder unvorsichtigerweise Papas Witz in der Schule wiederholten? Für die Geringschätzung von Staatsvertretern gab es Gefängnis.

Das Leben war durch Verbote und Gebote eingegrenzt. Für jeden Aspekt des Lebens gab es Vorschriften und Anordnungen, deren Einhaltung Soldaten und die Angehörigen der Öffentlichen Sicherheit überwachten. Geschäfte schlossen um fünf Uhr, Kneipen und Restaurants um acht und Bars waren nur am Sonnabend bis um elf Uhr abends geöffnet. Das werktätige Volk durfte nicht die Nacht durchmachen, es musste frisch und ausgeruht sein, um mit dem erfolgreichen Aufbau des Sozialismus fortfahren zu können. Ein Beweis für den gelingenden Aufbau war die nichtexistierende Arbeitslosigkeit. Im Gegenteil, die Arbeit war verpflichtend, und wer der Arbeit aus dem Wege ging, wurde als Schmarotzer bezeichnet und ins Gefängnis gesteckt. Die Häftlinge arbeiteten im Bergbau, beim Bau von Eisenbahn und Straßen, und auch ihnen war es zu danken, dass die tschechoslowakischen Autobahnen in tadellosem Zustand waren. Natürlich hatte kaum jemand ein Auto, wohin sollten die Leute auch fahren, wenn es das Benzin nur auf Gutscheine gab, auf welche vorrangig die bewährten Genossen Anspruch hatten. Das Straßennetz diente also vor allem dem Lieferverkehr und der schnellen Verlegung der Armee. Nach den Worten von Regierungsvertretern trug die Beschränkung des Straßenverkehrs zur Verbesserung der Umweltsituation bei, während sie in den westlichen Ländern auch durch den dichten Straßenverkehr katastrophal war.

Die Wachtürme, die an den Kreuzungen und an günstig gelegenen Baulücken errichtet wurden, stützten den Eindruck, dass die Armee alles sah und die Macht fest in ihren Händen hielt. Bewaffnete Posten standen an den Ausfallstraßen aus der Stadt, überwachten die Magistralen und auch die Wege auf dem Land.

Auch in Poloce kamen Militärautos vorbei. Sie fuhren langsam um den Teich herum, hielten an, warteten, dass der Wachschutz der Landwirtschaftsgenossenschaft wechselte, und fuhren wieder ab. Das war nichts anderes als eine Demonstration der Stärke – dem Schweinestall und seinen Bewohnern drohte nur im städtischen Schlachthof eine Gefahr, und davor schützten sie die Soldaten ganz bestimmt nicht.

Trotzdem war das Leben im Dorf ruhiger und erträglicher als in der Stadt. Das einzige Lebensmittelgeschäft in Poloce – wo die allwissende Tochter von Frau Karla herrschte, die Verkäuferin Suchánková – war zwar genauso dürftig versorgt wie die Geschäfte in den Städten, aber die Dorfbewohner hatten eigene Quellen für Gemüse, Obst, Eier und Fleisch. Unter ihrer geselligen Schwatzhaftigkeit verbarg sich Wachsamkeit, nur kannten sich die Leute hier besser, sie waren sich näher und wussten, wen man nicht unnötig provozieren musste und vor wem man lieber die Zunge im Zaum halten sollte. Und wenn sie ihre Wohnungs- und Haustüren hinter sich schlossen, konnten sie ab und zu vergessen, in was für einer seltsamen Welt sie lebten.

–

Maja hatte sich nach den schweren Jahren etwas Ruhe verdient. Die fand sie in Poloce, aber nicht zufällig, sondern dank ihrem Vater. Die Nachrichten, die nach der Entlassung aus dem Gefängnis auf Maja einprasselten, machten alle Vorstellungen, die sie sich über ihre Tage in Freiheit gemacht hatte, zunichte. Auf einmal stand sie vor der Tür des örtlichen Nationalausschusses in Poloce, ohne Pläne, ohne Zukunft, ohne Hoffnung. Selbst wenn sie Geld für eine Untermiete gehabt hätte, wäre sie nicht einmal auf die Idee gekommen, eine zu suchen.

Der Vater aber war entschlossen, das Versprechen, das er und seine Frau sich gegeben hatten, zu halten. Sie wollten sich darum kümmern, dass Maja nach der Haftentlassung das bestmögliche Leben führen konnte. Sie musste im Schweinestall arbeiten, das ließ sich nicht ändern, aber es stand nirgendwo geschrieben, dass sie im Wohnheim wohnen musste. Radek Toman machte sich durchs Dorf auf, fragte herum und fand schließlich ein Zimmerchen für Maja.

Als die Verkäuferin Suchánková hörte, Maja sei Krankenschwester, hüpfte sie vor Freude fast in die Luft und bot sofort an, sie könne ins Haus ihrer Mutter ziehen und »ein bisschen auf sie aufpassen«. Maja konnte sich vorstellen, was die Betreuung einer fast Neunzigjährigen mit sich brachte. Aber für die unerwartete Bequemlichkeit der angebotenen zwei eigenen Zimmer unter dem Dach war sie bereit, sich um die gebrechliche alte Dame zu kümmern. Allerdings stellte sich heraus, dass die Mama von Frau Suchánková alles war, nur nicht gebrechlich.

Die Verkäuferin schloss das Geschäft ab, hängte ein Schild an die Tür – Komme gleich wieder – und pflanzte erfreut ihren umfangreichen Hintern auf den Rücksitz von Tomans Auto.

»Zu uns will dieses eigensinnige Weib nicht ziehen, also renne ich da jeden Morgen und jeden Abend hin, um sie zu kontrollieren.«

Maja konnte sich die »Rennerei« bei der rundlichen Frau nicht so recht vorstellen. Aber sie glaubte sofort, dass sie von der Lauferei erschöpft war.

»Und anstelle mir zu danken, sagt sie auch noch, dass Bewegung gesund ist.«

Sie hielten vor einem gelb verputzten Haus. Die Verkäuferin quälte sich aus dem Auto, öffnete die Pforte und ging auf dem mit Gras zugewachsenen Weg zur Eingangstür. Sie rüttelte an der Klinke. Es war abgeschlossen. »Sehen Sie, sie ist wieder nicht zu Hause. Man muss sich wirklich Sorgen um sie machen.« Sie griff unter den Blumentopf, schloss auf und sagte: »Kommen sie, ich zeige Ihnen das hier in der Zwischenzeit.«

Maja zögerte. »Was, wenn Ihre Mama nicht möchte, dass ich bei ihr wohne?«

»Das überlassen Sie mal mir«, wiegelte die Verkäuferin ab.

Die Tür ging auf. Maja atmete tief ein. Der schwere Geruch erinnerte sie eher an eine Apotheke als an einen Ort für Langzeitkranke. Sie nieste.

»Ich hoffe, Sie haben keinen Heuschnupfen«, bemerkte die Suchánková. »Hier riecht es immer so.«

»Ein angenehmer Geruch«, sagte Maja.

»Das ja, unsere Oma hält sehr auf Kräuter. Sie vertraut ihnen mehr als den Doktoren. Sie hat im Leben keine Tablette in den Mund genommen. Ich würde wetten, dass sie jetzt irgendwo Hagebutten pflückt.«

Sie hätte verloren. Frau Karla Němcová kam eine halbe Stunde später mit einem Körbchen voller Pilze nach Hause. »Da ist nicht mehr viel«, sagte sie noch in der Tür. »Nur ein paar Schirmpilze.«

»Guten Tag«, grüßte Maja.

»Wen hast du mir denn da hergebracht, Jaruška?«, fragte die alte Dame ihre Tochter, sah dabei aber unverwandt Maja an.

»Mama, Frau Maja braucht unbedingt etwas zum Wohnen und du hast oben freie Zimmerchen. Stell dir vor, sie wollten sie im Wohnheim beim Schweinestall wohnen lassen.«

»Hm«, sagte Frau Karla. »Sie sollen auf mich aufpassen, nicht?«, sprach sie Maja an.

Maja wusste nicht, was sie antworten sollte. »Ich würde gern hier wohnen, wenigstens bis ich etwas anderes gefunden habe«, sagte sie leise.

»Sie hat eine medizinische Ausbildung«, sagte die Verkäuferin entschlossen.

»Aber, aber, und da wollen Sie mit dieser Ausbildung bei den Schweinen arbeiten?«

»Mami!«, schrie die Verkäuferin ihre Mutter an, schaute aber auf einmal ziemlich verunsichert. »Warum fragst du sie so aus?«

»Ich habe eine fünfjährige Arbeitsverpflichtung angeordnet bekommen«, sagte Maja. »Die muss ich in Poloce abarbeiten.«

Der Vater seufzte. Die Hoffnung auf eine Untermiete begann zu schwinden.

Frau Karla und ihre Tochter schauten sich an.

»Fünf Jahre sind eine ordentlich lange Zeit«, sagte Frau Karla. »So lange können Sie nicht in dem Wohnheim wohnen. Das Dachgeschoss ist natürlich frei. Jaruška, du hast recht, es ist besser, wenn ich nicht allein hier bin.«

–

Thymian für die gute Laune, Johanniskraut gegen Ängste, Melisse für besseren Schlaf, Lavendel gegen Anspannung und bei Kopfschmerzen, Passionsblume gegen Krämpfe und eine Mischung aus Kamille, Dost, Taubnessel und Wegerich bei Empfängnisschwierigkeiten. Frau Karla brachte Maja das Erkennen, Sammeln, Trocknen, Herstellen der Mischungen und Tinkturen aus den Kräutern bei.

Maja war die Einzige, die Oma Němcová mit Frau Němcová ansprach, obwohl sie jahrelang mit ihr in einem gemeinsamen Haus lebte. Für die Leute aus dem Dorf war die Kräuterkundige einfach die alte Němcová oder das Kräuterweib Němcová. Für fremde Ohren mochte diese Benennung respektlos klingen, aber die Leute in Poloce sahen das nicht so, sie achteten ihre Kräuterfrau und wandten sich an sie, wann immer sie körperliche oder seelische Beschwerden quälten.

In den vier Jahren des Zusammenlebens im Häuschen am Ende des Dorfes, in dem Frau Karla die Küche und das Schlafzimmer im Erdgeschoss bewohnte, und Maja das Obergeschoss, lernte Maja viel, nicht nur über Kräuter, sondern auch über den Glauben an die Zukunft. Sie wusste schon lange, dass sie nicht die Einzige war, mit der das Leben böse Spielchen spielte, nicht die Einzige, die ihre Kinder verloren hatte, den Ehemann, und sich nicht ihre Träume erfüllen konnte. Die Gefängnisse waren voll von ähnlichen Schicksalen. Das Wissen, dass es viele unglückliche Menschen auf der Erde gibt, ist aber kein großer Trost. Vor allem dann, wenn die Schwierigkeiten nicht von einer höheren Macht ausgehen, sondern von Menschen, die sie sich gegenseitig bereiten.

Auch Frau Karla hatte ihren Sohn verloren. Genauso wie Majas Joska verschwand auch Petr Němec während der Verhaftungen nach den Demonstrationen. Einzig ein paar Fotografien im Album waren Frau Karla von ihm geblieben.

»Petrs Frau fand nach ein paar Jahren einen anderen Mann und wollte wieder heiraten, aber das ging nicht. Offiziell war sie immer noch mit meinem Sohn verheiratet. Die Behörden erlaubten ihr nicht, ihn für tot erklären zu lassen. Sie behaupteten, er sei emigriert. Deswegen musste sie sich amtlich von ihm scheiden lassen. Ihre Kinder werfen ihr das heute noch vor.«

»Und Sie?« Maja lebte schon ein paar Monate bei Frau Karla und konnte sich also vorstellen, was die Kräuterfrau antworten würde.

»Wie könnte ich? Petr ist fort, aber seine Frau hat noch die Chance, ein paar schöne Jahre zu verleben. So wie du.«

Es war eine Sache zu wissen, dass Frau Karla recht hatte, eine ganz andere und viel schwerere, auf ihren Rat zu hören und die Kraft in sich zu finden, ein neues Leben anzufangen. Wann immer ein Gefühl von Zufriedenheit und Ausgeglichenheit in ihr aufblitzte, glaubte sie nämlich, Joska und ihre Kinder zu verraten.

Ob Maja nun wollte oder nicht, das neue Leben hatte schon begonnen. Sie lernte, den Gestank des Schweinestalls zu ertragen, gewöhnte sich an den Anblick der trächtigen Sauen in den beengten Käfigen, lernte in den hohen Gummistiefeln zu laufen und durch die Jauche zu waten. Sie knüpfte neue, wenn auch noch vorsichtige Freundschaften. Die Nachmittage und Abende verbrachte sie häufig mit Frau Karla. Sie unterhielten sich über alles Mögliche, aber am häufigsten über Kräuter, und so kam Maja auf einem Umweg zu dem, was sie interessierte und was sie schon damals tun wollte – Gebrechen heilen, die wirklichen und die eingebildeten.

Auch Frau Karla glaubte, dass Majas Hände dafür geschaffen waren, die Menschen von ihren Krankheiten zu heilen, und sie weihte Maja in alles ein, was sie in ihren langen Lebensjahren selbst gelernt hatte. Wenn der Frühling kam, gingen sie gemeinsam hinaus, um Huflattich, Gänseblümchen, Brennnesseln und Schlüsselblumen zu sammeln, und Maja fühlte dabei, wie die Schichten von Kummer, Verbitterung und Wut auf die gesamte Welt, die sich in den Gefängnisjahren auf sie gelegt hatten, abbröckelten. Nur die Trauer blieb und Maja wusste, dass sie für immer ein Teil von ihr bleiben würde.

Im Frühjahr lebte auch schon der Vater in Poloce. Er ließ sich in dem zweiten freien Zimmer unter dem Dach nieder. Dort hatte er geschlafen, wenn er im Winter zu Besuch bei Maja war. Und um Frau Karla für ihre Gastfreundschaft zu danken, reparierte er manchmal etwas und half im Garten.

»Und wenn Sie nun ganz zu uns ziehen?«, schlug ihm Frau Karla am Frühlingsanfang vor, als er auf dem Hof einen Rahmen zum Kräutertrocknen zusammennagelte. »Einen Mann kann man im Hause brauchen.«

Radek Toman dachte von Anfang an über einen Umzug nach Poloce nach, aber er wollte sich nicht zu sehr an Maja hängen und in ihr Leben mischen. Auch das Benzin zu beschaffen, war nicht leicht, und das häufige Fahren erschöpfte ihn. »Ich bespreche das mit Maja«, sagte er.

Maja war überrascht, dass der Vater bereit war, die Stadt zu verlassen, in der er das ganze Leben verbracht hatte. Sie war froh, ihn bei sich zu haben, aber gleichzeitig war es, als würde sich mit Vaters Umzug ein weiterer Anker lösen, der sie mit der Vergangenheit verband. Sie war sich nicht sicher, ob sie sich von der Stadt verabschieden wollte, an die sie Erinnerungen an die Kindheit, die Mutter, Großmutter, Joska und die Kinder fesselten. Was, wenn die Kinder nach Meziříčí kämen, um sie zu suchen, und niemand könnte ihnen sagen, wo sie wohnte?

»Würdest du wirklich umziehen?«

»Wie lange werde ich wohl noch zu dir kommen können? Und du darfst Poloce nicht verlassen. Meiner Meinung nach ist ein Umzug die beste Lösung. Ich bin sowieso fast ständig hier. Ich habe zwar nie gedacht, dass aus mir ein Dorfmensch wird, und deine Mama würde sicher lachen, wenn sie mich die Beete umgraben sähe, aber ich konnte mir auch eine Menge anderer Dinge nicht vorstellen, die mir in meinem Leben widerfuhren. Das hier ist ganz sicher nicht das Schlimmste.«

Über die verschlungenen Pfade des Lebens wusste Maja Bescheid. Auch jetzt stand sie an einer Kreuzung und musste sich entscheiden, ob sie sich weiter an die Hoffnung klammern sollte, eines Tages an ihr altes Leben anknüpfen zu können, oder einen dicken Strich darunter machen und ein neues anfangen sollte. Papas müdes Lächeln und die gebeugten Schultern gaben ihr den Hinweis. Hoffentlich würde sie sich das irgendwann verzeihen können.

–

An diesem Septembermorgen, als Maja den Kopf von der Arbeit hob, um zu schauen, wer den sanften Hügel hinauf zu ihrem gelb verputzten Häuschen kam, lebte sie fast acht Jahre in Poloce. Das Häuschen am Dorfende gehörte ihr inzwischen. Frau Karla hatte es ihr noch zu ihren Lebzeiten für die Summe verkauft, die Majas Eltern während ihrer Gefängniszeit gespart hatten. »Die Verwandtschaft würde sich nur um das Häuschen streiten«, sagte Frau Karla, als sie Maja den Hauskauf vorschlug. »Das Geld teile ich gerecht unter ihnen auf, du hast ein gesichertes Dach über dem Kopf und ich kann in Ruhe sterben.«

Wann immer Maja danach die korpulente Verkäuferin traf, musste sie sich eine vorwurfsvolle Flut von Klagen anhören: »Wie konnte sie mir das antun? Meine eigene Mutter! Ich war es, die sich um sie gekümmert hat, ich habe sie unterstützt, und jetzt soll ich mit den undankbaren Geschwistern teilen, die nur zweimal im Jahr zu ihr kommen. Und außerdem hat sie das Haus unter Wert verkauft«, vergaß sie nicht hinzuzufügen.

Maja schwieg, obwohl sie hätte anmerken können, dass Frau Karla gar keine Pflege brauchte, weil sie von einem Tag auf den anderen aus dem Leben ging. Maja hatte sogar das Gefühl, dass die Kräuterfrau sich entschlossen hatte zu sterben, und ihrem Abgang etwas nachgeholfen hatte. Sie konnte sehen, dass Frau Karla die Kraft verlor und mit ihr auch die Lebensfreude. Sie bemerkte, dass sie sich auch der wenigen Sachen entledigte, die sie besaß – als wollte sie Ordnung hinterlassen. Dann zeigte sie eines Abends Maja wieder einmal, wo sie die Zusammenstellung der Kräutermischungen fand, obwohl Maja die schon lange auswendig kannte. Den Vater erinnerte sie daran, zum Winter die Tulpenzwiebeln auszugraben, und am Abend kochte sie sich wie immer einen Tee für einen guten Schlaf. Diesmal ließ sie die nicht ausgetrunkene Tasse nicht auf dem Nachttisch stehen, sondern wusch sie sorgfältig ab und räumte sie in die Anrichte. Sie schlief ein und wachte am Morgen nicht mehr auf.

Maja half der verweinten Verkäuferin, die Beerdigung zu organisieren, die paar Sachen einzupacken, die von Frau Karla noch übrig waren, und fuhr fort, Kräuter zu sammeln und Tees zu mischen, wie die Kräuterfrau sie gelehrt hatte. Sie war vorsichtig und hielt sich an die Regeln, die ihr Frau Karla beigebracht hatte.

»Nimm nie von jemandem Geld! Man könnte dich beschuldigen, dich gesetzwidrig zu bereichern. Wenn es schön ist, bleib mit den Leuten, die sich Kräuter holen wollen, am Tisch im Garten. Damit allen klar ist, dass du nichts zu verbergen hast. Versprich keine Wunder! Manchen helfen die Kräuter, anderen nicht. Aber vergiss nicht, dass auch für die Kräuter gilt, dass der Glaube heilt. Die Hoffnung ist wichtig!«

Als der Vater starb, lebte Maja schon nicht mehr allein im Haus. Der Mann, den sie nicht heiraten konnte, weil sie immer noch mit dem vermissten Joska verheiratet war, zog zu ihnen und brachte seine Tochter aus erster Ehe mit. Zbyšek Jurák arbeitete im Büro der Lagerhaltung in derselben Genossenschaft wie Maja. Er war ein begeisterter Jäger und verbrachte ganze Tage im Wald. Maja machte sich manchmal über ihn lustig – dass er nur zu ihr gezogen war, weil sie ein Haus direkt am Wald hatte. In Wahrheit wäre Zbyšek zu ihr gezogen, egal wo sie gewohnt hätte. Nach dem plötzlichen Tod seiner Exfrau, von der er sich nach nur einem Jahr voller Kämpfe und Gehässigkeiten hatte scheiden lassen, wusste er sich überhaupt nicht mit seiner fünfjährigen Tochter zu helfen, die sie ihm hinterlassen hatte. Die kleine Klára sah er zum ersten Mal, als sie ihm von den Behörden in die Obhut übergeben wurde. Und obwohl er jahrelang behauptet hatte, er sei nicht der Vater des Mädchens, musste er sich sofort korrigieren, als er sie sah. Klára war das genaue Ebenbild ihres Vaters – sogar mit der finsteren Beule, die sich zwischen den Augenbrauen bildete, wenn sie ein böses Gesicht machte.

Das erleichterte Zbyšek die Sorge um seine Tochter aber kein bisschen, und als ihm Maja anbot, ihm bei der Erziehung von Klára zu helfen, zögerte er nicht. Nach Poloce hatte er sich vor Jahren aus der Stadt und der missglückten Ehe geflüchtet und er schlief noch immer im Wohnheim. Ihm selbst war das völlig egal, er verbrachte sowieso die meiste Zeit auf der Arbeit, bei Maja oder im Wald, aber ein kleines Kind konnte er ganz sicher nicht ins Wohnheim mitnehmen. Er mochte die zehn Jahre ältere Maja und verstand sich mit ihrem Vater, also schien ihm der Umzug in das Haus am Dorfrand der natürliche nächste Schritt zu sein.

Außer Klára brachte er einen halbleeren Koffer mit ins Haus, eine Flinte und ein Landschaftsbild, welches – jedenfalls behauptete er das – in seiner Familie über Generationen vererbt wurde. Als sie das Ehebett, auf dessen Lieferung sie ein paar Monate warten mussten, in Majas Schlafzimmer im ersten Stock gebracht und Majas alte Liege hinausgeworfen hatten, sah sich Zbyšek um. »Die Landschaft würde schön anstelle dieser Maria aussehen, was meinst du?«

Mit *dieser Maria* meinte Zbyšek das Pastellbild von Majas heiliger Namensvetterin. Obwohl die Verkäuferin nach dem Tod von Frau Karla alles aus dem Haus getragen hatte, was ihrer Meinung nach wenigstens einen kleinen Wert hatte, lag ihr nichts an dem Bild. Maja aber kam sofort in den Sinn, wie schief alles in ihrem Leben gegangen war, nachdem sie das Bild der Jungfrau Maria mit dem Kind von der Schlafzimmerwand in ihrer Wohnung in Meziříčí abgenommen hatten. »Auf keinen Fall. Sie hält ihre schützende Hand über mich«, sagte sie entschlossen. Zbyšek sagte irgendetwas über Aberglauben und hängte seine Landschaft an die gegenüberliegende Wand.

Maja hatte wieder eine Familie, auch wenn die Behörden das anders sahen. Klárka sagte Mama zu ihr, aber Maja beunruhigte der Gedanke, dass sie ihre neue Familie wieder verlieren könnte, wenn irgendetwas passierte. Sie wusste gut, dass man oft nicht beeinflussen konnte, was mit einem oder um einen herum geschah.

Auch deshalb war sie bereit, Zbyšeks zeitweilige Launenhaftigkeit, seine Unordentlichkeit und seine Überzeugung zu ertragen, dass er das Recht hatte, alles seiner größten Leidenschaft – der Jagd – unterzuordnen. Am Anfang störten sie sein fehlendes Interesse an allem anderen – vor allem dem Familienleben – und die ewigen Gespräche über das Wild, Zufüttern, Jagdarten, Schusswaffen und Kynologie. Aber sie wusste, dass es für ein Paarleben wichtig war sich anzupassen, und so lernte sie, den Wald genauso zu lieben, wie Zbyšek es tat.

Sie würde es nie zugeben, aber in Gedanken verglich sie ihn mit Joska und es freute sie ganz sonderbar, dass Joska im Vergleich besser abschnitt. Sie glaubte, eigentlich ihren ersten Mann zu verraten, wenn sie an Zbyšek keine Fehler sähe.

Sie mochte Zbyšek natürlich und bewunderte viele Dinge an ihm. Ihr gefiel seine Begeisterung, mit der er an Dinge ging, die ihm Spaß machten, sein lautes Lachen und seine Verlässlichkeit. Selbst darin zeigte sie sich nicht als wirklich selbständige und selbstbewusste sozialistische Frau. Sie konnte nicht allein sein, sie brauchte eine Schulter zum Anlehnen. Aber vor allem roch er gut. Wenn sie sich an ihn drückte, nahm sie den Duft von Holz, Leder und frisch gemähter Wiese wahr.

Das Einzige, was sie an Zbyšek nicht begreifen konnte, war, wie jemand, der den Wald und das Leben darin so liebte, ein Gewehr zur Hand nehmen und auf die Jagd gehen konnte. Mit der Jagdsaison söhnte sie nur das Fleisch aus, auf das er aus den erlegten Tieren Anspruch hatte und das Abwechslung in den häuslichen Speiseplan brachte.

–

An diesem Septembertag, als sie den Weg vor dem Haus fegte, dachte sie nicht darüber nach, wie sehr sich ihr gegenwärtiges Leben von dem unterschied, das sie sich in ihrer Jugend vorgestellt hatte. Und auch wie anders ihre Jahre mit Joska waren. Sie genoss einfach die letzten warmen Tage und fegte das abgefallene Laub zusammen – den ersten Wink des nahenden Herbstes.

Da bemerkte sie vor dem Zaun eine Bewegung. Sie dachte, es sei Klára. Sie hob den Kopf und schaute die kurzhaarige Brünette in dem beigefarbenen Kostüm an. Die kam mit langsamen, zögerlichen Schritten näher und schaute sich um, als suche sie jemanden. Maja wusste gleich, dass sie zu ihr kam. Sie sah wie eine der Frauen aus, die Schwierigkeiten haben, schwanger zu werden, und nach jeder nur erdenklichen Hilfe suchen. Die belebende Kräutermischung, die Maja nach der Beschreibung von Frau Karla mischte, hatte einen ausgezeichneten Ruf, obwohl Maja sich nicht sicher war, welchen Anteil am Resultat die Kräuter hatten und welchen der Glaube daran.

Die junge Frau blieb vor dem Tor stehen, las das Schild, das dort noch von Frau Karla hing und das Maja jedes Jahr erneuerte. Es schien, dass die Aufschrift sie überraschte. Maja hoffte auf einmal, gerade dieser Frau helfen zu können. Sie lehnte den Besen an die Wand, grüßte und lächelte, um die Brünette zu ermuntern, aber die schaute misstrauisch. Das verwirrte Maja. »Sie wünschen?«, fragte sie.

Natürlich war die junge Frau zu ihr gekommen – vielleicht war sie nicht sicher, ob es passte, und war deshalb so zögerlich. Also ließ Maja sie sich in den Garten setzen und bot ihr etwas zu trinken an. Sie wusste, dass alle ein paar Minuten brauchten, um ihre Scheu abzulegen und sich so weit zu entspannen, dass sie Maja ihre Probleme anvertrauen konnten.

Es dauerte eine Weile, bis sie begriff, dass diese junge Frau keine Kräuter wollte. Zuerst dachte Maja, es hätte sie jemand angezeigt und ihr eine Kontrolle geschickt. Sie war sehr vorsichtig und hielt sich an die Ratschläge von Frau Karla. Sie nahm nie Geld von ihren Klienten, auch wenn die sich natürlich anders bedankten – mit Honig, Würsten, einer Flasche Wein oder Schnaps ... Sollte sie etwa der gesetzwidrigen Bereicherung beschuldigt werden? Das würde einen Prozess und vielleicht auch Gefängnis bedeuten ...

Aber dann sagte die Brünette ihren Geburtsnamen.

Frau Karla hatte früher einmal gesagt, dass ihre Kinder Maja eines Tages finden würden – wenn sie es wollen. Maja hielt das damals einfach für einen Trost. Sie hätte wissen sollen, dass sich Frau Karla kaum einmal täuschte. Jetzt war der Tag gekommen, den die Kräuterfrau vorhergesagt hatte, und Maja war überhaupt nicht auf ihn vorbereitet. Sie saß auf der Holzbank, starrte die junge Frau an, die noch vor ein paar Sekunden eine völlig Fremde war, und versuchte Spuren dessen zu finden, was sie an ihre Tochter erinnerte. Sie sah überhaupt nichts.

»Lenička ...«, sagte sie, aber sie erkannte ihre Tochter in der Frau nicht. Weder die Gesichtsform noch die Haarfarbe, nur die Augen, vielleicht diese braunen Augen. Nein, sie zweifelte nicht daran, dass die junge Frau die Wahrheit sagte und wirklich Magdalena Hajná war, ihre Tochter. Aber sie spürte nur eine riesige Trauer und die Sehnsucht nach den Jahren, in denen aus dem kleinen, vierjährigen Mädchen eine erwachsene Frau geworden war. Maja wollte etwas sagen, aber sie wusste nicht was.

Das Gesicht der jungen Frau wurde hart. Sie begann, eine Frage nach der anderen hervorzustoßen.

Sie kamen wie aus der Ferne bei Maja an, sie vernahm nur ihren scharfen, verurteilenden Tonfall. Ich sollte mich verteidigen, sagen, wie es war. Warum, warum ... prasselten die Fragen auf sie ein und Maja versuchte zu erklären. Ihr Hals war wie zugeschnürt, die Zunge schwer. Sie bemerkte selbst, wie unbeholfen sie antwortete und wie die Fragen aggressiver wurden. Auch in ihren eigenen Ohren klangen ihre Antworten wie Ausreden. Sie brauchte Zeit. Sie musste Luft holen und von vorn anfangen. Sie streckte Lenka die Hand entgegen, um den Schwall an Fragen zu stoppen, aber die zuckte gereizt zurück.

»Mami?«

Kláras erschrockene Stimme durchschnitt die Luft. Lenka drehte sich um. Maja sah, wie ihr Gesicht erstarrte und sich in eine leblose Maske verwandelte. »Auf Wiedersehen, Frau Hajná.«

»Lenička«, sagte Maja noch einmal, aber die fremde junge Frau hatte sich schon erhoben und war aus dem Tor auf die Straße getreten. Maja wollte aufstehen und ihr hinterherlaufen, aber ihre Beine gehorchten ihr nicht. Aus ihrem Mund drang anstelle eines Rufes ein verzweifeltes Stöhnen, und sie saß nur da und zitterte am ganzen Leib.

ACHTZEHNTES KAPITEL

Magdalena, genannt Magda
September 2012–2019

Sie lief mir nicht hinterher, rief mich nicht, versuchte nicht, mich aufzuhalten. Sie saß am Tisch und schaute nur. Und als ich mich am Ende der Straße umdrehte, sah ich nicht einmal mehr das Mädchen, das so leicht meinen Platz eingenommen hatte. Nur die weiße Wäsche flatterte an der Leine, als würde sie mir zum Gruß winken.

Ich verlangsamte das Tempo und kam zum Auto, das vor der Schule parkte. Der Fahrer telefonierte, aber als er mich sah, drehte er sich weg, beendete schnell das Gespräch und steckte das Mobiltelefon in die Tasche. Mich überraschte, dass er überhaupt ein Telefon hatte. Aber vor allem versetzte es mir einen Schrecken. Mobiltelefone durften nur die überprüften Kader besitzen. Es gab nur eine Möglichkeit, wie ein einfacher Fahrer an ein Gerät gelangen konnte, das der Elite vorbehalten war. Ein Auftrag von der Staatssicherheit.

»Sie spionieren mich aus?« Wenn ich nicht so aufgeregt gewesen wäre, hätte ich ihn bestimmt nicht so attackiert. Aber in diesem Augenblick kam es mir ungerecht vor, dass ich ganz und gar im Einklang mit den sozialistischen Werten lebte, alles für die Stärkung des Regimes tat, sogar die Frau, die mich auf die Welt gebracht hatte, gerade eben zurückgewiesen hatte, weil sie nicht dieselben Werte wie ich teilte, und die Partei vertraute mir trotzdem nicht so weit, dass sie mich unbeaufsichtigt ließ.

Der Fahrer sah erschrocken aus. »Genossin Kopečná, ich spioniere Sie doch nicht aus. Warum sollte ich das tun?«

In diesem Moment ging mir auf, dass ich einen Fehler gemacht hatte. Wenn er mich wirklich nicht bespitzelte, hatte ich jetzt seine Aufmerksamkeit geweckt und ihm die Gelegenheit auf dem Tablett serviert, ein paar Punkte zu machen und zu melden, dass ich mich verdächtig benahm. Ich überlegte, ihm zu sagen, ich sei bei einer Kräuterfrau gewesen, aber dann fiel mir ein, dass die Partei alles wusste. Irgendwo in den Papieren und Rechnern gibt es die Angaben über mich und meine bestrafte Mutter. Bislang gab es keinen Grund, sie hervorzuholen, aber irgendjemand könnte anfangen zu fragen, warum ich meine Mutter finden wollte. Er könnte zu dem falschen Schluss gelangen, dass ich der Partei nicht so ergeben war, wie ich sein sollte.

»Warum haben Sie das Mobiltelefon?«

»Das ist dienstlich. Als ich Sie kommen sah, habe ich gemeldet, dass wir losfahren und ich das Auto gegen fünf in die Garage zurückbringe.«

Ich glaubte ihm nicht. Als er mir die Tür öffnete, setzte ich mich auf den Rücksitz. Ich wollte so schnell wie möglich aus diesem verfluchten Dorf verschwinden, aber gleichzeitig musste ich ein bisschen allein sein, um meine Gedanken zu ordnen und mich zu beruhigen. Im Rückspiegel sah ich den prüfenden Blick des Fahrers. Ich zwang mich zu einem Lächeln. »Ein ganz hübsches Dorf, was meinen Sie? Wenn es nicht so weit von Prag weg wäre, würde ich mir hier ein Wochenendhaus anschaffen.«

»Der Schweinestall hier stinkt fürchterlich«, sagte der Fahrer. »Und ich bin ein Stadtmensch. Prag ist Prag.«

»Da haben Sie auch recht.« Ich nickte, rutschte ein bisschen aus dem Blickwinkel des Rückspiegels und schloss die Augen. Ich musste nachdenken.

–

Ich war wütend auf Jana, dass sie ihre Nase in meine Angelegenheiten gesteckt hatte, und noch mehr auf mich, weil ich mich hatte provozieren lassen und nach Poloce gefahren war. Warum war ich dahingefahren? Was hatte ich erwartet? Jetzt musste ich auch noch fürchten, von den übergeordneten Organen vorgeladen zu werden und erklären zu müssen, warum mich eine Mutter mit einem Eintrag im Strafregister überhaupt interessierte.

Weil es meine Mutter ist, klang die Antwort in meinem Kopf.

Ich musste mit jemandem reden. In Frage kam aber nur Jana. Ich ließ mich vom Fahrer zurück in die Redaktion bringen und ging von dort zu Fuß direkt zu Janas Wohnung. Sie wohnte ein Stück von der Metrostation Sokolovská entfernt, von der ich nach Hause fuhr, wenn ich gerade nicht mit dem Dienstauto fahren wollte. An den Wänden des kleinen Wohnzimmers, das gleichzeitig auch Schlafzimmer war, standen Regale voller Bücher und alter Puppen. Warum Jana die sammelte, war mir ein Rätsel. Im Halbdunkel sahen sie schrecklich aus, sie nahmen Platz weg und staubten voll.

Jana goss mir ohne zu fragen ein Glas Weißwein ein, schob sich den Ohrensessel, der ihr als Lesesessel diente, an das Tischchen heran und hörte zu, wie ich Beschwerden und Klagen hervorsprudelte.

»Da gibt es nichts zu fürchten«, unterbrach sie mich. »Du hast nichts Schlechtes angestellt. Bist du etwa keine mustergültige Genossin? Es ist nur natürlich, dass dich interessiert, wer deine Eltern waren. Du hast ein Recht darauf, oder etwa nicht?«

Wieder hörte ich in Janas Stimme diesen bitteren Hohn.

»Das ist eine Kriminelle!«, blaffte ich los.

»Na und? Kinder können doch nichts für ihre Eltern.« Jana schlug ein Bein übers andere und fragte. »Wofür wurde sie eigentlich eingesperrt?«

»Woher soll ich das wissen?«

»Du hast sie nicht danach gefragt?«

»Sie wurde nach dem November ´89 eingesperrt.«

»Also eine Politische. Na, das ist ja blöd.« Die Ironie in ihrer Stimme regte mich auf. »Besser wäre es, wenn sie jemanden umgebracht hätte.«

»Du wusstest das, oder?«

»Und spielt das eine Rolle? Sie hat ihre Zeit abgesessen, also was?«

»Du weißt ganz genau, dass du mich in eine schwierige Situation gebracht hast. Ich habe eine Stellung, Verantwortung ...«

Jana stand vom Sessel auf und setzte sich neben mich auf die Couch. »Das wollte ich wirklich nicht. Ich dachte, du würdest gern etwas mehr über deine Mutter erfahren.« Sie nahm meine Hand und senkte die Stimme. »Ich hatte das Gefühl, es quält dich, dass du dich nicht an die Eltern erinnerst.«

Ich nickte. »Ich sollte wohl froh sein, dass ich mich mit eigenen Augen überzeugen konnte, dass sie im Kindergenesungsheim recht hatten.«

»Wie meinst du das?«, fragte sie ungläubig.

»Meiner Familie war es völlig egal, was mit mir passierte. Die Mutter hatte keine Ahnung, dass ich im Heim war. Sie dachte, man hätte mich zur Adoption freigegeben und damit war es für sie erledigt.« Von dem Gedanken, wie leicht sie die Vergangenheit abgeschüttelt und sich eine neue Familie gegründet hatte, wurde mir physisch schlecht und ich begann zu zittern.

Jana war von meinem Zustand beunruhigt. »Verzeih, ich hatte keine Ahnung, dass dich das so mitnimmt.« Sie umfasste meine Schultern und drückte mich an sich. »Aber ich muss dich berichtigen. Im Heim haben sie uns ihre Wahrheit in den Kopf gegossen, aber das heißt noch lange nicht, dass sie auch das Beste für uns wollten.«

Ich zog mich von ihr zurück. »Darüber werde ich nicht mit dir sprechen. Mir gab das Genesungsheim die Chance auf ein gutes Leben. Und wenn du dich ein bisschen anstrengen würdest, hättest du das auch.« Ich sah mich in dem kleinen Zimmer um. »Du müsstest nicht in diesem Loch wohnen.«

Janas spöttischer Tonfall war zurück. »Mir gefällt es hier. Soll ich etwa wegen einer größeren Wohnung bei meinen Kollegen schnüffeln und dann zutragen? Das war es doch, was sie uns beigebracht haben, oder?«

»Sie haben uns beigebracht, die sozialistischen Werte zu schützen.«

»Du kannst ja gern Zuträger sein, wenn du die Nerven dafür hast, aber ich werde mich an so etwas nicht beteiligen.«

»Ich trage über niemanden etwas zu.«

»Klar doch, die Untergebenen tragen es dir zu und du schickst es dann nur weiter. Diese Gesellschaft basiert auf dem Prinzip der Angst. Alle bewachen wir uns gegenseitig, warten auf die kleinste Verfehlung und dann beeilen wir uns, damit wir die Ersten sind, die auf den Fehler hinweisen. Du tust etwas, das die Genossen als Versagen auslegen könnten, und jetzt zitterst du, dass der Fahrer dich verpfeift und du deine Exklusivstellung verlierst.«

»Der verpfeift mich nicht.«

»Wie kannst du dir da so sicher sein?«

Ich zögerte. Ganz sicher konnte ich mir natürlich nicht sein. »Ich weiß es einfach.«

Jana zog bedeutungsvoll die Augenbrauen hoch. »Hast du was mit ihm? Oder was gegen ihn in der Hand?«

»Ich bitte dich, was sind das für Einfälle …« Ich schüttelte den Kopf. »Der ist auch nicht ganz sauber. Er benutzt den Dienstwagen für private Zwecke. Wenn er schweigt, schweige ich auch.«

»Wie hast du das rausgefunden? Hat er dir das so nebenbei erzählt?«

Ich stützte mich auf, legte die Beine unter mich und trank vom Wein. Im Wein liegt Wahrheit, sagt man das nicht? Ich hatte seit dem Morgen nichts gegessen und fühlte jetzt, wie mir der Alkohol zu Kopf stieg und die Kümmernisse verflogen. Ich lachte. »Willst du das echt wissen?«

Jana nickte und setzte sich zurück in den Ohrensessel mir gegenüber.

»Ich habe eine Verpackung von Waffeln im Auto auf den Boden geworfen und dann habe ich getan, als hätte ich sie gefunden. Ich habe mich gewundert, woher die Verpackung kam, und er rückte damit heraus, dass er morgens den Sohn zur Schule gefahren hatte. Ich sagte, das sei nicht erlaubt und dass man ihn dafür rauswerfen könnte. Er war total fertig, ich hatte Angst, dass wir einen Unfall bauen. Und er immer wieder, dass er den Jungen nur einmal gefahren hatte, und verstrickte sich dabei immer tiefer. Na, und dann habe ich gesagt, dass er keine Angst haben muss. Dass ich auf seinen Verstoß nur aufmerksam machen würde, wenn mich jemand direkt ansprechen würde. Zum Beispiel die Sicherheit. Bis zum Ende der Fahrt hat er nichts mehr gesagt. Ich glaube, er hat verstanden.«

Jana stellte das Glas auf den Tisch und beugte sich vor. »Du bist die Füchsin.«

»Wie meinst du das?«

»Die Füchsin Eliška Zonerová, der Schrecken aller Mitarbeiter des Genesungsheims. Alle in der Redaktion fürchten dich und jetzt sehe ich, dass sie allen Grund haben. Du bist genauso hinterhältig wie sie.«

Ich war beleidigt. »Das sagt die Richtige. Du bist es, die kein reines Gewissen hat. Erinnere dich nur, wie du dich bei der Füchsin mit der Lesegruppe einschmeicheln wolltest.«

Jana stützte sich wieder auf. »Du glaubst doch wohl nicht, dass die Lesegruppe meine Idee war? Die Füchsin kam damit an. Sie war es, die mich gebeten hat, die Gruppe zu gründen. Sie hat mir die Bücherliste gegeben und dann Soňa Nová eine andere untergeschoben, auf der verbotene Titel waren. Sie hat sie sogar so in der Bibliothek arrangiert, dass die Nová sie fand. Sie wollte die Nová loswerden, weil die es auf ihre Stelle abgesehen hatte. Die Nová schnüffelte ihr hinterher und wartete nur auf den richtigen Augenblick, bis die Füchsin einen Fehler macht. Aber die Füchsin war schneller.«

»Warum hast du dich da reinziehen lassen?«

Jana lachte. »Erinnerst du dich, wie ich dir sagte, dass mich meine Mama heimlich aus der Anstalt fortbringen wollte, als wir beim Zahnarzt waren?«

Ich nickte.

»Die Erzieherin, die uns damals beaufsichtigte, war Soňa Nová. Also, damals war sie ledig und hieß Růžičková und wog gut zwanzig Kilo weniger, aber ich habe sie trotzdem sofort erkannt. Sie hat im Pardubicer Jugendheim gearbeitet. Sie war es, die die Sicherheit auf meine Mama gehetzt hat. Ihretwegen haben wir nicht geschafft zu entkommen. Sie hatte Mama auf dem Gang bemerkt und aus dem Sprechzimmer die Wache angerufen. Deswegen haben sie uns sofort geschnappt.«

»Sie hat nur ihre Arbeit getan.«

Jana sah mich an, als könnte sie nicht glauben, dass ich so etwas sagen konnte. »Angeblich soll sie dann leitende Erzieherin geworden sein. Ich bin sicher, dass sie das überaus genossen hat, und sich dann nicht damit abfinden wollte, als sie mit ihrem Mann umziehen musste und nur die Stelle einer einfachen Erzieherin finden konnte. Sie hat mich auch erkannt und mich sofort rangenommen und wollte, dass ich ihr zutrage. Vor allem über die Füchsin. Sie drohte mir, dass sie mich der Direktorin verpfeift – dass ich angeblich im Heim erzähle, dass meine Mama mich holen kommt.«

»Und hast du ihr was zugetragen?«

»Spinnst du? Aber Angst hatte ich schon. Also, als die Füchsin mit dem Lesezirkel kam, ahnte ich, dass das irgendwie ein linkes Ding war, aber ich habe mitgemacht. Ich tat, als wüsste ich nicht, worum es der Füchsin ging, und ließ mich von ihr manipulieren.«

»Siehst du, du hast auch mitgemacht.«

Jana nickte. »Ja, habe ich. Aber so ein hinterhältiges Biest zu beseitigen, hat mich nicht gestört. Sollen sich doch die ambitionierten Miststücke gegenseitig auffressen.«

Ich stellte das leere Glas auf den Tisch, und als Jana mir nachschenken wollte, hielt ich sie auf. Auch in dem leichten Rausch spürte ich, dass das Gespräch auf gefährlichen Boden kam, und ich wollte nicht mehr weiterreden. »Das Haus *Zu den fünf Eichen* werde ich nicht schlechtmachen.«

»Es hat dir die Chance auf ein gutes Leben gegeben, ich weiß«, entgegnete Jana giftig. »Und hat dir das Gehirn gewaschen.«

»Halt die Klappe!« Ich stand auf. »Ich geh dann mal lieber.«

Als ich vor das Haus trat, war der Himmel bezogen und es begann zu tröpfeln. Ich erinnerte mich an die Wäsche, die im Garten des Häuschens in Poloce hing. Ob es da wohl auch regnete?

–

Noch bevor ich bei der Metro ankam, hatte sich das Tröpfeln in dichten Regen verwandelt. Ich legte einen Schritt zu. Vor dem Eingang in die Station drängten sich Leute. Ich versuchte, die Menge zu umgehen und ins Foyer zu gelangen, aber ein Soldat hielt mich an der Glastür an. »Stellen Sie sich hinten an, Genossin, sehen Sie nicht, dass hier eine Kontrolle stattfindet?«

Da habt ihr euch aber ein Wetter ausgesucht, dachte ich mir, zog mir die Jacke enger an den Körper und ging zurück ans Ende der Reihe. Die Schlange bewegte sich zum Glück schnell vorwärts. Die Menschen gingen an dem Wachposten vorbei, zeigten die bereitgehaltenen Dokumente vor und gingen meistens gleich weiter. Ich wollte meinen Personalausweis aus der Handtasche holen, um niemanden aufzuhalten, aber ich konnte ihn nicht finden. Schritt für Schritt kam ich näher an die Soldaten heran, wühlte in der offenen Tasche herum, tastete den Boden und die Seitenfächer ab, aber das kleine rote Täschchen, in dem ich alle Dokumente hatte, war nicht da. Ich kam zum Wachposten. Der Mann in der Uniform schaute mich aufmerksam an. Er erinnerte sich, dass ich die Schlange umgehen wollte, und jetzt dachte er, dass ich kein reines Gewissen hatte. Mein Magen zog sich vor Erbitterung zusammen. Was hätte ich wohl angestellt haben können? Und dann dachte ich: Was konnten wohl all die Leute um mich herum angestellt haben, die hier demütig in der Reihe standen, angetreten wie Schüler, ihre Ausweise hinhielten und auf die Erlaubnis warteten, ihren Weg fortzusetzen?

»Stellen Sie sich hier an die Seite.« Der Soldat packte mich an der Schulter und schubste mich gegen die Glaswand. Ich fühlte, wie sich seine Finger in meine Schulter gruben. Ich verlor das Gleichgewicht und stieß mit dem Rücken gegen die Wand. »Warten!«, bellte er.

»Ich habe die Dokumente hier irgendwo, Genossen, ich kann sie nur nicht finden«, verteidigte ich mich und durchsuchte verzweifelt die Tasche. Plötzlich fiel mir ein, dass ich mich beim Schuldirektor in Poloce mit dem Personalausweis legitimiert hatte. Ich griff in meine Jackentasche und fand dort das Täschchen mit den Dokumenten.

»Genosse …« Ich klopfte dem Uniformierten auf die Schulter. Er stand mit dem Rücken zu mir und blätterte einen Ausweis durch. Dann gab er dem Besitzer den Ausweis zurück und drehte sich verärgert um. Ich hielt ihm den roten Personalausweis unter die Nase, mit Absicht auf der Seite mit dem blutroten, runden Stempel, der die Bedeutung meiner Funktion belegte.

Einen runden Stempel hatte kaum jemand in seinem Ausweis. Er zeugte von der höchsten Überprüfungsstufe. Das war ein Privileg, das nur hohen Funktionären vorbehalten war. Und er befreite mich von der Arbeitspflicht, die allen Bürgern gebot, für den Staat fünfundzwanzig Stunden im Monat in der Produktion oder in der Landwirtschaft abzuarbeiten. Natürlich ohne Anspruch auf Entlohnung. Diese Pflicht betraf alle unabhängig von ihrem Bildungsstand.

Und so trafen sich am Band oder beim Straßenbau Lehrer, Arbeiter, Angestellte und Ärzte. Die unbezahlten Arbeitseinsätze kamen dem Staatshaushalt zugute, der durch die riesigen Militärausgaben belastet war, und schweißten außerdem auch die Gesellschaft zusammen. Im Sozialismus sind alle gleich – also bis auf die Inhaber roter Stempel. Die waren schließlich verdientermaßen gleicher.

Gewöhnliche Parteimitglieder und Armeeangehörige hatten auch runde Stempel, aber die waren blau. Nichtparteimitglieder – und das waren die meisten – mussten sich mit einem eckigen, blauen Stempel zufriedengeben und die Bürger, von denen Probleme zu erwarten waren, hatten einen schwarzen Stempel. Das war ein einfaches und zweckmäßiges System, die Spreu vom Weizen zu trennen.

»Ich sagte Ihnen doch, Genosse, dass ich die Papiere habe«, fügte ich scharf hinzu. Ich beobachtete, wie sich sein Gesichtsausdruck veränderte. Die selbstbewusste Überlegenheit wich der Verwirrung und dann einem Schreck.

Alle Gefühle dieses seltsamen Tages – Erwartung, Enttäuschung, Trauer, Angst, Aufregung, Demütigung – schmolzen in eine einzige, unbeherrschbare Wut zusammen. »Sie waren grob zu mir, Genosse. Sie haben mich gestoßen!«, fuhr ich ihn an. »Das lasse ich mir nicht gefallen. Das wird Folgen haben!« Ich riss ihm meine Legitimation aus der Hand, warf sie in die Handtasche zurück und ging los ins Foyer der Metro.

Die Schadenfreude, die ich ein paar Sekunden bei dem Anblick des erschrockenen Soldaten verspürt hatte, wurde durch Verdruss abgelöst. Jana hat recht, dachte ich, ich bin die Füchsin. Ich lebe von der Angst anderer Menschen. Ich stellte mich auf die erste Stufe der Rolltreppe, hielt mich am Handlauf fest und fing an zu heulen.

Außer Jana hatte ich niemandem etwas von der Fahrt nach Poloce gesagt, auch Aleš nicht. Ich hatte keine Lust, ihm zu erklären, warum ich ihn nicht mitgenommen hatte. Ich wollte ihm nicht von der Begegnung mit Marie Hajná erzählen und zulassen, dass er in der Vergangenheit der Familie herumstocherte, aus der ich kam. Ganz bestimmt würde er seinen Eltern davon erzählen. Ich konnte mir den starren Gesichtsausdruck meiner Schwiegermutter und die kühle Distanziertheit meines Schwiegervaters vorstellen. Für einen Offizier der Tschechoslowakischen Volksarmee wäre es sehr unangenehm festzustellen, wer meine Mutter war. Ich würde zum schwarzen Schaf werden, der Schwachstelle, die man bei Bedarf leicht treffen könnte.

Zu Hause schaffte ich es nicht, meine Erregung zu verstecken. Ich war unkonzentriert und reizbar. Aleš erklärte sich meine schlechte Laune mit Jana und warf mir vor, dass ich nach jedem Treffen mit ihr nervös war, meine Enttäuschung an ihm auslassen würde und wir uns dann stritten. »Warum triffst du dich immer mit ihr?«, wiederholte er. »Diese Frau ist wie eine Spinne. Sie wickelt dich mit klebrigen Worten ein und am Ende vergiftet sie dich mit ihren Beißwerkzeugen.«

Er hatte natürlich recht, dieses Mal noch mehr als sonst. Und ich, die noch nie im Leben laut geworden war, schrie ihn an, er habe nicht das Recht mir vorzuschreiben, mit wem ich befreundet sein darf und mit wem nicht. Ich stand mitten im Wohnzimmer, wehrte Aleš' Vorhaltungen ab und sprudelte Vorwürfe aus mir heraus. Ich fühlte meinen Körper schlaff werden, und auf einmal flimmerte es vor meinen Augen – blau und rot wie der Himmel beim Sonnenuntergang – und ich wurde bewusstlos.

Im Krankenhaus stellten sie fest, dass ich schwanger war. Es schien mir unwirklich, dass ich schon ein neues Leben in mir hatte, als ich in Poloce im Garten der Frau saß, die mich geboren hatte. Die Ärzte sagten, ich solle mir keine große Hoffnung machen. Dass es schwer zu sagen war, wie sich die Schwangerschaft entwickeln würde, und dass ich angesichts der Anfangsschwierigkeiten das Kind bestimmt nicht austragen können würde. Aber ich beschloss, alles dafür zu tun, dass dieses Kind auf die Welt kam. Weil ich eine gute Mutter sein würde. Die allerbeste.

Ich lag fast die ganze Schwangerschaft hindurch. Mein Mann dachte, es sei ein Opfer für mich, die Arbeit und den Posten der Chefredakteurin zu verlassen, aber ich verspürte eine riesige Erleichterung.

Ich wollte nicht mehr die Füchsin sein. Ich wollte nicht die Verantwortung dafür tragen, wie andere Menschen lebten, und sie beaufsichtigen. Ich war entschlossen, mich nur auf meine Familie zu konzentrieren. Auf die neue Familie, die mit Aleš.

Nach Poloce kehrte ich nicht zurück. Es gab keinen Grund. Wenn meiner Mutter etwas an mir läge, hätte sie mich gesucht. Am Anfang wartete ich auf sie. Ich hatte genug Spuren in Poloce hinterlassen, nach denen sie mich finden konnte. Sie kannte meinen neuen Namen, von dem kleinen Mädchen hatte sie bestimmt erfahren, dass ich in der Schule zu der Lesung war. Es genügte, zum Schuldirektor zu gehen, in der Zeitschriftenredaktion nachzufragen … Sie tat es nicht.

Obwohl ich mir nicht sicher war, ob ich überhaupt irgendwie mit einer Gegnerin des Regimes in Verbindung gebracht werden wollte, war ich enttäuscht. Und als mein erster Sohn zur Welt kam und dann der zweite Sohn, wandelte sich meine Enttäuschung in Abscheu und Hass.

Mir tat es weh, wenn ich auch nur ein paar Stunden von meinen Kindern fortmusste. Ich konnte es nicht erwarten, sie wiederzusehen, sie zu umarmen und mich zu versichern, dass es ihnen gut ging. Ich verbrachte ganze Tage mit ihnen, und am Abend konnte ich viele Minuten lang zusehen, wie sie schliefen. Und egal, was ich machte, ein Teil meiner Gedanken war immer bei den Jungen.

Was war Marie Hajná für ein Mensch, dass sie so leicht ihre Tochter aufgab und sie aus ihrem Leben löschte? Und dass sie nicht das kleinste bisschen Interesse daran zeigte, was für ein Leben das von ihr geborene Kind führte, als sich die Gelegenheit bot?

–

Den Namen für unseren ersten Sohn suchte Aleš aus. Mir gefiel der Name Erik nicht, aber wann immer ich an unseren Streit nach meiner Rückkehr aus Poloce dachte, fühlte ich meinem Mann gegenüber Gewissensbisse und nahm mir vor, mich nur wegen grundlegender Dinge mit ihm auseinanderzusetzen. Und Aleš war offensichtlich von der Heftigkeit unseres Streits zu Beginn der Schwangerschaft auch erschrocken, sodass er sich so aufmerksam und rücksichtsvoll verhielt, dass es mir unangenehm wurde. Ein Zugeständnis in der Form, dass der Junge nach Aleš' Vater benannt wurde, hielt ich für ein angemessenes Opfer.

Als Erik zwei Jahre alt war, kam unser zweiter Sohn zur Welt, Vojta. Und so war ich ganze fünf Jahre im Mutterschaftsurlaub. Während dieser Zeit gab ich zwei weitere Kinderbücher heraus. Um mehr Zeit für die Kinder und das Schreiben zu haben, beschloss ich, nicht mehr auf den Posten der Chefredakteurin der *Neuen Welt* zurückzukehren.

Weil ich eine Arbeit brauchte – im Sozialismus muss jeder Mensch arbeiten, damit er kein Schmarotzer ist, was natürlich eine Straftat darstellt –, verabredete ich mir die Stelle einer Redakteurin in dem Verlag, der meine vorhergehenden Bücher herausgebracht hatte. Ich bekam sogar einen Dienstrechner nach Hause, obwohl der Zugang zum Internet auf die E-Mails für die dienstliche Korrespondenz beschränkt war. Es wäre einfacher gewesen, eine Internetverbindung auch zu Hause zu haben. Ich müsste nicht für jede Suche und für jede Überprüfung in die Bibliothek oder den Verlag gehen. Das Ausfüllen von Formularen und Anträgen würde wegfallen und auch das häufige, umständliche Erklären, warum ich gerade das suchte, was ich suchte. Aber ich verstand, warum der Staat das Internet unter Kontrolle haben wollte.

Das Internet ist eine mächtige und leicht zu missbrauchende Waffe, sagte man uns in den Schulungen. Es ist nicht kompliziert, mit falschen Nachrichten ein verzerrtes Weltbild zu erschaffen, oder in die Köpfe der Menschen einzudringen und ihnen den Gedanken einzuflößen, das kapitalistische Chaos sei besser für sie. Es würde sie verleiten, die Ordnung, Vollbeschäftigung und die Gewissheit, dass der Staat sich unter allen Umständen um sie kümmerte, gegen das einzutauschen, was sie hinter dem Eisernen Vorhang Freiheit nannten, doch in Wahrheit versteckten sich hinter diesem Wort Chaos und Unsicherheit, Arbeitslosigkeit, in den Straßen bettelnde Menschen und Terroristen, die die offenen Grenzen nutzten, um im Namen ihrer religiösen Überzeugungen zu morden.

Die Aufnahmen von den terroristischen Anschlägen, die es tagtäglich in den westlichen Ländern gab, kannten wir alle aus den Fernsehnachrichten. Ich werde nie die schrecklichen Bilder von den fallenden Wolkenkratzern in New York vergessen, die blutigen Massaker in Spanien, Frankreich, Deutschland … Das waren die Augenblicke, in denen die staatlichen Repräsentanten in die Medien kamen und uns bestätigten, dass wir unsere Sicherheit der Armee zu verdanken haben, die unsere Grenzen schützt und nicht zulässt, dass das Böse auch zu uns durchdringt. Und dann erhöhten sie die Ausgaben fürs Militär.

–

Ich war von der riesigen Last der Verantwortung für die Zeitschrift und die Untergebenen befreit und vereinbarte, dass ich nur nach Bedarf auf die neue Arbeitsstelle kommen musste, und einmal in der Woche zu den Beratungen und Versammlungen.

Während des Mutterschaftsurlaubs stellte ich etwas Eigenartiges über mich fest. Obwohl ich mein ganzes bisheriges Leben viele Menschen um mich herum hatte, oder vielleicht gerade deswegen, war ich in meinem Wesen eine Einzelgängerin. Zu Hause fühlte ich mich zufrieden und in Sicherheit. Mir war klar, dass der Eindruck trog. Ich wusste genug über das System. Wenn ein Mensch sich nicht für seine Umgebung interessierte, hieß das nicht, dass die Umgebung ihn nicht beachtete. Im Gegenteil. Mit seinem Bestreben, unauffällig zu sein und sich zurückzuziehen, erweckt solch ein Individuum den Eindruck, es sei kein Freund des Regimes, in dem es lebte. Und im äußersten Fall konnte es in Verdacht geraten, dass es Ränke gegen dasselbe schmiedete. Auch deshalb nahm ich im Rahmen meiner zeitlichen Möglichkeiten weiterhin an den Parteiversammlungen teil, fuhr in Schulen und redete auf Pionierversammlungen.

Nach außen war ich immer noch das überzeugte Parteimitglied, ein Mensch, erschaffen durch das Kindergenesungsheim für den Aufbau des Kommunismus. Nur verflog meine Überzeugung von der Nützlichkeit meines Tuns langsam. Jede an das Ufer der Realität schlagende Welle trug sie ein Stückchen fort, hinaus in das Meer der Zweifel. Ich kam mir wie eine Puppe vor, die von einer unsichtbaren Hand genau dorthin geschoben wird, wo man sie gerade braucht.

Jana hatte einen Anteil daran, auch wenn sie damals schon aus meinem Leben verschwunden war. Obwohl wir uns in der ganzen Zeit unserer seltsamen Freundschaft über viele Dinge nicht einigen konnten, führten unsere Widersprüche selten zu einem ernsthafteren Zerwürfnis. Mir war bewusst, dass meistens ich es war, die einem Streit auswich. Ich spürte wohl unterbewusst, dass eine ernsthafte Streitigkeit nicht nur die erste, sondern auch die letzte sein konnte. Ich wollte Jana nicht verlieren, obwohl sie an der Schale meines Glaubens pickte und ich Angst hatte, dass diese zerbrach. Was bliebe mir dann? Die Erkenntnis, dass ich bisher in einer Täuschung lebte und mich mit meiner Existenz an einem System beteiligte, an dem niemandem etwas lag?

Als ich im Mutterschaftsurlaub war und auch noch einige Zeit danach, tauchte Jana manchmal unerwartet an unserer Tür auf. Sie blieb nur, wenn ich allein zu Hause war. Dass sie Aleš aus dem Weg ging, schien mir verständlich zu sein – er hielt nicht hinter dem Berg damit, dass er Jana nicht leiden konnte. Aber warum meine Kinder sie störten, das verstand ich nicht. Und so fragte ich sie einmal direkt danach. Vielleicht wollte ich ihre empfindliche Stelle treffen, mich an ihr für die Unsicherheit rächen, die sie absichtlich in mir hervorrief, aber ungewollt entfesselte ich so einen Streit, der den Schlusspunkt unter unsere Freundschaft setzte.

»Magst du keine Kinder?«

»Das weiß ich gar nicht, darüber habe ich nicht nachgedacht.«

»Du wirst doch wohl wissen, ob du einmal Kinder haben willst, also wenn du heiratest.«

Sie sah mich mit diesem ironischen Blick an. »Meine Liebe, ich plane weder zu heiraten noch Kinder zu haben. Nachkommen in diese Welt zu setzen, ist verantwortungslos.«

Die Ungeheuerlichkeit dieser Antwort machte mich wütend. Natürlich, auch meine Fragen waren nicht so ganz passend, aber mich der Verantwortungslosigkeit zu bezichtigen? »Kinder sind die Zukunft.«

»Wovon?«

»Na der Welt doch.«

»Dieser Welt, meinst du?« Sie machte ein säuerliches Gesicht. »Also, so eine Welt werde ich nicht unterstützen.«

»Pass auf, was du sagst«, antwortete ich.

Aber Jana geriet in Fahrt und war nicht aufzuhalten. »Weißt du, in was für einer Welt deine Kinder aufwachsen werden? In einer Welt der Heuchelei und der Erniedrigung. Von klein auf werden sie zu Lügnern erzogen, die auswendig gelernte Phrasen nachplappern. Deine Kinder werden zittern, dass sie ja nichts sagen oder tun, was sie nicht sollten. Und wenn sie erwachsen sind, werden sie für ein Almosen oder umsonst arbeiten, damit die Armee genug Ausrüstung und Soldaten hat, die die Grenzen bewachen, damit wir ihnen nicht zufällig entwischen. Und dann machen sie aus den Jungs Soldaten, damit sie für eine Weile ausprobieren können, wie es ist, die anderen zu schikanieren. Aber vielleicht haben sie auch Pech und sie werden zum Kämpfen an die sowjetisch-chinesische Grenze geschickt.«

»Ich sage dir, sei still!«

»Sonst was? Denunzierst du mich? Du solltest mich melden. Antistaatliche Reden nicht zu melden, ist ein Vergehen. Ein großes Vergehen, Genossin.«

Ich machte einen letzten Versuch, unsere Freundschaft zu retten. »Jeder verliert mal die Nerven.«

»Ich habe nicht die Nerven verloren, mein liebes Mädchen, und du weißt das sehr gut. Genauso wie du weißt, dass ich recht habe. Alle wissen das. Und dieses Regime fällt in dem Augenblick, in dem wir aufhören, dieses Spiel zu spielen.«

Ich erschrak. Das grenzte an Landesverrat. Nein, das war Landesverrat! »Bist du verrückt geworden?«

»Wir müssen etwas tun, damit das aufhört, verstehst du? Deshalb habe ich keine Kinder. Weil ich will, dass das aufhört.«

»Verschwinde«, kreischte ich los. »Verschwinde sofort und lass dich hier nie wieder blicken, verstehst du, nie wieder!«

Anstatt zu gehen, trat sie näher an mich heran. »Dich wurmt das auch, sag nicht, dass es das nicht tut. Aber indem du dich zu Hause versteckst, entgehst du dem nicht.« Sie drehte sich um und ging aus der Tür.

–

Zum Abschied erhielt ich von der Redaktion der Kinderzeitschrift drei Nelken und Pralinen aus Milchschokolade. Das war mehr, als ich erwartet hatte, weil sich in den mehr als fünf Jahren meiner Krankschreibung und des Mutterschaftsurlaubs, in denen ich mich in der *Neuen Welt* nicht blicken ließ, die Belegschaft fast komplett geändert hatte.

Aus meinen Zeiten waren nur zwei Angestellte übrig, die sich nichts mehr wünschten, als im Windschatten die Rente abzuwarten. Die anderen sahen die Stelle in der Kinderzeitschrift offensichtlich als Sprungbrett für bedeutendere und natürlich besser bezahlte Periodika.

»Hier sind noch ein paar Sachen von Ihnen, Genossin Chefredakteurin.«

»Ehemalige«, berichtigte ich die junge Sekretärin. Sie sah nett aus, aber ich hätte sie mir nicht als Mitarbeiterin ausgesucht. Sie kam mir genau wie der Typ vor, der keinen Handschlag zu viel macht.

Sie tat leicht gekränkt. »Ich habe alles in einen Karton gelegt, Genossin Kopečná.« Sie zeigte auf eine Papierschachtel an der Tür. »Irgendwelche persönlichen Dinge«, fügte sie unnötigerweise hinzu.

»Danke.« Am liebsten hätte ich die Schachtel dort gelassen. Wenn mir die Dinge darin fast sechs Jahre lang nicht fehlten, werde ich sie jetzt nicht mehr brauchen. Ich muss mich nur damit abschleppen. Die landen sowieso im Müll.

Zu Hause öffnete ich den Karton und kontrollierte flüchtig den Inhalt. Schreibbedarf, irgendein Notizblock, beschriebenes Papier, ein paar ungeöffnete Briefe und ein Päckchen in braunem Packpapier, zugebunden mit einer Schnur. Ich schaue mir das an, wenn ich die Kinder ins Bett gebracht habe, sicher ist das etwas Dienstliches. Nach den vielen Jahren wird es nicht zu gebrauchen sein, aber besser, ich schaue die Briefe durch, dachte ich. In der Sekretärin habe ich mich nicht getäuscht. Anstatt mir die Post nach Hause nachzusenden, hatte sie sie einfach in die Schublade gestopft.

–

Ich hätte dieses Päckchen nicht öffnen sollen. Ich hätte diese Schachtel direkt wegwerfen sollen. Ich hätte sie nicht im Dielenschrank liegen lassen sollen, wo ich sie reingeschoben und dann vergessen hatte. Dort lag sie vielleicht ein halbes Jahr hinten unter den Mänteln und Jacken, bevor mein Mann darauf stieß. Er schaute hinein und trug sie auf den Küchentisch.

»Entweder du sortierst die Sachen oder du schmeißt sie gleich weg. Wir haben auch so nicht genug Platz und die Schachtel stört hier nur.«

Ich stand vom Rechner auf und schaute hinein. »In Ordnung, ich schaue mir die Sachen am Abend an«, versprach ich. »Ich muss das Kapitel fertigschreiben. Stell doch den Karton solange zurück.«

»Nein, mach das jetzt gleich. Du würdest den wieder ein halbes Jahr herumstehen lassen.«

Er hatte recht.

Ich nahm die Sachen aus dem Karton und sortierte sie auf zwei Häufchen. »Weg, weg, das sehe ich mir noch an …«

»Vielleicht schaust du erst einmal hinein, was drin ist, oder?« Aleš schob mir das braune Päckchen hin.

»Sicher nichts Wichtiges, wenn es mir ein paar Jahre lang nicht gefehlt hat«, brummte ich, nahm aber die Schere. Als ich die braune Schnur durchschneiden wollte, kam mir die Erinnerung an eine Aufschrift an einem Tor in Erinnerung, die mit dem gleichen Leinenfaden befestigt war. Meine Hand zitterte. »Ich nehme mir das an den Rechner mit.«

Aleš sah mich an. Ein seltsamer Ausdruck huschte über sein Gesicht. War das etwa ein Verdacht? Er meinte doch wohl nicht, dass ich jemanden hatte? »Schneid.«

Ich schnitt die Schnur durch und dann auch das feste braune Papier. Das Päckchen klappte auf wie eine Muschel und legte ein paar Briefe frei. Auf dem obersten stand *Lenka Kopečná*, er war zugeklebt, ohne Adresse, ohne Briefmarke. Die anderen waren an die Familie Toman adressiert, hatten abgestempelte Briefmarken und waren offen. Anstelle des Absenders war auf jedem Umschlag ein schlecht lesbarer, schwarzer Stempel.

»Lenka? Wer nennt dich Lenka?«

Ich wühlte mit der Hand in den Umschlägen und ordnete sie dann wieder zu einem Häufchen. »Das ist bestimmt ein Irrtum.«

»Kann ich das mal anschauen?« Aleš wartete die Antwort nicht ab, nahm die Briefe und sah sich einen nach dem anderen an. »Gefängnisverwaltung ...?«, las er und schaute mich an.

Mir war zum Heulen. »Ich habe dir gesagt, wir sollten das wegwerfen.«

Juni 2001

Meine liebe Lenička,
Du machst mir solche Freude! Die Oma hat mir beim letzten Besuch erzählt, dass Du die Aufnahmeprüfungen fürs Gymnasium bestanden hast und angenommen wurdest! Selbst in meinen geheimsten Träumen wagte ich nicht zu hoffen, dass [redacted], [redacted].

[redacted]. Ich habe früher davon geträumt, Medizin zu studieren. Deine Uroma sagte immer, ich hätte heilende Hände. Das stimmt wohl nicht, aber den Wunsch, zu heilen und Kranken zu helfen, hatte ich immer in mir. Auch hier [redacted] habe ich eine Zeitlang in der Sanitätsstelle gearbeitet, aber [redacted] und jetzt arbeite ich [redacted]. Ich wünsche Dir, dass das Lernen Dir Freude macht, und ich bin wirklich glücklich, sehr glücklich, dass es Dir gut geht. Jetzt bleiben mir nur [redacted] vielleicht [redacted] und dann sind wir wieder beisammen.

Ich habe Dich sehr lieb.

Deine Mama

NEUNZEHNTES KAPITEL

Marie, genannt Maja
2012–2016

Das Zuschlagen der Pforte, sich entfernende Schritte, Druck auf dem Brustkorb, den nur langgezogene Schluchzer lindern konnten. Sie war sich bewusst, dass sie schmerzvolle Laute ausstieß, aber es lag nicht in ihrer Macht, sich zu beherrschen und nicht laut zu schluchzen.

»Mama, Mami? Was ist passiert? Soll ich jemanden rufen?«

Klára stand am Tisch, streckte die Hand aus, berührte sie aber nicht, als fürchtete sie, Maja noch mehr weh zu tun. Sie war erschrocken und verwirrt. Noch nie hatte sie einen Erwachsenen weinen sehen.

Maja umarmte und drückte sie an sich. »Es ist nichts, es ist nichts …«, wiederholte sie und sie spürte wirklich, wie die Wärme des kindlichen Körpers durch ihre Haut drang und der Schmerz auf der Brust nachließ. Eine Weile hielt sie das Mädchen in der Umarmung, dann zog sie sich zurück, schnaubte aus und atmete tief durch. Sie fühlte nur Ohnmacht und unendliche Müdigkeit. Schwerfällig erhob sie sich und schob Klára zur halboffenen Haustür. »Soll ich dir vielleicht einen Kakao machen?«

–

Für Klára kochte sie einen süßen Kakao und für sich einen Kräutertee zur Beruhigung. Ihre Hände zitterten, aber sie weinte nicht mehr.

Sie stellte der Kleinen die volle Tasse hin und streichelte über ihren Kopf. »Ich bin gleich zurück.«

Sie lief auf die Straße hinaus und schnell in Richtung Dorfplatz, wo die einzige Bushaltestelle war. Der Bus, der die Leute aus dem Dorf zur Nachmittagsschicht brachte, fuhr in ein paar Minuten. Von weitem sah sie ein Häufchen Leute stehen, aber ein beigefarbenes Kostüm war nicht unter den Wartenden. Sie grüßte. »Haben Sie vielleicht eine junge Frau in einem hellen Kostüm gesehen?«, fragte sie außer Atem.

Die Leute schauten sie forschend an. Maja wurde bewusst, dass ihr Gesicht rot vom Weinen war. »Nicht alle Nachrichten sind gut, also wollte ich ihr noch etwas geben, damit sie sich besser fühlt«, fügte sie schnell hinzu.

Ein mitleidiger Seufzer fuhr durch die Haltestelle. Alle im Dorf wussten, dass Maja mit ihren Kräutern versuchte zu helfen und es sehr schwer ertrug, wenn sie nicht helfen konnte.

»Die ist mit dem Auto abgefahren«, sagte Musil. »Die haben bei der Schule geparkt. Ein dunkler Lada.«

»Aber nein, das war ein Dacia«, berichtigte Starý.

»Mit einem Prager Kennzeichen«, fügte seine Frau an. »Und der Ehemann, der am Auto auf sie gewartet hat, war ein fescher Kerl.«

»Das würde ich nicht sagen, der war ziemlich klein und ein bisschen beleibt«, wandte Frau Jiráčková ein. »So eine hübsche junge Frau, was hat sie denn?«

Maja schüttelte den Kopf. »Sie wissen ja, jeder hat irgendetwas.«

Sie ließ das rätselnde Häufchen zurück und ging nach Hause.

Die Benommenheit war verflogen. Jetzt fühlte sie eine Anspannung, die sie zwang, im Zimmer herumzuwandern.

Was soll ich tun, was soll ich tun, fragte sie sich in Gedanken immer wieder. Sie musste mit jemandem reden, darüber nachdenken, was eigentlich passiert war, erklären, dass Lenkas heftiger Angriff sie überraschte – auf so etwas war sie nicht vorbereitet gewesen. Sie musste mit jemandem die Möglichkeiten besprechen, hören, dass sie nichts falsch gemacht hatte.

Sie hatte nur Zbyšek, niemandem sonst hatte sie von ihren Kindern erzählt. Die Leute im Dorf wussten natürlich, dass sie im Gefängnis war, an so einem kleinen Ort bleibt nichts lange geheim. Aber zu der Zeit, als sich die Kunde von ihrer Vergangenheit verbreitete, kannten die Einwohner von Poloce Maja schon und hatten sie unter sich aufgenommen. Die Neuigkeit weckte in den Leuten eher die Neugier als Empörung. Ein paar Einheimische zogen sich für eine Zeitlang vorsichtig zurück, damit kein Verdacht auf sie fiel, dass sie vielleicht mit dem einverstanden waren, was sie angestellt hatte. Ein paar dumme Witzbolde sprachen sie manchmal als Frau aus'm Bau an, aber die Zeit brachte neue Gesprächsthemen auf und Maja wurde zu einem weiteren dieser Dorforiginale – eine Kräuterfrau mit krimineller Vergangenheit, die man vor Besuchern von Poloce erwähnen konnte. Maja wurde von den Einheimischen genauso vorgezeigt, wie zum Beispiel die Prager Einwohner denen von außerhalb den Aussichtsturm auf dem Petřín zeigten.

So wie die meisten Männer konnte auch Zbyšek ein Geheimnis bewahren. Es machte ihm keine Schwierigkeiten, nicht über Dinge zu reden, über die man nicht sprechen sollte. Er hatte nicht das Bedürfnis, seine Privatangelegenheiten mit Freunden zu erörtern, und eigentlich störte es ihn überhaupt nicht, gar nicht zu sprechen. Er konnte stundenlang neben einem Menschen hergehen, den er für einen engen Freund hielt, und schweigen. Manchmal konnte Maja nicht unterscheiden, ob das Rücksichtnahme war oder absolutes Desinteresse.

Zbyšek kam normalerweise nach drei Uhr heim. Kaum hörte Maja ihn eintreten, ging sie hinaus in die Diele.

Schon als er forschen Schrittes nach Hause ging, hatte Zbyšek nicht die beste Laune. Er hatte das Gefühl, dass sich alles gegen ihn verschworen hatte. Der vereinbarte Zulieferer hatte die nötigen Ersatzteile nicht auf Lager und woanders waren sie nicht aufzutreiben, die bestellten Vorräte kamen nicht und die Teile, die ankamen, waren nicht in der richtigen Größe. Die Papiere stapelten sich auf seinem Tisch, die Männer aus dem laufenden Betrieb schrien ihn an, dass sie ohne Ersatzteile nicht arbeiten konnten, und zu alledem kam Janík ständig angekrochen und wollte ihn überreden, dass sie im Dorf Volksmilizen gründeten.

»Warum nicht?«, bestürmte er Zbyšek. »Schießen kannst du und Waffen sind dir vertraut.«

»Wozu sollen Milizen bei uns im Dorf gut sein?«

»Man weiß nie, wann und wo das ausbricht. Man muss vorbereitet sein.«

Worauf? würde Zbyšek am liebsten fragen, aber er wollte sich nicht auf heißes Pflaster begeben. Seit dem Jahr ´89 hatten die Volksmilizen zweimal eingegriffen. Jedes Mal deckten sie eher der Armee den Rücken, damit die Welt sah, dass auch die Arbeiter und Bauern bereit waren, zur Verteidigung des Sozialismus anzutreten. Ansonsten taten sich die Milizionäre nur auf Paraden hervor, hielten an Denkmälern Ehrenwachen zusammen mit den Pionieren und marschierten an der Spitze der Umzüge zum ersten Mai.

Zbyšek war klar, dass sich Janík mit einem Gewehr in der Hand mehr wie ein Kerl fühlen würde. Er könnte andere anherrschen, während er zu Hause gehorchen musste. Im Stillen lachte er, aber laut sagte er: »Ich denke darüber nach.« Und er ließ es sich nicht nehmen hinzuzufügen: »Grüß Veronika.«

Jetzt ging er bergan und freute sich nur auf eins – die Bergschuhe anzuziehen und in den Wald zu gehen. Dort würde er tief den feuchten Geruch der Bäume und des modernden Laubes einatmen und den Kopf freibekommen.

An der Gartenpforte stand Klára und hielt nach ihm Ausschau. Kaum sah sie den Vater, lief sie ihm entgegen. »Mama hat geweint«, meldete sie zittrig.

»Warum?« Er begann zu ahnen, dass er heute nicht so einfach in den Wald kommen würde.

»Ich weiß nicht. Wegen der Frau wahrscheinlich.«

Zbyšek fragte nicht weiter und ging seufzend hinein. Maja wartete in der Diele. Er schaute sie an. Ihre Wangen waren ein bisschen rot, aber sonst sah sie aus wie immer. »Du sollst geweint haben.«

Sie nickte und drückte sich an ihn. »Lenka war hier.«

»Lenka?« Er wusste überhaupt nicht, von wem Maja sprach.

»Meine Tochter Lenka. Magdalena.«

»Sie hat dich gefunden? Das ist doch eine gute Nachricht, oder?«

Sie schüttelte den Kopf. »Sie ist schrecklich wütend auf mich. Sie hasst mich.« Sie entzog sich ihm und ging in die Küche. Dort setzte sie sich an den Tisch.

»Warum? Das verstehe ich nicht. Du hast doch nichts gemacht.« Zbyšek nahm sich ein Bier aus dem Kühlschrank, öffnete die Flasche und setzte sich zu ihr.

»Sie hat mir vorgehalten, dass ich sie ins Heim gesteckt habe. Dass ich mich von ihr losgesagt habe.« Maja schluchzte und bedeckte ihr Gesicht mit den Händen.

»Heul nicht«, ermahnte sie Zbyšek vielleicht etwas zu barsch. »Das hilft nicht.« Er nahm einen Schluck Bier. »Warum hast du ihr nicht gesagt, wie es war?«

»Ich wollte ja. Aber sie hat mich überrascht. Ich war auf Erklärungen nicht vorbereitet. Sie hat mich mit Fragen und Vorwürfen überschüttet. Ich wusste überhaupt nicht, wo ich anfangen sollte.«

»Wenn ihr euch das nächste Mal seht, bist du besser darauf vorbereitet. Du warst einfach überrascht.«

»Beim nächsten Mal? Welches nächste Mal? Ich kenne doch nur ihren Namen und weiß, dass sie in Prag wohnt. Wie sollte ich sie wohl finden?«

»Hast du dir nicht ihre Adresse geben lassen?«

»Bevor ich mich fassen konnte, ist sie fortgelaufen … Ich weiß, ich weiß, ich hätte ihr hinterherlaufen sollen, sie aufhalten, mich mehr bemühen … aber in dem Moment konnte ich nichts tun, gar nichts.«

»Also kennst du nur ihren Namen und weißt, dass sie in Prag wohnt.«

»Wahrscheinlich. Das Auto soll ein Prager Kennzeichen gehabt haben.«

»Sie schreibt Bücher«, meldete sich Klára von der Tür her.

»Wer hat dir das gesagt?«, fragte Maja.

»Sie war heute bei uns in der Schule und hat uns über dieses Buch erzählt und wie Zeitschriften herausgegeben werden.« Klára machte ihre Schulmappe auf und zog ein Buch mit einem farbigen Umschlag und ein paar Nummern einer Kinderzeitschrift hervor. »Die Zeitschriften sind kostenlos, aber wenn ich das Buch behalten möchte, muss ich morgen 200 Kronen mit in die Schule bringen.« Sie schwieg etwas schuldbewusst. »Darf ich es mir kaufen?«

»Natürlich kannst du.« Maja nahm das Buch in die Hand. *Magdalena Kopečná – Märchen für die Dunkelheit.* Dann blätterte sie eine Zeitschrift durch, fand auf der letzten Seite das Impressum, in dem stand: Verlag Neue Welt, Miroslav-Štěpán-Straße 127/2, Prag 1.

Sie hatte Lenkas Adresse.

–

Nach Prag fuhren sie alle drei zusammen. Zbyšek hatte wohl Angst, Maja allein fahren zu lassen, und Maja wollte gar nicht allein fahren, weil sie kaum einmal die Nase aus Poloce herausstreckte und das letzte Mal vor ihrer Verhaftung in Prag war. Seitdem war fast ein Vierteljahrhundert vergangen. Sie reiste nicht gern. Bislang hatte sie eigentlich auch für keine Reise einen so gewichtigen Grund, um dafür die Schwierigkeiten mit den Anträgen und Genehmigungen auf sich zu nehmen. Als Bürgerin vierter Kategorie, zu der sie wegen ihres Eintrags im Strafregister gehörte, musste sie jedes Mal, wenn sie das Dorf verlassen wollte, eine Erlaubnis vom Vorsitzenden des örtlichen Nationalausschusses haben und das Ziel ihrer Reise in der örtlichen Dienststelle der Öffentlichen Sicherheit angeben. Die Erlaubnis bekam sie meistens ohne Probleme. Nur einmal passierte es ihr, dass ein Angehöriger der Öffentlichen Sicherheit, der an diesem Tag Dienst tat, offensichtlich schlecht geschlafen hatte und erklärte, Einkäufe in der Kreisstadt seien kein Reisegrund. Er lehnte Majas Antrag ab.

Diesmal gab sie als Ziel Prag an und als Besuchsgrund das Kennenlernen der Schönheiten der Stadt. Den Stempel bekam sie problemlos. Zbyšek hatte eine Unterkunft im Hotel gleich gegenüber vom Bahnhof besorgt. Aber er musste zwei Zimmer bestellen, weil sie keine Eheleute waren und zwei unverheiratete Menschen nicht in einem Zimmer schlafen durften. Er regte sich ein bisschen auf und beschwerte sich, dass er das Eheproblem schon lange klären wollte. Aber Maja hielt ganz richtig dagegen, dass, selbst wenn sie sich formal von Joska scheiden ließe, sie Zbyšek trotzdem nicht heiraten könnte, um mit ihrer Zugehörigkeit zur vierten Kategorie der Bürger Klára nicht die Chance auf ein Studium zu verderben. Er schüttelte nur den Kopf und brummte verdrießlich.

Nach vier Stunden im Zug stiegen sie im Hotel ab und gingen gemeinsam los, um den Verlag zu suchen, in dem sie hofften, Lenkas Adresse zu erfahren. Maja klingelte und wartete, dass jemand käme, um die Tür aufzuschließen. Stattdessen meldete sich eine Stimme über die Sprechanlage.

»Sie wünschen?«

»Ich möchte zu Frau Magdalena Kopečná«, sagte sie.

»Die Genossin Chefredakteurin ist nicht hier, kann ich etwas ausrichten?«

Maja zögerte. »Und kann ich sie morgen hier erreichen?«

»Das bezweifle ich.«

»Können Sie uns sagen, wo wir sie finden?«, fragte Zbyšek, noch bevor Maja Luft für eine weitere Frage holen konnte.

»Private Adressen unserer Mitarbeiter geben wir leider nicht heraus.«

»Und könnten Sie uns wenigstens ihre Telefonnummer geben?«

»Leider nein. Auf Wiedersehen.« Es klickte und dann war es still.

Den Rest des Tages und den nächsten Vormittag bis zur Abfahrt des Zuges schauten Zbyšek und Klára Prager Sehenswürdigkeiten an. Maja saß im Café, aus dem sie den Eingang zum Verlag sehen konnte, trank langsam vom Pfefferminztee, hoffte, ihre Tochter kommen oder gehen zu sehen, und schrieb einen Brief. Vor dem Mittag des zweiten Tages unterschrieb sie den Brief, wickelte ihn gemeinsam mit den alten Briefen aus dem Gefängnis in braunes Packpapier und verschnürte alles mit einer Leinenschnur. Sie schrieb die Verlagsadresse drauf und brachte das Päckchen zur Post.

Und dann wartete sie nur noch. Wartete Wochen, Monate, Jahre. Und schließlich hörte sie auf zu warten.

–

Maja nahm Poloce als ihre neue Heimat an. Sie mochte die Zentralgemeinde in der Grenzregion, obwohl sie sie nicht selbst ausgesucht hatte. Ihr kam die Ruhe entgegen, obwohl sie sehr gut wusste, dass unter dem Deckel scheinbarer Stille Leidenschaften, Intrigen, Verleumdungen und Hass brodelten, nur sprachen die Leute nicht darüber. Maja hielt sich einfach fern. Der schwarze Stempel in ihrem Personalausweis schränkte sie in Poloce weniger ein als irgendwo in der Stadt, wo der Mensch den Kontrollen nicht ausweichen konnte. Hier musste sie niemandem etwas erklären und nicht Millionen von Erlaubnisscheinen und Bestätigungen vorlegen.

Seit Lenkas Besuch hatte sich aber etwas verändert. Oder vielleicht hatte sich Maja geändert. Die dumpfe Resignation und Ergebenheit waren verflogen und an ihrer Stelle war die stechende Unzufriedenheit zurück. Und endlose Fragen, auf die sie die Antwort nur zu gut kannte.

Warum muss ich Angst haben, aus dem Dorf hinauszufahren? Warum muss ich aufpassen, was ich sage? Warum muss ich mich für den Rest meines Lebens mit einer Stellung als Bürger der niedrigsten Kategorie begnügen? Ich habe doch nichts Schlechtes getan, nur meine Meinung gesagt. Und deshalb war ich fünfzehn Jahre im Gefängnis, weitere fünf Jahre habe ich in dem stinkenden Schweinestall gearbeitet, habe Mann und Kinder verloren …

Wieder wachte sie nachts auf und träumte, im Gefängnis zu sein. Wieder starrte sie in die Dunkelheit und hörte den nächtlichen Geräuschen zu, ob sie darin die Motoren von Militärautos hörte. Mitten in der Nacht stand sie auf, ging nach der schlafenden Klára schauen, und wenn sie ins Schlafzimmer zurückkam, tastete sie nach Zbyšeks Hand und hielt sich verzweifelt an ihr fest.

Nicht nur Lenkas Schweigen quälte sie, es war auch das beklemmende Gefühl einer nahenden Katastrophe. Als ob sie nach den Jahren der Ruhe in der Luft hing. Sie spürte es bei Zbyšek. Auch er war nervöser und gereizter, verbrachte viele Stunden im Wald. Manchmal kam er erst im Dunklen nach Hause und dann war Maja schon außer sich vor Angst.

Die Schlinge zog sich zu. Es begann recht unauffällig, mit dem Besuch einer gewissen Frau, die bei Maja Hilfe suchte. Es dauerte Wochen, bis Maja aufging, dass gerade dieser Besuch das Anzeichen für das Ende war.

Die junge Frau – eher noch ein Mädchen – war nervös und sprach so leise, dass Maja sich näher zu ihr beugen musste, um sie überhaupt zu hören. »Bitte, helfen Sie mir«, bettelte sie und packte Maja an der Hand, als hätte sie Angst, Maja könnte sich umdrehen und gehen.

»Wenn es in meiner Macht steht …«, antwortete Maja. »Aber zuerst müssen Sie mir sagen, was Sie quält.«

»Ich brauche diese Zauberkräuter von Ihnen«, flüsterte das Mädchen.

Maja lachte. »Zauberkräuter existieren nicht. Es gibt Kräuter, die bei bestimmten Beschwerden helfen.«

»Ja, genau. Ich brauche Kräuter für die be-stimm-ten Beschwerden.«

»Menstruationsbeschwerden? Oder mit der Empfängnis? Sie müssen mir das genau sagen, sonst kann ich Ihnen wirklich nichts raten.«

Die junge Frau neigte sich ihr noch näher zu. »Ich meine diese speziellen von Ihnen.« Sie schwieg einen Moment. »Damit ich das verliere«, flüsterte sie.

Maja starrte sie an. »Sie wollen abtreiben?«

Die Frau nickte.

»Also damit will ich nichts zu tun haben.« Maja erhob sich und trat einen Schritt zurück. »Gehen Sie bitte auf der Stelle.«

Aber die Frau trat wieder näher und begann bittend nach ihrer Hand zu greifen. »Bitte, helfen Sie mir. Ich war vor der Kommission, aber sie gestatten die Abtreibung nicht. Sie wollen, dass ich das Kind bekomme und dem Staat anvertraue. Sie geben es in die Anstalt und erziehen es zu einer dieser Kreaturen, ich weiß das, ich weiß … Wenn ich es behalten könnte, würde ich das tun, aber ich kann nicht, ich habe noch nicht einmal die Mittelschule fertig. Ich bezahle Sie. Ich gebe Ihnen alles, was ich kann. Bitte, ich bitte Sie …«

Maja wich zurück, versteckte die Hände hinter dem Rücken und versuchte, sie zu unterbrechen. »Es tut mir leid, wirklich leid, aber ich kann Ihnen nicht helfen. Ich kenne solche Kräuter nicht einmal.«

Das Mädchen stutzte. »Aber Sie machen doch sowas. Sie wurden mir empfohlen.«

Maja erstarrte. »Empfohlen? Von wem?«

»Von einer Bekannten.« Die junge Frau sah sich ratlos um.

»Von welcher Bekannten?«

Das Mädchen antwortete nicht. »Raten Sie mir wenigstens, wer mir helfen könnte?«

»Ich ganz sicher nicht«, sagte Maja. »Und richten Sie Ihrer Bekannten aus, dass sie Sie umsonst zu mir geschickt hat.« Sie ging ins Haus und schloss die Tür hinter sich,

Maja war erschüttert von dem Besuch, hielt ihn aber für einen Zufall, das schlechte Urteil von jemandem, der dem Mädchen wirklich helfen wollte, und maß der Angelegenheit keine größere Bedeutung bei. Nur kamen in den nächsten Monaten zwei weitere Frauen mit demselben Wunsch zu ihr und Maja begriff, dass jemand Gerüchte über sie streute.

Im September ging sie in den Nationalausschuss, um eine Erlaubnis für die Fahrt in die Stadt zu bekommen. »Hör mal, Maja«, sagte der Vorsitzende Nosek. »Ich sollte dir das nicht sagen, aber pass mit der Suchánková auf. Sie hat sich hier nach dir erkundigt. Ihr geht immer noch das Haus vom Kräuterweiblein im Kopf herum. Sie hat das Gefühl, dass du es viel zu billig bekommen hast, und ich habe den Eindruck, dass sie es zurückhaben möchte.«

»Wie zurückhaben? Ich habe es doch bezahlt.«

Nosek seufzte. »Wie ich dir sage, sie war hier, um zu fragen, ob es irgendeine Möglichkeit gibt, es zurückzubekommen. Vielleicht, wenn sich herausstellt, dass du nicht so ganz im Einklang mit der sozialistischen Ordnung lebst.«

Maja wurden die Beine schwach, sie musste sich hinsetzen.

»Sieh mal, mich geht das nichts an, aber meiner Meinung nach wäre es besser, du lässt das Haus auf Zbyšek umschreiben. Du bist eine leichte Zielscheibe, gegen Zbyšek kommt sie nicht an.«

»Aber ich habe es ehrlich gekauft«, wiederholte Maja ungläubig.

Der Vorsitzende zuckte mit den Schultern. »Ich hatte nie Schwierigkeiten mit dir, deswegen sage ich dir das. Mach, wie du denkst.«

Maja ahnte, dass Zbyšek sich fürchterlich aufregen und das mit der Verkäuferin klären wollen würde. Schimpfworte flogen durch die Luft, die Maja zum letzten Mal im Gefängnis gehört hatte. Sie hatte bislang keine Ahnung, dass die in Zbyšeks Vokabular vorkamen. Aber dann beruhigte er sich und machte sich zu einem Jägerkollegen auf, der als Anwalt arbeitete. Und der beruhigte ihn. Die Verkäuferin hätte keine Chance, das Haus zurückzubekommen, sagte er. Wenn die Kräuterfrau das Haus verkauft hatte, konnte die Suchánková nichts machen. »Am besten wird es sein, wenn wir tun, als wüssten wir nichts von ihren Ränken«, sagte Zbyšek zu Hause zu Maja. »Sie könnte noch saurer werden und absichtlich Dinge gegen uns machen.«

»Das tut sie doch schon.« Maja war klar, wer den gefährlichen Tratsch verbreitete. Sie überlegte, das Schild vom Tor zu nehmen und mit den Kräutern aufzuhören, aber Zbyšek überzeugte sie, dass das sowieso nicht helfen würde. Die Interessenten würden weiterhin zu ihr kommen, und selbst wenn sie sie abwies, was sie nicht tun würde, bliebe der Tratsch derselbe.

»Ich bitte den Vorsitzenden, unauffällig mir ihr zu reden und nur so nebenbei zu erwähnen, dass sie dieses Haus ganz bestimmt nicht zurückbekommt.«

Eine Zeitlang war Ruhe. Dann antwortete die Verkäuferin nicht mehr auf Majas Gruß. Die Leute begannen, Zbyšek und Maja aus dem Weg zu gehen und beobachteten sie mit verstohlenen, misstrauischen Blicken. Auf die direkte Frage, was los war, antworteten die Gefragten nur mit einem Achselzucken. Maja und Zbyšek kannten die Quelle der Unannehmlichkeiten, das war am siegreichen Blick der dicken Suchánková zu sehen. Aber noch bevor sie sich überlegen konnten, ob sie direkt zuschlagen oder wieder den Vorsitzenden um Hilfe bitten sollten, kam die verwunderte Klára aus der Schule angelaufen. »Mami, die Mädchen in der Schule sagen, du sollst die alte Kräuterfrau vergiftet haben, um das Haus zu bekommen. Und dass dir der Papa das geraten hat.«

Klára war schon zwölf Jahre alt. Wie viele Kinder in ihrem Alter liebte sie Tiere und wollte Tierärztin werden. Manchmal brach zwischen ihr und dem Vater wegen Zbyšeks Jagdleidenschaft Streit aus. Der steigerte sich in der Jagdsaison und natürlich auch mit Kláras Alter. Die beginnende Pubertät brachte in die Auseinandersetzungen von Kláras Seite Wildheit und klägliche Tränen hinein. Aber noch immer war sie ein kleines Mädchen, das an das Gute glaubte und idyllische Träume über die Zukunft spann.

Eine Weile war es still. Sie standen nur da und schauten einander an. Maja spürte, wie der bekannte Schmerz ihren Brustkorb zusammenschnürte. Der Schmerz tauchte jedes Mal auf, wenn die Situation ausweglos erschien.

»Klára, bring deine Sachen ins Zimmer«, wandte sich Zbyšek an seine Tochter.

»Aber Papa ...«

»Ich bitte dich, lass die Mama und mich allein. Wir kommen gleich zu dir.«

Klára ging ohne ein Wort. Der ernste Tonfall erschreckte sie.

Zbyšek wandte sich wieder Maja zu. »Lass uns in den Westen fliehen.«

–

In den Westen fliehen? Über diese Möglichkeit dachte Maja aus zwei Gründen nicht nach. Sie hatte in der Tschechoslowakei eine Tochter. Und vor allem – zu fliehen war unmöglich. Nicht nur waren alle Länder des Ostblocks von einer Mauer umgeben, die sie von der restlichen Welt trennte, sondern sie waren sogar untereinander getrennt. Die Mauer, die aus Platten bestand und oben mit elektrischen Drähten gesichert war, war stellenweise doppelt. Einzelne Abschnitte waren durch Beobachtungsposten abgegrenzt, die in Sichtweite überall dort aufgestellt wurden, wo das Terrain es erlaubte. Aus den Fernsehnachrichten wusste Maja, dass begonnen wurde, an einem aufwendigen elektronischen Sicherheitssystem zu arbeiten. Bislang deckte es nur ein paar Abschnitte ab, aber innerhalb von zwei Jahren sollte es den ganzen Ostblock umschließen. Auf einmal war ihr klar, warum Zbyšek in der letzten Zeit die abendliche Berichterstattung nicht ausließ. Früher schaltete er den Fernseher aus, sobald die Erkennungsmelodie der Nachrichten begann, aber jetzt verfolgte er sie sehr aufmerksam.

Das Regime tat alles dafür, die Menschen innerhalb der Grenzen so weit wie möglich von der umgebenden Welt zu isolieren. Es hatte aus den Fehlern gelernt, die es in den ersten dreißig Jahren seiner Herrschaft beging, und schnitt die Einwohner von allen Informationen ab. Die Grenzen zum

Westen waren hermetisch abgeriegelt. Ausreisen waren auf die absolut notwendigen beschränkt und waren nur für Genossen und Genossinnen mit der höchsten Überprüfungsstufe bestimmt. Aber auch so musste der Betreffende ein Papier unterschreiben, dass er mit niemandem über die Reise in den Westen sprechen würde, und es durfte immer nur ein Familienmitglied aus dem Land.

Jede Bemerkung in den Medien über den Westen machte nur darauf aufmerksam, was schlecht war. Im Fernsehen und in den Kinos konnte man nur Stücke, Serien und Filme sehen, die in den sozialistischen Ländern gedreht wurden. Die Signale der ausländischen Sender wurden von leistungsfähigen Störsendern behindert und von Satellitenfernsehen konnten die Menschen im Osten höchstens träumen, genauso wie vom Internet oder Mobiltelefonen. Als großes Glück und ein Privileg galt der Besitz eines Festnetzanschlusses.

Jeder amateurhafte Versuch, ein elektronisches Gerät zusammenzubauen, fiel nach dem Strafgesetzbuch unter die Kategorie Verbrechen gegen den Staat und wurde mit mehreren Jahren Gefängnis bestraft. Die Herstellung eines solchen Gerätes war unter heimischen Bedingungen wegen des Mangels an Teilen sowieso fast unmöglich, aber die goldenen tschechischen Hände hatten ihren Ruf nicht umsonst, sodass es doch ein paar Versuche gab. Soweit Maja wusste, wurden sie alle entdeckt und streng bestraft.

In den Schulen wurde nur eine Fremdsprache gelehrt – Russisch. Die anderen Sprachen durften nur die Genossen mit höchster Freigabestufe lernen, wenn sie solche Kenntnisse für ihre Arbeit brauchten. Menschen, die aus früheren Studien Fremdsprachen beherrschten, durften diese unter Androhung von Strafe nicht unterrichten und weiterverbreiten.

Jetzt stand Maja vor Zbyšek und schnappte nach Luft, als hätte sie einen Schlag in den Rücken bekommen.

»Bist du verrückt geworden?« Das war der Augenblick, in dem die Welt verschwand, die sie bislang kannte, und eine neue begann aufzutauchen, die sie kennenlernen könnte. »Das geht doch nicht.«

»Siehst du vielleicht eine andere Möglichkeit? Es ist schon schlimm genug hier zu leben, nirgendwo kann man sich vor denen verstecken, sogar im Dorf belästigen sie einen. Und dann noch diese verdammte Verkäuferin. Die wird keine Ruhe geben.«

»Du glaubst doch wohl nicht, ich hätte Frau Karla wirklich etwas angetan?«

»Natürlich nicht. Die Suchánková weiß das auch, und den Leuten in Poloce ist das auch klar und vielleicht begreift es auch die Sicherheit. Aber darum geht es nicht. Im besten Fall werden sie uns von Verhör zu Verhör schleifen und im schlimmsten sperren sie uns weg. Und was wird dann mit Klára? Und überhaupt – was für eine Zukunft hat sie hier?«

»Wie willst du fliehen?«

»Durch die Drähte. Ich denke schon lange darüber nach und ich weiß von einer Stelle, ungefähr zehn Kilometer von hier, wo es ginge. Da ist keine Mauer, nur Draht, wir graben uns darunter durch. Wir brauchen nur genug Zeit. In den 80er Jahren ist ein Typ so abgehauen, indem er einen Wecker an den Drähten befestigte. An der hinteren Achse, die sich dreht, hat er einen Draht oder ein Blech so angebracht, dass es beim Klingeln die Drähte berührt und sie aktiviert. Alle Grenzer, auch die aus den Nachbarabschnitten, sind dahingelaufen, weil es den Alarm gab. Und die Nachbarabschnitte blieben ziemlich lange unbewacht, und er hat es geschafft sich durchzugraben.«

Maja sah ihn zweifelnd an. »Das hört sich ziemlich verrückt an. Wo nimmst du heutzutage einen Wecker zum Aufziehen her?«

»Den habe ich schon lange bereitliegen. Du glaubst nicht, was man alles auf dem Dachboden finden kann.«

»Das ist gefährlich. Die werden auf uns schießen.«

»Wenn sie uns nicht sehen, dann nicht. Ich habe das abgelaufen, ein paarmal war ich bis an der Linie. Am Tag natürlich, aber ich schaffe das auch in der Nacht.«

»Und was, wenn sie uns sehen?«

Er zuckte mit den Schultern. »Du kennst doch Bártík? Er hat hier bei der Grenzwache gedient, ein Mädchen gefunden und ist hiergeblieben. Einmal sind wir zusammen aus der Kneipe gekommen. Er war ein bisschen angeheitert und ich habe ihn gefragt, wie das ist, jemanden zu erschießen. Er schwor, dass er niemanden erschossen hatte, dass er dazu nicht einmal die Gelegenheit hatte, weil in diesem Teil der Grenze nie jemand zu flüchten versuchte. Alle kennen sich hier und würden sofort bemerken, wenn sich hier jemand Fremdes herumtreiben würde. Und angeblich hätte er sowieso in die Luft geschossen.«

»Klar, das sagt jeder«, bemerkte Maja. »Ich muss darüber nachdenken.«

»Denk schnell nach. Wer weiß, wie viel Zeit wir haben.«

–

Vier Tage später machten sie sich an die Grenzlinie auf. Zbyšek, Maja und Klára. Sie gingen zu Fuß und nahmen überhaupt nichts mit. Sie gingen noch im Hellen los, mitten am Nachmittag, und Zbyšek führte sie zu einem Platz, von dem es nur noch ein knapper Kilometer bis zur Grenze war. Unter einem Haufen Reisig und Blätter gruben sie die Werkzeuge aus, die Zbyšek dort versteckt hatte, und warteten, dass es dunkel wurde. Dann gingen sie durch den dichten, ungepflegten Wald in Richtung Grenzlinie. Maja und Klára gingen schweigend in Zbyšeks Fußspuren, kämpften sich durch Gebüsch, kletterten über Bäume, stolperten über Wurzeln und sanken in sumpfigen Stellen ein.

Sie gingen langsam, gaben keinen Mucks von sich, aber obwohl sie sich bemühten, keinen Lärm zu machen, hatten sie das Gefühl, das Knacken der trockenen Äste unter ihren Füßen müsste kilometerweit zu hören sein. Damit sie sich nicht voneinander entfernten, hielten sich alle drei an einer Schnur fest, die Zbyšek sich ans Handgelenk gebunden hatte. Hinter Zbyšek ging Klára, sehr viel ruhiger als Maja, die die kurze Prozession abschloss. Sie ging mit fest zusammengebissenen Zähnen, atmete tief und entschlossen. Sie hatte sich entschieden und nichts würde sie jetzt mehr zur Umkehr bewegen. Sie verließ die Heimat, in der ihre Lieben begraben waren und in der die Tochter lebte, die ihr fremd geworden war. Sie war auf dem Weg in das Land, wo vielleicht Unsicherheit und Armut warteten, aber auch Freiheit und vielleicht auch ihr Sohn. Zbyšek hatte versprochen, dass sie ihn finden würden, und Maja vertraute ihm. Jetzt beruhigte sie, dass Zbyšek selbstsicher ausschritt. Sie glaubte daran, dass er genau wusste, wo sie waren und wohin sie gehen mussten. Als sie endlich am Waldrand stehen blieben, sahen sie hinter dem abgeholzten, etwa zwanzig Meter breiten Streifen den Stacheldrahtzaun.

Zbyšek deutete mit einer Geste an, dass sie im Gebüsch warten sollten, und machte sich selbst zum Nebenabschnitt auf, um den aufgezogenen Wecker an den Drähten zu befestigen. Zu Hause hatten sie diesen Moment besprochen und ein paarmal trainiert. Maja wusste deshalb ohne Worte, dass sie warten sollte, bis Zbyšek zurück war. Dann würden sie gemeinsam auf den Augenblick warten, bis die Grenzer am Zaun vorbeigelaufen waren, um die Stelle zu kontrollieren, wo der Wecker die Drähte aktivierte. Erst dann würden sie loslaufen und zu graben beginnen. Zbyšek kriecht als Erster durch, hilft Klára hindurchzuziehen und zum Schluss Maja.

Klára und Maja lagen im Gebüsch, pressten sich an die kalte Erde und zählten die Minuten. Der Wald über ihren Köpfen rauschte und Maja horchte auf. Sie versuchte, die Windrichtung zu erraten. Auch das hatte sie mit Zbyšek besprochen. Sollte der Wind von ihnen in Richtung Grenze wehen, könnten die Hunde wittern, dass sich jemand in der Gegend verbarg. Sie überlegte, ob sie sich mit Klára tiefer in den Wald verkriechen sollten, aber jede Bewegung im unbekannten Terrain würde Krach machen. Sie beschloss, auf Zbyšek zu warten.

Da hörte sie trabende Schritte. Die kamen vom Drahtzaun. Die Grenzer. Das war sehr viel früher, als Zbyšek angenommen hatte. Er war noch nicht zurück, irgendetwas musste schief gegangen sein. Sie legte den Kopf ins Moos und hielt die Luft an. Der Wald rauschte wieder, als wollte er den Grenzern zuflüstern, wer sich in seinem Inneren versteckte. Bellen war zu hören. Das Fußgetrappel hielt an und Taschenlampenlicht zerfaserte die Dunkelheit. Der Soldat sagte etwas ins Funkgerät, hörte die Antwort an, nickte dem zweiten Uniformierten zu, der in der Zwischenzeit ein paar Schritt zum Wald gemacht hatte, und dann liefen beide zum Nachbarabschnitt.

Maja atmete leise aus. Ihr war gar nicht bewusst, dass sie die Luft angehalten hatte. Jetzt nicht, bat sie ihr hämmerndes Herz und den zitternden Körper. Jetzt darfst du mich nicht verraten. Jetzt brauche ich dich. Sie wartete eine Weile, dann nickte sie Klára zu, dass sie noch im Gebüsch bleiben sollte, und lief mit der Schaufel in der Hand zum Drahtzaun. Auch das Graben des Durchschlupfes hatten sie hinten im Garten trainiert, aber die Erde unter den Drähten war viel härter, und als Zbyšek zu Maja stieß, hatte sie gerade einmal ein paar Soden entfernt.

»Der beschissene Wecker hat geklingelt, als ich ihn dahin getan habe, und die Drähte aktiviert.« Er wühlte wild in der Erde. »Mach schnell, Tempo! Gleich kommen sie auch die Nachbarabschnitte kontrollieren.«

Maja winkte Klára zu. Sie kam angelaufen und wollte helfen, aber drei Grabende auf so einer kleinen Stelle behindern sich eher gegenseitig. Endlich hatten sie eine flache Mulde gegraben. Wieder erklang das Hundegebell. Zbyšek warf sich auf die Erde und versuchte durchzukriechen. Maja nahm den Holzstiel und versuchte aus ganzer Kraft den Draht von seinem Rücken wegzuziehen. Das Gebell wurde stärker. Ein Lichtkegel tauchte auf und kam näher. Zbyšek kroch auf die andere Seite hindurch und streckte die Hand nach Kláras Hand aus.

»Stehen bleiben! Sofort stehen bleiben!« Der Lichtkegel fiel jetzt direkt auf sie.

Zbyšek packte Kláras Hand und zog sie mit aller Kraft zu sich.

»Stehen bleiben oder ich schieße!«, kam es wieder.

Maja beugte sich zu der Öffnung und streckte die Hände unter den Drähten hindurch. Sie hörte keine Schüsse. Sie spürte nur einen Schlag in der Seite, der sie instinktiv zwang, die Hände zurückzuziehen, als wollte sie sich überzeugen, ob die Schüsse sie wirklich getroffen hatten. Aber schon bei dieser kurzen Bewegung verlor sich Majas Bewusstsein, vor ihren Augen ergoss sich ein blutrotes Meer, das sich im Nu in Indigoblau verwandelte und dann in die schwärzeste Nacht. Und mitten in dieser Nacht leuchtete ein goldener Stern auf. Er fiel näher und näher, und als er in Reichweite war, erkannte Maja eine Tür. Eine unbekannte Hand öffnete die Tür und Maja glitt hinein.

Ich bin frei, dachte sie.

November 2004

Meine liebe Lenička,
es tut mir sehr leid, dass [redacted] grafien. Großmutter meinte, Du hättest ein schönes langes Kleid auf dem Ball angehabt und den ganzen Abend getanzt. [redacted], deswegen habe ich keine Ahnung, was man jetzt trägt. Sind Leggins und Schulterpolster noch modern? Ich bin sehr stolz, dass Du so gut in der Schule bist. Ich kann kaum glauben, dass Du im nächsten Jahr schon das Abitur ablegst. Hier ist zu hören, dass ich vielleicht nach fünfzehn Jahren [redacted], das wäre wunderbar, dann käme ich rechtzeitig zu Deinem Abitur. Aber es wurde schon so häufig gesagt, dass ich mir keine großen Hoffnungen machen will. Lenička, ich denke fest an Dich, vielleicht sind wir bald wieder beisammen.

Deine Mama

ZWANZIGSTES KAPITEL

Magdalena, genannt Lenka
Herbst 2019

Das Kapitel schrieb ich an diesem Tag nicht zu Ende. Ich saß mit Aleš im Wohnzimmer. Wir lasen immer und immer wieder die Briefe und versuchten zu begreifen, was sie bedeuteten. Die Möglichkeit, dass wir sie wegwerfen oder noch besser verbrennen und für immer vergessen könnten, wurde mit jedem gelesenen Wort schwächer. Vielleicht könnte ich sie vernichten, aber sie zu vergessen war unmöglich. Zuerst las ich den Brief, auf dem mein Name stand. Dann gab ich ihn an Aleš weiter und öffnete die aufgeschnittenen Umschläge, die an die Tomans adressiert waren, nahm die dicht beschriebenen Blätter heraus und las. Ich weinte nicht. Noch nicht.

»Du wusstest das?«, frage Aleš. Das beschriebene Blatt in seiner Hand zitterte leicht.

Ich zuckte mit den Schultern. »Dass meine Mutter im Gefängnis war? Ja. Dass sie mich nicht freiwillig aufgegeben hat? Das nicht.«

Er streckte die Hand aus und zog mich an sich. Er fragte nicht, warum ich es ihm nicht gesagt hatte. Das wusste er selbst. Wir lebten in einem Land und in einer Zeit, in der die Menschen manche Dinge einfach für sich behielten, damit sie ihrem Partner, den Eltern oder den Kindern keine Sorgen mit Angelegenheiten bereiteten, deren Entwicklung man sowieso nicht vorhersehen oder beeinflussen konnte.

»Willst du nach Poloce fahren und mit ihr reden?«

Ja, genau das wollte ich, aber ich fürchtete mich, das vorzuschlagen. »Bekommen wir keine Schwierigkeiten? Sie war für Landesverrat eingesperrt.«

»Mein Gott, Magda, das ist doch deine Mama! Kannst du dir vorstellen, wie es dir in ihrer Situation ginge?«

Ich würde nie in ihre Situation kommen, wollte ich sagen, aber dann wurde mir bewusst, dass das nicht so ganz stimmte. Ich war selbst Zeugin davon gewesen, wie einfach man das Opfer einer falschen Anschuldigung werden konnte und plötzlich ganz unten landete. Ich nickte.

»Die Jungen würde ich erst einmal nicht mitnehmen. Wir bitten die Eltern, sie am Sonnabend zu beaufsichtigen, und fahren nach Poloce. Wir sagen, dass ich wegen meiner schmerzenden Schulter zu einer Kräuterfrau fahren will. Von deiner Mutter sagen wir lieber nichts. Einverstanden?«

Ich nickte. Ich wollte fahren, hatte aber gleichzeitig Angst. Nach meiner kurzen Begegnung mit meiner Mutter und aus ihren Briefen hatte ich eine vage Vorstellung, was mich erwartete. Aber gleichzeitig war mir klar, dass ein für fast drei Jahrzehnte unterbrochenes Band sehr schwer wieder anzuknüpfen war, und dass auf dem Faden Knoten zurückbleiben mussten, über die die Beziehungen immer stolpern würden.

Am Sonnabend fuhren wir gegen Mittag durch das Dorf, kamen an der Schule vorbei, bogen in die leicht ansteigende Straße ein und hielten an ihrem Ende vor dem Häuschen mit dem Lattenzaun. Ich stieg aus und ging zum Tor. Das Schild mit der Aufschrift hing nicht mehr da.

–

Die dicke Frau, die in der Tür erschien, sagte mir, dass Marie Hajná beim Versuch, die Staatsgrenze zu überschreiten, erschossen wurde. Schon vor drei Jahren. Dann begann sie uns zu erzählen, dass das eine undankbare Frau war, der man den kleinen Finger gab und die sich die ganze Hand schnappte. Das Haus wollte sie ihr wegnehmen …

Aleš legte mir den Arm um die Schulter und führte mich zum Auto. Ich schwieg, sah durch die Frontscheibe, an der die toten Insekten klebten, die das Pech hatten, uns in den Weg zu kommen. Ich spürte nur die Schwere in mir und überall herum.

Wir fuhren über Kreisstraßen in Richtung Autobahn. Aleš umklammerte das Lenkrad, als hielte er sich an einem Rettungsring fest, und schaute unruhig immer wieder zu mir herüber. »Entschuldige«, sagte er. »Ich hätte dich nicht zwingen sollen, das Päckchen mit den Briefen zu öffnen. Manchmal ist es besser, nichts zu wissen.«

Er meinte es gut, aber in mir erwachte die Wut. »Also ist es deiner Meinung nach besser, an Lügen zu glauben?«

»Das habe ich doch gar nicht gesagt.«

Die Bitternis und die Enttäuschung, die sich irgendwo in mir drinnen über die langen Jahre angesammelt hatten, brachen heraus und richteten sich gegen Aleš. »Was glaubst du, wie es mir ging, als ich im Heim aufwuchs? Kannst du dir vorstellen, wie es ist, wenn man glaubt, dass die Eltern einen nicht haben wollten?«

»So habe ich das doch nicht gemeint.«

»Ich weiß nicht, was mit meinem Vater passiert ist – und wahrscheinlich werde ich es nie erfahren. Ich wusste nicht einmal, dass ich einen Bruder hatte, und sollte ich nicht wissen, was für ein Ende meine Mama gefunden hat?«

»Bitte reg dich nicht auf.«

»Was ist das für ein Land, wenn es die Kinder aus den Familien fortnimmt und Leute erschießt, bloß weil sie anders leben wollen?«

Aleš hielt auf dem Randstreifen an und drehte sich mir verärgert zu. »Das ist doch das Land, in dem du lebst und das du hilfst, am Leben zu erhalten.«

»So kann das nicht immer weitergehen, etwas muss sich ändern!«

Aleš bemerkte höhnisch: »Wünsch dir, dass das immer so bleibt, weil wenn es anders kommt, sind wir beide unter den Ersten, die an den Laternenmasten baumeln, darauf kannst du wetten.«

–

Als wir an der Autobahnauffahrt unsere Reiseerlaubnis vorlegten, beugte sich der Wachmann zum Fenster hinunter, um unsere Identität zu prüfen. »Irgendwelche Probleme, Genossin?«, fragte er beim Anblick meines verheulten Gesichtes und schaute Aleš misstrauisch an.

»Meine Mutter ist gestorben. Das habe ich gerade eben erfahren.«

Er gab mir die Dokumente zurück, richtete sich auf und nickte, dass wir fahren konnten.

»Warum hast du ihm das erzählt? Wir waren uns doch einig, dass wir nicht über deine Mutter reden.«

»Und was hätte ich ihm sagen sollen?«

»Was weiß ich, du hättest dir was ausdenken können.«

Die Bäume huschten am Straßenrand vorbei und verschwommen zu einer grünen Linie. Ich schloss die Augen. »Ich werde nicht mehr lügen.«

Ich sah Aleš' spöttisches Grinsen nicht, spürte es aber in seiner Stimme. »Ich bitte dich. Anders kann man hier nicht leben.«

–

Ich musste mit jemandem reden, aber ich hatte niemanden, dem ich vertrauen konnte. Mit Aleš wollte ich nicht über die Mutter, das Heim und den Verlust meines Glaubens an die Richtigkeit der Ideen sprechen, an die ich noch vor kurzem aufrichtig glaubte. Ich wollte ihn nicht beunruhigen. Er teilte dieselben Zweifel, dessen war ich mir sicher, schließlich kannten wir uns fast zehn Jahre. Im Gegensatz zu mir lebte er mit diesen Zweifeln aber schon das ganze Leben und war versöhnt mit dem Gedanken, dass die Dinge feststanden und sich nie ändern würden. Sie änderten sich nicht im Jahr ´89, sie änderten sich nicht beim Streik in der Schwerindustrie im Jahr 2006 und auch nicht bei den Protesten während der weltweiten Krise im Jahr 2011, als die ökonomische Situation so schlecht war, dass die Leute ihre Angst überwanden und hinaus auf die Straße gingen. Alle Proteste endeten mit Massenverhaftungen und überfüllten Gefängnissen.

Er würde nicht verstehen, dass meine Ernüchterung umso größer war, als ich so sehr an den Sozialismus glaubte, wie Kinder an ihre Eltern glauben. Auch die Nachkommen stellen in einem gewissen Alter fest, dass sich Eltern täuschen können, aber sie spüren immer noch ihre Unterstützung und ihre Liebe. Uns, seine Zöglinge, spuckte das Kindergenesungsheim aus einer Welt klar definierter Regeln und fester Glaubenssätze in eine völlig andere Realität aus als die, von der uns die Lehrer und Erzieher überzeugen wollten. Und doch wurde von uns erwartet, dass wir das System so hingebungsvoll mit unseren Schultern stützen wie Atlas den Himmel.

Die Einzige, die mich verstehen konnte, war Jana. Ich traf mich schon ein paar Jahre nicht mehr mit ihr und hatte sie völlig aus den Augen verloren. Es war aber ziemlich unwahrscheinlich, dass sie die Arbeitsstelle gewechselt hatte oder umgezogen war. Und so ging ich fast sicher zu Janas Wohnung, um unsere seltsame alte Freundschaft zu erneuern. Gerade jetzt brauchte ich sie mehr als je zuvor.

Nur waren meine gesamten Annahmen falsch. Das Schild an der Tür trug einen anderen Namen und der gegenwärtige Bewohner – ein griesgrämiger Mann, der mir um drei Uhr nachmittags im Pyjama öffnete – wusste nichts von der vorherigen Bewohnerin.

Ich versuchte, sie im Büro zu erreichen. »Die arbeitet nicht mehr hier«, teilte mir eine kurzhaarige, zierliche Frau mit großen roten Ohrringen mit, die im Melderegister am Schalter saß. Dabei sah sie mich nicht einmal an. Ich ging in den Korridor hinaus und dort von einer Tür zur anderen, las die Namensschilder und überlegte, wo ich klopfen sollte. Auf einmal ging die Tür der Einwohnerregistratur auf und es kam dieselbe kurzhaarige Angestellte mit einer Mappe unter dem Arm heraus. Sie sah sich vorsichtig um und trat so nah an mich heran, dass sie mit einem Ohrring über meine Schulter strich. »Fragen Sie nicht nach ihr. Sie wurde vor einem halben Jahr verhaftet.«

Es war Herbst und es näherte sich der Jahrestag der Novemberereignisse, die vor dreißig Jahren den Lauf der Geschichte in eine andere Richtung drehten, als die Demonstranten sich gewünscht hatten. Die Militärpatrouillen in den

Straßen wurden wie in jedem Jahr verstärkt, und trotzdem kamen Menschen mit angezündeten Kerzen in den Händen auf den Plätzen zusammen. Sie standen, schwiegen und gedachten der Opfer der Novemberereignisse. Der Toten aus den Jahren ´39, ´69, ´89. Noch schwiegen sie nur, aber es war ein verbissenes Schweigen, das erahnen ließ, dass es nicht mehr lange dauern würde, bis die Stille endete.

Ich ging zwischen den Soldaten durch, die die Menge umringten, nahm von einem Mädchen mit grüner Kapuze die Kerze an, die es mir reichte, und stellte mich in die Mitte des Platzes.

EPILOG

November 2012

Meine liebe Lenička,
so habe ich immer die Briefe begonnen, die ich meinem Töchterchen aus dem Gefängnis schrieb. Insgesamt waren es sechsundzwanzig. Ich wusste nicht, dass sie Dich nicht erreichten, ich hatte keine Ahnung, dass man Dich meinen Eltern weggenommen und ins Heim gebracht hatte.

Die Gedanken an Dich und Deinen Bruder gaben mir den Willen, die Einsamkeit und die erdrückende Eintönigkeit der fünfzehn Jahre im Gefängnis zu überstehen. Die paar Zeilen, die ich Dir schreiben durfte, die Vorstellung, dass Du sie lesen würdest, und die Hoffnung, dass wir nach meiner Entlassung wieder zusammen sein würden, halfen mir zu überleben. Ich danke Dir. Du warst mein Licht in der Dunkelheit und ich werde nie aufhören, Dir dafür dankbar zu sein.

Du hast das Recht, böse zu sein, dass ich Dich nach meiner Entlassung nicht suchte. Ich ließ mich überzeugen, dass Du in einer Ersatzfamilie und glücklich warst. Ich hatte Angst, ein Risiko einzugehen, die Bewährungsauflagen zu verletzen und nach Dir zu forschen. Das war ein Fehler, den ich mir nie verzeihen werde.

Und ich verzeihe mir auch nicht, dass ich Dich wieder gehen ließ, als Du im vergangenen Monat hier warst. Ich war betroffen, dass ich Dich nicht erkannte. Deine Fragen überraschten mich, Dein Zorn …

Du bist erfolgreich im Leben und ich bin stolz auf Dich. Du hast Dein Leben, eine Arbeit, eine Zukunft. Ich verstehe es, wenn Du nichts von Deiner Mutter wissen willst, die so viele Jahre im Gefängnis verbrachte. Aber ich glaubte damals, dass ich das Richtige tat, und eigentlich glaube ich das bis heute.

Trotzdem bitte ich Dich, schreib mir, oder noch besser – komm her. Ich habe Dir so viel zu sagen. Obwohl wir nicht zusammen waren, warst Du und wirst Du immer ein Teil meines Lebens sein. Stoß mich nicht zurück.

Ich habe Dich lieb und werde Dich immer sehr liebhaben.

Deine Mama

[redacted]

[redacted] [redacted]

[redacted] [redacted]

[redacted] [redacted]

[redacted]

[redacted] [redacted]

[redacted]

[redacted]

[redacted] [redacted]

[redacted]

[redacted]

[redacted]

[redacted]

[redacted]

[redacted]

[redacted]

ENDE

www.wieser-verlag.com